光尘
LUXOPUS

慢车开来

[英]乔乔·莫伊斯 著
张源 译

The
One Plus One
Jojo Moyes

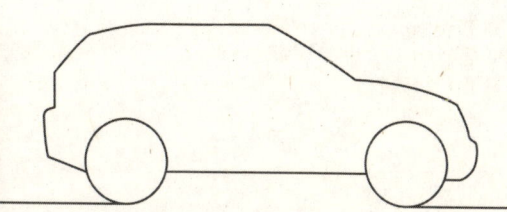

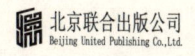

北京联合出版公司
Beijing United Publishing Co.,Ltd.

图书在版编目（CIP）数据

慢车开来 /（英）乔乔·莫伊斯著；张源译 . -- 北京：北京联合出版公司，2023.5
ISBN 978-7-5596-6728-1

Ⅰ . ①慢… Ⅱ . ①乔… ②张… Ⅲ . ①长篇小说－英国－现代 Ⅳ . ① I561.45

中国国家版本馆 CIP 数据核字（2023）第 038447 号
北京市版权局著作权合同登记 图字：01-2023-1119

THE ONE PLUS ONE
by JOJO MOYES
Copyright © 2014 by Jojo's Mojo Ltd
Simplified Chinese edition copyright:
2023 Beijing Guangchen Culture Communication Co., Ltd
All rights reserved.

慢车开来

作　者：[英]乔乔·莫伊斯
译　者：张　源
出 品 人：赵红仕
出版统筹：慕云五　马海宽
策划编辑：李楚天
责任编辑：徐　樟
装帧设计：王　易
营销编辑：林亦霖

北京联合出版公司出版
（北京市西城区德外大街 83 号楼 9 层 100088）
北京联合天畅文化传播公司发行
文畅阁印刷有限公司　　　新华书店经销
字数 271 千字　880 毫米 ×1230 毫米　1/32　14.25 印张
2023 年 5 月第 1 版　2023 年 5 月第 1 次印刷
ISBN 978-7-5596-6728-1
定价：68.00 元

版权所有，侵权必究
未经许可，不得以任何方式复制或抄袭本书部分或全部内容
本书若有质量问题，请与本公司图书销售中心联系调换。电话：（010）64258472-800

目 录

一 打破宁静 001

二 微渺的希望 057

三 仓促启程的大冒险 084

四 有所保留的真心话 118

五 互相帮助 159

六 一波三折 200

七 懦夫 267

八 带着伤痕的甜 300

九 再次失去 344

十 直面生活，直面自己 377

十一 美好的微光 402

十二 再出发 437

一　打破宁静

生活总会以意想不到的方式发生变化，也许是一通电话，也许是一封邮件。

1. 艾德

西德尼进来的时候,艾德·尼科尔斯正在设计师的房间里跟罗南喝咖啡。西德尼身后跟着一个有些面熟的男人,又一个"穿西装的家伙"。

"我们一直在找你。"西德尼说。

"哦,那你现在找到了。"艾德说。

"我们找的不是罗南,是你。"

艾德打量了他们一分钟,然后把一个红色的泡沫球扔向天花板又接住。他从旁瞥了一眼罗南。尽管十八个月前,印伐斯塔集团已经收购了公司一半的股份,但是艾德和罗南对此毫无认同感,仍然只把他们的人称作是"穿西装的家伙"。这是他们私下里对他们比较客气的称呼之一。

"你认识一个叫迪安娜·路易斯的女人吗?"

"怎么了?"

"你有没有向她透露过新软件发布方面的信息?"

"什么意思?"

"就是字面上的意思,这个问题很简单。"

艾德挨个看了看这两个穿西装的家伙。气氛突然变得诡异、紧张起来。他的胃像是一台不堪重负的电梯,开始慢慢朝脚下滑去。"我们可能谈过工作上的事,但我不记得向她透露过具体细节。"

"跟迪安娜·路易斯?"罗南说。

"你得说清楚,艾德。你到底有没有向她透露过有关SFAX发布的任何信息?"

"没有。也许有吧。到底怎么了?"

"警察正在楼下搜查你的办公室,还有两个金融服务管理局的笨蛋。她哥哥因为内幕交易被逮捕了,理由是你向他们透露了有关软件发布的信息。"

"迪安娜·路易斯?我们的迪安娜·路易斯?"罗南开始擦自己的眼镜,这是他感到紧张时惯有的动作。

"他哥哥的对冲基金第一个交易日就赚了两百六十万美元。她自己的私人账户上存了十九万。"

"她哥哥的对冲基金?"

"我不明白。"罗南说。

"我再解释一下。迪安娜·路易斯供认,她跟她哥哥说了SFAX发布的事,她说艾德告诉她这会引起轰动。你猜怎么着?两天后她哥哥的基金就成为申购股票最多的买家之一了。你到底跟她说了什么?"

罗南瞪着他。艾德努力整理自己的思绪,他听到自己吞口水的声音大得让人难堪。办公室那边,整个研发组的人都从自己的小隔间里探出了头,偷偷看着这边。"我什么都没跟她说。"他眨眨眼说,"我不确定,我可能确实说了点什么,但不可能是高级机密。"

"这他妈的就是高级机密,艾德。"西德尼说,"这叫内幕交易。她说你告诉了她具体的日期和时间,你告诉她公司要发财了。"

"她在说谎!她胡说八道!我们只是……只是一起干点事。"

"你想上那个女孩,所以你就夸夸其谈想让她对你印象深刻!"

"不是那样的!"

"你跟迪安娜·路易斯上床了?"艾德可以感觉到罗南盯着自己的小近视眼里喷着火。

西德尼抬起双手,说:"你得给你的律师打电话。"

"关我什么事?"艾德问,"我从中得不到任何好处,我都不知道她哥哥还有对冲基金。"

西德尼看看他身后,那些办公桌后的面孔突然发现有热闹看了。他压低了声音:"你必须现在就去,他们想让你去警察局接受调查。"

"什么?真是开玩笑。二十分钟后我还有个软件的会要开,我才不会去什么警察局。"

"可是,我们得让你暂时停职,直到把这件事情查清楚。"

艾德似笑非笑地说:"你在开玩笑吗?你们不能让我停职。这是我的公司。"他把泡沫球扔到半空又接住,半背过身去对着他们。谁都没有动。"我不会去的,这是我们的公司。告诉他们,罗南。"

他看看罗南,但罗南却盯着地板。他又看看西德尼,西德尼摇摇头。然后,他抬头看看自己身后不知什么时候出现的两个"穿西装的家伙",看看自己的秘书(她正用手捂着嘴巴),看看从他脚下一直铺到门口的地毯,还有悄无声息地落在他两脚之间的泡沫球。

2. 杰西

杰西·托马斯和娜塔莉·班森一屁股坐在货车座位上。车子停在离娜塔莉家比较远的地方,这样屋里的人就看不到她们了。褪色的广告语"班森与托马斯清洁"印在白色货车一侧。娜塔莉曾在下面又加了一句:"有点脏?让我们来帮你吧!"直到杰西指出,她们有整整两个半月接到的都是跟清洁完全没有任何关系的电话。

娜塔莉正在抽烟。六周之前,她的第四次戒烟也以失败告终。

"一周八英镑,这是底薪,另有节假日工资。"娜塔莉大叫起来,"真是太糟糕了!我还想着找出那个耳环是哪个婊子留下的然后扁她一顿呢。都怪她,我们才丢了工作。"

"或许她不知道他已经结婚了。"

"不,她知道。"遇到迪安之前,娜塔莉曾经跟一个男的交往过两年,结果那个男的在南安普敦的另一边竟然有两个家庭。"没有哪个单身汉会在床上放一堆颜色互相搭配的靠垫。"

"尼尔·布儒斯特就会。"杰西说。

"尼尔·布儒斯特收藏的音乐 67% 是朱迪·嘉兰[①]，33% 是宠物店男孩。"

杰西和娜塔莉每个工作日都一起打扫卫生，已经有四年了，从海滨度假公园一半是度假天堂，一半是建筑工地的时候就开始了。那时候，开发商承诺，当地居民享有泳池的使用权，并且向每个人保证，大型高档商品市场的发展将使整个海滨小镇受益，同时还不会改变小镇原有的生活。可结果完全不是这样。现在，她们几乎所有的工作都在海滨开发区。镇上几乎没有谁有那个闲钱——或者闲心去雇个清洁工，除了医生、律师和汉弗莱太太那样的个别客户——因为她有关节炎，不能自己动手打扫。

从某些方面来看，清洁工确实是个好工作。你可以为自己工作，管理自己的时间，客户也大多由你自己挑选。但奇怪的是，这个工作不好的地方并不是令人讨厌的客户（总是有至少那么一个令人讨厌的客户），或是给别人刷厕所时那种低人一等的感觉。杰西并不介意从别人的下水管道里拔头发，也不介意大多数租住在度假屋的人似乎都觉得自己应该过一周像猪一样的生活。

真正让她不喜欢的是，她总会无意间发现一些自己根本不想知道的别人的生活琐事或者小秘密。

[①] 美国女演员、歌唱家。一九二二年生，一九六九年逝世于家中。——编注（后文如无特别说明均为编注）

杰西可以说出爱尔德里奇太太的购物习惯，因为她浴室的垃圾桶里塞满了名牌鞋收据，衣柜里还有几包从未穿过的衣服，标签还牢牢贴在上面；她知道莉娜·汤普森四年里一直努力想要个孩子，因为她每个月要用两次验孕纸（有传言说她还穿着连裤袜）；她知道住在教堂后面那所大房子里的米切尔先生的薪水有六位数（他把自己的工资单落在了客厅的桌子上，娜塔莉打赌说他肯定是故意的），他女儿在浴室里偷偷吸烟；如果杰西愿意，她可以找出那个出门时打扮得高贵优雅——头发打理得一丝不苟，指甲涂得油亮，身上喷着昂贵的香水——却认为把脏短裤摊在地上完全不是什么事儿的女人叫什么名字。

在这个看起来豪华的富人聚集区里，有每天晚上都分床睡的夫妻，有在她们问要不要更换客房床单时明确坚持说她们"最近有好多客人"的家庭主妇，还有需要戴着防毒面具、贴上"危险品"标签才能进入的厕所。

不久之前，杰西在帮丽莎·里特打扫卫生的时候，发现一个钻石耳环。

"可能是我女儿的，可能是她上次回家的时候落下的。"丽莎·里特这样说。她把耳环攥在手里的时候，因为过于用力，声音有点颤抖，"她有一副这样的耳环。"

"当然，"杰西说，"可能是被谁踢到您的卧室里去的，或者扎在谁的鞋子上带过来的。我们知道应该就是这样。很抱歉，如果知道这不是您的，我绝对不会来打扰您的。"那一刻，当里特太太转过身去的时候，她知道这活儿算干到头了。

人们从来不会因为你把坏消息带给他们而感谢你。

杰西和娜塔莉目光空虚地看着路的尽头,一个蹒跚学步的孩子像棵小树一样慢慢倒在地上,片刻沉默后开始哭泣。他妈妈两只胳膊上拎着的购物袋完美地保持着平衡,她站在那儿默默看着,神情有些沮丧。

"你听到那周她怎么说的了——丽莎·里特要开了她的美发师,然后再开了我们。"

娜塔莉的神情似乎在告诉杰西,要看到核灾难积极的一面,"是开掉'清洁工',这是不一样的。她不在乎那是我们还是'速净易',或者是'拖把女佣'。"杰西摇摇头,"不,对于她来说,从现在开始我们就是那两个知道她丈夫背叛了她的清洁工。她那种女人就在乎这个。她们总是死要面子,不是吗?"

那个妈妈把袋子放下,弯腰去扶她学步的小孩。杰西把自己的光脚丫子放在仪表盘上,双手捂着脸。"真倒霉。那这笔钱我们该怎么赚回来呢,娜娜?"

"那间房子一尘不染,基本上一周打扫两次就行了。"娜塔莉盯着窗外说,"而且她总是按时付钱。"

杰西一直在想那个钻石耳环。为什么她们不能装作看不见呢?实际上,要是她们其中一人直接偷着拿了也好啊。"好吧,她要解雇我们了。我们换个话题吧,娜娜,我可不能在去酒吧上班之前哭。"

"行,马蒂这周打电话了吗?"

"我可没说要换这个话题。"

"那他打了吗？"

杰西叹了口气说："打了。"

"他说了为什么上周没打电话吗？"娜塔莉把杰西的脚从仪表盘上推下来。

"没有。"杰西可以感觉到她在盯着自己，"另外他一分钱也没寄来。"

"哦，不是吧。你得让子女抚养局来处理他。你不能这样下去了。他应该给他自己的孩子寄钱的。"

这个问题她们早就争论过不知多少次了。"他……他过得还不是很好。"杰西说，"我不能再给他施加压力。他还没有找到工作。"

"嗯，你马上就需要那笔钱了，除非我们找到另一份像丽莎·里特家那样的工作。尼基怎么样了？"

"我去詹森·费舍尔家和他妈妈谈过了。"

"你开玩笑呢。她都快把我吓死了，她说了不会再让詹森招惹尼基吗？"

"差不多吧。"

娜塔莉一动不动地看着杰西，惊讶得下巴都快掉下来了。"她说要是我敢再踏上她家门前的台阶的话，她就把我揍到下星期三都起不来。我和我的……怎么说来着？我和我的'怪物小孩'。"杰西放下副驾驶座前的镜子，理了理头发，然后把头发拢到脑后扎了个马尾。"哦，然后她告诉我他们家詹森连只苍蝇都不会伤害。"

"不出所料。"

"不过没关系,我有诺曼陪着我。还有,谢谢它,它在他们家的丰田汽车旁边堆了一大坨垃圾,而不知道为什么我忘记在包里装一个塑料袋了。"

杰西又把脚放回仪表盘上。娜塔莉又把她的脚推下去,用一块湿抹布擦了擦仪表盘。"不过,说真的,杰西,马蒂走了多久了?两年?你还年轻,不能老等着他自己振作起来。你得重新开始。"娜塔莉皱着眉头说。

"重新开始。挺好。"

"利亚姆·斯塔布斯那么喜欢你,你完全可以接受他。"

"随便哪个带两个 X 染色体的生物都可以上利亚姆·斯塔布斯。"杰西关上了窗户,"我还不如去看看书呢。而且,我觉得孩子们的生活已经够动荡了,不必再玩什么'问候新叔叔'的游戏了。完全不用。"她抬起头,朝空中努了努鼻子,"我得去把茶泡了,然后准备去酒吧。走之前我再去迅速问一圈,看有没有哪个客户有额外的清洁工作。而且你也不确定丽莎·里特会不会解雇我们。"

娜塔莉把自己那边的窗户摇下来,吐出一股长长的烟雾。"当然,善良的多萝西。然后我们的下一份工作就是清理黄砖路尽头的翡翠城了[①]。"

---

① 出自童话故事《绿野仙踪》。

海滨大道十四号充斥着远距离传来的爆炸声。坦丝最近算了一下，从尼基十六岁开始，他88%的闲暇时间都在卧室里度过。杰西也没法责怪他。

杰西把自己的工具箱放在客厅，挂起外套，走上楼，破旧的地毯让她像往常一样感到沮丧，她推开尼基的房门。尼基正戴着耳机在朝谁射击，浓浓的烟草味熏得她头晕。

"尼基？"她说。一连串的射击中，有人爆炸了，"尼基。"她走过去把他的耳机摘掉，终于他转过身来，脸上一片茫然，像是刚从睡梦中被叫醒。"正忙着呢，哈？"

"课间休息。"

"我想我跟你说过了……"她捡起一个烟灰缸朝他举着。

"那是昨天晚上的。我睡不着。"

"不准在屋里抽，尼基。"跟他这么说一点意义也没有，附近的孩子都这么干。她告诉自己该感到幸运，至少尼基十五岁才开始，比起周围的人，他已经好很多了。

"坦丝回来了吗？"她弯腰把地上散落的袜子和被子捡起来。

"没有。哦，对了，下午学校打电话来了。"

"什么事？"

他在电脑上打了几个字，然后转过来朝着杰西。"不知道。好像是关于学校的事。"

她撩起他一绺染过的黑发，果然，颧骨上又多了块新伤痕。尼基躲开了。"你没事吧？"

尼基耸耸肩，不再看她。

"他们又欺负你了？"

"我没事。"

"为什么不给我打电话？"

"我手机欠费了。"他朝后一靠，拉响了一个虚拟的手榴弹。爆炸的屏幕变成了一团火球。他重新戴好耳机，又回到游戏里。

尼基跟杰西已经一起生活整整八年了，他是马蒂和黛拉的孩子。黛拉是马蒂十几岁时的女朋友。尼基来的时候一副沉默寡言、小心翼翼的样子，四肢又细又长，胃口超大。他妈妈跟一群新来的好上了，最后跟一个叫大个艾尔的人一起失踪在中部的某个地方。大个艾尔谁都不放在眼里，他巨大的拳头里永远抓着一罐坦南特特级啤酒。尼基被发现的时候，正躲在学校的更衣室里睡觉。社工第二次打来电话的时候，杰西说可以把尼基送到他们这里来。

"这就是你想要的，"娜塔莉曾经说，"又多了一张吃饭的嘴。"

"他是我的继子。"

"可你四年里才见了他两次，而且你自己都还不到二十岁。"

"呃，现在的家庭都是这样的。"

有时，杰西也会想，这件事会不会就是她婚姻里那根最后的稻草，让马蒂终于放弃了对这个家庭的所有责任。但是，在那乌黑的头发和眼线掩饰下的尼基其实是个好孩子。他对坦丝很好，在他心情好的时候，他会说话，会大笑，偶尔还会允许杰西笨拙地抱他一下。而她也很喜欢他，虽然她有时候觉得，不过是多了一个需要担心的人。

她拿着电话来到花园，深吸了一口气。"嗯……你好？我是杰西卡·托马斯。此前您给我打过电话。"

那边顿了一下。

"坦丝……她一切都……都好吗？"

"一切都好。不好意思，我应该先自我介绍一下的。我是茨万吉拉伊，坦丝的数学老师。"

"哦。"她脑中浮现出他的样子：一个穿着灰西装的高个儿男人，脸上的表情像是主持葬礼的司仪。

"我想跟您谈谈，因为几周前我跟一个以前的同事聊到了一个很有趣的话题，他现在在圣安妮学校教书。"

"圣安妮？"杰西皱了皱眉，"那个私立学校？"

"对，他们有一项针对数学有特别天赋的孩子的奖学金计划。您知道，我们一直认为坦丝很有天赋。"

"因为她数学很好。"

"不止是很好。上周我们让她做了一下资格考试的试卷，她是否跟您提过？我给您家里寄了一封信，不知道您收到了没有。"

杰西斜眼看看天空中飞过的一只海鸥。隔着几个花园，特里·布莱克斯通开始伴着收音机唱歌。要是他觉得没人看见的话,他能把罗德·斯图尔特所有的歌都唱一遍。

"今天早上我们知道了结果。她考得很好,特别特别好。托马斯太太,如果您同意,他们希望能给她做个面试,提供一个有补贴的名额。"

她发现自己机械地重复道:"有补贴的名额?"

"对于那些有特殊天赋的学生,圣安妮可以免收大部分学费,这意味着坦丝将有机会接受一流的教育。她在数字方面有十分惊人的天赋,托马斯太太,我真的认为这对她来说是个绝佳的机会。"

"圣安妮?可是……那样她就得坐公交车穿过整个镇子去上学,她得备好校服和所有的装备,而且她——她谁都不认识。"

"她会认识新朋友的。不过这些都是小事,托马斯太太,我们等着看学校怎么说吧。坦丝确实是个很有天赋的女孩。"他停了一下。杰西没有说话,他又放低声音说道,"托马斯太太,我已经教了二十二年数学了,从没见过哪个孩子能像她那样把数学概念掌握得那么完美。我认为,其实我已经没什么可教她的了——算法、概率、质数……"

"好吧,茨万吉拉伊先生,这些我就听不懂了。"

他咯咯地笑起来:"我会随时联系您的。"

她放下电话,一屁股坐在白色的塑料圆椅上,椅子上已经长满了绿油油的苔藓。她茫然地看着远方,看看窗户上的窗帘,以前马蒂总觉得它们太艳了;看看那个她一直没空拿走的红色塑料三轮车；看看隔壁的烟蒂，那点点火光像是撒在路上的五彩糖果；又看看栅栏上烂掉的木板，那只狗非要把自己的脑袋从那里伸出去。

虽然娜塔莉说她总是极度盲目地乐观，但她还是发现自己的眼睛里竟然充满了泪水。

孩子的爸爸不在，会有很多麻烦事：钱的问题，为了孩子而压抑的愤怒，还有大多数有伴侣的朋友对你的态度——仿佛你会抢走她们的丈夫似的。但更糟糕的，比无穷无尽、让人筋疲力尽的财务和温饱问题更糟糕的，是在你能力完全不够的时候成为一个单亲妈妈，这让你觉得自己处在地球上最孤单的角落。

3. 坦丝

二十六辆车停在圣安妮的停车场上，车子面对面排成两排，每排十三辆闪亮的四轮汽车，或车头朝外，或车尾朝外，基本上都是呈四十一度角倾斜，以便其他车进出。

坦丝和妈妈从公交车上下来穿过马路的时候一直在看那些车，司机们或是对着电话骂脏话，或是朝后座上瞪大眼睛的金发宝宝们做鬼脸。妈妈抬起头，闲着的一只手摆弄着家里的钥匙，好像那是她们的车钥匙，她和坦丝只是凑巧把车停在附近罢了。妈妈一直在往后看，坦丝猜她可能是怕碰到雇她做清洁的主顾，他们会问她来这儿做什么。

坦丝从来没进过圣安妮,虽然她曾经坐公交车经过这里不下十次,因为国民保健服务的牙医就在这条街上。从外面看,这里就是一片无边无际的树篱,正好切成九十度直角的样子(她怀疑园丁是不是用了分角器),还有枝条下垂的大树,布满整个操场,似乎是为了给树下的孩子们遮阳。

圣安妮的孩子不会用书包互相打头,也不会让别人靠在墙上偷午饭钱。这里没有声音听起来疲惫不堪的老师像赶羊那样把学生轰进教室,女孩们也不会把裙子在腰带那里卷六次。没有一个人抽烟。妈妈轻轻捏了捏她的手。坦丝希望她不要表现得这么紧张。"这里不错,是不是,妈妈?"

她点点头。"是的。"这句话出来却成了一声尖叫。

"茨万吉拉伊先生跟我说,他们这里的六年级学生每个人的数学成绩都是 A 或 A+。很棒,是不是?"

"棒极了。"

坦丝拉了拉妈妈的手,这样她们就可以快点走到校长办公室。"你说我那么晚回家诺曼会想我吗?"

"那么晚回家?"

"圣安妮六点才放学,周二和周四还有数学兴趣小组——我肯定要参加。"

妈妈瞟了她一眼。妈妈看上去真的很累。这些天妈妈一直很累,她脸上勉强挤出一点笑意,虽然那根本都不能算是笑,然后她们走进了办公室。

"您好，托马斯太太。你好，康斯坦萨①。很高兴见到你们，请坐。"

校长的办公室房顶很高，每二十厘米就有一朵白色的石膏玫瑰花，每两朵花的正中间有小小的玫瑰花蕾。房间里塞满了旧家具，透过一扇大飘窗，可以看到一个男人开着除草机慢慢地在一块板球场上来来回回。一张小桌子上放着一个托盘，盘里放着咖啡和饼干，看得出来是自己家里做的。爸爸走之前，妈妈也经常做这种饼干。

坦丝坐在沙发边缘，看着对面的两个男人。其中一个有小胡子的，脸上的笑让人想起给你打针前的护士。妈妈把包放到腿上，坦丝可以看到她遮住了手上被诺曼咬过的地方。妈妈的两条腿在发抖。

"这位是克鲁克谢克先生，他是数学组的负责人。我叫戴利，在过去的两年里我一直是这里的校长。"

坦丝把视线从饼干上移开，抬起头，问：

"你们学弦吗？"

"学。"克鲁克谢克先生说。

"概率呢？"

"也学。"

克鲁克谢克先生探过身来，"我们一直在看你的测试成绩。我们认为，康斯坦萨，你应该明年就完成普通中等教育水平的

---

① "坦丝"为"康斯坦萨"的昵称。

数学考试,因为我觉得你会更喜欢中学高级水平的题目[①]。"

坦丝看看他:"您有真题吗?"

"隔壁房间有一些,你想看看吗?"

她不敢相信他竟然在询问自己的意见。她想像尼基那样简单地说一句"好啊!",但她却只是点了点头。

戴利先生递给妈妈一杯咖啡。"那我就开门见山了,托马斯太太,您很清楚您的女儿有非凡的才能,迄今为止我们只见过一次您女儿这样的成绩,那个学生后来去了圣三一大学。"

他继续滔滔不绝地说着,坦丝只听到了一点点:"……对于表现出特殊才能的一部分非常优秀的学生,我们新设立了一项公平教育奖学金……这将为原本可能无法进入这所学校的学生提供一个发掘自己潜力的机会……虽然我们迫切希望能看到康斯坦萨在数学领域里能走多远,但我们同样希望她能融入学生生活的其他部分。我们有全面的体育和音乐课程……数学好的孩子通常也都很有语言天赋……还有戏剧——她这个年龄的女孩子一般都很喜欢这个。"

"我真正喜欢的只有数学,"她对他说,"还有狗。"

"噢,关于狗这方面我们无能为力,不过我们肯定会为你提供许多机会,让你在数学上大展拳脚。不过我觉得在你感兴趣的其他方面,我们的待遇可能会让你大吃一惊。你玩什么乐

[①] 英国中学教育从11至18岁分为三个阶段,分别为三年制的初中教育、两年制的普通中等教育,及两年的中学高级水平教育。

器吗?"

她摇了摇头。

"会什么外语吗?"

屋里变得有点安静起来。

"其他的兴趣爱好呢?"

"我们周五会去游泳。"妈妈说。

"自从爸爸走了以后我们就没去游过泳了。"

妈妈笑了笑,显然有点心虚。"我们去过,坦丝。"

"就一次,五月十三日。但是现在你周五都要工作。"

克鲁克谢克先生离开了房间,不一会儿又拿着试卷回来了。坦丝把最后一块饼干塞进嘴里,然后站起来走过去坐到他旁边。他拿了一大摞试卷,全都是她还没有开始学的东西!

她开始跟他一起浏览试卷,告诉他哪些是她学过的,哪些是她没学的,她可以听到妈妈和校长在絮絮叨叨地说着什么。

看起来似乎一切顺利。坦丝把注意力重新集中到试卷上。

"对,"克鲁克谢克先生正手指着试卷,轻声说道,"但更新过程的奇妙特征在于,如果我们等待一段预定的时间,然后观察包含这一过程的更新时间间距,会发现它通常比平均更新时间间距要长。"

这些她知道!"所以猴子要花更长的时间才能打出《麦克白》[①]?"

[①] 更新理论是关于随机过程的系列理论。根据更新理论,在给予足够长时间的条件下,一只猴子也可以用打字机打出莎士比亚的经典著作《麦克白》。

"没错。"他笑着说,"我都不知道你是不是已经学了更新理论的内容。"

"没学过,真的。不过有一次茨万吉拉伊先生曾经跟我提起过,所以我就自己去网上查了。我喜欢那个关于猴子的问题。"她快速翻阅着试卷。那些数字仿佛在对她唱歌。她可以感觉到自己的大脑也在轻轻哼唱,她知道她一定要进这所学校。"妈妈,"她说,她一般不会打断别人说话,但她实在是太兴奋了,所以就顾不得礼貌了,"你觉得我们可以弄到这样的题目吗?"

戴利先生看了看,他似乎并不在意她的失礼。"克鲁克谢克先生,我们有多余的吗?"

"这些你都可以拿走。"

他把那些试卷递了过来!就那样递了过来!外面的铃声响起来,她能听到学生们从办公室窗前走过,他们的鞋子在碎石路上嘎吱作响。

"那……接下来要做什么?"妈妈问道。

"哦,我们想为康斯坦萨……坦丝……提供奖学金。"戴利先生从桌子上拿起一个光滑的文件夹,"这里是我们的简介和相关文件。奖学金可以支付90%的费用,这是本校提供的有史以来比例最高的奖学金。考虑到有那么多学生排着队想进这所学校,一般来说,50%就已经是我们的上限了。"他把盘子递给坦丝,盘子里不知什么时候又重新装满了饼干。这真是她所见过的最好的学校了。

"90%。"妈妈说。坦丝把饼干放回小盘子里。

"我知道还涉及许多费用。还有校服、旅行费用及其他她可能需要的费用,比如音乐和学校郊游。但我想强调的是,这真的是一个十分难得的机会。"戴利先生俯下身来,"我们真的很希望你能来这儿上学,坦丝。你的数学老师说跟你一起学习很愉快。"

"我喜欢上学,"她一边说,一边又拿了一块饼干,"我知道我的很多朋友都觉得上学很无聊。但相比回家,我更喜欢上学。"

大家都尴尬地笑了笑。

"不是因为你,妈妈,"她说着,又拿了一块饼干,"不过我妈妈确实得做好多工作。"

大家都没有说话。

"这些天,我们都有很多工作要做。"克鲁克谢克先生说。

"好了,"戴利先生说,"你们还有很多事情要考虑。我相信你们也还有其他问题要问我们。不过,你们先喝完咖啡,然后我叫一个学生带你们在学校里转转怎么样?你们自己可以先商量一下。"

坦丝在花园里给诺曼扔球。她相信,总有一天诺曼会把球接到然后叼回来。她在什么地方读到过,重复可以使动物学会某个技能的概率增加四倍。虽然她并不确定诺曼会不会数数。

诺曼是爸爸走后他们从动物收容所带回来的。那时妈妈连续十一个晚上没怎么睡觉，生怕有人一旦发现家里没有成年男子，会趁机把他们杀死在床上。它跟孩子们相处得很好，一只非常优秀的看门狗，收容所的人这么说。妈妈则一直说："但是它太大了。"

"大了才能吓住别人啊。"他们开心地笑着说，"而且我们有没有提过它很受孩子们喜欢？"

两年了，妈妈终于明白了诺曼就是一个只知道吃和拉的巨大机器。它的口水会流在枕头上，睡觉的时候还会嚎叫，还拖着沉重的身体在屋里到处抖毛，它所到之处都会有一股臭味久久不得消散。妈妈说，收容所的人说得对，诺曼真的是一条出色的看家狗，因为没有人敢闯进我们家，因为怕被它熏死。妈妈已经放弃阻止诺曼进坦丝的房间了。坦丝早上醒来的时候，总是发现诺曼豪放地舒展着身子占了四分之三的床，毛茸茸的腿摊在她的床单上，而她自己则揪着被子的一个小角发抖。

妈妈经常抱怨诺曼掉毛和卫生问题，但坦丝并不介意。

尼基是坦丝两岁的时候加入他们的家庭的。坦丝还记得那天晚上，自己一觉醒来就发现有个男孩在客房里，妈妈只是说他会留下来，他是她的哥哥。有一次坦丝问他，他觉得他们俩的共同基因体现在哪儿，他说："那个消失了的神秘基因。"她觉得他可能是在开玩笑，但她知道的关于基因的知识非常有限，所以没能证实。

诺曼从始至终对球都提不起兴趣，坦丝也不再想重复，于是她走到水龙头那里洗手，这时传来了妈妈和尼基的说话声。

尼基房间的窗户开着,他们的声音飘出来,传到了花园里。

"你付水费了吗?"尼基问。

"没有,我没空去邮局。"

"上面说这是最后期限了。"

"我知道这是最后期限。"妈妈厉声说道,每次说到钱的时候她都这样。然后是一阵沉默。诺曼捡起球扔在坦丝脚边,然后躺了下来,黏黏糊糊的让人讨厌。

"对不起,尼基,我……我只是想快点结束这个话题。我明天早上会处理的,我保证。你想跟你爸爸说话吗?"

坦丝知道他的答案,尼基再也不想跟爸爸说话了。

"嘿。"

坦丝挪到窗下,一动不动地站在那里。她可以听到Skype[①]里爸爸的声音,他的声音有点着急。

"一切还好吗?"坦丝怀疑他是不是觉得发生了什么不好的事情,或许如果他认为坦丝得了白血病,那他可能就会回来。坦丝曾经看过一部电影,里面有个女孩的父母离婚了,后来因为这个孩子得了白血病,两人又和好了。不过坦丝并不是真的想得白血病,因为她晕针,而且她的头发很漂亮。

"一切都好。"妈妈说。她没有告诉他尼基被打的事。

"现在在忙些什么?"

一阵沉默。

---

① 一款即时通信软件。

"你妈妈装饰房子了?"妈妈问道。

"什么?"

"新墙纸。"

"哦,那个啊……"

奶奶的房子里贴了新墙纸?坦丝觉得有点奇怪。爸爸和奶奶现在住在一个她可能永远也认不出的房子里。她已经有三百四十八天没见过爸爸,四百三十三天没见过奶奶了。

"我得跟你说说坦丝上学的事儿。"

"怎么了?她干什么了?"

"不是你想的那样。她得到了一笔去圣安妮上学的奖学金。"

"圣安妮?"

"他们觉得她的数学特别好。"

"圣安妮。"他的声音听起来似乎不敢相信,"我的意思是,我知道她很聪明,但是……"

他听起来真的很开心。她背靠着墙,踮起脚尖以便让自己听得更清楚一点儿。坦丝想,如果自己去圣安妮的话,或许爸爸就会回来了。

"我们的宝贝女儿要去贵族学校了,哈!"他的声音里充满了骄傲。坦丝已经可以想象他会如何跟自己酒吧里的同伴炫耀吹嘘。除非他去不了酒吧,因为他总是跟妈妈说他没钱去享受。"那还有什么问题?"

"嗯……奖学金是不少,但不是包揽所有。"

"你的意思是？"

"意思是我们每学期还得再交五百英镑,还有买校服的费用。还有五百英镑的注册费。"

屋里沉默了很长时间,坦丝都怀疑电脑是不是死机了。

"他们说等坦丝在那里上满一年可以再申请一笔助学金,一些补助。如果确实有这个需要,他们也可以提供额外的补助。但前提是我们得先筹到大概两千英镑让她上完第一年。"

然后爸爸笑了,他竟然笑了。

"你开玩笑呢,是不是？"

"不是,我没有开玩笑。"

"我上哪儿去找两千英镑去,杰西？"

"我只是想我——"

"我甚至连份像样的工作都没有,我这边一点进展也没有。我……我才刚刚恢复正常。对不起,宝贝儿,但是,不行。"

"你妈妈不能帮帮忙吗？她可能有点积蓄。我能跟她谈谈吗？"

"不行,她……出去了。而且我也不希望你去向她要钱,她已经够操心的了。"

"我不是向她要钱,马蒂。我只是想她可能愿意帮帮她唯一的孙女。"

"她已经不是唯一了,埃琳娜生了个小男孩。"

坦丝一动不动地站着。

"我都不知道埃琳娜怀孕了。"

"嗯，我本来想告诉你的。"

坦丝有了个小表弟，而她竟然不知道。诺曼站起来然后又扑通一声躺在她脚边，用棕色的大眼睛看看她，一边呻吟一边慢慢转着球，好像躺在地上是件非常、非常累的活儿。

"好吧……那我们把劳斯莱斯卖了怎么样？"

"不能把它卖了，我还要把婚庆的活儿重新捡起来呢。"

"可是这两年它基本上都在我们车库里生锈。"

"我知道。我会把它弄走的，只是我现在还没找到一个安全的地方存放它。"

他们说出的每句话都压抑着抱怨，这是他们常用的对话模式。坦丝听到妈妈深吸了一口气，说："你就不能至少考虑一下吗，马蒂？她真的很想去这所学校，真的、真的很想去。跟那个数学老师说话的时候，她的眼睛都在发亮。我从没见过她那样，自从——"

"自从我走了以后。"

"我不是这个意思。"

"所以全都是我的错。"

"不，我没说全都是你的错，马蒂，但我也不能假装你的离开没造任何影响。坦丝不明白你为什么不来看她，不明白为什么很少见到自己的爸爸。"

"我承担不起那些费用，杰西。你知道的。你继续这么针对我一点意义也没有，我病了。"

"我知道你病了。"

"她随时可以来看我,我告诉过你。学期中的时候把他们俩都送过来吧。"

"我不能,他们太小了,不能自己去那么远的地方,而我也付不起我们三个人的路费。"

"那我想,这也是我的错了。"

"哦,天哪!"

坦丝指甲抠进手掌里。诺曼一直看着她,默默等着。

"我不想跟你吵架,马蒂。"妈妈说道。她的声音很低,小心翼翼的,好像老师在试图向你解释你本就应该知道的东西。"我只是想问问你,是不是可以想想办法帮帮忙。这会是坦丝人生的转折点。我的意思是,她可能不必像……像我们这样为生活奔波。"

"你不能这么说。"

"什么意思?"

"你不看新闻吗,杰西?现在找不到工作的大学毕业生多了去了。不管上什么学校,最后她都得为生活奔波。我们为这个再欠债没有任何意义。"他停了一下,"那种学校肯定会跟你说他们很特别,她很特别,如果她去那里上学,她的人生会一片辉煌,等等等等。他们就是这样。"

妈妈什么也没说。

"怎么可能呢?如果她真像他们说的那么聪明,她完全可以靠自己。但现在她只能跟别人一样去麦克阿瑟上学。"

"你说的别人是指那些每天只知道算计着怎么打尼基脸的

小混蛋们？还是那些脸上化了四厘米厚的妆，生怕折断长指甲而不肯去上体育课的女孩子？她跟那里格格不入，马蒂，她不是那种人！"

"你这话说得像个势利小人。"

"才不是！我只是一个承认女儿有些与众不同的妈妈，而且我希望有个学校来接纳这种不同。"

"我做不到，杰西，对不起。"他听起来有点心不在焉，好像听到远处有什么声音，"听着，我得走了。周日让她跟我打Skype。"

然后是很长时间的沉默。

坦丝数到了十四，然后她听到门开了，是尼基的声音："一切顺利啊。"

坦丝俯下身，摸了摸诺曼的肚子。她闭上眼睛，这样就看不到落在诺曼身上的眼泪了。

"我们最近买彩票了吗？"

"没有。"

沉默持续了九秒钟，然后妈妈的声音回荡在寂静的空气里。

"那么，我觉得我们最好还是开始买吧。"

4. 艾德

迪安娜·路易斯——她不是最漂亮的，但绝对是艾德和罗南的"不用先喝四品脱①酒也愿意搭讪的女孩"校园打分系统中得分最高的女孩。大学的时候，他们年轻，关注爱情和异形，所以他们开发了一个给学校女孩打分的系统。好像她正眼瞧过他们中的谁似的。

事实上，大学三年里，她几乎从来没有留意过他，除了那次下雨的时候——她在车站求他用他的迷你汽车顺道把她捎回宿舍。她坐在副驾上的那段时间里，他舌头打了结，除了她下车时讲了一句"别担心"之外几乎一个字也没说，而这句话不知怎的竟然用了三个八度高音。走出车门后、关上门之前，她弯腰拿掉靴底的空薯片袋，然后优雅地把它丢回驾驶座下面。

如果说艾德的表现很糟糕的话，那罗南就是更糟糕。他的爱让他压抑得像是漫画里的傻瓜。他给她写诗，在情人节的时候匿名送花，在食堂排队的时候冲她微笑，并且在她看不到的地方努力掩饰失落。

等艾德和罗南毕业并创办了自己的公司后，对女人的心思完全被对软件的心思代替，最后，软件成了他们真正喜欢花心思的东西，而迪安娜·路易斯则逐渐成为大学时代的美好回忆。

"哦……迪安娜·路易斯。"他们互相说着，眼睛望着远处，似乎可以看到她以慢动作飘浮在酒吧其他酒客的头顶。

三个月前，迪安娜·路易斯在 Facebook 上给艾德发了封私信，说自己在纽约待了几年，但现在她要回来了，还想联系一

---

① 容积单位，1 英制品脱约合 0.568 升。

下以前在大学里的老朋友。她问他是否还记得里纳,还有山姆,问他是否可以出来喝一杯。那时劳拉离开大概已经有六个月了,她走的时候还带走了他在罗马的公寓、他一半的股票以及他对男女关系的所有兴趣。

后来想起这些,他有些羞愧于自己没有告诉罗南。当时罗南正忙着新软件的事儿呢,艾德对自己说,他可是花了好长时间才忘掉迪安娜的,况且当时他刚开始跟那家非营利汤店的女孩约会。艾德这样安慰自己。但事实上是因为艾德一直没有谈恋爱,并且他有点想让迪安娜·路易斯看看,自从一年前公司卖掉后他现在变得多有魅力。

事实证明,钱可以提升你在某些人眼中的形象,让他们觉得你的衣服、皮肤、头发和身体都与众不同。艾德·尼科尔斯再也不是那个开着迷你汽车、舌头打结的呆子。他没有穿特别显眼的名牌,但在三十三岁这个年纪,财富已经成了他身上一种看不见的香水味。

他们约好在苏豪区的一家酒吧里见面。她道歉说,里纳在最后一刻跑掉了。"我有一个孩子。"说这话的时候,她自嘲地微微皱了皱眉。过了很久他才意识到,山姆一直都没有出现。她也没有问起罗南。

他情不自禁地盯着她看。

她仿佛还是老样子,一头黑发披在肩上,像是在做洗发水广告。可是,在艾德看来,她比他记忆中的样子更美好、更有人情味。或许,即使是那些最受欢迎的女孩,一旦没有了大学的束缚，也会稍稍接点地气吧。他讲什么笑话她都笑。他可以感觉到，当她发现他已不是她记忆中模样时表现出来的惊讶。这让他感觉很好。

几个小时后他们道别。艾德并没有指望能再收到她的消息，但两天后她又打来电话。这一次他们去了一家俱乐部跳舞，当她把他的手举过头顶的时候，他真的要很努力才能不去想象把她按在床上的情景。她刚刚结束了一段恋情，在喝了三四杯酒后她解释说，分手的时候很痛苦。她不知道自己是不是还想认真对待感情。他说了所有合她心意的话，他告诉她关于他前妻劳拉的事——劳拉说他最爱的永远是他的工作，说她必须在自己疯掉之前离开他。

"有点像演电视剧。"迪安娜说。

"她是意大利人，而且是个演员，演戏就是她的日常。"

"这些都过去了。"她纠正道。说这话的时候，她一直盯着艾德的眼睛。艾德说话的时候她就盯着他的嘴，这种奇怪的感觉让他有些分神。他告诉她关于公司的事：他和罗南在他卧室里开发出了首个试用版软件，软件出现了一些小问题；与媒体大亨的会谈——那个大亨用自己的私人喷气式飞机把他们载去得克萨斯，在他们拒绝了他的收购请求后还诅咒他们。

他告诉她公司上市那天，他坐在浴缸边缘，看着手机上的股价不断飙升，不禁开始发抖，因为他明白了他的人生从此不一样了。

"你那么有钱吗？"

"还行吧。"他突然意识到自己特别像是在炫富,"嗯……当然,离婚之前我更有钱……现在,还好。你知道,我对钱其实没什么兴趣的。"他耸耸肩说,"我只是喜欢我做的事情,我喜欢这个公司,喜欢将想法转化成能够为人所用的实物。"

"但你把它卖掉了?"

"公司太大了,有人跟我说如果卖掉,所有财务的事都可以交给那些穿西装的家伙。我对财务的事情从来都不感兴趣,我只是有很多股票。"他盯着她说,"你的头发真的很漂亮。"他也不知道自己为什么突然话锋一转。

在出租车上,她吻了他。

迪安娜·路易斯用精心修剪过的细长的手缓缓地托住他的脸,然后吻了他。虽然他们已经离开学校超过十二年了——在这十二年里,艾德·尼科尔斯跟一位模特兼演员兼其他什么身份的女人有过一段短暂的婚姻——但是大学里那个男孩似乎在他的身体里一直小声地说:"迪安娜·路易斯吻我了。"而且她不止是吻他,她把裙子拉起来,一条修长的腿搭在他身上——显然,她完全无视了出租车司机的存在——压着他,手一直向上滑到他的衬衣上,直到他无法说话,无法思考。

到达公寓的时候,他说出来的全是口齿不清的蠢话;他等不及找零钱,甚至都没有检查一下递给出租车司机的一团钞票里有没有夹了别的东西。

这次做爱的感觉很棒。哦,天哪,真的太棒了!上帝啊,她竟然用了一些很色情的动作。跟劳拉在一起的最后几个月里,做爱的感觉就像是她对他的某种恩赐——取决于只有她才懂的一堆前提条件:他是否给予了她足够的关注?是否花了足够的时间陪她?是否带她出去吃饭了?或者,是否明白他怎样伤害了她?

当迪安娜·路易斯看到他光着身子的时候,那种饥渴让她的眼睛由内而外亮了起来。

哦,天啊!迪安娜·路易斯。

周五晚上她又来了。她穿着那种让人疯狂的短裤,裤子旁边有丝带,一拉就开,然后短裤就像水流一样缓缓从她腿间滑落。随后她卷了一个烟卷。虽然他不吸烟(通常情况下),但他感觉脑袋里有一种愉快的眩晕。把手放在她头发上的时候,艾德感觉到丝绸一般的冰凉顺滑。自从劳拉走后,他第一次感觉到生活其实很美好。

然后她说话了:"我把咱俩的事告诉我爸妈了。"

他很费力地集中精力:"你爸妈?"

"你不会介意的,对不对?你知道吗,这种感觉……自己终于又属于什么的感觉简直太好了。"

艾德发现自己正盯着天花板上的一个点。没关系的,他对自己说,很多人都会告诉父母这个那个。虽然是只有短短的两个星期。

"其实在此之前我一直都很抑郁,可是现在我却感到……"

她笑着对他说,"……很幸福,幸福得要发疯了。我早上醒来,脑子里全是你,只要有你我就觉得一切都会好起来。"

他突然觉得口渴得厉害,他不确定是不是因为烟卷的问题。"抑郁?"他问道。

"我现在好了。我的意思是,我的家人真的很好。上次发作后,他们带我去看医生,给我吃了很有效的药。我觉得没什么好抱怨的!哈哈哈哈!"

他把烟卷递给她。

"你知道吗,医生说我过于敏感。有些人一生都在与命运抗争,而我正好不是他们中的一个。有时候我读到一只动物快要死了,或是一个孩子在另一个国家的某个地方被谋杀了,我真的会哭一整天。真的。我上大学的时候也是这样,你不记得了吗?"

"不记得。"

她把手放在他的私密处。突然,艾德十分确定地感觉到,它不会有感觉。

她抬头看看他,她的头发遮住了半边脸,她吹吹那些头发。"失去工作,失去家庭,这种经历真是太痛苦了。你不知道真的一文不名是什么样子。"她盯着他,似乎在考虑要告诉他多少,"我的意思是真正意义上的一文不名。"

"什么……什么意思?"

"嗯……比如,我欠我前夫一笔钱,我告诉他我无力偿还,我信用卡上的债已经够多了。他就一直给我打电话,一直追债。

我真的觉得压力很大,可他一点都不明白。"

"你欠他多少钱?"

她告诉了他。在他目瞪口呆的时候,她又说:"别说你要借给我,我不会从我男朋友那里拿钱的。不过这真是个噩梦。"

艾德试着不去思考她用"男朋友"这个词的意义和目的。

他低头看看她,她的下嘴唇在发抖。他吞了吞口水。"呃……你还好吗?"

她的笑太迅速、太夸张。"我很好!谢谢你,我现在真的很好。"她的一根手指划上他的胸膛,"不管怎么说,可以出去吃饭而不用担心怎么付钱真是太幸福了。"她亲了亲他的一个乳头。

那天夜里,她一只胳膊搭在他身上睡着,睡得很沉。艾德却躺在床上清醒得要命,他希望自己可以给罗南打个电话。

随后一个周五,及再一个周五她都来了。她完全不理会他说周末有事要做的暗示。她爸爸给了她吃饭的钱。"他说看到我又这么开心就放心了。"

"我感冒了,"当她从地铁站出来,跳过马路过来的时候,他对她说,"最好不要亲我。"

"我不介意。你的就是我的。"她说,然后贴住他的脸整整二十秒。

他们在当地的比萨店吃了饭。见到她的时候,他开始感觉到一种模糊的、条件反射似的恐慌。她总是对事物很"敏感"。

见到红色的公交车她会觉得开心,见到咖啡店里一株枯萎的植物她会觉得想哭,她对什么事都过于关心。有时候她忙着说话,吃饭的时候都忘了闭上嘴巴。在他的公寓里,她开着厕所的门小便。她就像是一匹来串门的马脱了缰绳。这一切让他措手不及。

现在艾德只想一个人待在公寓里,他想静一静,想回归正常的生活,他不敢相信自己竟然曾经感到孤独。

那天晚上他告诉她,他不想做爱。"我真的很累。"

"我保证让你兴奋起来……"她开始在被窝里往下摸索。

"真的,迪安娜,现在……现在不行。"

"那我们可以抱抱。现在我知道了,你并不是只想占有我的身体!"她把他的胳膊拉过来抱着自己,然后像个小动物一样轻轻地发出愉快的呜咽声。

黑暗中,艾德·尼科尔斯躺在那里,眼睛睁得大大的,深吸了一口气。

"那个……迪安娜……嗯……下周末我要出差。"

"要去什么好玩的地方吗?"她的一根手指试探地在他的大腿上画着。

"嗯……去日内瓦。"

"哇哦,太棒了!要不要我偷偷跟你去?我可以在酒店房间里等你,替你舒舒皱着的眉头。"她伸出一根指头轻轻摸了摸他的额头,他只能竭力忍住不往后缩。

"真的吗?听起来不错。不过这可不是那种出差。"

"你运气真是太好了!我最喜欢旅行了。如果不是破产了,我现在就可以立刻回到飞机上去。"

"真的吗?"

"这是我的最爱。我喜欢做一个自由的灵魂,随风而去。"她弯下身子,从床头柜上的一包烟里抽出一根点上。

他在那儿躺了一会儿,思考着。"你有什么股票或者股份吗?"

她从他身上滚下来,躺在枕头上。"不要建议我去投资股票市场,艾德。我那点钱可不够去冒这个险。"

他完全不知道自己在说什么,但他还是说道:"这不是冒险。"

"什么不是冒险?"

"我们要推出一个新东西,就这几周之内。它将改变游戏规则。"

"一个新东西?"

"我不能跟你说太多,但我们已经开发了很长时间了,它将推动我们的股价上涨。我们公司的业务员都在忙这个。"

她一声不吭地待在他旁边。

"我的意思是,我知道我们很少谈到工作,但这真的可以让你大赚一笔。"

她似乎还不太相信:"你让我把最后一点钱全投到一个我连名字也不知道的东西上?"

"你不需要知道它的名字,你只需要买我们公司的股票就行了。"他侧过身来,"听着,你准备几千英镑,我保证你可以在两周内还清你前男友的钱,然后你就自由了!你想干什么就干什么!去环游世界吧!"

接着是很长时间的沉默。

"你就是这么赚钱的吗,艾德·尼科尔斯?你跟女人上床,然后哄她们花几千英镑去买你的股票?"

"不是,这个——"

她转过身来,他发现她只是在开玩笑。她用手描画着他的面部轮廓,说:"你对我真好。这个想法很可爱。不过,我现在可没有几千英镑。"

他还没来得及想就脱口而出:"我借给你,如果你赚了钱,就还给我。如果没有赚钱,那就当是我的错,给你提了个这么愚蠢的建议。"

她哈哈大笑起来,然后,意识到他不是在开玩笑,她不再笑了。

"你真的要为我这么做?"

艾德耸耸肩。"说实话?对于现在的我来说,五千英镑真的不算什么。"如果你肯走的话,我愿意花十倍的钱——艾德心里想。

她的眼睛瞪得大大的。"哇,这是别人为我做的最贴心的事。"

"哦……我对此表示怀疑。"

第二天早上她离开之前,他给她开了一张支票。她用夹子把头发夹了起来,在他的穿衣镜前对着镜子做鬼脸。她身上有股淡淡的苹果香。"不要写名字,"意识到他在做什么,她说道,"我会让我哥哥去帮我办,他对这些股票和股份什么的最在行了。你说让我买什么来着?"

"你是认真的吗?"

"没办法,你在旁边的时候我就没法好好思考。"她的手滑到他的短裤上,"我会尽快还你钱的,我保证。"

"没关系。就是……就是不要跟任何人说这件事,知道了吗?"

迪安娜走后,他的欢呼声在公寓四周回荡,掩盖了脑子里的警告声。

随后,她所有的电子邮件艾德几乎都一一回复。他说很高兴能与她共度一段时光,他真的很感激一个人能如她一般明白一段婚姻刚结束时那种奇怪的感觉,明白一个人独处的时光多么重要。她的回复很短,态度也模棱两可。奇怪的是,她没有谈到任何关于产品发布、股票价格疯涨的细节。他猜想,她应该已经赚了十多万英镑,或许她把支票弄丢了,或许她正在瓜德罗普岛徒步。但是,每每想到自己跟她说的那些话,他就觉得胃疼。所以他尽量不去想这件事。

艾德换了手机号码,并告诉自己,他只是不小心忘了告诉她。最终,她的电子邮件也越来越少。

两个月过去了,他和罗南一起外出,抱怨那些穿西装的家伙；艾德听着罗南列举跟非营利汤店女孩在一起的利和弊。艾德觉得自己好像上了宝贵的一课,又好像躲过了一颗子弹。他也不确定是哪一个。

然后,SFAX 发布后两周,他躺在设计师的房间里,漫不经心地把一个泡沫球扔向天花板,听罗南说着应该怎样解决那个支付软件出现的小故障才最恰当。这时,财务经理西德尼走进来,艾德突然明白,他给自己招惹的麻烦远比黏人的女朋友糟糕得多。

"艾德?"

"什么事?"

短暂的沉默。

"这就是你接电话的方式,是不是?你到底要多大才能学会一些社交礼仪?"

"你好,杰玛。"艾德叹了口气,坐了起来。

"一周以前你说你会打电话的。所以,你知道吗,我在想你肯定是被压在一件大家具下面了。"

他在房间里四处打量了一下,看看挂在椅子上的西服外套,看看钟,上面显示现在是七点十五分。他揉了揉后脖颈。"对,呃,是出了点事。"

"我给你公司打电话了,他们说你在家。你生病了?"

"没有,我没生病,只是……在研究点东西。"

"那是不是说你有时间来看看爸爸了?"

他闭上眼睛，说："我现在有点忙。"

她的沉默让人感到压抑。他想象着姐姐在电话那头，紧咬着牙关。

"他想让你过来，他已经想了很久了。"

"我会去的，杰玛。只是我……我有点事情需要处理。"

"我们都有事情需要处理。给他打个电话，好吗？就算你真的不能开着你那十八辆豪车中的一辆来看看他，给他打个电话。他转到维多利亚病区了，如果你打电话来的话他们会把电话给他的。"

"我只有两辆车，不过无所谓了。"

他以为她要挂电话了，但她没有，他听到她轻轻叹了口气。

"我真的很累，艾德。我老是请假，主管也快帮不了我了，所以我只能每周末去一趟。妈妈一个人很难应付得来。我真的、真的很想有人能帮帮我。"

一阵强烈的愧疚感涌上心头，他姐姐不是一个喜欢抱怨的人。"我说了我会尽量去的。"

"你上周就是这么说的。事实上，你开车不到四个小时就到了。"

"我不在伦敦。"

"那你在哪儿？"

他看看窗外越来越黑的天。"在南海岸。"

"你在度假？"

"不是度假，这事儿说起来有点复杂。"

041

"没那么复杂吧,你又没什么义务。"

"对,谢谢提醒。"

"哦,得了吧。那可是你的公司,规矩都是你定的,不是吗?就给自己多放两个星期的假不行吗?"

又是一段很长时间的沉默。

"你有点奇怪……"

艾德深吸了一口气,然后说道:"我会处理的,我保证。"

"还有,给妈妈打个电话。"

"我会的。"

电话"嗒"的一声挂掉了。

艾德盯着电话看了一会儿,然后拨了自己律师办公室的电话。电话直接转到了留言机。

负责调查的人把公寓里所有的抽屉都打开了。他们没有像电影里那样把抽屉里的东西都倒出来,而是戴着手套,有条不紊地一一检查,T恤的每条折缝、每个文件夹都没有放过。他的两台电脑、内存卡和两部手机全都被没收了。他还得一一签上名字,好像这是为了他好似的。"离开市区吧,艾德,"他的律师对他说,"走吧,试着不要想太多,如果有事需要你回来的话我会打电话给你的。"

这里显然也被他们搜查过了,这里的东西很少,他们不到一小时就检查完了。

艾德四处打量着这座度假屋的卧室,整洁的比利时亚麻羽绒被,那是那天早上清洁工放在那里的。他打开那些抽屉,里面有应急穿的牛仔裤、短裤、袜子和 T 恤。

西德尼也让他离开。"如果这事儿泄露出去,你这该死的家伙肯定会严重影响我们的股价。"

罗南自从那天警察出现在办公室后就一直没有跟他说话。

他盯着自己的手机。除了杰玛,他找不到一个人可以跟他说说话,又不必解释发生了什么。他认识的那些人基本都是科技圈的,除了罗南,他真不确定他们中有多少可以称得上是真正的朋友。

他盯着墙壁,想到上周他开着车往返伦敦四次,只是因为没有了工作,他不知道自己该干什么。他想起前一天晚上,他想到迪安娜·路易斯,想到西德尼,想到发生在自己身上的这些破事,气愤得不行,随手拿起一整瓶白葡萄酒摔碎在墙上。他想象着,如果他还是孤身一人,是否可以将这一切重新来过?

他也只能想想。他穿上外套,从后门边的锁柜上拿起一串钥匙,朝车子走去。

5. 杰西

坦丝一直有点与众不同。一岁的时候她就可以把积木排成几行,或者用它们摆成一些图形,然后拿掉其中几块,让它们组成新的形状。两岁的时候她对数字特别痴迷。上学前她就已经在当地的书店里做完了二、三、四、五年级的数学练习册。

她告诉杰西乘法"只是加法的另一种形式"。六岁的时候她就能说出"细分"的含义。

马蒂不喜欢这样,这让他觉得不舒服。不过那时候,所有不"正常"的东西都会让他觉得不舒服。静静地坐在那里解他们都看不懂的数学题,是坦丝的乐趣所在。马蒂的妈妈,在她仅有的几次探望里,经常说坦丝是个很用功的孩子。她说这话的时候好像在说,那么用功并不是什么特别好的事。

杰西和娜塔莉说起马蒂,说起坦丝,说起自己现在的境遇,并不是想从她口中获得什么建议,或许,她只是想诉说,想有个人听她说话。

"那你打算怎么办?"娜塔莉问。

"我现在什么也做不了。"

"让她跟那些私立学校的孩子混在一起,不会让人觉得很不舒服吗?"

"我不知道。你说得对,不过那是我们的问题,不是她的。"

"要是她跟你越来越疏远了怎么办?要是她变得热衷时尚、为自己的出身感到难堪怎么办?我就是说说。我觉得你可能会毁了她,她可能会忘了自己是从哪儿来的。"

杰西看看娜塔莉,她正在开车。"她来自命中注定的垃圾社区,娜娜。她要是忘了我会很开心。"

自从杰西把上次面试的事情告诉娜塔莉后,她们之间就变得有些奇怪,娜塔莉好像认为这件事是针对她似的。整个早上她一直在不停地说自己的孩子们在当地学校多么快乐,一个孩子"与众不同"多么不好,她为他们的"正常"感到高兴。

与此同时,现在却是坦丝几个月来最快乐的时候。她的成绩出来了,数学一百分,图形推理九十九分(实际上,扣了那一分让她十分懊恼)。茨万吉拉伊先生打来电话,告诉杰西可能还有别的途径能筹到钱。这都是小事,他一直说。杰西忍不住想,一个觉得钱只是"小事"的人肯定是从来没有为钱真正发过愁的人。

"还有,你知道,她必须穿那套一本正经的校服。"她们把车开到海滨时,娜塔莉说。

"她不会穿那种一本正经的校服。"杰西生气地反驳道。

"那她肯定会因为跟其他人不一样而被欺负的。"

"她不会穿那正经的校服是因为她根本就去不了。我现在根本没有半点希望能把她送进去,娜塔莉。明白了吗?"

杰西下了车,"砰"的一声关上车门,径直往前走去,这样她就不会再听到别的话了。

只有当地人才把海滨称为"度假公园"(开发商称它是"旅游天堂"),因为这个度假公园并不像山顶的"海亮房车公园"那样,饱受海风摧残的房车停得乱七八糟,帐篷也是季节性地扎得毫无次序。这里是经由建筑师精心设计的"居住空间",道路错落有致,且一尘不染。体育会所、温泉、网球场、大型游泳场馆、百货商店和精品店,这里一应俱全,这样居住在这里的人就不必冒险去杂乱的镇里了。

每周的二、四、五，娜塔莉和杰西都会来这里，给两栋三居室的出租屋做清洁，然后再去新建的住宅——位于海边白垩悬崖上的六座玻璃墙面的现代主义住宅。

尼科尔斯先生的私人车道上依旧停着一辆一尘不染的奥迪，她们从未见它离开过。尼科尔斯先生的姐姐带着两个小孩和她头发花白的丈夫来过一次（他们离开的时候屋里十分干净）。尼科尔斯先生自己很少来，而且，在她们负责打扫这儿的这一年里，他从来没有用过厨房或洗衣间。因为处理毛巾和床单可以拿到额外的钱，所以，杰西每周都会把它们洗好熨好，以便迎接那些似乎根本不会出现、又随时可能出现的客人。

尼科尔斯先生的这座房子很大，走在石板地面上能清晰地听到回声，客厅里铺着特别厚的海草席子，墙上还装了一套很贵的音响设备。站在正面的落地窗前，外面广阔蔚蓝的天穹尽收眼底。可是，它们依然看起来很冰冷。房子里一张照片都没有，也没有任何人生活在这里的迹象。娜塔莉总是说，就算他来了，也好像是在外面露营一样。不过，肯定有女人来过——有一次娜塔莉在浴室里发现一支口红，去年她们在床底下还找到过一条花边小短裤（宝娜牌[①]的）和一件比基尼文胸——但除此之外几乎没有任何他自己的东西。

"他在家。"娜塔莉小声说道。

[①] 英国奢侈品内衣品牌 LA PERLA。

她们关上前门的时候，一个男子的声音在走廊里回荡，声音很大，听得出来他很生气。娜塔莉做了个鬼脸。"清洁工。"她喊道。他没有回答。

在她们打扫厨房的整个过程中，争吵一直在持续。他用了一个杯子，垃圾桶里有两个空便当盒。冰箱角落里有碎玻璃，全是绿色的小碎片，似乎有人把大碎片都捡了起来，却懒得去管那些小的，墙上还有酒渍。杰西仔细地把酒渍擦干净。她和娜塔莉默默地干活，小声嘟囔着，努力装作没有听到他讲话。

杰西来到餐厅，用一块柔软的布拂去相框上的灰尘，然后将相框稍微倾斜一两厘米放下，表明已经打扫过了。外面的平台上放着一个空的威士忌酒瓶和一个玻璃杯，她把它们拿起来放进屋里。她想起了尼基，前一天他从学校回家的时候耳朵被割破了，裤子膝盖的地方也磨破了，上面还有土。她想问个究竟的时候，尼基却耸耸肩不予理睬。比起和她聊天，他现在更喜欢和屏幕里的那些人待在一起。那些男孩杰西从未见过，以后也不会见到，他们以相互射击、把对方开膛破肚为乐。可是谁又能指责他呢？他的现实生活就是一个真实的战场。

自从面试之后，杰西只要躺在床上脑子里就会不停地算计着（这种加加减减的方法要是被坦丝知道，她肯定会笑话有这么个妈妈）。她计算着自己可以卖掉的东西，列出一个名单，挨个儿想着谁可能会借给她钱，但得出的结果就是：唯一可能借给她钱的就是那些经常在周围转悠、向你隐蔽高达四位数利率的骗子。她曾经见过那些向这些"友好"的推销员借钱的邻居,他们的目光突然就变得锐利无比。然后她一遍遍地回想马蒂的话:"麦克阿瑟真的那么糟糕吗?那里也有一些好学生。如果坦丝避开那些捣蛋鬼的话,她肯定也能成为那些好学生中的一员。"

冷峻的现实就像一堵墙立在那里:杰西不得不告诉女儿她筹不到钱。杰西·托马斯,这个一直都能想到办法渡过难关,一直在告诉自己的孩子"会有办法"的女人,这次真的没有办法了。

杰西拖着吸尘器走下楼去,吸尘器碰到她的小腿,她缩了一下,然后敲了敲门,想问问尼科尔斯先生要不要打扫办公室。里面什么动静也没有。她又敲了一遍门,只听他突然在里面喊道:"是,这些我都知道,西德尼。你已经说了不下十五次了,但这并不是说——"

太晚了——她已经把门推开了一半。杰西开始道歉,但里面的人看都没看就伸出一只手——好像她是只小狗似的——身子向前一弯,门立即"砰"的一声在她面前关上。

关门的声音在房子里四处回荡。

杰西站在那儿,不能动弹,尴尬得身上阵阵作痛。

"我跟你说过了,"过了一会儿,娜塔莉一边怒气冲冲地擦着客房的洗手间,一边说,"那些私立学校根本就没教过他们什么是礼貌。"

四十分钟后,杰西把尼科尔斯先生一尘不染的白毛巾和床单都塞进手提袋里,塞的时候用的劲儿比平常大了许多。她走下楼,把袋子放在客厅的洗衣篓旁。娜塔莉正在试图把门把手擦亮,这是她的癖好之一,她不能容忍水龙头或者门把手上有手印。

"尼科尔斯先生,我们要走了。"杰西说。

他正站在厨房里,直直地盯着窗外的大海,一只手放在头上,好像是忘了那里还有海。他的头发很黑,戴着眼镜。那眼镜本来应该很时髦,却把他打扮得有点落魄。他身材看起来像个男孩,瘦却能看出规律健身的痕迹,可是这个男孩却穿着西服,像一个不得不去参加教堂洗礼的孩子。

"尼科尔斯先生。"杰西又试探性地叫了一声。

他轻轻摇了摇头,然后叹了口气,"好的。"他眼睛一直盯着手机屏幕,心不在焉地说道,"谢谢。"

她们等待着。

"呃,麻烦您付一下钱。"杰西说。

娜塔莉终于擦干净了门把手,手里拿着抹布叠来叠去。她讨厌跟别人谈钱。

"我以为物业公司已经付过钱了。"

"他们已经三周没付过我们钱了,办公室里总是没有人。如果您想让我们继续打扫的话,需要先结一下账。"

他在口袋里摸索了半天,拿出一个钱包说:"好吧,我欠你们多少钱?"

"三周一共三十次,还有三周洗衣服的钱。"

他抬起头来，一条眉毛挑了挑。

"我们上周给你电话里留了一条信息。"

他摇摇头，似乎他压根就不会记得这种事。

"那是多少钱？"

"一共一百三十五英镑。"

他快速翻翻那些钱。"我现在没有那么多现金，我先给你六十，其他的给你写张支票送过去，可以吗？"如果换作别的场合，杰西肯定已经答应了，毕竟不管怎么说，他不像是打算赖账的人。但她突然就很讨厌那些从来都不按时付钱的有钱人，他们以为七十五英镑不算什么，所以对她来说应该也不算什么。她讨厌那些不把她当回事，把门甩在她面前却连声道歉都没有的客户。

"不行。"她说，她的声音出奇地清楚，"我现在就要拿到钱，谢谢。"

他第一次碰上她的视线。娜塔莉在她身后烦躁地又擦起了门把手。"我有很多账单要付，那些送账单的人可不会让我一周接一周地拖下去。"他取下眼镜，朝她皱了皱眉，似乎觉得她真的很难对付。这让她更加不喜欢他了。

"我得去楼上看看。"说着，他就消失了。她们不安地默默站在那里，听着抽屉被用力关上，衣柜里的衣架哐啷作响。最后他拿着一把纸币回来了。

他看也不看杰西，从那些纸币中抽出几张递给她们。杰西想说点什么——她想说他完全不必搞得跟个白痴似的，如果大家都能把对方当人对待,那生活就会更顺利一些,虽然这些话会让娜塔莉立马走人。但就在她想要开口的时候,他的电话响了。尼科尔斯先生一句话也没说,转身就去走廊接电话了。

"诺曼的篮子里是什么?"

"没什么。"

杰西一边把装杂货的袋子打开,把里面的东西拿出来,一边抬眼看了看时钟。她要去费瑟那儿上三个小时的班,还有一个多小时的时间可以泡个茶,换个衣服。她把两个易拉罐塞到架子里面,藏在几包麦片后面。她讨厌超市里那扎眼的"实惠"标签。

尼基弯下身来拽了拽那块布,诺曼只好不情愿地站起来。"这可是条白毛巾,杰西,这个很贵的。诺曼弄得上面全是毛,还有口水。"尼基用两根手指把那条毛巾夹起来。

"我一会儿就把它洗出来。"杰西看都没看就说道。

"这是爸爸的吗?"

"不,不是你爸爸的。"

"我不明白——"

"这样能让我觉得好受一点,行吗?你能把那边那些东西都放到冰箱里吗?"

尼基没精打采地靠在厨房操作台上。"修娜·布赖恩特在公交站欺负坦丝了,因为她的衣服。"

"她的衣服怎么了?"杰西转过身来看着尼基,手里拿着一罐番茄酱。

"因为那是你做的,还因为你缝上去的那些亮片。"

"坦丝喜欢那些亮片。不说这个了,她怎么知道那是我做的?"

"她问坦丝哪里买的,坦丝就告诉她了。她的性格你知道的。"

他从杰西手里接过一包玉米片放在架子上。"修娜·布赖恩特就是那个说我们家的房子很诡异的人,因为我们家里书太多了。"

"哦,修娜·布赖恩特就是个白痴。"

他弯下腰摸了摸诺曼。"哦,对了,电气公司送来了催款单。"

杰西轻轻叹了口气,问:"多少钱?"

尼基走到餐具柜上的一堆纸前翻了翻。"一共是两百多。"

她拿出一包麦片。"我会处理的。"

"你应该把那辆车卖了。"尼基打开冰箱门。

"我不能卖。那是你爸爸唯一的财产了。"有时候,杰西也不确定为什么她总会不由自主地维护她丈夫,"等他的生活重回正轨后他会处理的。现在,上楼去。我有客人要来。"杰西看着艾琳·特伦特从后面的路上走过来。

"我们要从艾琳·特伦特那儿买东西?"尼基看着她开了门,然后小心翼翼地把身后的门掩上。

杰西无法掩饰涨红的脸。"就这一次。"

他盯着她。"你说过我们没钱的。"

"听着,这是为了让坦丝转移注意力,好跟她说关于学校的事儿。"在回家的路上,杰西终于下定了决心。这个想法本身就很荒谬,毕竟,他们现在只能勉强维持生计。

尼基一直盯着她。"但是艾琳·特伦特,你说过——"

"而且,正是你刚刚告诉我,坦丝因为她的衣服被欺负了。有些时候,尼基……"杰西举起双手在空中一挥,"有些时候,为了达到目的,不必太在意方式。"

尼基意味深长地看着她,让她感觉有些不自在。然后他便上楼了。

"我给那位聪明的小姑娘挑了一些很可爱的衣服,你知道她们都喜欢名牌。我还自作主张拿了一些带亮片的衣服,因为我知道你们家坦丝比较喜欢这种。"

艾琳的措辞十分讲究,推销味十足。可是,这些话从她嘴里说出来却显得十分怪异,因为杰西经常看到她从宾馆被轰出来。艾琳叉着腿坐在地上,伸手从她的黑色旅行包里拿出一堆衣服,仔细地把它们放在地毯上。

"这儿有一件霍利斯特的上衣。她们,那些女孩,都去霍利斯特买衣服,店里的价格贵得要命。我其他包里还有一些名牌衣服,虽然你说你不要太高端的。哦,对了,还有两件休格的,如果你要的话。"

艾琳每周会来社区转一圈。以前杰西总是坚定地说"不用，谢谢"。大家都知道艾琳那些带着标签的廉价货是从哪里弄来的。

但今时不同往昔。

杰西拿起叠着的上衣，一件有发光的条纹，另一件有一朵柔软的玫瑰。她眼前已经浮现出坦丝穿着它们的样子。"多少钱？"

"上衣十英镑，T恤五英镑，运动鞋二十英镑。你可以看看价签，这些零售价要八十五英镑呢。真的很便宜了。"

"我没有那么多钱。"

"好吧，你是新客户，我可以额外给你个优惠。"艾琳拿起笔记本，眯着眼睛看了看那些数字，"你拿这三件，我再送你一条牛仔裤，就当是拉客户了。"她笑着说。她的皮肤很苍白。"一套三十五英镑，包括鞋子。我还有一个小手镯在促销，仅限这个月哦。你在别的地方可碰不到这个价。"

杰西盯着摊在地上的衣服。她希望看到坦丝的笑容，她希望让坦丝觉得生活中总有不期而遇的快乐，她希望在自己告诉坦丝那个消息的时候，能有什么东西让坦丝感到快乐。

"稍等。"

杰西走到厨房，从橱柜里拿出一个易拉罐，那里放着交电费的钱。趁还没来得及想清楚自己在干什么，她数了数里面的硬币，把它们放到艾琳湿冷的掌心里。

"很高兴跟你做生意。"艾琳一边说，一边把其他衣服叠起来，小心翼翼地放回袋里。"我两周后会再过来。要是有什么需要的话，你知道在哪儿可以找到我。"

"我觉得这些够了，谢谢你。"

她会意地朝杰西看了一眼。

杰西走进来的时候，尼基的眼睛一直盯着电脑。

"数学兴趣小组结束后娜塔莉会送坦丝回来。你可以自己在家吗？"

"当然可以。"

"不准吸烟。"

"嗯。"

"你会学习一会儿吗？"

"当然。"

有时候杰西会想，如果她不是得一直工作的话，她会成为一个什么样的母亲。她会烤蛋糕，她会经常笑，她会在他们做功课的时候站在一旁监督。她会去做他们想让她做的事，而不是一直回答说："对不起，宝贝儿，我得先做晚饭。""等我先把衣服洗了。""我得走了，宝贝儿。等我下班回来再跟我说。"

她凝视着尼基，他脸上的表情令人捉摸不透，她有一种奇怪的预感。"别忘了带诺曼出去遛遛，但是不要到卖酒的地方去。"

"好像谁会去似的。"

"不要整晚都玩电脑。"她从后面使劲提了提他的牛仔裤，

"还有,把你的裤子穿好,省得我忍不住想把你的内裤直接拉出来。"

尼基转过身来,杰西瞥见他笑了一下。走出房间的时候,她突然意识到她已经不记得上次看到尼基笑是什么时候了。

0111001010010 10
1110010100 10001

二　微渺的希望

在潮水般汹涌而来的挫折中，失望将他们淹没。而任何一点微弱的光芒，都值得他们用力去尝试。

1. 尼基

爸爸真是个混蛋。

2. 杰西

费瑟酒吧位于图书馆（一月份就关门了）和炸鱼薯条店之间，一旦走进这酒吧，你一定会有穿越回一九八九年的错觉。费瑟酒吧并不时尚，它不供应新鲜的海鲜或优质葡萄酒，以及迎合吵吵嚷嚷的孩子们的家庭菜单。这里供应各种各样的死动物和薯条，并且对"沙拉"一词嗤之以鼻。这里除了点唱机里汤姆·佩蒂的歌声和墙上挂着的破旧飞镖靶（只有一个），再也没有其他能让人提起兴致的东西。

不过，费瑟酒吧是这海滨小镇上的稀罕物，常年宾客盈门。

德斯是酒吧老板，除了褪色的巡演T恤和牛仔裤，他从来不穿其他衣服，如果天冷的话，他会在T恤外面罩一件皮夹克。在寂静的夜晚，如果你不太走运的话，会碰上他滔滔不绝地给你详细解释吉他和吉他之间的区别，或者像诗人一样庄严地吟诵，直到"金钱无用"这一句。

"罗克珊在吗？"杰西开始把薯片一袋袋倒出来时，德斯正好从地窖里出来。

"她跟她妈妈在忙些什么事。"他想了一下说，"治疗。不对，占卜算命，精神病学家，心理学家。"

"巫师？"

"就是把你已经知道的事情告诉你，然后你还得表现得很惊讶的那种人。"

"灵媒。"

"一张票三十英镑，他们付了钱，坐在那儿拿着一杯廉价的白葡萄酒，然后有人问观众里有没有谁有个亲人名字是以'J'开头的，他们就大喊'有'。"他弯下腰，一边哼哼着，一边"砰"的一声关上地窖门，"我也能预测一些事儿，杰西，而且我不会要你付三十英镑。我预测那个所谓的灵媒现在正坐在家里，一边搓着手，一边想，真是一群好骗的笨蛋。"

杰西把装着干净玻璃杯的托盘从洗碗机里拿出来，然后一个个摆到吧台的架子上。

"你相信那些胡说八道的预言吗？"

"不信。"

"你当然不会信了，你是个聪明的女孩。我有时候真不知道该说她什么好。她妈妈最糟糕了，竟然认为她有自己的守护天使，天使啊。"他学着她的样子，看着自己的肩膀拍了拍，"她觉得天使会保护她，却不能阻止她把所有的钱都花在购物频道上，不是吗？那个天使应该跟她说，'瞧，莫琳，你其实并不想要那个上面有个小狗图案的昂贵的烫衣板。真的，亲爱的，还是留点钱养老吧。'"

虽然杰西觉得德斯这样说不好，但还是忍不住大笑起来。这时切尔西来了。

"你来早了。"德斯看了看表说。

"鞋子突然坏了。"切尔西把包扔到吧台下面,然后把头发扎起来,"我在网上跟一个约会对象聊天,"她对杰西说,完全无视德斯的存在,"他真是太棒了!"

所有的网上约会对象切尔西都觉得太棒,直到她见到他们本人。"大卫,这是他的名字,他在找一个喜欢做饭、打扫卫生和熨衣服的人。啊,还有偶尔出去旅行。"

"去超市?"德斯问。

切尔西没理他。她拿起一块抹布开始擦玻璃杯。"你肯定也想去那儿,杰西。出去走一走,不要在这儿跟这帮没精打采的老男人一起腐朽。"

"就你不老。"德斯说。

球赛开始了,这意味着德斯会免费提供薯片和奶酪块,而且,如果他特别慷慨的话,还会有小香肠卷。以前德斯允许的时候,杰西会把剩下的奶酪块带回家,做成通心粉,直到娜塔莉告诉她一个数据:到底多少男人上完厕所不洗手。

酒吧里的人慢慢多起来,夜晚流逝,像以往任何一个晚上;杰西为顾客把酒倒上,然后又一次,想着钱的事儿。六月底,学校说,如果那时候坦丝还不注册的话,那就只能作罢。她想得太入神,都没有听到德斯的声音,直到他突然把一碗土豆泡芙放在她旁边的吧台上。

"我本来想告诉你,下周我们会有一台新的收款机,到时候你只需要点点屏幕就行了。"

杰西从奥普蒂克量杯①前转过身来,回应道:"一台新收款机?为什么?"

"那台收款机比我都老。而且杰西,不是所有的服务员都跟你似的算数那么好,上次切尔西自己在这儿的时候,我发现,最后结算的时候差了十一英镑。让她算一算两瓶杜松子酒、一品脱韦伯斯特和一袋干海参,她就怒气冲冲地看着我。我们得与时俱进。"他用手画过想象中的屏幕,"计算准确无误,你会爱上它的。以后你就不用动脑子了,就跟切尔西似的。"

"就用这个不行吗?我对电脑一窍不通。"

"我们会有员工培训的。半天。不过恐怕没工资。我找了个家伙来。"

"没工资?"

"就那么敲打敲打屏幕,就跟电影《少数派报告》②里那样。对了,提醒你一下,皮特也要来,皮特!"

九点十五分的时候利亚姆·斯塔布斯来了。杰西背对着吧台,他俯过身来,朝她的耳朵嘟囔着:"嘿,辣妹。"

她没有转身。"哦,又是你。"

"好歹欢迎一下嘛。一品脱斯特拉,谢谢。"他打量了一下吧台,然后说道,"还有,你们有什么就来点什么吧。"

---

① 酒吧中常用于称量烈酒的一种容器。
② 史蒂文·斯皮尔伯格导演的一部科幻悬疑电影。

"我们有一些味道不错的烤花生。"

"我想要点……湿的东西。"

"那我还是给你酒吧。"

"你还是一副拒人于千里之外的样子,哈?"

她和利亚姆从上学的时候就认识了。他是那种如果你允许,他会让你的心碎成尘埃的人;他有一双蓝眼睛,油嘴滑舌;他可以整个学期都无视你,却在你脱下背带裤,把头发留长的时候逗你笑到跟他上床,但之后再见到你却只是打个招呼或使个眼色。他有一头栗棕色的头发,颧骨很高,皮肤微黑;他晚上开出租车,周五在市场上摆摊卖花,每次杰西经过的时候,他都会小声说:"你,我,我们现在去大丽花后面。"他说的时候脸上带着点认真的神情,让她乱了步伐;他老婆离开他的时候跟马蒂离开的时候差不多。("不过是出了几次轨这种小事,有些女人真是太小气了。")六个月前,在一次休息的空当,利亚姆和杰西一起进了女厕所,他的手放在她的衬衣上。那之后的好几天里,杰西会走着走着就咧嘴笑。再之后,他们没有进展了。

这会儿,她正准备出去把装薯片的空纸盒扔到垃圾桶里,利亚姆出现在了后门。他径直走到她面前来,逼得她不得不背靠在酒吧花园的墙上。他整个人距她只有几厘米,然后他温柔地说:"我没有办法不想你。"他拿烟的手恰到好处地远离她,他就是这么绅士。

"我敢打赌,你对所有的女孩子都这么说。"

"我喜欢看你在酒吧里走来走去。我有一半时间在看球赛,另一半时间则在想着怎么把你推倒。"

"谁说这世上没有浪漫的?"

天哪,他身上的味道太好闻了。杰西扭了扭身子,试图从他身下挪出来,趁自己还没做出什么让自己后悔的事。在利亚姆·斯塔布斯旁边,她就觉得自己的某一部分被点燃了,此前她都忘了自己还有这么一个部分。

"那就让我给你浪漫吧。让我带你出去,你和我,正好去约会。来吧,杰西,让我们好好约个会。"

杰西往后退了一步,他几乎压在了她身上。"你说什么?"

"你听到了。"

她瞪大了眼睛。"你想跟我发生关系?"

"你说得好像很下流似的。"

杰西从他身下溜出来,朝后门看了看。"我得回酒吧去了。"

"为什么你不肯跟我出去呢?"他往前走了一步,"你知道会很棒的……"他的声音渐渐低下去,变成了呢喃。

"你知道我有两个孩子和两份工作,但你所有的时间都坐在车里。不出三个星期,你和我就会坐在沙发上争论到底该轮到谁去倒垃圾了。"她朝他甜甜地一笑,"到那时候,我们就再也找不回这种……交流……带来的令人怦然心动的浪漫了。"

他撩起她的一绺头发,任它从指间滑过。他的声音变成了温柔的咆哮:"太愤世嫉俗了。你真让我心碎,杰西·托马斯。"

"而你要害我被炒鱿鱼了。"

"那你的意思是我们快点做一下是不可能了？"

杰西脱身出来朝后门走去，努力让脸上的红潮褪去。然后她停住了："嘿，利亚姆。"

正在将烟蒂踩灭的利亚姆抬起头来。

"你不会借给我五百英镑，是不是？"

"如果我有的话，宝贝，你可以拿走。"她走进去的时候，他朝她抛了一个飞吻。

她在吧台前走来走去地收拾空瓶子，看到尼科尔斯先生的时候，她的脸上还是一片绯红，甚至有点反应迟钝。他独自坐在角落里，面前放了三个空了的玻璃杯。

他换上了匡威的运动鞋、牛仔裤和T恤；他坐在那里盯着自己的手机，翻阅着屏幕，在大家为进球欢呼的时候偶尔抬起头来看一眼。杰西看到他的时候，他正举起一杯啤酒，一饮而尽。他可能觉得穿上牛仔裤就可以融入这里，但他身上到处都写着"外地人"。他太有钱了，那种讲究的邋遢只有有钱人才能做到。他望向吧台的时候，杰西迅速转过身，她感觉到自己的心沉了下去。

"我再去楼下拿点小吃。"她对切尔西说着，朝地窖走去。"啊，"她小声嘟囔着，"啊，啊，啊。"她回来的时候，他面前又摆上了新的酒，他的眼睛几乎一直盯着屏幕。

夜深了，切尔西讨论着她的网友。尼科尔斯先生又喝了几品脱酒。每次他起身来吧台的时候，杰西都借故走开，并且努力避开利亚姆的视线。快十一点的时候，酒吧里进来几个流浪汉——常见的罪犯，德斯这样称呼他们。切尔西穿上了外套。

"你要去哪儿？"

切尔西俯身对着现金箱后面的镜子涂上口红。"德斯说我可以早点走。"她噘着嘴说，"我要去约会。"

"约会？谁会在大半夜的去约会啊？"

"是去大卫家里约会。没关系的。"见杰西瞪着她，切尔西说道，"我姐姐也会来，他说我们三个人一起肯定会很开心的。"

"切尔西，你听说过什么叫'约炮'吗？"

"你说什么？"

杰西足足看了她一分钟。"没什么……呃……玩开心点。"

尼科尔斯先生出现在吧台的时候，她正把盘子放进洗碗机里。他的眼睛半闭着，身子微微有些摇晃，像是要去跳自由舞。

"再来一杯，谢谢。"

她把另外两个玻璃杯塞到电线支架后面。"我们不卖了，已经十一点了。"

他抬头看了看表。他的声音有些含糊："还差一分钟。"

"你已经喝得够多了。"

他慢慢地眨了眨眼睛，盯着她。他那又短又黑的头发稍稍偏向一边竖着。"你是谁啊？我需要你来告诉我我已经喝得够多了吗？"

"卖酒的人，这是我的工作。"杰西盯着他的眼睛，"你不认识我了，是不是？"

"我应该认识你吗?"

她又盯着他看了一会儿。"稍等。"杰西从吧台后面出来,走到门前,在他站在那儿一片迷茫的时候,她把门打开,然后让门转回来拍在她脸上,然后举起手来,嘴巴张开,做出似乎要说什么的样子。

她重新把门打开,站在他面前。"现在认识我了吗?"

他眨眨眼睛,"你是……我是不是昨天见过你?"

"清洁工。是的。"

他一只手摸了一下头。"啊,那个门,那个事,我当时……那个电话有点麻烦。"

"我觉得说一句'现在不行,谢谢'就可以了,一点都不麻烦。"

"你说得对。"他靠在吧台上说。他胳膊肘滑下去的时候,杰西努力保持平静。

"那你这样算是道歉了?"

他醉眼蒙眬地盯着她。"对不起,我真的、真的、真的很抱歉,非常对不起。哦,吧台小姐,现在我可以喝杯酒了吗?"

"不行,已经十一点了。"

"那是因为你一直在跟我说话。"

"我可没空坐在这儿等你再慢慢品完一杯酒。"

"就一小杯,求你了,我需要再喝一杯,给我一小杯伏特加吧。给你,不用找了。"他把一张二十英镑的纸币拍到吧台上。桌子的反作用使他整个人一震,脑袋像被抽了一下似的缩回去一点。"一杯就行了。但说实话,最好来个双份。我两秒钟就能喝完,一秒钟。"

"不行,你已经喝得够多了。"

德斯的声音突然从厨房里传出来:"哦,看在上帝的分上,杰西,就给他一杯吧。"

杰西愣了一会儿,嘴巴僵了僵,然后转过身朝一个玻璃杯里倒了两份的量。她收起钱,然后默默地把找零的钱放在吧台上。他喝下伏特加,一边放下玻璃杯,一边很大声地把酒吞下,然后转身离开,步履蹒跚。

"找你钱。"

"你留着吧。"

"我不要。"

"那就放到募捐箱里吧。"

她把钱拿起来塞到他手里。"德斯的善款只会用作德斯·哈里斯的孟菲斯度假基金。"她说,"真的,把你的钱拿走吧。"

他朝她眨眨眼,在她为他打开门的时候趔趄着挪了两步。这会儿杰西才看到他从口袋里拿出来的是什么,还有停车场里那辆闪闪发光的奥迪。

"你不能开车回家。"

"我没事。"他把钥匙放下,反驳道,"这里晚上没什么车。"

"你不能开车。"

"我们周围什么都没有,可能你没注意到。"他指指天空,"现在一切都离我那么遥远,我被困在这里。周围什么都没有!"他俯下身子,"我会开得很慢很慢的。"

他醉得很厉害,呼出来的气里有浓浓的酒味。从他手里夺下钥匙真是轻而易举。"不行,"她说着,转身朝吧台走去,"你要是出了车祸我可没法负责。进去,我去给你叫辆出租车。"

"把我的钥匙还给我。"

"不行。"

"你这是在偷我的钥匙。"

"我这是在救你,免得你被禁止驾驶。"她把钥匙举得高高的,转身朝吧台走去。

"哦,天哪!"他说。他那种语气让人觉得她是世上最令人懊恼的人,这让她有种想踢他的冲动。

"我去给你叫辆出租车,你就……就坐在那儿,等你安全坐在车上,我立刻把钥匙还给你。"

杰西在后厅用手机给利亚姆发了个短信。

"这是不是意味着我走运了?"他回复道。

"如果你喜欢那种毛发浓密的,男的。"

等她出来的时候,尼科尔斯先生已经走了,车却留在那儿。她喊了他两次,不知道他是不是冲到灌木丛里去吐了,然后她低头一看,发现了他,他已经在长椅上睡着了。

她脑子里飞快地闪过一个念头:不管他了。但外面天气很冷,海上的雾难以预测,而且等他醒来,很可能钱包也不见了。

"我不能载他。"利亚姆开着他的出租车来到停车场,坐在驾驶座上朝窗外说。

"他没事,只是睡着了而已。我可以告诉你他要去哪儿。"

"不行,上次我拉的那个睡着的家伙半道醒来,把我的新座套吐得一塌糊涂,然后不知道怎么就清醒了,还跑掉了。"

"他住在海滨,他跑不了的。"她低头看了看他的表,"哦,快点吧,利亚姆。已经很晚了,我想快点回家。"

"那就别管他了。对不起,杰西。"

"这样吧,我也上车,跟你一起把他送回家怎么样?如果他吐了,我给你收拾干净。然后你可以送我回家,他会付钱的。"杰西捡起尼科尔斯先生掉在长椅旁边地上的零钱数了数,"十三英镑应该够了,是不是?"

利亚姆做了个鬼脸:"哦,杰西,别难为我了。"

"求求你了,利亚姆。"她笑着说。她把手放在他的胳膊上,"真的求你了。"

利亚姆看看路上说:"好吧。"

杰西低头凑到熟睡的尼科尔斯先生脸旁,然后站起身来点点头。"他说这样可以。"

利亚姆摇了摇头,先前轻佻的氛围荡然无存。

"哦,快点吧,利亚姆。帮我把他弄进去,我得快点回家。"

尼科尔斯先生躺在车里,头枕在她大腿上,像个生病的孩子。她不知道自己的手该往哪里放。她用手把住后座的靠背,一路都在祈祷他千万不要吐。每次他呻吟或者动的时候,杰西都会把窗户摇下来,或者俯身检查一下他的脸。你要是敢吐!她默默对他说,你要是敢吐!还有两分钟就到度假公园了,正在这时她的手机响了,是比琳达,她的邻居。她眯眼看着屏幕上的字:"男孩们又欺负你们家尼基了。奈杰尔在小吃店外面找到他的,已经带他去医院了。"

杰西的胸口像是压了块冰冷的大石头。"在回家的路上。"杰西回道。

"奈杰尔说会在那里一直陪着他,直到你过来。我会在这儿陪着坦丝。"

"谢谢你,比琳达,我会尽快赶回去的。"

尼科尔斯先生动了动,发出一声长长的呻吟。她盯着他,看着他花大价钱理的头发,他蓝得过分的牛仔裤,突然觉得很生气。要不是因为他,她现在可能已经到家了,那出去遛狗的就是她,而不是尼基。

"我们到了。"

杰西指了指尼科尔斯先生的房子,他们一起把他拖了进去。他的胳膊搭在两人肩膀上,他很重,杰西不得不一直屈着膝盖。到达前门的时候,他有点激动,杰西摸索着他的钥匙,想找到大门钥匙,然后她想到,用她自己的更方便。

"你想把他放哪儿?"利亚姆呼呼地喘着气说。

"沙发上,我可不打算把他拖到楼上去。"

杰西迅速把他摆成恢复体位①。她把他的眼镜摘下来,拿起旁边的一件外套盖在他身上,然后把他的钥匙放在旁边她那天擦过的桌子上。

然后她觉得自己终于能说出下面这些话了:"利亚姆,能送我去医院吗?尼基出了点事。"

车子在空旷的路上默默地疾驰,杰西的脑子飞快地转动着。她害怕可能看到的场景,尼基伤得到底有多重?坦丝看到了吗?然后,担心之余,她脑子里还有一些愚蠢、世俗的想法,"我得在医院里待好几个小时吗?从那里打车回家至少要十五英镑。"

"你想让我在这儿等你吗?"利亚姆把车停在急诊室门口后问道,却看到杰西早已朝柏油路那边跑去,根本没有理会他。

尼基在一个小房间里。护士透过窗帘示意她进去的时候,奈杰尔从塑料椅子上站了起来,他和蔼、苍白的脸上写满了焦虑。尼基已经转过身去,脸上敷了药,包扎着,一边的眼窝透着乌青,发际线那里临时缠了一圈绷带。

眼泪在眼眶里沸腾,杰西竭力忍住。

"医生说要把那里缝起来,但是他们想先留下他观察一下,

---

① 医疗术语,具体姿势是,身体向左侧卧,右腿前屈,头靠在左臂上,以便病人口腔分泌物及呕吐物流出,使病人保持呼吸通畅。

看看有没有哪里骨折。"奈杰尔看着别处说,"他不想让我打电话报警。"他朝外面指了指,"如果你没事的话,我就回比琳达那儿了,现在已经很晚了……"

杰西轻声跟他道了谢,然后走过去看尼基。她把手放在毯子上,下面是他的肩膀。

"坦丝没事。"他看也没看她,小声说道。

"我知道,宝贝儿。"她坐在床边的塑料椅子上,"发生了什么事?"

他微微耸了耸肩。这些事尼基一直都不想说,不管怎样,又有什么意义呢?大家都知道原因。你看上去很奇怪,所以你被揍了。你一直看上去很奇怪,他们就一直来欺负你。这就是这个小镇绝对的、不容改变的逻辑。

只是这一次,她不知道该对他说什么。她没法跟他说"没关系",因为确实有关系。她没法跟他说警察会把费舍尔一家抓起来,因为他们从来都不会这么做。她没法跟他说世上还有奇迹,事情会在不经意间改变,因为当你还是个十几岁的孩子时,你的想象力只能想到两周后的生活,而他们俩都知道,到那时情况根本不会有什么改善,或者说,可能在之后的任何短期内都不会有改善。

"他还好吧?"杰西慢慢走出医院回到车上的时候,利亚姆问道。杰西已经不再紧张或激动,她的肩膀疲惫地耷拉下去。她打开后门取出自己的外套和包,而利亚姆则从后视镜里把这一切都看在眼里。

"他会没事的。"

"小畜生！我刚才跟你的邻居聊了会儿，得有人治治他们。"他调节了一下后视镜，"要不是顾忌执照的问题，我肯定会去教训他们一下。他们就是太无聊了，除了欺负别人，他们还能干什么！把你的东西带全，杰西。"

她得半趴到车里才能拿到外套。拿外套的时候，她感觉到脚下有什么东西。有点硬，圆形的。她挪了挪脚，伸手去摸，结果捞上来一大卷钞票。她在昏暗中盯着这卷钞票，然后看到了掉在它旁边的东西：一张门卡，在办公室用的那种。这些肯定是尼科尔斯先生倒在后座上的时候从他口袋里掉出来的。她来不及细想，就把东西塞进了自己的包里。

"给你。"杰西说着，便伸手去钱包里拿钱，但利亚姆却抬起一只手，"不用，你已经自顾不暇了。"他朝她眨了眨眼，"要是需要用车的话，随便给我们谁打个电话就行。打家里，丹知道的。"

"但是——"

"没有但是。现在你该下车了，杰西。照顾好你儿子，我会去酒吧找你的。"

她几乎要感动得热泪盈眶。她站在那里，举起一只手，利亚姆绕着停车场转了一圈，然后朝着窗外大喊道："不过，你应该告诉尼基，如果他能试着表现得稍微正常点的话，他的脑袋就不会老是被揍了。"

3. 杰西

在医院的几个小时,她在那把塑料椅子上打着瞌睡,时不时地因为不舒服或病房里痛苦的呻吟声而惊醒。尼基终于睡着了,她看着刚缝了针的尼基,不知道自己应该怎么保护他,她不知道他脑袋里在想什么。胸口那种被抓紧的感觉久久不散,她不知道接下去会发生什么。

七点钟的时候,一个护士从窗帘外探进头来,说给她准备了一些茶和面包。这一个善良的小举动让她努力忍住才没有尴尬地流下眼泪。八点刚过,医生来了,他说尼基可能还得在医院待一晚,因为他们要确认一下有没有内出血。X 光片上有一块阴影,他们希望能进一步确定一下。杰西能做的就是回家好好休息一下。娜塔莉打来电话说她把坦丝跟她的孩子一起送去学校了,一切都好。

一切都好。

杰西提前两站下了公交车,走到琳恩·费舍尔家敲了敲门,集合了自己所能集合的所有礼貌,跟她说,如果詹森再敢靠近尼基的话,自己就报警让警察把他抓起来。于是,琳恩·费舍尔拍拍她,说如果她不马上消失的话,她就用砖头砸破杰西家的窗户。杰西离开的时候,听到屋里爆发出一阵笑声。

这跟她之前预想的结果差不多。

她走回空荡荡的家里,用付房租的钱付了水费,用打扫赚来的钱付了电费。她冲了个澡,换了衣服,去酒吧上了个中班。

她一直在想事情,以至于斯图尔特·普林格尔把手放在她屁股上整整十秒钟她才发现。她把他的半杯苦啤慢慢倒在他鞋子上。

"你想干什么?"斯图尔特抱怨的时候,德斯大叫起来。

"如果你这么不介意的话,那你站在那儿让他把手放在你的屁股上好了。"杰西说着,又接着回去清洗玻璃杯。

"她说得很对。"德斯看着斯图尔特说。

趁坦丝还没回来,她把整个屋子打扫了一遍。她很累,随时都可以昏睡过去,但实际上她很生气,干活的速度竟是平时的两倍。她没有办法停下来。她不停地洗啊,叠啊,整理啊,因为如果不干这些的话,她就会从车库那两个生锈的钩子上取下马蒂留下的大锤走到费舍尔家,干出一些会把他们彻底毁了的事。她不停地洗啊,叠啊,整理啊,因为如果不这样的话,她就会站在疯长的小后花园里,仰头朝天,大声呐喊、呐喊、呐喊。

她不确定自己能不能停下来。

在她听到路上传来脚步声的时候,屋里已经到处散发着浓浓的家具抛光剂和厨房清洁剂的味道。她深吸两口气,轻咳两声,又深吸一口气,然后才打开门,这时她脸上已经铺满了令人安心的笑容。娜塔莉站在路上,双手搭在坦丝的肩膀上。坦丝走到杰西面前,搂住她的腰,紧紧抱着她,杰西则闭着眼睛。

"他没事,宝贝儿,"杰西摩挲着她的头发说,"没事了。只是几个愚蠢男孩打架罢了。"

娜塔莉拍拍杰西的胳膊,微微摇了摇头。"你保重。"说完,娜塔莉就离开了。

杰西给坦丝做了一个三明治,然后看着她走到花园的阴凉处去做数学题,心里默默地告诉自己,明天就告诉她圣安妮的事。明天,一定!

然后她躲进厕所,打开尼科尔斯先生掉在出租车里的那卷钱。四百八十英镑。她锁上门,把钱整齐地堆在地板上。

杰西知道她应该怎么做,她当然知道。这不是她的钱。她一直教育孩子们:不能偷东西,不是自己的东西不能拿,做正确的事,这样你最终会得到回报。

做正确的事。

可另一个阴暗的新声音却在她耳朵里悄声说:"你为什么要把钱还回去?他又不会缺钱。他在停车场、在出租车里、在家里一直醉得不省人事,这些钱可能掉在任何地方。你捡到不过是你走运罢了。如果是附近的其他人捡到了呢?你觉得他们会把钱还给他吗?"

他的门禁卡上显示他所在的公司叫"蜉蝣",他的名字是艾德。

她要把钱还给尼科尔斯先生,她的脑袋随着洗衣机的转动一起嗡嗡直转。

但她一直没有行动。

杰西以前从来不考虑钱的事。那时马蒂在本地的一家出租车公司工作,每周工作五天,并且掌管家里的财政大权。他们挣的钱通常够马蒂每周有几个晚上去酒吧,以及杰西偶尔跟娜塔莉晚上出去的费用。他们时不时地会出去度个假。有几年他们过得比别人好点,至少糊里糊涂地过去了。

后来马蒂厌倦了这种得过且过的日子。有一次,他们去威尔士野营,那里接连下了八天雨,马蒂变得越来越不满,好像那场雨是针对他似的。"为什么我们不能去西班牙或者其他比较热的地方呢?"他看着雨滴拍打在湿透的帐篷上,嘟囔着说,"真是太倒霉了,这根本就不是来度假。"

他厌倦了自己的工作,他抱怨的东西越来越多。别的司机都针对他,主管欺骗他,乘客真小气。

后来他就开始制定各种计划。某个乐队的仿冒T恤,刚到手就被扔了;金字塔计划,他们加入的时候已经迟了两周;"进出口肯定能行。"一天晚上,马蒂从酒吧回来后自信地对杰西说。他遇到一个家伙,说可以从印度弄到便宜的电器,然后他们可以转手卖给认识的人。后来——真是令人惊讶啊,令人惊讶——卖这些电器的时候马蒂不像当初那样信誓旦旦了。为数不多的几个买了这些电器的人抱怨说,它们太费电了。剩下的则都在车库里生了锈。于是,他们本来就不多的积蓄全变成了一堆没用的白色电器。

后来就有了那辆劳斯莱斯。这一次杰西至少能看出它的作用:马蒂要把它漆成金属灰,然后由他自己开着作为婚礼或丧礼用车出租。车子是他在易趣网上从一个中部的人手里买来的,他在M6高速公路上开到半路就抛锚了。发动机有问题,修车工看着发动机罩下面说。但他越是仔细看,车子的毛病就越多。开这个车的第一个冬天,老鼠啃了座垫,于是他们需要花钱把后座换掉才能把车租出去。结果他们却发现,劳斯莱斯后座可能是你唯一无法从易趣网上买到的东西。于是那辆车就一直待在车库里,每天提醒他们,他们几乎从来都没有进步过。

再后来马蒂开始每天大部分时间都在床上度过,于是杰西开始管钱。抑郁也是一种病,大家都这么说,尽管在他懒洋洋地踏进酒吧的那两个晚上,抑郁好似不药而愈。

当杰西从信封里拿出所有的银行对账单,从客厅桌子上拿来银行存折的时候,她这才明白他们面临什么样的困境。她好几次都想跟他谈谈,他却只是用被子一蒙头,说他也没办法。大约就是在那个时候,马蒂提出他可能要回家跟他妈妈待一段时间。如果要说实话的话,他的离开让杰西觉得松了一口气。对付尼基——这个仍然沉默寡言、骨瘦如柴的幽灵——和坦丝,再加上两份工作已经够吃力了。

"去吧。"她抚摸着他的头发说。她记得自己当时想到,她已经很久没有碰他了。"去待几个星期休息一下,你会好起来的。"他默默看着她,红了眼眶,然后捏捏她的手。

那已经是两年前的事了,他们俩都没有认真提过他回来的可能性。

在坦丝上床睡觉之前,她努力让一切保持正常,她问她在娜塔莉家吃了什么,告诉她她不在的时候诺曼做了什么。她给坦丝梳了头,然后坐在她床上,给她读一本很旧的《哈利·波特》,好像她是个更小的宝宝似的。这一次,坦丝没有说,其实她更愿意去做点数学题。

确定坦丝睡着后,杰西给医院打了个电话。护士说尼基没什么不舒服的,X光片显示他的肺部没有穿孔,面部的小伤会自己愈合。

她给马蒂打了个电话,马蒂静静地听着,然后问:"他还往脸上涂那些东西吗?"

"他涂了点睫毛膏,是的。"

然后是很长时间的沉默。

"不准说,马蒂,你敢说试试。"他还没开口,她就把电话挂了。

然后警察在快十点的时候打来电话说,詹森·费舍尔否认了所有的指控。

"有十四个目击证人呢,"她说,她努力克制住自己才没吼出来,"包括那个开炸鱼薯条店的男人。他们踢我儿子,他们有四个人。"

"是的,但对于我们来说,目击证人必须指认出行凶者才有用,夫人。布伦特先生说他不能确定打架的人到底是谁。"他叹了口气,似乎觉得她应该明白十几岁的男孩子是什么样的,"我不得不告诉您,夫人,费舍尔家声称是您的儿子先动手的。"

"不可能!这个男孩连盖个被子都要担心会不会伤到

别人。"

"我们只能靠证据采取行动,夫人。"

费舍尔家。凭他们家的势力,要是有一个人能"记得"自己看到了什么她就算很幸运了。

杰西双手捂住头待了一会儿。他们绝不会停手的,下一个就轮到坦丝了,等她上初中后就要开始了。她对数学的狂热、她的怪诞、她的单纯天真会让她成为他们的首要目标。杰西觉得浑身冰冷。她想到马蒂留在车库里的大锤子,想着如果走到费舍尔家然后——

电话响了。她一把抓起来:"你还想说什么?难道你还要告诉我是他自己把自己揍成那样的?是不是?"

"托马斯太太?"

她眨了眨眼。

"托马斯太太?我是茨万吉拉伊。"

"哦,茨万吉拉伊先生,不好意思。现在——现在不太方便。"她把一只手伸到自己面前,她的手在颤抖。

"很抱歉这么晚给您打电话,不过这事儿有点急。我发现了一个很有趣的东西,它的名字叫数学奥林匹克竞赛。"他字斟句酌地说。

"什么东西?"

"这是个新项目,在苏格兰,专门针对有天赋的学生。是一个数学竞赛。我们还有时间给坦丝报名。"

"数学竞赛?"杰西闭上眼睛,说,"你知道,真的很谢谢你,茨万吉拉伊先生,不过我们现在有很多事情要处理,我不认为我——"

"奖金是五百英镑、一千英镑和五千英镑。五千英镑。托马斯太太,如果她赢了的话,至少去圣安妮头一年的费用就有了。"

"你再说一遍。"

杰西坐在椅子上,听着他又详细地解释了一遍。

"这是真的吗?"

"是真的。"

"你真的觉得她可以吗?"

"这个竞赛是专门针对她这个年龄段的,我看不出来她哪里会输。"

五千英镑。一个声音在杰西脑袋里回响,足够她头两年上学的费用了。

"有什么要求吗?"

"没有要求。不过,显然必须得学一下高等数学,但我觉得这对坦丝来说不成问题。"

她站起来又坐下。

"当然,你们得去苏格兰。"

"说详细点,茨万吉拉伊先生,详细点。"杰西的脑袋嗡嗡直转,"这是真的,是不是?不是在开玩笑?"

"我可不是个喜欢开玩笑的人,托马斯太太。"

"天哪,天哪!茨万吉拉伊先生,你真是太帅了。"

她听到他尴尬地笑了笑。

"那……我们现在该做什么?"

"呃,我发了几分坦丝的作业过去,然后他们就免去了资格考试。我知道他们很希望有差校的学生参加。还有,这话就我们俩知道,她是个女孩,这绝对是一大优势。不过我们得尽快做决定。你看,距离今年的奥林匹克竞赛只有五天了。"

五天。圣安妮学校注册的最后期限是明天。杰西站在屋子中央,思考着。然后她跑上楼,从她的贴身衬衣里拿出尼科尔斯先生那卷叠得整整齐齐的钱,她来不及多想,就把它塞进了一个信封里,匆匆写了张纸条,并且在正面仔细地写上地址,并注明"手写",想着明天去打扫的时候可以顺便过去一下。

她会还的,一分都不少。

现在她别无选择。

那天晚上,杰西坐在餐桌旁,制定了一个大体的计划。她查好了去爱丁堡的列车时刻,夸张地大笑,然后查了下三张车票的价格(一百八十七英镑,包括从家到车站的路费十三英镑),以及把诺曼放在狗舍一周的价格(九十四英镑)。杰西双手捂住眼眶,待了一会儿。然后,等孩子们都睡着了,她翻出劳斯莱斯的钥匙走出去,把驾驶座上的老鼠屎扫掉,试了试引擎。

试到第三次的时候车子发动了。

杰西坐在潮湿的车库里,坐在一堆旧花园家具、汽车零件、塑料桶中间,让引擎持续响着。她俯下身子,揭下褪色的圆形纳税证明。纳税证明已经过期快两年了,而且她没有买保险。

她关掉引擎,坐在黑暗中。汽油味逐渐散去,她第一百次地想着:做正确的事。

三　仓促启程的大冒险

颠簸、辛苦、煎熬。生活的遭遇就像车窗外的风，一阵又一阵地向他们吹来，而他们却无法关上车窗。

1. 艾德

Ed.Nicholls@mayfly.com: 别忘了我跟你说的，你要是把卡丢了我可以给你一些提示。

Deannai@yahoo.com: 我不会忘的。那个晚上已经全部牢牢刻在我脑子里了。;-)

Ed.Nicholls@mayfly.com: 你按我说的做了吗?

Deannai@yahoo.com: 正在做。

Ed.Nicholls@mayfly.com: 要是有好消息的话记得告诉我!

Deannai@yahoo.com: 嗯，鉴于你之前的表现，如果不是好消息的话我就奇怪了！ ;-o

Deannai@yahoo.com: 从来没有人像你这样对我。

Ed.Nicholls@mayfly.com: 真的，没什么的。

Deannai@yahoo.com: 你想见面吗，下周末怎么样?

Ed.Nicholls@mayfly.com: 现在有点忙。我会联系你的。

Deannai@yahoo.com: 我想现在我们俩都很好 ;-)

侦探让艾德看完这两页邮件，然后把它递给保罗·威尔克斯——艾德的律师。

"你对此有什么要说的吗，尼科尔斯先生?"

看到私人邮件出现在公文里是一件让人痛苦的事：他起初回邮件的热切，几乎毫不掩饰的暗示，还有那些电眼笑脸。（他是怎么了，只有十四岁吗？）

"你什么都不必说。"保罗说。

"这些对话可能是关于任何内容。"艾德把文件推开,"'要是有好消息的话记得告诉我!'我可能是在跟她说有关性的事情。可能是,比如,电邮约她做爱。"

"在上午十一点?"

"那又怎样?"

"在开放式的办公室里?"

"我乐意。"

侦探摘下眼镜,严肃地看了他一眼。"电邮约她做爱?真的吗?这就是你们在这儿干的事?"

"呃,不是,不是你想的那样。不过这不重要。"

"我想说这绝对很重要,尼科尔斯先生。类似的邮件有很多。你说到保持联系,"他翻着文件说,"'看看我还能不能多帮帮你。'"

"可是这并不是你说的那样。她有抑郁症,她被她的前男友纠缠,她很苦恼。我只是想……让她稍微轻松一点。我都说了很多遍了。"

"还有几个问题。"

他们还有问题,好吧。他们想知道他跟迪安娜多久见一次面,去了哪里,他们俩到底是什么关系。艾德说自己对她的生活了解不多,对她哥哥一无所知,但他们不相信。

"不是吧!"艾德抗议道,"难道你们就没有过以性爱为基础的关系吗?"

"路易斯小姐可没说你们的关系是以性爱为基础,她说你们俩是'亲密而充满激情'的关系。她说你们俩从大学起就认识了,你坚持要让她做这笔交易,是你强迫她这么做的。她说她根本不知道听从你的建议原来是在做违法的事。"

"可是她……她说得好像我们俩之间的关系要比实际复杂很多。而且,我也没有强迫她做任何事情。"

"那你是承认你给她消息了?"

"我没那么说!我只是说——"

"我认为我当事人的意思是,如果路易斯女士对他们之间的关系有所误会,"保罗打断说,"或者是她给了她哥哥什么信息的话,不应该由我的当事人负责。"

"我们俩没有情侣关系,不是那种关系。"

侦探耸耸肩,说:"你知道吗,其实我并不关心你们俩到底是什么关系。我感兴趣的是,尼科尔斯先生,你是否曾告诉过这位年轻女士,在一月二十八日,像她对一位朋友说的那样,'我们要大赚一笔了'。而她和她哥哥的银行账户显示,他们确实是'大赚了一笔'。"

一小时后,获得两周保释的艾德坐在保罗的办公室里。保罗给两人各倒了一杯威士忌。艾德奇怪地变得越来越习惯在白天尝到烈酒的味道。

"她跟她哥哥说了什么不应该由我负责。我不可能挨个儿去查每个潜在的伙伴是不是都有一个做金融的哥哥。我只是想帮她。"

"哦,你确实是这么做了。不过SFA[①]和SOCA[②]可不管你的动机是什么,艾德。她和她哥哥赚得盆满钵满,而这些都是他们靠你给的信息违法获得的。"

"我们能不说缩写吗?我都不知道你在说什么。"

"那你就想一下那些跟任何金融或者犯罪有关的严厉的反犯罪机构吧,简单来说,就是现在正在调查你的人。"

"你说得好像我真的会被起诉似的。"艾德把威士忌放在一旁的桌子上。

"是的,我认为很有可能,我认为我们很快就要上法庭了。他们正在加快这类案件的进程。"

艾德盯着他,过了一会儿,他把头埋进手里。"这真是个噩梦。我只是,我只是想让她离开,保罗,就这样。"

"嗯,现在我们最好祈祷可以说服他们,让他们相信你只是一个一时冲动的怪咖。"

"真棒。"

"你有什么更好的建议吗?"

艾德摇了摇头。

"那就乖乖坐着吧。"

"我得找点事做,保罗,我得回去工作,不工作的话我不知道该干什么。我在那个鸟不拉屎的地方都待傻了。"

[①] 英国证券期货局(The Securities and Futures Authority)。
[②] 英国重大组织犯罪署(Serious Organised Crime Agency)。

"呃，如果我是你的话，就乖乖待着。SFA可能会泄漏这个消息，到那时才真是要有大麻烦了，你会被媒体包围。现在你最好还是躲回那个'鸟不拉屎的地方'待个一周左右。"保罗在拍纸簿上潦草地写了几句。

艾德盯着颠倒的字说："你真的觉得这事会上报纸吗？"

"我不知道，可能吧。不管怎样，可能你最好还是跟你的家人提前说一下，免得他们被负面报道影响。"

艾德把手放在膝盖上。"我做不到。"

"做不到什么？"

"跟我爸爸说这件事。他病了，要是跟他说的话……"他摇了摇头。等他抬起头来的时候，保罗平静地看着他。

"好吧，这事还得你自己决定。不过正如我所说的，我觉得你还是待在一个偏僻的地方比较明智，以防这件事曝光。在这件事处理完毕之前，蜉蝣公司显然不希望你出现在办公区域附近的任何地方。SFAX牵扯到的钱太多了，所以你必须和所有与公司有关的人断绝联系。不能打电话，不能发邮件，如果有人碰巧发现了你，看在上帝的分上，什么都不要说。谁也不行。"他敲敲钢笔，意思是谈话结束了。

"所以我应该待在那个偏僻的地方，保持沉默，无所事事，直到被送进监狱。"

保罗站起来，合上桌子上的文件。"听着，我们会派出最好的团队，我们会尽一切努力避免那种事情发生。"

艾德站在那里，眨眼看看保罗办公室外的楼梯。周围是铅色的大厦，满头大汗的快递员摘下头盔，光腿的女人们大笑着去公园吃三明治。

艾德想起以前的生活，胸口一阵剧痛。

他的办公室里有雀巢胶囊咖啡机；他的秘书常常匆匆地跑出去吃寿司；他的公寓可以俯瞰整个城市；那时最糟糕的事莫过于躺在设计师房间的沙发上听那些穿西装的家伙絮叨收益和损失。他从没有像现在这样，站在一个旁观者的角度，审视自己的生活。没想到，他竟十分羡慕那些每天都有事可操心的人，羡慕他们可以坐上地铁回家，回到家人身边。他有什么呢？一连好几周待在空荡荡的房子里，没有人可以说话，而且随时有可能被起诉。

他从来没有像现在这样渴望工作。

工作就像是他的长期情人，他渴望那种按部就班的日常工作。他想起上周，在海滨公寓的沙发上醒来，不知道自己怎么到的那儿，嘴巴干得像是被塞了棉绒。那是数周以来他第三次喝得酩酊大醉，也是他第一次醒来后口袋空空。他不记得自己是怎么回家的。

他检查了一下手机（新的，只有三个联系人），有两条杰玛发来的语音信息，没有其他人的电话。艾德叹了口气，按下"删除"，然后沿着日光照耀下的人行道朝停车场走去。他其实不太会喝酒。劳拉总是说喝酒会让人变成大肚子，并且抱怨说如果他喝酒超过两杯的话就会打呼噜。但他现在特别想喝一杯，他以前几乎从来没有这样渴望过一样东西。

艾德在自己空荡荡的公寓里坐了一会儿,去一家比萨店吃了点东西,又回到自己的公寓里,坐着。然后,他又爬上车,朝海边开去。离开伦敦的路上,迪安娜·路易斯的影子一直在他眼前晃。他怎么能那么愚蠢呢?他怎么会没想到她可能告诉其他人呢?还是说,他其实忽略了一些更阴险的东西?这会不会是她跟她哥哥设的局?还是那个神经质的女人因为他抛弃她而进行的报复?

每前进一英里,艾德就愈发气愤。他本来可以把自己公寓的钥匙和银行账户的密码给她——就像他前妻一样——让她忘了他。那样的话其实更好,至少他可以保住自己的工作和朋友。快到戈德尔明出口时,艾德气愤不已,他把车停在高速公路上,拨了她的电话。警察没收了他的旧手机,把他存储的所有联系人作为证据。不过,他认为自己还是记得住她的号码的,并且他已经准备好了开场白:你他妈以为自己在做什么?

但那个号码却成了空号。

艾德把车停在应急车道上,手里拿着电话坐在车上,让心里的愤怒逐渐散去。他犹豫了一下,然后拨了罗南的电话——这是他记住的为数不多的号码之一。

电话响了好几声罗南才接起来。

"罗南。"

"我不能跟你说话,艾德。"他听起来很不耐烦。

"是,我知道,我只是——我只是想说——"

"说什么？你想说什么，艾德？"

罗南声音里突然的愤怒让艾德生生把话吞了回去。

"你知道吗？我其实并不关心什么内幕交易的事，虽然这对公司来说显然是一场大灾难。但你是我的搭档，我的老朋友，我永远都不会那样对你的。"

"嗒"的一声，电话挂了。

艾德坐在那里，脑袋耷拉到方向盘上，直到脑袋里的嗡嗡声完全消散，然后才打开转向灯，慢慢退出来，朝海滨开去。

"你想干什么，劳拉？"

"嘿，宝贝儿，你好吗？"

"呃……不太好。"

"哦，不是吧！怎么了？"

他不知道意大利人是不是天生就有这种功能，但他前妻，总是能让他感觉好一点。她会搂着他的头，用手指梳理他的头发，围着他团团转，像母亲似的发出关心的咯咯声。虽然最后正是这种方式激怒了他，让他们分道扬镳。但是，现在，在深夜空荡荡的公路上，他突然有点怀念她。

"是……工作上的事。"

"哦，工作上的事。"她的声音本能地带了一丝愤怒。

"你好吗，劳拉？"

"妈妈快把我逼疯了，而且公寓的房顶出了点问题。"

"找到工作了吗？"

她咬着嘴唇说："西区剧目给我回了个电话，说我看着太老了,太老了!"

"你看上去不老。"

"我知道!我可以弄得像十六岁!宝贝儿,我得跟你说说公寓屋顶的事儿。"

"劳拉,那是你的房子,你已经分到了一笔财产了。"

"可是他们说要花很多钱,很多钱,我可是一分钱都没有。"

"你分到的财产呢?"他尽量让自己的语气保持平静。

"什么都没了。我哥哥要用钱做生意,而且你知道爸爸身体不太好。还有,我有几张信用卡……"

"全都用光了?"

"我的钱不够修屋顶的。他们说这个冬天会漏水的,爱德华多①……"

"好吧,你可以随时卖掉十二月份从我公寓里拿走的那张画像。"他的律师曾暗示说没有换门锁是他自己的错,换作其他人绝对早就换了。

"我很难过,爱德华多,我想你,我只是想给自己留个念想。"

"是啊,想那个你说你再也不想多看一眼的男人。"

"我说那句话的时候正森气呢。"她故意把"生气"说成"森气",故作娇嗔。到最后她总是很"森气"。他揉揉眼睛,

---

① 指艾德。

打开转向灯,表示他要下高速去海滨公路。

"我只是想留个念想,让我想起我们在一起的快乐时光。"

"知道吗,或许下次你想我的时候,可以拿走,比如说,一张裱起来的我们俩的照片,而不是一张价值一万四千英镑的限量版的丝印画像。"

"我现在无依无靠的,你都不在乎吗?"她的声音变成了绵绵细语,有一种让人无法自持的亲昵。这让他条件反射式地汗毛直立。而她也知道会这样。

艾德瞄了一眼后视镜。"哦,你怎么不去找吉姆·莱昂纳茨呢?"

"你说什么?"

"他老婆给我打电话了,她说她不太高兴,真是有意思。"

"就那么一次!我就跟他出去了一次。而且我跟谁约会也不关别人的事!"艾德能想象出她的样子,指甲精心修剪过的手举起来,手指沮丧地展开,因为要应付"世界上最烦人的男人"。"是你离开了我!难道我要一辈子当修女吗?"

"是你离开了我,劳拉。五月二十七日,在从巴黎回来的路上。记得吗?"

"细节!你总是用细节来扭曲我的话!这就是我为什么要离开你的原因!"

"我还以为是因为我只爱我的工作,不解风情呢。"

"我离开你是因为你有个小鸡鸡!特别小、特别小的鸡鸡!跟蟹似的!"

"你想说跟虾似的吧?"

"是跟虾似的,跟小龙虾似的,反正就是小到不能再小了!特别小!"

"那我觉得你说的可能是虾米。知道吗,考虑到你直接拿走了我一幅名贵的限量版的画,我以为你至少能评价我个'大龙虾'呢。不过当然,什么都无所谓了。"

他还在想那些意大利的诅咒到底是什么意思。他又开了好几英里,那几英里路他都不记得自己开过。然后他叹了口气,打开收音机,凝视着前方似乎永无尽头的黑暗的公路。

他正要转上海滨公路的时候,杰玛的电话来了。艾德还没来得及想一下不接电话的理由就把电话接了起来。

"别跟我说,你真的很忙。"

"我在开车。"

"你可以用免提。妈妈想知道你来不来参加他们的结婚纪念日午餐?"

"什么结婚纪念日午餐?"

"哦,不是吧,艾德,我好几个月前就跟你说过了。"

"对不起,我现在没法查日历。"

杰玛深吸了一口气。"妈妈特地在家准备了午餐,爸爸会从医院回来庆祝。她希望我们俩都能去,你说过你能去的。"

"哦,对。"

"对什么?你记起来了?还是说,对,你会来的?"

艾德用手指敲着方向盘说:"我不知道。"

"听着,爸爸昨天问到你了。我跟他说你有个项目,现在脱不开身。但他现在真的很虚弱了,艾德。这对他来说真的很重要,对他们俩来说都很重要。"

"杰玛,我已经告诉过你——"

她的声音突然在车里炸响。"是的,我知道,你太忙了,你告诉过我你有事情要处理。"

"我是有事情要处理!你根本什么都不知道!"

"噢,不是吧,你根本就不指望我能明白,是不是?我只是个薪水低廉的愚蠢社工!他是我们的爸爸,艾德,他是那个不惜一切代价供你上学受教育的人,他觉得你的身后有万丈光芒。他活不了太久了。你必须去那儿露个脸,说说儿子跟即将离世的父亲说的话,行吗?"

"他不会死的。"

"你他妈知道什么?你已经两个月没去看他了!"

"听着,我会去的。只是我得——"

"放屁!你是个商人,你把东西变成真的。那你就把这件事情变成真的,否则我发誓我——"

"我听不到你说话了,杰玛。对不起,这里信号太差了。我——"他开始发出一些"嘶嘶"的噪声。

"就一顿午餐,"她说,她又恢复了社工的语调,镇定而平静,"就一顿小小的午餐,艾德。"

他看到前面有一辆警车,赶紧检查了一下车速。一辆很脏的劳斯莱斯停在那里,头灯坏了一盏,车身一半在钠光灯的黄色光晕外。一个小女孩站在车旁,牵着一条带链子的大狗。在他经过的时候,小女孩慢慢转过头来。

"还有,对,我们理解你有很多事情要做,你的工作真的很重要。我们都很理解,狂妄的技术狂人。但这只是一顿尴尬的家庭午餐而已,难道这个要求很过分吗?"

"等一下,杰玛。前面出车祸了。"

小女孩身边站着一个幽灵似的年轻人——男孩还是女孩?——顶着一头吓人的黑头发,肩膀耷拉着。还有另一个孩子——不,是个小女人,迅速从一个警察面前转身走开,正在写什么东西。她的头发在脑后胡乱地扎成一个马尾,她愤怒地举着双手——这个姿势让他想起劳拉。你真是气死我了!

待他意识到他认识那个女人时,他已经又开出去一百码[①]了。他绞尽脑汁地想着:酒吧?度假公园?他突然想起她拿走他车钥匙的场景,还记起是她在家里帮他把眼镜摘掉。这大半夜的,她带着孩子在那儿做什么?他把车停到路边,看着后视镜,他只能勉强辨认出那几个人。那个小女孩坐在昏暗的路边,那只狗像个大黑块似的蹲在她旁边。

"艾德?你没事吧?"杰玛的声音打破了寂静。

后来回想起来的时候,他也不确定到底是什么促使他停下车。或许是为了尽可能晚地回到那个空荡荡的屋子;或许是在生活严重脱离轨道后,出现在这样的场景中对他来说似乎已经

---

① 英制长度单位,1码约合0.914米。

没什么稀奇；或许只是因为他想说服自己，尽管有那么多证据，但他并不完全是个混蛋。

"杰玛，我等一下再给你打回去。"

他把车开到路边，来了个三点式掉头①，然后沿着昏暗的公路慢慢开回警察那儿。他把车停在路对面。

"你好，"艾德摇下窗口说，"需要我帮忙吗？"

2. 坦丝

第一眼看到尼基浮肿的脸时，坦丝的兴奋便荡然无存了。他看上去都不像他了。她想告诉他关于数学竞赛的事，告诉他们可以去圣安妮注册了，但她却说不出口——尤其是闻着尼基身上散发的医院的味道，看着尼基的眼睛不正常的形状时。坦丝发现自己一直在想：是费舍尔他们干的，是费舍尔他们干的。她有点害怕，因为她不能相信，他们认识的人会毫无理由地做出这种事。

尼基起床下楼的时候，她把一只手温柔地放在他手里，虽然通常情况下他会说"走开，小不点儿"，但这次他却只是捏了捏她的手。

妈妈又像往常一样跟医院的人争论一番，说她不是他的亲妈，但她对他跟亲妈一样。而且，不，他不需要一名社工。这

---

① 指在路宽不足的情况下掉头。需要"前进——后退——前进"三次操作。

些让坦丝感觉有点怪怪的,好像尼基并不属于他们家似的,虽然他确实是。

他特别慢、特别慢地走出房间,他还记得跟护士道谢。"不错的小伙子,不是吗?"她说,"很有礼貌。"

妈妈正在帮他收拾东西。"那正是他身上最糟糕的一点,"她说,"他只想一个人待着。"

"不过他在这儿其实并不是那样,不是吗?"护士笑着对坦丝说,"照顾好你哥哥哈。"

跟在尼基后面走出大门的时候,坦丝不知道别人会怎么评论他们的家庭,他们现在的每一次谈话似乎都是以怪异的眼光和"保重"结束。

妈妈做好了饭,给尼基吃了三种不同颜色的药,然后他们就一起坐在沙发上看电视。电视里放的是《大挑战》,这个时候尼基通常会乐得哈哈大笑,但他这次回家后几乎没说话。坦丝觉得并不是因为他下巴疼的缘故。妈妈在楼上忙活。坦丝可以听到她把抽屉拉出来、在地板上来回走的声音。她忙得不亦乐乎,甚至没有注意到已经过了睡觉时间。

坦丝用手指轻轻地推了推尼基。"疼吗?"

"什么疼吗?"

"你的脸。"

"什么意思?"

"呃……那个形状有点好笑。"

"你的也是，你疼吗？"

"哈哈。"

"我没事，小不点儿。不说这个了。"然后，见坦丝盯着他，"真的……忘了这事儿吧，我没事。"

妈妈走进来，把链子套在诺曼头上。诺曼躺在沙发上，根本不想起来，她试了四次才把它拖到屋外。坦丝正要问她是不是要带诺曼去散步，但这时电视里正放着车轮把参赛选手从他们的小操作台上撞到水里，她就忘了问。后来妈妈就回来了。

"好了，孩子们，拿上外套。"

"外套？为什么？"

"因为我们要出发了，去苏格兰。"她说得好像这很正常似的。

尼基一直看着电视，看都没看她就说："我们要去苏格兰……"

"对，我们要开车了。"

"可是我们连车都没有。"

"我们开那辆劳斯莱斯去。"

尼基看看坦丝，然后又看看妈妈。"但是你没有上保险。"

"我从十二岁开始就开车了，从来没有出过意外。听着，我们就沿着 B 级公路走，然后主要是夜里走。只要没人截住我们，就不会有事的。"

她和尼基一起瞪着妈妈。

"但是你说过——"

"我知道我说过什么。但有些时候，为了达到目的，不必太在意方式。"

"这是什么意思？"

"尼基，有一个数学竞赛，它可能会改变我们的生活，这个竞赛在苏格兰举办。现在，我们没有钱交学费。就是这样。我知道开车不是个好主意，我也没说这么做是正确的，但除非你们俩能有更好的主意，否则就上车出发。"

"呃，我们不需要收拾一下行李吗？"

"都在车里了。"

坦丝知道尼基现在想的跟她一样——妈妈终于还是疯了。但她曾经在什么地方读到过，说疯了的人就像是在梦游——最好不要叫醒他们。所以坦丝缓慢地点点头，好像妈妈说的话都很对似的。她拿了自己的外套，然后他们穿过后门进了车库，诺曼正坐在后座上，那眼神似乎在说："对，还有我。"车里有股霉味，她其实不想用手碰座位，因为她还在什么地方读到过，说老鼠总是在撒尿，好像从来没停过，而且老鼠尿可能会让你染上八百种疾病。"我能跑回去拿一下手套吗？"她说。妈妈看着她，好像她才是疯了的那个，但妈妈还是点了点头。于是坦丝跑上楼去把手套戴上，觉得自己感觉好点儿了。

尼基小心翼翼地坐到副驾驶座上，用手指擦了擦仪表盘上的灰尘。

妈妈打开车库大门，发动引擎，小心翼翼地把车倒到车道上。然后她又爬出来，把车库门关上并仔细上了锁，坐在车上想了一会儿。"坦丝,你有纸和笔吗?"

坦丝在手包里摸索了一会儿递给她。妈妈不想让坦丝看见她在写什么,但坦丝还是从后面瞄到了。

费舍尔你这个小畜生,我已经告诉警察了,
如果有人闯进我们家,那肯定是你!
他们看着呢!

她下了车把纸贴在门下方,这样从街上就看不到了。然后她又爬回被老鼠吃了一半的驾驶座上,随着轻轻的"呜"的一声,劳斯莱斯朝着黑夜出发了。

大约十分钟后,他们就发现妈妈已经忘了怎么开车了。那些连坦丝都知道的东西——镜子、转向灯、操作方法——她却一直弄错顺序,而且她一直趴在方向盘上开,手抓得紧紧的,好像那些老奶奶似的:在镇中心时速只开到十五英里,还不停地把车门剐蹭在停车场的柱子上。

他们路过玫瑰王冠酒店,一个提供五座小车洗车服务和地毯仓库的工业小区。坦丝的鼻子压在窗户上。他们正式离开小镇了。她上次离开小镇还是学校组织去杜德尔门旅行的时候,那时梅勒妮·艾布特在海边吐得站不起来,后来在整个五年C班引发了一连串的连锁呕吐反应。

"保持冷静。"妈妈自言自语道,"小心,冷静。"

"你看起来可不冷静。"尼基说。他正在玩任天堂①,两个大拇指在那个闪光的小屏幕两端留下了两个手印。

"尼基,我需要你帮我看地图。现在不要玩任天堂了。"

"噢,我们只要一直往北就行了。"

"可是哪里是北啊?我已经好多年没在这附近开车了,我需要你告诉我应该往哪儿走。"

他抬头看了看路牌。"我们要去 M3 吗?"

"我不知道,我在问你!"

"让我看看。"坦丝从后面把手伸过来,从尼基手里拿过地图,"前面是什么方向?"

他们绕了两个大圈,其间坦丝一直在努力搞定地图,此后他们就开到了公路上。坦丝隐约记得这条路:有一次爸爸妈妈去卖空调的时候走过这条路。"妈妈,你能把后面的灯打开吗?"她说,"我什么都看不见。"

妈妈从座位上转过身来:"开关应该就在你头顶上。"坦丝伸手摸了摸,用拇指把灯按亮。她本来可以把手套摘下来的,她想着。老鼠可不会倒立行走,不像蜘蛛那样。"灯不亮了。"

"尼基,还是得你看地图。"她看了他一眼,恼怒地再一次喊道,"尼基。"

"嗯,我来看。等我打完这些金色星星,这有五千分呢。"坦丝尽可能地把地图折好,然后塞回前座去。尼基低着头,

---

① 一款游戏机。

聚精会神地玩着他的游戏。说句公道话，金色星星确实很难打到。

"你能把那东西放下吗！"

他叹了口气，"啪"的一声把游戏机关上。他们经过了一家她不认识的酒吧，现在又经过了一家旅馆。妈妈说他们在找M3，但坦丝已经很久都没有看到任何关于M3的标志了。诺曼开始在她身边发出低低的"呜呜"声。她估计还有大概三十八秒妈妈就会说自己要被折磨疯了。

她数到二十七秒。

"坦丝，别让那只狗叫了，它让我没法集中精力。尼基，我真的需要你看着地图。"

"它的口水流得到处都是，我觉得它可能要出去。"坦丝侧过身去。

尼基眯着眼睛看前面的路牌。"如果你一直沿这条路走的话，我觉得我们最终会到达南安普敦。"

"可是那样的话就走错了啊。"

"我就是这个意思。"

车里的汽油味很浓，坦丝怀疑是不是哪儿漏油了。她用戴手套的手捂住鼻子。

"我觉得我们只能掉头回去，然后重新走。"尼基说。

妈妈嘟囔着，在下个出口掉了头。在妈妈把车开到右边，沿着双向公路另一边返回的时候，他们都尽量忽略那烦人的噪声。

"坦丝，求你管管那条狗吧，求你了。"劳斯莱斯的踏板有一个特别紧，她几乎要站在上面才能换挡。她抬起头来指着通往镇上的路口说，"我在干什么，尼基？又开回这里来了？"

"哦，上帝啊，它放屁了。妈妈，我快被熏死了。"

"尼基，求求你，能看一下地图吗？"

坦丝这才记起来妈妈是讨厌开车的。她不善于快速处理信息，她总说她没有这种神经。而且，说句公道话，现在车里弥漫的气味太臭了，根本没法正常思考。

坦丝开始恶心："我要死了！"

诺曼把硕大的脑袋转过来看着她，眼神似乎在说，她这么说真是太恶毒了。

"可是这儿有两个岔口啊，我应该走这个还是下一个？"

"当然是下一个。噢，不，对不起——应该是这个。"

"什么？"妈妈把车猛地一转开下马路，差点开进路边的草坪里，然后上了出口。车子猛地一抖，撞在了路沿上，坦丝只能放开捂着鼻子的手去抓住诺曼的项圈。

"看在上帝的分上，你就不能——"

"我的意思是下一个，走这个我们就差了好几英里了。"

"我们都在路上晃了差不多半个小时了，可我们甚至比出发时离终点更远了。上帝啊，尼基，我——"

就在这时坦丝看到了闪烁的蓝灯。她希望警车就这么开过去，但它却越开越近，直到整个车里都是蓝色的灯光。

尼基痛苦地从座位上转过身来。"呃，杰西，我觉得他们想让你把车停到路边。"

"该死,真是该死!坦丝,你什么都没听见。"妈妈深吸了一口气,一边减速,一边调整了一下放在方向盘上的双手。

尼基往座位上缩了缩。"呃,杰西?"

"现在别说话,尼基。"

警车也停到了路边。坦丝的掌心开始出汗。不会有事的。

"我想现在不应该告诉你,我把我藏的大麻带出来了。"

3. 杰西

然后就变成了这样:在深夜十一点四十分,杰西和两名警察站在一个双向车道边的草坪上,他们俩都没有把她看作是重要罪犯,这跟她想的差不多,但却更糟——他们把她看作是一个彻头彻尾的笨蛋。他们说的所有话都有一种高人一等的优越感:"那您习惯经常带您的家人在深夜开车出行吗,夫人?在只有一个车前灯亮的情况下?您难道不知道吗,夫人,您的纳税证明已经过期两年了?"他们还完全没有开始查没上保险这事儿,所以还有好戏在后头。

尼基流着汗,等他们来发现他的大麻。坦丝则像个脸色苍白、一言不发的幽灵一样站在几步开外,她装饰着亮片的外套在灯光下闪闪发光。她抱住诺曼的脖子寻求安慰。

杰西只能怪自己。真是糟得不能再糟了。

就在这时,尼科尔斯先生出现了。

随着他的窗户摇下，杰西感觉到自己脸上仅存的血色逐渐褪去。她脑中闪过千万个念头，要是她进监狱了，这两个孩子谁来照顾？如果是马蒂，他会记得坦丝的脚过段时间会长大，然后主动给她买新鞋子，而不是等着她的脚指甲都弯进脚指头里吗？谁来照顾诺曼？她为什么没有第一时间把该做的做了，把尼科尔斯先生那卷钱还回去呢？艾德是不是要告诉警察，先不管别的，她首先就是个小偷？

但他没有。他问需不需要他帮忙。

一号警察慢慢转过身去看着艾德。一号警察胸肌发达，行为举止一板一眼，是那种很把自己当回事儿的人，而且如果别人不把他当回事儿的话，他就会很生气。

"您是？"

"爱德华·尼科尔斯。我认识这位女士。发生什么事了？车子出问题了？"他看看那辆劳斯莱斯，似乎不敢相信这辆车竟然会在路上。

"也可以这么说。"一号警察说，

"纳税证明过期了，"杰西嘟囔着说，试图无视胸口锤子敲击似的"怦怦"声，"我本来想带孩子们出去，现在我想我得把它开回家了。"

"你哪儿都不能开去，"一号警察说，"你的车现在已经被扣留了，拖车很快就到。你驾驶纳税证明无效的车辆驶入公共道路，违反了《车辆执照税和注册法》第三十三款的规定，这意味着你的保险也将被宣告无效。"

107

"我没有保险。"

两人一起转过身来看着她。

"这辆车没上保险,我没买保险。"

她可以看到尼科尔斯先生瞪着她。到底什么情况?不管怎样,一旦他们开始调查,还是会很快发现这一点的。"我们有点小麻烦。我只能用这个方法把孩子们从这个地方带到另一个地方。"

"你知道驾驶没有纳税证明、没有保险的车是违法的,而且可能会坐牢。"

"还有,这不是我的车。"杰西踢着草地里的一块石头说,"如果你们去数据库里搜索一下的话,这是你们马上会查出来的另一件事。"

"这车是你偷的吗,夫人?"

"不是,这车不是我偷的。它已经在我们家车库里待了两年了。"

"这可没回答我的问题。"

"这是我前夫的车。"

"他知道你把车开出来了吗?"

"就算我去做个变性手术,改名叫锡德他也不会知道的,他已经在北约克郡待了——"

"知道吗?你现在真的该闭嘴了。"尼科尔斯先生把一只手放在头上。

"你是谁,她的律师吗?"

"她需要律师吗?"

"驾驶没有纳税、没有上保险的车,此行为违反了——"

"对,你说过了。呃,我觉得在你讲话前你可能需要一些建议,你是——"

"杰西。"她说。

"杰西。"艾德看着两个警察,"长官,这位女士一定要去警察局吗?她显然真的、真的很后悔,而且考虑到现在这个时间,我觉得孩子们也需要回家了。"

"她将因驾驶没有纳税证明、没上保险的车辆而被指控。你的姓名、地址,夫人?"

杰西告诉一号警察她的名字和地址。

"对,这辆车的注册地址是这个。但是它申请注册的是SORN[①]通行证,也就是说——"

"不允许在公共道路上行驶,我知道。"

"真遗憾你在出发前没想过这些,不是吗?"他看了她一眼,那种眼神像是老师专门对付八岁学生、让他们自惭形秽的。

就是这眼神让杰西再也忍不住了。"你知道吗?"杰西说,"你真的认为,如果不是被逼无奈,我会在半夜十一点开车带我的孩子出来?你真的认为我是明知故犯,我就是要带上我的

[①] 法定不上路证明(Statutory Off Road Notification),英国车辆证件,持该证明的车辆无须购买保险及缴纳相应税费,但也无法在公共道路行驶。

孩子和那只该死的狗出发,给我们惹一大堆麻烦,然后——"

"你怎么想的与我无关,夫人。我关心的是你把一辆没有保险、可能会有危险的车开到了公共道路上。"

"我真的没有办法,好吗?你绝对不会在你们那个破数据库里找到我的名字,因为我从来没有做过错事——"

"或许只是没有被抓到。"

两个警察平静地看着她。就在这时,诺曼叹了口气,"砰"的一声趴下了。坦丝一言不发地看着眼前发生的一切,两眼空洞无物。哦,天哪,杰西想着。她小声地道了歉。

"你将因无证驾驶而被控告,托马斯太太。"一号警察说着,递给她一张纸,"我必须提醒你,你将收到法院传票,而且你将面临可能高达五千英镑的罚款。"

"五千英镑?"杰西开始大笑起来。

"而且你得交钱才能把这个——"那个警察指着那辆实在不能将其称之为"车"的东西说,"从警局车辆扣留中心取走。我必须告诉你,它在那儿每天要收十五英镑。"

"很好。那如果我不能开的话,我应该怎么把它从扣留中心取走呢?"

"我建议你在拖车来之前把你们所有的物品收拾好。一旦离开,我们对车内的物品概不负责。"

"当然。因为要是指望一辆车能在警局的扣留中心完好无损,那才真是想多了。"她嘟囔着说。

"可是,妈妈,我们怎么回家呢?"

随之而来的是一阵短暂的沉默。两个警察转过身去。

"我捎你们回去吧。"尼科尔斯先生说。

杰西往后退了一步。"喔,不,不用了,谢谢你,我们没事。我们走回去就行,也不是很远。"

坦丝斜眼看看她,似乎在考虑她是不是认真的,然后悄悄地踩了踩她的脚。杰西想起来坦丝外套里面穿的还是睡衣。

尼科尔斯先生看看两个孩子。"我要回那边去。"他朝镇子方向点点头,"你知道我住哪儿。"

坦丝和尼基没有说话,但杰西看到尼基一瘸一拐地朝车子走去,开始往外拽包。她不能让他自己把所有的东西弄回家。至少得有两英里呢。

"谢谢你,"她生硬地说,"那真是太谢谢你了。"她不敢看他的眼睛。

"你儿子怎么了?"二号警察说。

"去查查你们的数据库吧。"她怒气冲冲地说道,然后向那堆行李走去。

他们沉默着从警察身边开车走开。杰西坐在尼科尔斯先生一尘不染的车子的副驾驶座上,两眼直直地盯着前方的路。她不知道自己是不是有过比现在更尴尬的时候。虽然她看不到,但她能感觉到,今晚的这些事情发生后,孩子们那种呆滞的沉默。

她让他们失望了。

她看着灌木丛逐渐变成了篱笆和砖墙,黑色的车道上有了路灯。她不敢相信,他们才出去了一个半小时。那感觉像是过了一辈子。五千英镑的罚款,差不多——肯定会被禁止驾驶,还要上法庭。马蒂会疯了的。而且,她刚刚毁了坦丝去圣安妮的最后一丝希望。

杰西觉得喉咙开始发堵。

"你没事吧?"

"没事。"她一直把头扭过去不看尼科尔斯先生。他不知道,他当然不知道。有一会儿,在她同意上他车的那个可怕瞬间,她曾怀疑这是不是个陷阱。他会等警察走了,再做一些可怕的事,把她扔回来。

但事实却更糟:他真的只是想帮忙。

"呃,能麻烦你在这儿左拐吗?我们在前面下车。开到头,左拐,然后第二个路口右拐。"

小镇风景如画的部分已经落在身后半英里开外的地方。在这儿——戴恩霍尔——即使是夏天,树木也是瘦骨嶙峋的,烧毁的汽车堆成了一堵墙,像是立在小基座上的城市雕塑。房子分为三种样式,以街道为基础划分:排屋、墙壁上抹着带石子的灰泥的中产阶级房屋,还有内嵌栗色砖块、安着UPVC(聚氯乙烯)窗户的小房子。他把车转向左边,上了希科尔大道,在她指向房子的时候放慢了车速。她环顾后座,发现在这短短的旅途中,坦丝的头已经低下去,嘴巴微微张开,头枕在诺曼身上,而诺曼一半身子倚在尼基身上,尼基则冷漠地看着窗外。

"你们原来是打算去哪儿?"

"苏格兰。"她搓了搓鼻子,"这事儿说来话长。"

他等着她说下去。

她的腿开始不由自主地颤抖。"我要带我女儿去参加数学奥林匹克竞赛。路费太贵了。虽然,事实证明,还没警察开的罚单贵。"

"数学奥林匹克竞赛?"

"我知道。我从来没听说过有这么一个竞赛,直到一周之前。正如我所说的,这事儿说来话长。"

"那你打算怎么办?"

杰西看看后座,看看坦丝,她正轻轻地打着鼾。杰西耸耸肩,她说不出口。

尼科尔斯先生突然看到了尼基的脸。他盯着尼基,好像头一次看到。

"对,那是另一个故事了。"

"你的故事还真多啊。"

杰西不知道他是在沉思还是在等她下车。"谢谢你带我们回来,我们很感激。"

"哦,没事,我欠你一次。我很确定那天晚上是你把我从酒吧弄回家的。我在沙发上醒来,感受着世界上最难受的宿醉,车子安全地停在酒吧的停车场里。"他停了一下,"我还模模糊糊地记得自己很混账。可能是第二次了。"

"没关系,"她说着,脸一下子红到了耳根,"真的。"

尼基打开车门，摇了摇坦丝。坦丝揉揉眼睛，朝杰西眨了眨眼，然后慢慢环视了一下车子，想起了晚上发生的事。"这是不是意味着我们不去了？"

杰西把行李拿下来放在脚下。接下来的谈话不适合当着外人说。"我们进屋去吧，坦丝。已经很晚了。"

"这是不是说我们不去苏格兰了？"

杰西朝尼科尔斯先生尴尬地笑了笑。"再次感谢。"杰西把行李拽出来放到人行道上。天气出乎意料地冷。尼基站在门外，等着。

坦丝的声音开始变得沙哑。"这是不是说我去不了圣安妮了？"

杰西努力想挤出一丝微笑。"我们先不谈这个，宝贝儿。"

"那我们接下来该怎么办呢？"尼基说。

"现在不谈这个，尼基，我们先进屋行吗？"

"你现在欠警察五千英镑，我们还怎么去苏格兰？"

"孩子们，求求你们了行不行？我们不能先进屋吗？"

诺曼呻吟了一声，从后座上站起来，慢慢走下车。

"你都没说我们会有办法的。"坦丝的声音里充满了恐惧，"你以前总说我们会有办法的。"

"我们会有办法的。"杰西一边说，一边把被子从行李厢里拽出来。

"真有办法的时候你才不是用这种口气说的。"坦丝开始哭起来。

这真是太出乎意料了,杰西什么都做不了,只能震惊地站在那里。"拿着。"她把被子塞给尼基,弯身进到车里,试图把坦丝哄下来。"坦丝……宝贝儿,出来吧。已经很晚了,我们等一下再谈。"

"谈什么,谈我去不了圣安妮吗?"

尼科尔斯先生一动不动地盯着方向盘,似乎这一切令他无法承受。杰西开始小声地道歉。"她累了。"她说着,试图伸手抱住女儿,坦丝却躲开了,"对不起。"

正在这时,尼科尔斯先生的电话响了。

"杰玛。"他小心翼翼地说,似乎他早已料到。杰西可以听到有人在生气地嗡嗡说话,好像听筒里关了一只大黄蜂似的。

"我知道。"他小声说。

"我只想去圣安妮。"坦丝哭着喊道。她的眼镜掉了——杰西一直没时间带她去眼镜店紧一紧——她用手捂着眼睛。"求求你让我去吧,求求你了,妈妈。我一定会很听话的,就让我去吧。"

"嘘!"杰西觉得喉咙开始发堵,坦丝从来没求过她,"坦丝……"人行道上,尼基转过身去,似乎不忍再看下去。

尼科尔斯先生对着电话说了句什么,杰西没听清楚。坦丝开始抽泣,她死沉死沉的。

"快点,宝贝儿。"杰西一边说一边推她。

坦丝已经靠在了车门上。"求求你了,妈妈,求求你,求求你。"

"坦丝,你不能待在车上不下来。"

"求求你……"

"出来!快点,宝贝儿。"

"我开车带你们去。"尼科尔斯先生说。

杰西的脑袋"砰"的一声撞在车门上。"你说什么?"

"我开车带你们去苏格兰。"他已经把电话放下了,但眼睛还是盯着方向盘,"我突然有事要去诺森伯兰郡。苏格兰离那儿不是很远,我会在那儿放下你们。"

所有人都陷入了沉默。街道尽头突然暴发出一阵笑声,一辆车的车门"砰"的一声关上了。杰西扶了扶歪掉的马尾。"听着,你能这么说我们很感谢你,但我们不能接受你的好意。"

"可以的,"尼基俯下身子说,"我们可以接受的,杰西。"他看了看坦丝,"真的,我们真的可以接受。"

"可是我们都不太认识你。我不能让你——"

尼科尔斯先生看都没看她:"只是顺路而已,真不是什么大事儿。"

坦丝抽了抽鼻子,又揉了揉。"求求你了,妈妈?"

杰西看看她,又看看尼基淤青的脸,然后又回过头来看看尼科尔斯先生。她从来没有像现在这样想从一辆车前跑开。"我什么也给不了你,"她有点断断续续地说,"什么也没有。"

他抬了抬一条眉毛,转过脸去看着那只狗。"连结束之后把我的后座打扫干净也不行吗?"

她松了一口气,语气里多了一丝轻松而不是外交辞令般的严肃。"呃……好,这个我会做。"

"好的。"他说,"那我建议我们先去睡几个小时,然后明天一早我就来接你们。"

四　有所保留的真心话

　　有时候我们厌倦了试探与误解，鼓起勇气试着坦诚，话到嘴边却又悄悄退回去几分。

1·艾德

从戴恩霍尔小区离开十五分钟后,艾德·尼科尔斯才开始质问自己刚才到底干了什么。他刚才竟然答应要把那个刁蛮的清洁工、她的两个孩子还有一条臭气熏天的大狗带到苏格兰去。他刚才到底在想什么?他可以听到杰玛的声音,她一直用那种怀疑的口气不断地说:"你要带一个你不认识的小女孩和她一家人去这个国家的另一端,而且还很'紧急'。好吧。"他可以听出那里加了引号,此后是一阵沉默,"她很漂亮,是不是?"

"什么?"

"那个妈妈,胸很大?眼睫毛很长?一个落难的少妇?"

"不是你说的那样,呃……"在车上他都没跟他们说过话。

"那我就认为你的回答都是'是'了。"她深深叹了口气,"看在上帝的分上,艾德。"

明天早上,他会过来向他们道歉,然后解释说他这里出了点事。她会明白的。跟一个几乎完全不认识的陌生人坐在一辆车上,她很可能也会觉得别扭。她都没有明确表示接受了他的提议。

他会给那个孩子出点路费。不管怎么说,那个女人——杰西?——决定开一辆没有缴税、没上保险的车上路又不是他的错。如果把这些全都列在纸上——警察、奇怪的孩子、午夜驾车——任谁都会发现她是个麻烦。艾德·尼科尔斯的生活里麻烦已经够多了。

想着这些,他洗了脸,刷了牙。几个星期以来头一次像样地睡着了。

九点刚过,他就把车停在了杰西家门外。他本来想早点到的,却记不起来他们家在哪儿。因为市政建设住房区全是拼接的街道,他开着车毫无方向地来回转了快三十分钟才看到希科尔大道。

这天早上潮湿而又静寂,空气里全是水分。街上空荡荡的,只有一只姜黄色的猫弯着尾巴,沿着人行道踱着步。白天的戴恩霍尔似乎没那么充满敌意,但他下车后还是仔细检查了两遍,确保自己把车锁好了。

他抬头看了看窗户,楼上的一个房间里挂着红白相间的布,两个吊篮无精打采地在前廊荡来荡去,一辆盖着防水布的车停在旁边的车道上。这时他看到了那只狗,天哪,那么大个儿。艾德又想起它昨天晚上懒洋洋地坐在后座上的场景,他今天早上爬进车里的时候,车上还残留着它的味道。

他小心翼翼地打开门闩,以防那只狗扑过来,但它只是冷漠地把大脑袋转过去,走到一棵瘦弱的小树的树荫下,"砰"的一声侧身躺下,抬起一只前腿想要挠一下肚子,结果却只是徒劳地抖了两下。它太大、太胖了!

"借过一下,谢谢。"艾德说。

艾德走到小路尽头,在门前停了下来,他已经准备好了一番说辞。

嗨，我很抱歉，但是我工作上出了点事，这事非常重要，所以我恐怕接下来几天都走不开。不过，我很乐意为你女儿参加奥林匹克竞赛提供一些资助。我觉得她能这么努力地学习真的很棒。这是她的路费。

虽然这些话昨天晚上说会比今天早上说更有说服力，但那也没办法了。他正准备敲门，突然看到了门上被撕剩一半的纸条用一枚别针别在门上，在微风中摇摆：

费舍尔你这个小畜生，我已经告诉警察……

门开了，那个小女孩站在那里。"我们已经把东西收拾好了。"她眯着眼睛，头歪向一边说，"妈妈说你不会来的，但我知道你会，所以我说，我才不会让她把箱子一直摊在那里待到十点。你还提前了十五分钟，实际上，比我估计的时间提前了三十三分钟。"

他眨了眨眼睛。

"妈妈！"她把门推开，杰西站在走廊上，好像是走到一半突然停了下来。她穿着简单的牛仔裤和衬衫，袖子卷了起来，头发也盘了起来。她看上去一点儿也不像是个准备横穿整个英国的人。

"嗨。"艾德尴尬地冲她笑笑。

"喔，好吧。"杰西摇了摇头。这时他知道，那个孩子说的是实话：她确实没料到他会出现。"我给你倒杯咖啡，不过，昨天晚上我们出发前，我把牛奶都喝光了。"

那个男孩揉着眼睛走过去，他的脸还是肿着，现在像是印象派的调色板似的，多了些紫色和黄色。他看着客厅里堆起来的手提箱和垃圾袋说："这里哪些是要带的？"

"都要带。"小女孩说，"我还把诺曼的毯子也打包了。"

杰西小心翼翼地看看艾德。他嘴巴张了张，但什么也没说。整个长长的走廊上全是旧本子。

"您能把这个袋子装一下吗，尼科尔斯先生？"小女孩把东西塞给他，"我确实想早点把它收拾好来着，因为尼基现在不能提东西，但是这东西对我来说太重了。"

"好的。"他发现自己已经弯下腰去，只不过提之前他犹豫了一下。我怎么能做这个呢？

"听着，尼科尔斯先生……"杰西站在他面前，看上去和他一样无所适从，"关于这次行程——"

正在这时，前门被推开了，一个穿着慢跑裤和T恤的女人站在那里，手里举着一根棒球棒。

"把东西放下！"她咆哮着。

艾德一动不动。

"手举起来！"

"娜塔莉！"杰西喊道，"别打他！"

艾德把手慢慢举起来，转过脸来看着她。

"这是——"女人越过艾德看着杰西，"杰西？哦，上帝啊！我还以为你家里有人进来了呢。"

"是有'人'进来了，就是我。"

女人放下棒球棒，然后恐惧地看着他。"哦，上帝啊，这是……哦,天哪,哦,天哪,我真的很抱歉。我看到前门,我真的以为你是贼呢,我以为你是……"她紧张地大笑起来,朝杰西做了一个痛苦的表情,好像他看不到似的。"那个人。"

艾德舒了一口气。女人把棒球棒放到身后,试图挤出个笑脸:"你知道这附近……"

他往后退了一步,微微点点头。"好吧,呃……我要去拿下电话,落在车里了。"他双手朝上,从她旁边蹭过去,朝小路走去。他打开车门,关上,然后又锁上。手机在口袋里,他只是想给自己找点儿事干,然后在耳朵的嗡嗡声中理清自己的思绪。直接开走就行了——一个声音轻声说。直接走,你以后都不会见她,你现在不需要这个。

艾德喜欢井井有条,他希望接下来会发生的事情尽在计划中,而关于这个女人的一切却暗示着……各种不着边际。这让他感到紧张。

他已经走到了小路的一半,这时他听到他们在虚掩的门后讨论着,声音穿过小小的花园飘过来。

"我去跟他说不行。"

"你不能去,杰西。"是男孩的声音,"为什么要去?"

"因为这事儿太复杂了,我在他那儿工作。"

"你只是给他打扫房间,这不一样。"

"那,我们完全不了解他。我怎么能一边跟坦丝说不能上陌生男人的车,一边却又这么做呢?"

"他戴眼镜,他不太可能是连环杀手。"

"去跟那些被丹尼斯·尼尔森①杀害的人说这话吧,还有哈罗德·希普曼②。"

"你知道的连环杀手太多了。如果他敢干坏事的话,我们就让诺曼搞定他。"又是男孩的声音。

"对,因为诺曼实在是太有用了,此前它一直在保护这个家。"

"尼科尔斯先生不知道这个吧,是不是?"

"听着,他只是个酒鬼,他很可能是昨天晚上电视剧看多了,很显然他并不想带我们去。我们……我们就慢慢跟坦丝说好了。"

坦丝。艾德看着她在后花园里到处跑,头发飘在身后。他看着那只狗蹒跚地朝门口走去,它一半像狗,一半像牦牛,凡是它走过的地方都留下一串口水,像蜗牛断断续续爬过的痕迹。

"我想让它在外面走累一点,这样它途中大部分时间都会睡觉。"小姑娘突然出现在他面前,喘着粗气说。

"好。"

"我数学真的很好。我们要去参加一个奥林匹克竞赛,这样我就可以赢来钱去一个学校读最高等的数学。你知道我的名字吗,转换成二进制码是什么?"

---

① 二十世纪七十年代末、八十年代初的杀人狂魔,先后杀害十几名男子。
② 英国家庭医生、连环杀手。非官方估计他共杀了二百五十人,其中五分之四是女性。

他看着她:"坦丝是你的全名吗?"

"不是,不过我用的就是这个。"

他鼓起腮帮子说:"呃,好吧。01010100 01100001 01101110 01111010 01101001 01100101 00001101 00001010 00001101 00001010。"

"你最后说的是 1010 吗?还是 0101?"

"1010,嗯。"他以前常跟罗南玩这个游戏。

"哇哦,你竟然说对了。"她走过他身边,推开门,"我从来没去过苏格兰,尼基一直跟我说那儿有成群的野生哈吉斯①。但那是骗人的,对不对?"

"据我所知,它们现在都是养在农场里的。"他说。

坦丝盯着他看了看,然后笑了,这时传来几声狗叫。

艾德意识到他将要踏上去苏格兰的旅途了。

他把门推开的时候,屋里的两个女人突然不说话了。她们低头看着他一手拎起一个包。

"出发之前我得去准备点儿东西。"说着,他走了出去,只剩下门在他身后摇摆,"还有,你忘了加里·里奇韦,那个绿河杀手,不过你会没事的。他们都是近视,但我是远视。"

他们花了半个小时才驶出小镇。山顶上的灯灭了,再加上是复活节,车流更加缓慢,大家只能急躁地慢慢往前挪。杰西

---

① 一种虚构的生物,传说是苏格兰高地特有的。

坐在他旁边的位子上,沉默而又尴尬,双手局促地合在一起,夹在膝盖之间。

他开了空调,但还是掩盖不了那只狗的臭味,所以他干脆关了,把四个窗户全打开。坦丝一直在跟他聊天。

"你以前去过苏格兰吗？"

"你老家是哪里？"

"你在那里有房子吗？"

"那你为什么要住在这里？"

他有些工作要处理,他说。这总比说"我在等着随时被起诉,可能还有长达七年的牢狱之灾"要轻松得多。

"你有老婆吗？"

"现在没有了。"

"你出轨了吗？"

"坦丝。"杰西说。

他眨眨眼睛,看了看后视镜。"没有。"

"按照杰瑞米·凯尔①的说法,通常会有一个人出轨。有时他们会有另一个孩子,然后会去做一个DNA鉴定,一般来说,如果鉴定结果吻合,女的一方好像都很想揍人,但大多数情况下她们都是开始大哭。"

坦丝眯眼看着窗外说,"那些女人大部分都有点太疯狂了。因为男人全都会跟其他人有小孩,或者有许多女朋友。所以按

---

① 英国著名脱口秀主持人。

照统计数据来说,他们确实很有可能会再次出轨,但所有的女人好像都从来不考虑这些数据。"

"我没怎么看过杰瑞米·凯尔的节目。"他扫了一眼 GPS,说道。

"我也不怎么看,都是妈妈上班时我在娜塔莉家看的。她去打扫房间的时候会把节目录下来,这样就可以在晚上看了。她的硬盘里有四十七期。"

"坦丝,"杰西说,"我觉得尼科尔斯先生可能需要集中精力。"

"没关系。"

杰西拉着一绺头发绕来绕去,脚抬起来放在座位上。艾德真的很讨厌别人把脚放在座位上,就算脱了鞋也不行。

"所以你老婆为什么要离开你呢?"

"坦丝!"

"我很有礼貌啊!你说过跟别人很有礼貌地谈话是好的。"

"对不起。"杰西说。

"没关系的。真的,"艾德对着后视镜的坦丝说,"她觉得我工作太多了。"

"杰瑞米·凯尔的节目里从来没说过这个。"

道路通畅了,他们开上了双向车道。天气很好,他有种想要上海滨公路的冲动,但他怕再次堵车。狗发出呜呜声,男孩在玩任天堂,他十分专注地低着头,坦丝也越来越安静。他打开收音机——是一个音乐频道——有那么一两个瞬间,他开始觉得这样也未尝不可。只是脱离自己原本的生活一天而已,如果他们没有遇到太多堵车的话。而且,这比一个人困在屋子里好多了。

"GPS 显示,如果不堵车的话,我们大概八个小时就能到了。"他说。

"走高速?"

"嗯,对。"他看了看左边,"就算是顶配的奥迪也没有翅膀啊。"他试图笑一下,让她知道他在开玩笑,但杰西却还是绷着脸。

"呃……有点小问题。"

"有问题?"

"要是我们开太快的话坦丝会晕车。"

"你说的'太快'是什么意思?八十?九十?"

"呃……实际上是,五十。好吧,可能是四十。"

艾德看了看后视镜,是他的幻觉?还是那个孩子的脸真的白了一点?她正盯着窗外,一只手放在狗头上。"四十?"他放慢了速度,"你开玩笑呢,是不是?你是说我们只能沿着 B 级公路一直开到苏格兰?"

"不是,好吧,大概是。瞧,她可能已经不晕车了呢。不过她平时不太坐车,以前我们在这个事上遇到过大麻烦,而且……我只是不想把你的豪车弄脏。"

艾德又看了看后视镜。"我们不能走次级道路,这太荒谬了,那得走好几天才能到。话说回来,她不会有事的,这辆车可是全新的,它的悬挂系统可是获过奖的,没有人会在这辆车里晕车。"

她直直地望着前方。"你没有孩子,是不是?"

"为什么要这么问?"

"不为什么。"

他们足足花了近半个小时给后座清洗、消毒,再清洗,再消毒,但即使是这样,艾德每次把头伸进去的时候,还是能闻到一点呕吐物的气味。杰西从加油站借了一只水桶,然后用她打包在一个包里的洗洁剂清洗。尼基坐在修车厂边上,躲在两棵大树的树荫下。坦丝跟狗坐在一起,手里拿着一团纸巾放在嘴边,好像是得了肺痨的人。

"真的很抱歉。"杰西一直不停地说,她的袖子卷起来,一脸凝重。

"没关系,反正是你洗。"

"等这事儿完了我会出钱让你把车洗一下的。"

他朝她挑了挑眉毛。他正把一个大塑料垃圾袋铺在座位上,这样孩子们进去坐的时候就不会弄湿自己了。"呃,行,我会的。那样气味会好点儿。"

过了一段时间后,他们又上车了。没有人说气味的事。他确保玻璃已经摇到最低,然后开始重新设置 GPS。

"好吧,"他说,"到苏格兰,走 B 级公路。"他按下了"目的地"按钮。"格拉斯哥还是爱丁堡?"

"阿伯丁。"

他看看杰西。

"阿伯丁,当然。"他看看身后,努力不让自己的语气中透出绝望。"大家都好了吗?水放好了?塑料袋放到座位上了?准备吐的袋子放好了?好,出发。"

重新上路后,艾德似乎听到了姐姐的声音。哈哈哈哈,艾德,好好招呼他们吧。

刚过朴次茅斯就开始下雨了。艾德沿着小路开,时速一直保持在三十八英里,一边感受着轻柔的雨滴从窗户半英寸的缝隙里飘进来。他实在不能把窗户全关上。他发现自己得一直集中精力,以免把油门踩得太重。以这样沉稳的速度行驶,就像是有一处你无法搔到的痒处。这是一种挥之不去的沮丧。

这样的速度正好让他有时间可以偷偷地打量一下杰西。她一直很沉默,头基本上都是扭到一边不看他,好像他做了什么惹她生气的事似的。他想起她在他家走廊上向他要钱的样子——她的下巴朝上仰着——她很矮。

她似乎还是认为他是个混蛋。加油!他暗暗对自己说,两天,最多三天,然后你再也不用见到他们了,就装装好人吧。

"呃……你要打扫很多房子吗?"

她皱了皱眉,"是的。"

"你有很多常客吗?"

"这里是度假公园。"

"那你……这是你想做的事情吗？"

"难道我从小就想着长大了要去打扫房子吗？"她挑了挑眉毛，似乎在确认他是不是真的想问这个问题，"呃，不是，我想当一名职业潜水员，但是我有了坦丝，我不知道怎么样才能让婴儿车漂起来。"

"好吧，这真是个愚蠢的问题。"

她搓了搓鼻子。"这不是我理想中的工作，绝对不是。不过也还好，我可以在孩子们附近工作，而且大部分主顾我都很喜欢。"

大部分。

"你靠这个能养家吗？"

她的头一下子转过来："什么意思？"

"就是我所说的，你能养家吗？干这个挣钱多吗？"

她不再看他："勉强过得去。"

"不，过不去。"坐在后面的坦丝说。

"坦丝。"

"你总是说我们的钱不够。"

"那只是一种夸张的说法而已。"杰西脸红了。

"那你是做什么的，尼科尔斯先生？"坦丝问道。

"我在一家开发软件的公司工作。你知道什么是软件吗？"

"当然。"

尼基抬起头来看了看。艾德从后视镜里看到他摘下了耳机。男孩看到他在看自己，立刻看向别处去了。

"你设计游戏吗？"

"不，不设计游戏。"

"那做什么？"

"呃，过去几年里我们一直在开发一款软件，我们希望它可以帮助我们进一步过渡到无现金社会。"

"它是怎么工作的？"

"呃，就是在你买东西或者付账单的时候，摇一摇手机，里面有一种类似条形码的东西，然后每一笔交易你需要付很少、很少的手续费，比如零点零一英镑。"

"我们付钱还要付钱？"杰西说，"没有人会用那个的。"

"那你就错了。银行喜欢这种东西，零售商也喜欢，因为这为他们提供了一种统一的系统，可以代替各种卡、现金、支票……而且每笔交易服务费要比用信用卡付的少，所以对双方都有利。"

"我们有些人根本不用信用卡，除非很绝望的时候。"

"可以把它跟你的银行账户相关联。你基本上什么也不用做。"

"所以如果银行和零售商使用这个的话，我们别无选择。"

"那还早着呢。"

然后是一阵短暂的沉默。杰西把膝盖挪上来顶着下巴，双手抱着膝盖。"所以简单来说就是，富人——银行和零售商——越来越富，而穷人越来越穷。"

"呃，理论上来说，有可能，但这正是它的乐趣所在。收的钱很少,你都不会察觉,而且这样非常方便。"

杰西嘟囔了一句,他没有听清楚。

"是多少钱来着?"坦丝问。

"每笔交易零点零一,算下来甚至不到一分钱。"

"每天有多少笔交易?"

"二十?五十?这取决于你做多少交易。"

"那就是每天五十便士。"

"对,这不算什么。"

"每周三英镑五十便士。"杰西说。

"每年一百八十二英镑。"坦丝说,"具体要看每笔费用到底跟一分钱差多少,还有是不是闰年。"

艾德从方向盘上抬起一只手说:"在外面,就算是你也不会觉得这是很多钱。"

妈妈从座位上转过身来:"一百八十二英镑我们能买什么,坦丝?"

"从超市里买两条上学穿的裤子,四件上学穿的衬衫,一双鞋子,一身运动服加五包白袜子。如果是从超市里买的话,这些一共是八十五点九七英镑。一百英镑的话换算过来可以是九点二天的日用杂货,还要看有没有人来拜访以及妈妈是不是要买一瓶酒。都是超市里的牌子。"坦丝停了一下,"或者是一个月的 D 级市政税。我们是 D 级,对不对,妈妈?"

"对,是。除非他们重新定级过。"

"或者是淡季在肯特的度假村度三天假。一百七十五英镑,包括增值税。"她趴到前面来，"那是我们去年去的地方，我们还免费多住了一晚，因为妈妈帮那个人把窗帘修好了，那里还有一条滑水道。"

又是一阵短暂的沉默。

艾德正打算说点什么，坦丝的脑袋突然出现在前面的两个座位之间。"或者是，妈妈打扫一个四室的房子一个月的费用，包括洗床单和毛巾，按照她现在的工资来算的话，就是三个小时的打扫加上一点三小时的清洗。"她重新坐回座位上，显然对自己很满意。

他们开了三英里，在一个丁字路口右拐，上了一条很窄的小路。艾德想说点什么，但他却突然出不了声。在他后面，尼基又重新戴上耳机转过身去。太阳突然躲到了一朵云后面。

"还有，"杰西说着，抬起光着的脚丫子放到仪表盘上，然后俯下身子调高了音乐的音量，"但愿你能做得很不错。"

2. 杰西

杰西的奶奶以前经常说，幸福的秘诀在于短暂的记忆。当然，那是在她患上老年痴呆、经常忘了自己住在哪里之前，不过杰西还是理解了她的意思。她必须忘了那笔钱。如果她跟尼科尔斯先生同坐一辆车，还要一直想着自己干了什么的话，她会崩溃的。马蒂以前常对她说，她长着一张世界上最糟糕的扑克脸：她的想法全反映在她那张脸上，就像平静池塘里的倒影一样。过不了几个小时,她就会脱口而出一顿忏悔,或者,她会紧张得发疯,用指甲把车里的衬垫一点一点地全抠下来。

她坐在车里听着坦丝在那里聊天,暗暗下定决心,她一定会想办法在他发现之前把那些钱全还回去。她会从坦丝的奖学金里拿出这笔钱。不管怎样,我会想办法解决的。她告诉自己,他只是一个让他们搭顺风车的人,她应该每天礼貌地跟他聊几个小时的天。

她时不时地瞥见后面的两个孩子,然后她就会想,"我还能怎么办呢?"

好好坐回座位上享受旅途应该不是难事。乡间小路两旁开满了野花,雨停之后,云后的天空露出二十世纪五十年代明信片上的那种湛蓝。坦丝没有再晕车,他们离家的距离每远一英里,杰西就发现自己原本耸得高高的肩膀会放松下去一点。她现在明白了,几个月来她一直没有放松过,哪怕一点点。这些天,她一直活在一种潜在的担忧中,心里一直在打鼓:费舍尔他们接下来会做什么?尼基的脑袋里在想什么?她该拿坦丝怎么办?

除此之外,还有一个冷酷的低音一直在警告:钱,钱,钱。

"你还好吧?"尼科尔斯先生问。

好不容易从自己的思绪中回过神来,杰西喃喃地说:"没事,谢谢。"他们尴尬地互相点点头。他还没有放松,从他时不时咬紧的牙关和方向盘上握得发白的指关节可以明显看出来。杰西不确定他提出开车带他们去苏格兰的动机到底是什么,但她很确定他一路上都在后悔。

"呃,你能不能不要敲了?"

"敲?"

"你的脚,在仪表盘上。"

她看看自己的脚。

"真的太让人分神了。"

"你想让我不要用脚敲了?"

他透过前挡风玻璃直直地看着前方。"对,求求你了。"她把脚放下去,但她很不舒服,所以过了一会儿她又抬起来,塞在自己屁股底下,头靠在玻璃上。

"你的手。"

"什么?"

"你的手,你现在在敲膝盖了。"

她一直在心不在焉地敲。"难道你想让我在你开车的时候一动不动吗?"

"我不是那个意思,但是你敲来敲去的让我很难集中注意力。"

"如果我移动身体的任何部位的话,你就没法开车?"

"不是这个意思。"

"那是什么意思?"

"就是敲,我只是觉得……敲……让人很烦。"

杰西深吸了一口气。"孩子们,谁也不许动,听见了吗?我们可不想让尼科尔斯先生烦我们。"

"孩子们又没敲，"他和气地说，"就是你。"

"你确实老是摸来摸去的，妈妈。"

"谢谢提醒，坦丝。"杰西双手合十放在面前，咬紧着牙关坐在那里，集中精力不让自己动。她闭上眼睛，不去想钱的事，不去想马蒂那辆破车，还有她对孩子们的担忧，让这些都随着车轮的旋转而流逝。从窗口进来的微风轻抚她的脸，耳朵里充满音乐声，有那么一瞬间，她觉得自己像是完全生活在另一个世界。

他们在牛津外的一个小餐馆停下来吃午餐，舒展舒展腿脚。在活动关节、伸展四肢的时候，大家都如释重负地微微舒了一口气。尼科尔斯先生进了餐馆，杰西坐在一张野餐桌旁，打开她那天早上匆忙做的三明治，她没料到他们最后竟然真的要搭尼科尔斯先生的顺风车。

"酵母酱。"尼基回来了，手里撕着两片面包。

"我当时太忙了。"

"我们还有别的吃的吗？"

"果酱。"

他叹了口气，伸手去袋子里拿。坦丝坐在凳子一头，早已沉浸在数学题海里。她在车上没法看，因为那样会让她觉得恶心，所以她希望能抓紧每一个机会练习。杰西看着她全神贯注地在练习册上划拉着代数方程式，她第一百次地怀疑，坦丝到底来自哪里。

"给。"尼科尔斯先生拿着一个托盘回来了,"我想我们大家都应该喝点东西。"他把两瓶可乐推到孩子们面前。"我不知道你想喝什么,所以就帮你选了。"他买了一瓶意大利啤酒、半瓶类似苹果汁的东西、一杯白葡萄酒,还有一杯可乐、一杯柠檬汁和一瓶橙汁。他自己喝了一瓶矿泉水。各种不同口味的饮料在桌子中央堆成了一座小山。

"你把这些都买了?"

"那边排队呢,我可不想再跑出来问你们。"

"我——我没有那么多钱。"

"只是饮料而已,又不是给你买了栋房子。"

这时,他的电话响了。他一把抓起电话,一只手抹着后脖颈,大步穿过停车场,一边走一边已经开始说了。

"我要不要去问问他,想不想吃我们的三明治?"坦丝说。

杰西看着他,一只手用力插进口袋里,直到他走出自己的视线。"现在别去。"她说。

尼基什么也没说。杰西问他哪里最疼,他只是嘟囔着说他没事。

"会好起来的。"杰西说着,伸出一只手,"真的,我们就休息一下,把坦丝的事情处理好,然后再想之后该怎么做。有些时候,你需要一些时间才能明白自己脑子里想的是什么。时间会让一切越来越明了。"

"我觉得我的问题不在于我脑子里想什么。"

她把他的止痛片给他,看着他就着可乐喝下去。

尼基牵起狗去遛狗,他的肩膀缩成一团,脚步也不太利落。杰西怀疑他是不是抽烟了。他心情不太好,因为他的任天堂在大约二十英里之前就没电了。杰西不太确定,没有了游戏机,尼基会怎么样。

她默默地看着尼基走远。

杰西想到,他本来就很少的笑容愈发地少了,他绝大部分时间都待在自己的卧室里,在很偶尔地出来的时候,也是小心翼翼的,就像一条离开了水的鱼,苍白而又脆弱。她想到他的脸,在医院里,那种听天由命、面无表情的样子。是谁说的来着?你的快乐只能跟你最不快乐的孩子一样多。

坦丝把她的试卷折起来。"我觉得,等我到十几岁的时候,我要去其他地方生活。"

杰西看着她。"你说什么?"

"我想我可能会住在一所大学里。我真的不想在费舍尔他们周围长大。"她在练习簿上迅速写了一个数,然后擦掉其中一个数字,换成了四。"他们让我有点害怕。"她小声说。

"费舍尔他们?"

"我有次做噩梦的时候梦到他们了。"

杰西吞了吞口水。"你不用怕他们。"她说,"他们只是蠢孩子罢了。他们的所作所为不过是懦夫的行为,他们什么都不是。"

"他们给人的感觉可不是什么都不是。"

"坦丝,我会想办法对付他们的,我们会解决这个问题的,听见了吗？你不必做那些噩梦，我会解决的。"

她们一言不发地坐在那里。车道上很安静，只有远处传来一辆拖拉机的声音，小鸟在头顶无垠的蓝天上盘旋。尼科尔斯先生慢慢走了回来。他站直了身子，似乎是解决了什么事情，手机松松地拿在手里。杰西揉了揉眼睛。

"我想我已经解出那些复杂的方程了，你想看看吗？"

坦丝举起一张写满数字的纸。杰西看看女儿那张可爱率真的脸，伸出手去，帮坦丝扶了扶鼻梁上的眼镜。"是的。"她说，脸上是明媚的笑容，"我当然非常乐意看一些复杂的方程式。"

接下来的一段旅程走了两个半小时。

路上，尼科尔斯先生接了两次电话，一次是一个叫杰玛的女人打来的，他直接挂断了（是他前妻？），另一个明显跟工作上的事有关。他们刚刚把车停进一个加油站，一个意大利口音的女人又打来了电话，说什么"爱德华多，宝贝儿"。尼科尔斯先生把手机从免提手机架上拿下来，走下车站在加油泵旁。"不行，劳拉。"他转过身避开他们，说道，"这事儿我们已经讨论过了……好吧，你的律师搞错了……不，就算是叫我龙虾也一点用没有。"

尼基睡了一个小时，他的蓝黑色头发遮在他浮肿的颧骨上，熟睡的脸上一片平静。坦丝一边轻声哼着歌，一边抚摸那只狗。诺曼睡着了，其间放了几次响屁，慢慢把它的气味渗透到了整个车里。大家都没有抱怨。因为它的气味盖住了残留的呕吐物味。

"孩子们需要弄点吃的吗?"待他们终于开到了某个大城市的郊区,尼科尔斯先生问道。每半英里就会出现一些闪闪发光的大型办公楼,他们临街的一面用的图案——或者说是以科技名词命名的名字,都是她从来没有听说过的,比如 Accsys 科技、Technologica,还有 Avanta 国际网络。路边是一排排无边无际的停车场,却没有行人。

"我们可以找家麦当劳,这附近应该有很多。"

"我们不吃麦当劳。"她说。

"不吃麦当劳。"

"是的。如果你愿意的话,我可以再说一遍,我们不吃麦当劳。"

"素食主义者?"

"不是。其实,我们不能直接找一家超市吗?我要做三明治。"

"麦当劳可能更便宜,如果是钱的问题的话。"

"不是钱的问题。"

杰西没法告诉他:作为一个单身母亲,有些事她不能做。比如那些大家以为的单身母亲会做的:申领救济金、抽烟、住在政府的保障房里、给孩子吃麦当劳。有些事她无能为力,但有些事她可以选择不做。

他轻轻叹了口气,目光凝视前方。"好吧,那我们可以先找个住的地方,看看那里是不是正好有餐馆。"

"我的计划是，我们睡在车里就行。"

尼科尔斯先生把车停在路边，转过脸来看着她。"睡在车里？"

她的声音因为尴尬而显得有些尖厉："我们带着诺曼呢，酒店不会让它进的。我们在车上不会有事的。"

他拿出手机开始在屏幕上点。"那我找一个可以带狗的地方。肯定有的，就算我们得再开远一点也没事。"

杰西可以感觉到自己满脸通红。"其实，我宁可你不要这样做。"

他一直在点屏幕。

"真的，我们……我们没钱住酒店。"

尼科尔斯先生放在手机上的手指并没有停下来："真是疯了，你们不能睡在我的车里。"

"就几个晚上而已，我们没事的。我们本来也是要睡在劳斯莱斯上的，所以我才带了被子。"

坦丝从后座上看过来。

"我每天都有预算的，每天的花费必须控制在预算之内，如果你不介意的话。"每天十二英镑的饭钱，最多。

他看着她，好像在看一个疯子。

"我没有不让你住酒店。"她补充道。她不想告诉他，如果他这么做的话，其实她会更开心。

"真是疯了。"他最后总结道。

他们在沉默中又前进了几英里,尼科尔斯先生一直摆着一副默默生气的样子。奇怪的是,杰西更喜欢他现在的样子。如果坦丝不负众望,在奥林匹克竞赛中获奖的话,他们可以稍微奢侈一下,从奖金里拿出一点钱来买火车票。摆脱尼科尔斯先生的想法让她感觉好多了,以至于她在他开进旅行酒店的时候什么也没说。

"我一会儿就回来。"他说着,朝停车场对面走去。他拿着钥匙,不耐烦地把它们摇得叮叮作响。

"我们就住这儿吗?"坦丝揉揉眼睛,打量了一下四周说。

"尼科尔斯先生住这儿,我们就待在车里,这将是一次大冒险!"杰西说。

车里一阵短暂的沉默。

"好耶。"尼基说。

杰西知道他不舒服,但她还能怎么办呢?"你可以躺在后面,我和坦丝睡前面,没问题的。"

尼科尔斯先生出来了,他用手挡在眼前,躲避夕阳的光,走了回来。杰西意识到,他穿的那套衣服跟那天晚上她在酒吧见到他时穿的那套一模一样。

"还剩一个房间,是一个标间,你们可以住那间。我看看附近还有没有其他地方。"

"哦,不用了。"她说,"我跟你说过,我不能再接受你更多的恩惠了。"

"我又不是为了你,我是为了孩子们。"

"不,"她说,她努力让自己听起来更正式一点,"真的很感谢你,不过我们在这儿就行。"

他一只手摸了一下头:"知道有个刚出院的男孩就睡在二十英尺外的车上,我是无法在酒店的房间里睡着的。尼基睡另一张床。"

"不行。"她条件反射似的说。

"为什么?"

她说不出口。

他的表情黯淡下去。"我不是变态狂。"

"我没说你是。"

"那为什么你不肯让你儿子跟我睡一个房间呢?看在上帝的分上,他可是跟我一样高。"

杰西脸红了。"他刚度过了一段很艰难的日子,我得看着他。"

"什么是变态狂?"坦丝问。

"我可以给我的任天堂充好电。"尼基在后座上说。

"你知道吗?这真是一场愚蠢的争论。我饿了,我得弄点东西吃。"尼科尔斯先生从车门探进头来,"尼基,你是想睡在车里,还是睡在酒店里?"

尼基斜眼看了看杰西。"酒店。还有,我也不是变态狂。"

"那我是变态狂吗?"坦丝问。

"好。"尼科尔斯先生说,"这么着,尼基和坦丝去酒店,你可以睡在地板上陪着他们。"

"但是，我不能让你付了住酒店的钱，自己却睡在车上。而且，这条狗会吼一整宿的。它不认识你。"

尼科尔斯先生的眼睛转了转，显然已经失去耐心了。"好吧，那这样，孩子们住酒店，你和我还有狗睡车上，这样大家都开心了吧。"他看起来一点儿也不开心。

"我从来没住过酒店。我住过吗，妈妈？"

车里一阵短暂的沉默。杰西可以感觉到形势对她越来越不利。

"我会照顾好坦丝的。"尼基说，他看上去充满期待。他的脸，那些没有淤青的地方，看上去灰扑扑的，"能洗个澡挺不错的。"

"你会给我讲故事吗？"

"只给你讲有僵尸的。"杰西看着尼基笑着对坦丝说。

"好吧。"坦丝说，她努力压抑自己因为刚才的妥协而涌起的恶心感。

这家小超市坐落在一家食品配送公司的阴影里，窗户上写着醒目的感叹号和标语：出售脆皮鱼小吃和碳酸饮料。杰西在小超市里买了面包卷和奶酪、薯片和定价过高的苹果，给孩子们做了一份野营晚餐，他们就在停车场附近长满草的山坡上吃完了。另一边，各种车雷鸣般地驶入一片紫色的迷雾中，朝南边开去。她给尼科尔斯先生分了一些他们的食物，但他瞅了瞅她包里的东西说，谢谢，他要去餐馆吃。

他一走出她的视线，杰西就觉得放松了。她带孩子们走进房间，等一切安置好，突然觉得有些遗憾自己不能在这儿陪他们。房间在一层，正对着停车场。她让尼科尔斯先生把车停得尽可能离他们的窗户近一点，坦丝把她轰出去三次，因为这样她就可以透过窗帘跟杰西挥手，并且可以歪着脑袋把鼻子贴在玻璃上。

尼基在浴室里待了一个小时，水龙头一直开着。他走出来开了电视，然后躺在床上，看起来既疲惫又放松。

杰西把他的药拿出来，给坦丝洗了澡，换了睡衣，然后警告他们不要睡得太晚。"还有，不准抽烟。"她警告尼基说，"我是认真的。"

"我怎么抽啊？"他说，"我藏的大麻还在你那儿呢。"

坦丝躺在自己的床上，一直在看数学书。杰西喂了狗，带它遛了一圈，然后坐在副驾驶座上，开着车门，一边吃一个奶酪面包卷，一边等尼科尔斯先生吃完饭。

他出现的时候已经九点十五分了，当时她正借着微弱的灯光费力地读一份报纸。他拿手机的姿势表明他刚接了一个电话，而且他似乎跟她一样不太喜欢见到对方。他打开车门爬进来，关上门。

"我已经跟前台说了，要是有人取消房间的话就给我打电话。"他盯着前方的挡风玻璃说，"当然，我没有告诉他们我会一直在他家的停车场里等着。"

诺曼躺在柏油马路上，看上去像是被人从高处扔下来的。

她不知道是不是该把它带进来。没有了坐在后面的孩子们,在越来越浓的黑暗中,跟尼科尔斯先生共处一个封闭空间让人感觉更诡异了。尤其是他们离得那么近。

"孩子们还好吧?"

"他们很开心,谢谢你。"

"你儿子好像伤得不轻。"

"他会好起来的。"

然后是很长时间的沉默。他看着她,双手放到方向盘上,向后靠在座位上。他用手掌根揉了揉眼睛,然后转过脸来对着她:"好吧……我还做过其他什么让你不高兴的事吗?"

"你说什么?"

"你今天一直表现得好像很烦我。我为那天晚上在酒吧的事向你道歉,我已经尽我所能地帮你们到这儿了,但我还是觉得我好像做错了什么。"

"你……你没有做错什么。"她结结巴巴地说。

他足足看了她一分钟。"这个,是不是,女人说'什么都没做错'的时候,实际上是说,我做了一件很严重的错事,而且我本应该早就想到?然后如果我想不到的话你就会真的很生气?"

"不是。"

"你看,现在我就不知道了,因为你说'不是'可能就是我刚才说的女人说'什么都没做错'的另一种表达。"

"我没有暗示什么,你真的什么都没做错。"

"那我们能彼此都放松点儿吗?你真的让我觉得很不舒服。"

"我让你不舒服?"

他的头慢慢地转过来朝着她。

"从我们上车开始,你的样子摆明了就是后悔让我们搭你的车了。不,实际上,从我们没上车就开始了。"闭嘴,杰西!她警告自己,闭嘴,闭嘴,闭嘴,"我甚至都不知道你到底为什么要这么做。"

"什么?"

"没什么。"说着,她转过身去,"忘了我刚才说的话吧。"

透过挡风玻璃,他直直地盯着前方。他突然看起来真的、真的很累。

"其实,你大可以明天早上直接把我们扔在哪个车站,那样我们就不会烦你了。"

"这是你希望的吗?"他问。

她双膝抵在胸前,"这可能是最好的结果。"黑色的天幕逐渐将他们包围,杰西张了两次嘴,但什么也没说。尼科尔斯先生透过挡风玻璃盯着旅馆房间里拉上的窗帘,显然陷入了沉思。

她想到尼基和坦丝,此刻他们正安静地睡在另一边,她真希望自己能陪着他们。她突然觉得很讨厌自己,她为什么就不能装一装呢?她为什么就不能表现得友好一点呢?我真是个笨蛋!我又把一切搞砸了。

天气越来越冷。最后,她把尼基的被子从后座上拉过来塞给他。"给你。"她说。

"哦。"他看着上面巨大的超级马里奥图案说,"谢谢。"

她把狗吆喝进来,把自己的座位往后仰到正好可以不碰到它,然后把坦丝的被子拉过来盖在自己身上。"晚安。"她盯着车里几乎要碰到自己鼻子上的毛绒绒的内饰,闻着新车的气味,脑子里一团糨糊。车站有多远?车票得花多少钱?他们不得不在某个地方多花至少一天的住宿和早餐钱。她该怎么处理这只狗?她可以听到诺曼轻微的鼾声,然后痛苦地想到,如果让她现在就把后座打扫干净的话,那她真是死定了。

"已经九点半了。"尼科尔斯先生的声音打破了寂静。

杰西一动不动地躺着。

"九点半。"他长长地叹了口气,"我从没想过我会说这样的话,但是这样真的比结婚还难受。"

"什么,是我呼吸的声音太重了吗?"

他突然打开自己那边的车门。"哦,看在上帝的分上。"他说着,开始朝停车场对面走去。

杰西让自己坐直了,然后看着尼科尔斯先生慢慢跑向马路对面的小超市,消失在开着日光灯的超市里。几分钟后他又重新出现,手里还拿了一瓶酒和一包塑料杯。

"这个可能很难喝。"他说着,爬到了驾驶座上,"但现在也顾不上了。"

她盯着瓶子。

"我们停战吧,杰西卡·托马斯?这一天实在是太漫长了,这一周也够糟糕了。还有,虽然车里很宽敞,但是也容不下两个互不搭理的人。"

他看着她。杰西注意到,他的眼睛里充满疲惫,下巴上也开始长出胡楂。不知为何,这样的他看起来很脆弱。

她从他手中拿过一个杯子。"对不起,我不太习惯别人帮我们,这让我……"

"怀疑?脾气暴躁?"

"我想说的是,这让我觉得我应该逃得更远些。"

艾德松了一口气。"好吧。"他低头看了一眼酒瓶,"那,让我们——哦,大声哭吧。"

"什么?"

"我以为这个瓶盖是拧的。"他盯着那瓶酒,好像这是另一件故意要惹他生气的东西,"很好。我想你应该没有开瓶器吧?"

"没有。"

"你觉得他们会同意换一瓶吗?"

"你有小票吗?"

他长长地叹了口气,但被她打断了。"不用了。"说着,杰西从他手里拿过酒瓶,打开车门爬了出去。诺曼突然抬起头来。

"你要把它砸到我的挡风玻璃上?"

"不是。"她撕下瓶口的金属薄片,"把你的鞋子脱下来。"

"什么?"

"把你的鞋子脱下来,人字拖不行。"

"求你别把它当杯子使。我前妻曾经用一只细高跟鞋当杯子,让人把混着脚臭味的香槟酒当成是一种性感实在是太难、太难了。"

她伸出一只手。他最终还是脱下一只鞋子递给她。他看到杰西把酒瓶底放在鞋子里,然后小心翼翼地拿着,站到宾馆边上,使劲朝墙上砸去。

"我想我不该问你在干吗。"

"等我一下。"她咬着牙说,然后又继续砸。

尼科尔斯先生缓缓地摇了摇头。

她直起身子瞪着他。"我非常欢迎你把软木塞吸出来,如果你愿意的话。"

他抬起一只手:"不不,你继续。我已经准备好了今晚上鞋子里装满玻璃碴子了。"

杰西检查了一下软木塞,又砸了一下。有一厘米长的塞子已经从瓶颈那里突出来了。砰,又一厘米。她小心翼翼地抓住塞子,又砸了一下,然后就搞定了:她把木塞剩下的部分慢慢地从瓶子里拔出来递给他。

他睁大眼睛看了看木塞,又看了看她。她把鞋子还给他。

"哇哦,我都不知道,你还真是个有用的女人。"

"我还会支架子、换烂掉的地板,还有用系紧的长筒袜做风扇带。"

"真的吗?"

"做风扇带不行。"她爬进车里,接过一杯盛在塑料杯里的葡萄酒,"我试过一次,我们在路上走了不到三十码,袜子就全被撕成碎片了,那可是玛莎百货的厚袜子。"她喝了一小口,"而且有好几个星期车里都是烧袜子的臭味。"

在他们身后,睡梦中的诺曼发出阵阵呜咽声。

"停战。"尼科尔斯先生举起他的杯子说。

"停战。你喝完不会开车了吧,是不是?"她举起自己的酒杯说。

"你要不开我就不开。"

"哦,真有意思。"

突然之间,这个夜晚似乎没有那么难熬了。

3. 艾德

以下就是杰西卡·托马斯一两杯(实际上是四五杯)酒下肚,怒气平息后,艾德发现的关于她的信息:

第一,那个男孩不是她亲生的。他是她前夫和前夫的前妻所生,由于他的亲生父母都不肯管他,所以杰西算是他唯一可以依靠的人。"你很善良。"艾德说。

"其实不是,"她说,"尼基就跟我自己的孩子一样。他从八岁开始就一直跟我生活,他照顾坦丝。而且,现在的家庭都是各种各样的,不是吗?"她说话时本能的防备让他觉得她以前一定经历过很多次这样的谈话。

第二,那个小女孩十岁。他在脑子里算了一下,然后他还没说杰西就打断了他。

"十七。"

"好……年轻。"

"我那会儿就是个野孩子。我以为自己什么都懂,但我其实什么都不懂。马蒂出现了,我逃学,然后就怀孕了。你知道吗,我不是一直想做清洁工的,我妈妈是一名教师。"她的目光滑到他脸上,似乎知道这个事实会让他大吃一惊。

"好吧。"

"她现在退休了,住在康沃尔。我们的关系其实不太好,她不认同我的……她称其为'生活选择',我一直都没有机会跟她解释,一旦你在十七岁有了孩子,你就没有选择了。"

"即使现在也没有?"

"没有,"她把一绺头发绕在指间,"因为你永远都追不上别人。你的朋友上大学的时候,你正待在家里带小孩,你甚至都没有时间去思考你可以有什么雄心壮志;你的朋友开创自己事业的时候,你正在为租到最便宜的房子而东奔西走;你的朋友买了属于自己的第一辆车、第一栋房子的时候,你正试图找一份便于照看孩子的工作;而本该上学的年龄,你可以做的工作薪水都少得可怜。那还是在经济衰退之前。哦,别误会,我并不后悔生了坦丝,一分钟都没有后悔过。我也不后悔接纳尼基。但如果我可以重新来过,当然,我会在自己的人生有所成就之后再迎接他们的到来。如果可以给他们……更好的,那会很美好。"

她在告诉艾德这些的时候，还不怕麻烦地把座位移回来。她用胳膊肘撑着头，盖着被子面对艾德躺着，光着的双脚放在仪表盘上。艾德发现他已经不是很介意了。

"你还是可以有自己的事业的。"他说，"你还年轻，我的意思是……你可以去做课后保姆之类的？"

她竟然大笑起来，像头大海豹似的大叫一声"哈！"。她笑起来很豪放、很突然，且让人尴尬，跟她瘦小的身形极不相称。她笔直地坐起来，喝了一大口酒。"对，你说得对，尼科尔斯先生，我当然可以。"

第三，她喜欢修理东西。她有时候会想是不是可以以此作为事业。她在市政住房小区周围做各种奇怪的工作，不管是重接插头电线还是给别人浴室里铺瓷砖。"家里所有的事情我都做。我很擅长做东西，我甚至会用木板印刷墙纸。"

"你们家的墙纸是你自己做的？"

"别那样看我，是坦丝房间里的墙纸。我还给她做衣服，直到最近才不做了。"

"你是从第二次世界大战出来的吗？你是不是还收集果酱罐和绳子？"

"那你想做什么？"

"就是我现在正在做的。"他说。这时他意识到他不想谈这个，于是便岔开话题。

第四，她的脚真的很小。她买的好像是儿童尺寸的鞋子（当然这种鞋子更便宜）。她说完这个后，艾德要努力控制自己才能不去一直偷看她的脚,好像在看什么怪物似的。

第五,有小孩之前,她可以一口气喝掉四杯双份伏特加而且还能直线行走。"对,我刻意控制自己不喝酒,但我的自制力显然不够让我记住要避孕。"

她在家里几乎从来不喝酒。"在酒吧工作的时候,要是有人请我喝酒,我就只把钱拿走。在家里的时候,我担心孩子们可能会出什么状况,所以我要保持清醒。"她盯着窗外说,"想到这个,这好像可以算是……五个月来我第一次在晚上出来。"

"一个在你面前摔门的男人,一瓶劣质的葡萄酒,还有一个停车场。"

"我不是在抱怨。"

她没有解释她为什么这么担心那两个孩子。他想到尼基的脸,决定还是不问了。

第六,她下巴下面有道疤,是她从自行车上摔下来的时候弄的,有片石头在她的肉里待了整整两个星期。她想给他看,但车里的光线太暗了。

第七,她腰那儿还有个文身,"一个合格的流浪汉印章,按马蒂的话说。我文了这个文身后,马蒂整整两天没有跟我说话。"她停了一下,"我想这可能就是我为什么要文它的原因。"

第八,她中间的名字是瑞伊。她每次都要把整个名字拼出来。

第九,她不介意做清洁,但她真的、真的很讨厌别人"只"把她当成一个清洁工(说到这儿的时候,他的脸色微微变了变)。

第十,她前夫走后的这两年里,她从来没有约会过。

"你两年半都没有性生活了?"

"我说了他是两年前走的。"

"这是合理的推算。"

她直了直身子,斜了他一眼。"其实是,三年半,如果真要算的话。除了,呃,去年有一次小插曲。你不必表现得如此惊讶。"

"我没有惊讶,"他一边说,一边试图调整一下自己的表情。他耸耸肩说,"三年半,我的意思是,这只是,呃,你成年人生的四分之一而已。不算太久。"

"对,谢谢你能这么说。"这时,他不知道发生了什么,但车里的气氛发生了变化。她喃喃着说了什么,他没有听清楚,她把头发拢起来在后面又扎成一个马尾——他注意到,她紧张的时候就会毫无缘由地把头发扎到后面,好像她需要找点什么事情来做——然后说,他们真的该睡会儿觉了。

艾德以为他会一直清醒地躺在那里。在一辆黑黑的车里,旁边仅隔一臂的地方是一个刚刚跟她分享了一瓶酒的漂亮女人,这让人莫名地感到有些不安,即便她是缩在一床印着海绵宝宝的被子下面。他看着天窗外的星辰,听着货车轰隆隆地驶向伦敦,想着自己的现实生活——他的公司、他的办公室,还有永远挥之不去的迪安娜·路易斯的影子——现在都已经被抛在千里之外了。

"还没睡？"

他扭过头，不知道她是不是一直在看他。

"没。"

"好吧。"从副驾驶座上传来一个喃喃的声音，"真心话大冒险。"他抬眼看了看车顶。

"那就开始吧。"

"你先。"他想不到要问什么。

"你肯定能想到点什么的。"

"好吧，你为什么要穿人字拖？"

"这就是你的问题？"

"现在天气很冷，现在是有史以来最冷、最潮湿的春天，而你却穿着夹趾人字拖。"

"这真的让你很困扰吗？"

"我只是不明白，你显然很冷。"

她抬了抬一根脚指头："现在是春天。"

"所以？"

"所以，现在是春天，所以天气会越来越好的。"

"你穿着人字拖就是为了表达你的信念。"

"如果你愿意这么想的话。"

他不知道该怎样回答她。

"好，轮到我了。"

他等着她说下去。

"你今天早上有没有想过直接把车开走，丢下我们不管？"

"没有。"

"撒谎。"

"好吧,可能有一点。你的邻居想用棒球棒把我的脑袋敲碎,而且你的狗真的很臭。"

"啐,随便你什么理由。"

他听到她在座位上转了个身,把脚缩进了被子里,她的头发散发着椰子的香味。

"那你为什么没那么做?"

他思考了一分钟才回答。或许是因为他看不到她的脸,或许是酒精和黑夜的作用让他降低了警惕,因为正常情况下他是不会做出这种回答的。"因为最近我做了一些特别愚蠢的事,可能我的某个部分只是想让我做些可以让我感觉好点的事。"

艾德以为她会说点什么。他有点希望她能说点什么。但她什么也没说。

他躺了一会儿,凝视着车外的钠灯,听着杰西卡·瑞伊·托马斯的呼吸,想到自己是多么渴望睡在另一个人旁边。很多时候他都觉得自己是这个世界上最孤独的人,他想到那双小脚,那漂亮的脚指甲,他意识到自己可能真的喝多了。别干蠢事,尼科尔斯!他对自己说,然后他转过身去,背对着杰西。

后来他肯定是睡着了,因为外面突然冷起来,并且变成了浅灰色。他的一条胳膊麻了,脑袋晕晕乎乎的,他足足花了两分钟才搞清楚他听到的"邦邦"声是保安在敲驾驶室的窗户,告诉他们不能睡在那儿。

五　互相帮助

每个人都有某些时刻脆弱不堪，需要别人的关怀。只需要一点小小的帮助，情感的联结就可以生根发芽，不同的人生也开始相互浸润。

1. 坦丝

自助早餐有四种不同的丹麦甜糕饼、三种不同的果汁和一整架子独立小包装的燕麦片，妈妈说那种燕麦片不划算，所以从来不买。她在八点十五分的时候敲了敲窗户，告诉他们该穿上外套去吃早餐，然后尽他们的可能装满自己的口袋。妈妈的头发平平地搭在一边，也没有化妆。坦丝猜待在车里可能最终并没有什么冒险。

"不要黄油或者果酱，或是任何需要用餐具的东西，就拿面包卷、小松饼这类的东西。别被抓住。"她看看身后，尼科尔斯先生似乎正在那里跟保安争论，"还有苹果，苹果是很健康的食物，可以的话再弄几片火腿给诺曼。"

"可是我应该把火腿放哪儿呢？"

"或者一根香肠也行，用餐巾纸包住。"

"这算偷吗？"

"不算。"

"但是——"

"只是比你当场吃得多一点而已，你只是……想象一下你是一个荷尔蒙紊乱，所以很饿、很饿的客人。"

"可是我没有荷尔蒙紊乱。"

"但你可能会有啊，这才是重点。你就是那个饿得不行、有病的人，坦丝。你已经付过早餐钱了，但你要吃很多，比你正常吃的要多。"

坦丝抱住双臂。"你说过偷东西是不对的。"

"这不是偷,只是让你的钱物有所值而已。"

"可是我们没有付钱啊,是尼科尔斯先生付的。"

"坦丝,就按我说的做,求你了。听着,尼科尔斯先生和我要离开停车场半小时。就按我说的做,然后回房间等着,准备九点出发。可以吗?"杰西从窗口探出身来吻了吻坦丝,然后又艰难地缩回车里,身上裹着外套。她停下来,又转过身来喊道:"别忘了刷牙,你那些数学书一本也别落下。"

尼基从浴室出来,身上穿着一条特别紧身的牛仔裤和一件前面写着"WHATEVS"(无所谓)的T恤。

"你穿这个可没法拿香肠。"坦丝盯着他的牛仔裤说。

"我敢打赌,我肯定藏得比你多。"他说。

他们四目相对。"那就打赌吧。"说着,坦丝跑去换衣服了。

尼科尔斯先生正向前倾着身子,眯眼看着挡风玻璃外,这时尼基和坦丝穿过停车场走了过来。说实话,坦丝想,她很可能也眯眼看过他们。尼基在他的牛仔裤前面塞了两个大橘子和一个苹果,他摇摇晃晃地穿过柏油马路,好像裤子里出了什么问题似的。虽然感觉很热,但坦丝还是穿上了她带小亮片的外套,因为她的帽衫前面有好几包小包装的燕麦片,如果她不穿外套的话,看上去就像是怀孕了,像是怀了个小机器人。

他们笑得停不下来。

"快点上车,上车。"妈妈说着,一边把小旅行箱扔到后备厢里,一边瞄着她身后。"你拿了什么?"

尼科尔斯先生开车上了公路。他们轮流把藏的东西拿出来递给妈妈的时候,坦丝看到尼科尔斯先生一直从镜子里看。

尼基从口袋里拿出一个白色包装袋。"三块丹麦甜糕饼。小心——酥皮有点粘到餐巾上了。放在纸杯里的四根香肠和几片培根,给诺曼。两片奶酪,一个酸奶,还有——"他把外套脱到胯部,伸手往下摸,做个鬼脸,肌肉紧绷,然后拿出了水果。"我都不敢相信我竟然能在这里藏这么多东西。"

"作为母子之间的对话来说,我对此不发表任何评论。"妈妈说。

坦丝拿了六包燕麦片、两个香蕉和一个果酱三明治。她坐在那儿,从一个口袋里拿出来吃,诺曼则盯着她,两条石钟乳般的口水从嘴巴里越流越长,直到把尼科尔斯先生的车座都淹了。"那个站在水煮蛋后面的女人肯定看见我们了。"

"我告诉她你有荷尔蒙紊乱症。"坦丝说,"我跟她说你每天必须吃两倍于你体重的量,一天三次,否则你就会在他们餐厅里晕倒,而且可能会死。"

"很好。"尼基说。

"你比我多一件。"她数了数他拿的东西说,"但我有额外的技术加分。"她俯下身子,在大家的注视下,小心翼翼地从两个口袋里各拿出一杯放在泡沫塑料杯里的咖啡,咖啡用餐巾纸裹着,以保证它们朝上直放。她递了一杯给妈妈,然后把另一杯放进尼科尔斯先生旁边的杯托里。

"你真是个天才。"妈妈撕掉上面的盖子说,"哦,坦丝,你不知道我多需要它。"她嘬了一小口,闭上了眼睛。坦丝不知道到底是因为他们在自助餐这件事上的出色表现,还是只因为尼基许久以来终于笑了一次,但有一瞬间,妈妈似乎更开心了,这是自从爸爸走后从来没有过的。尼科尔斯先生只是像看一群外星人似的看着他们。

"好,那我们可以用那些火腿、奶酪和香肠做三明治当午餐了。你们现在可以把甜糕饼吃掉,水果当甜点。你吃吗?"她把一个橘子递给尼科尔斯先生,"还有点温呢,我可以给你剥皮。"

"呃,谢谢。"他艰难地挪开目光,说,"不过我想找家星巴克。"

接下来的一段旅程实际上相当愉快。路上没有堵车,妈妈说服尼科尔斯先生调到她最喜欢的电台,一直跟着唱了六首歌,每唱一首声音就越来越大。她还把坦丝和尼基拉来一起唱,尼科尔斯先生起初似乎有些厌烦,但坦丝注意到,过了几英里后,他也开始点头,似乎很享受的样子。太阳照得真的很热,尼科尔斯先生关上了天窗。诺曼直挺挺地坐着,这样它就可以在前进的时候呼吸新鲜空气,这就意味着它不会把他们往门边挤了。很不错。

这让坦丝想起以前爸爸在的时候的一些事情,那时他们会时不时地坐爸爸的车出去。就是爸爸总开得很快,而且他们总也商量不好到底该在哪儿停车,在哪儿吃饭。爸爸会说,他不明白为什么他们不能直接去餐馆搓一顿,然后妈妈会说,她已经做好了三明治,要是浪费了就太白痴了。爸爸会跟尼基说别玩游戏了,不管他玩的是什么,赶紧欣赏一下这美好的风景,而尼基会嘟囔说其实他又没说要来,这时爸爸就会更生气。

然后坦丝又想到,虽然她真的很爱爸爸,但她大概还是更喜欢没有他的这次旅行。

两小时后,尼科尔斯先生说他要活动活动,诺曼也要尿尿,所以他们就在一个乡村公园边上停了下来。妈妈拿出一些自助餐那里拿来的"赃物",在树荫下一张漂亮的木制野餐桌上,跟大家一起享用了它们。坦丝复习了一下(质数和一元二次方程),然后带诺曼在树林里遛了一圈。诺曼很开心,每两分钟就要停下来嗅一嗅。阳光透过树叶洒下一个个移动的小光斑,他们看到了一头鹿和两只山鸡,感觉自己好像真的在度假似的。

"你还好吧,宝贝儿?"妈妈叉着手走过来说。从她们站的地方,透过树林,她们只能看到尼基和尼科尔斯先生在桌旁聊天。"感觉有信心吗?"

"没有。"她说。

"你昨天晚上看以前的试卷了吗?"

"看了。我确实觉得质数序列有点难,但我把它们全写了下来,当我看到那些序列全列在那里的时候,就觉得简单多了。"

"没有做噩梦,梦到费舍尔他们吧?"

"昨天晚上,"坦丝说,"我梦到一棵会滑旱冰的卷心菜,它的名字叫凯文。"

妈妈意味深长地看了她一眼。"好吧。"

树林里更凉快,而且有一种好闻的潮湿的青苔味,到处都是绿色,热闹得很。这里的潮湿不像他们家里那种,那种潮湿只有一股霉味。妈妈在小路上停下来,转过身去对着车子。"我告诉过你会有好事发生的,对不对?"她等着坦丝明白她的话,"尼科尔斯先生明天就能把我们带到那儿了。我们将度过一个安静的夜晚,等你完成这次竞赛后,你就可以开始在新学校的新生活了。然后,希望我们生活的各个方面都可以有所改善。而且,这很有意思,不是吗?这是一次不错的旅行?"

说这些的时候,妈妈一直盯着那辆车。她的声音表明她是在说着这件事,心里却想着另一件事。坦丝注意到,他们在车里的时候她已经化好妆了。"妈妈。"她说。

"嗯?"

"我们确实是从自助餐上偷了些东西,是不是?我的意思是,如果你按比例来看这件事的话,我们确实拿了比自己吃的多的份。"妈妈盯着自己的脚看了一分钟,思考着。

"如果你真的很担心这个的话,等你拿到奖金,我们可以把五英镑装在信封里寄给他们。这样怎么样?"

"我觉得,考虑到我们拿的东西,它们可能更接近六英镑。大概要六英镑半。"坦丝说。

"那我们就给他们寄这么多。现在我觉得我们真的得好好让这条大肥狗跑一跑了，这样一来下一段路上它会累得睡着。二来还可以促使它在这里解个手，然后接下来八十英里的路上都不会放屁。"

他们又上路了，外面下起雨来。尼科尔斯先生跟一个叫西德尼的人打了一个电话，他们谈了股价和市价变动的事，似乎有点严重，所以妈妈那会儿没唱歌。坦丝努力不去偷看那些数学试卷（妈妈说那样会让她恶心的）。她的腿一直贴在尼科尔斯先生的真皮座椅上，她有点后悔穿短裤出来了。而且，诺曼从树林里卷了点什么东西回来，她一直闻到一股很难闻的味道，但她什么也不想说，以免尼科尔斯先生彻底烦了他们和那只臭烘烘的狗。所以她只是用手捏住鼻子，尽量用嘴巴呼吸，每隔三十根灯柱才把自己的鼻子松开一下。

"你在想什么呢，坦丝？"妈妈从座位上看着后面说。

"我在想排列组合。"

妈妈笑了笑，每次她听不太懂坦丝说的话的时候就会这样笑笑。

"好吧，我在想早餐台上的水果沙拉。把它想象成一个组合——不管苹果、梨子和香蕉的顺序如何，明白了吗？但是排列的话就要讲顺序了。"

妈妈还是一脸茫然。尼科尔斯先生看看后视镜，然后转向妈妈。

"好吧，那就想象一下从一个抽屉里拿出不同颜色的袜子。如果你在抽屉里放了六双不同颜色的袜子——即总共十二只——那你拿出来时就有六乘以五乘以四乘以三种组合方式，对不对？"他说。

"但如果这十二只全都是不同的颜色，你就会有很多很多种不同的组合方式——将近五亿种。"

"这听起来确实很像是我们装袜子的抽屉。"妈妈说。

尼科尔斯先生看看后面的坦丝笑了笑。"那么，坦丝，如果你有一个抽屉，里面装了十二只袜子，但是你看不到，你要拿出几只才能确定里面至少有两双？"坦丝想这个问题想了很久，所以当尼科尔斯先生转而跟尼基说话的时候，她并没有听到。

"你觉得无聊吗？要把我的手机借给你吗？"

"真的吗？"原本无精打采地陷在座位上的尼基一下子坐直了。

"当然。在我外套口袋里。"

尼基又盯住一个屏幕不放了，妈妈和尼科尔斯先生开始聊天。他们很可能是忘了车上还有其他人。

"还在想袜子吗？"她说。

"哦，没有，那些题目会让你脑袋疼的，留给你女儿就行了。"

车里一阵短暂的沉默。

"那，跟我说说你妻子吧。"

"前妻。谢谢,还是不要了。"

"为什么不?你又没有出轨。我猜她也没有,不然的话你就会是那种表情了。"

"什么表情?"

又是一阵短暂的沉默,大概过了十根灯柱。

"我不知道我是不是曾经有过那种表情。不过是的,她没有出轨。还有,不行,我真的不想谈这个。这是——"

"个人隐私?"

"我只是不喜欢讨论太私人的东西。你想谈谈你的前夫吗?"

"在他的孩子们面前?嗯,这真是个好主意。"

有好几英里都没有人说话。妈妈开始敲窗户,坦丝瞥了尼科尔斯先生一眼。每次妈妈敲的时候,他下巴上的肌肉都有点扭曲。

"那我们该谈什么呢?我对软件不是很感兴趣,我猜你对我做的事情也没兴趣,我也不懂关于袜子的数学题。而且,我只有那么几次有机会指着外面说:'哦,瞧,是奶牛。'"

尼科尔斯先生叹了口气。

"别这样,到苏格兰还早着呢。"

然后是三十根灯柱距离的沉默。尼基在用尼科尔斯先生的手机对着外面的风景拍照。

"劳拉,意大利人,模特儿。"

"模特儿,"妈妈哈哈大笑起来,"当然。"

"你这是什么意思?"尼科尔斯先生气愤地说。

"你这样的男人都会找模特儿。"

"什么叫——我这样的男人?"

妈妈紧紧闭着嘴。

"什么叫——我这样的男人?快说。"

"有钱人。"

"我不是有钱人。"

妈妈摇了摇头。"不——"她把不字的音拖得很长,"你是!"

"我不是。"

"我想这取决于你怎么定义'有钱人'。"

"我见过有钱人,但我不是有钱人。我是有点钱,对,但我离有钱人还差远了。"

妈妈转过身来对着他,他还真是不知道自己在跟谁说话。"你是不是有不止一套房子?"

他打了转向灯,转了下方向盘。"大概吧。"

"你是不是有不止一辆车?"

他朝旁边瞥了一眼。"是。"

"那你就是有钱人。"

"不,有私人喷气式飞机和游艇的才是有钱人,有一堆人伺候的才是有钱人。"

"那我是什么?"

尼科尔斯先生摇了摇头。"你不是伺候我的,你是……"

"什么？"

"我正在想象如果我刚才说的伺候的人包括你的话，你会是什么样子。"

妈妈开始大笑起来。"我的女仆，我的清洁丫头。"

"对，类似的。好吧，那，你觉得什么是有钱人？"

妈妈从包里拿出一个早餐时拿的苹果啃了一口。她嚼了一分钟，然后才开口。"有钱人就是想都不用想，可以按时付清每一笔账单的人；有钱人就是不必拆东墙补西墙，要预支一二月份的钱才能过圣诞或者去度假的人；实际上，有钱人就是从来都不用考虑钱的人。"

"所有人都要考虑钱，就算是有钱人也一样。"

"对，但你们想的只是怎样用钱赚更多的钱，而我想的却是怎么样才能赚到足够的钱再撑一周。"

尼科尔斯先生哼哼了两声。"我真不敢相信，我开车送你们去苏格兰，而你却一直给我难堪，就因为你错误地认为我是唐纳德·特朗普[①]那样的大亨。"

"我没有给你难堪。"

"没有！"

"我只是指出你所认为的有钱人和真正的有钱人之间的区别。"

车里沉默得有些尴尬。妈妈红着脸，似乎觉得自己说得太

[①] 美国第四十五任总统。但在本书写作时，他的身份是美国地产大亨。

多了，开始很响地大口啃苹果，虽然如果换作坦丝这么啃的话，妈妈肯定要说她了。坦丝因为袜子组合的问题心神不宁，她不想让妈妈和尼科尔斯先生停止交谈，因为他们今天一直都过得很愉快，所以她把头伸到前座。"实际上，我在哪里读到过，要做到这个国家最有钱的那百分之一，你需要每年至少要赚十四万英镑。"她适时说道，"所以如果尼科尔斯先生赚不到那么多，那他可能就不算有钱人。"她笑着坐回自己的座位上。

妈妈看着尼科尔斯先生，一直盯着他。

尼科尔斯先生揉了揉脑袋。"知道我要告诉你什么吗，"过了一会儿，他说，"我们停一下喝点茶怎么样？"

莫顿·马斯顿似乎就是为游客而生，所有的东西都是用同样的极其古老的灰色石头建成，所有的花园都完美到极致，蓝色的小花爬上墙头，蔓叶编织的精致的小篮子，像是从书中描下来的一样。所有的商店都是你在圣诞贺卡上看到的那种，集市广场上，一个女人身着维多利亚风格的服饰，拿着一个托盘卖圆面包，周围全是一群群拍照的游客。

坦丝忙着看外面的情景，以至于开始都没注意到尼基，直到他们把车停到停车场的时候，她才发现尼基脸色惨白。她问他是不是肋骨疼了，他说不是。然后她问他是不是在裤子里藏了一个苹果拿不出来了，他说"不是，坦丝，别提这个了"，但从他说话的语气可以看出，肯定是有什么事情。坦丝看看妈妈，她正忙着不看尼科尔斯先生，而尼科尔斯先生则忙着做正事——找个最佳位置停车。诺曼只是抬头看了看坦丝,似乎在说"不用说了"。

大家都下了车活动手脚,尼科尔斯先生说他们都要去喝杯茶,吃点蛋糕,他请客。还有,求我们不要搞得好像什么大买卖似的,就只是喝杯茶而已。妈妈挑了挑眉毛,似乎想说什么,但后来只是嘟囔了一句"谢谢",可是并没有很有礼貌地说。

他们在一家名叫"你我相遇茶肆"的餐馆坐下,虽然坦丝敢打赌,中世纪的时候绝对没有茶肆,不过其他人似乎都没有注意到。尼基站起来去上厕所,尼科尔斯先生和妈妈在柜台前选吃的,所以她就点开尼科尔斯先生的手机,映入眼帘的第一件东西就是尼基的 Facebook 主页。她等了一分钟,因为如果发现别人看他的东西的话,尼基真的会很生气的。然后,她确定他真的是去上厕所了,就把屏幕放大好看清楚上面的字,她顿时感觉浑身冰凉。尼基的时间轴上,全是费舍尔他们留的言,还有一些男人欺负另一些人的照片。他们叫尼基"玻璃""基佬",虽然坦丝不知道这些词的具体指向是什么,但她知道那绝对不是什么好词,她突然觉得很恶心。她抬起头,妈妈正端着一个盘子往回走。

"坦丝,小心别把尼科尔斯先生的手机弄坏了!"

手机"当"的一声掉到了桌子边上。她不想碰它。她怀疑尼基是不是去厕所里哭了。如果是她的话她会的。

抬起头的时候,妈妈正盯着她。"怎么了?"

"没什么。"

妈妈坐下来，把一个装着橙子蛋糕的盘子推到桌子这边。坦丝一点儿也不饿了，虽然上面撒了一层巧克力屑。

"坦丝，怎么了？跟我说说。"

坦丝用指尖慢慢地把手机推到木桌那边，好像手机会烧到她似的。妈妈皱了皱眉，然后低头看手机。她点了一下，然后瞪着手机。"上帝啊！"一分钟后，她说。

尼科尔斯先生在妈妈旁边坐下。他拿了一块超大的巧克力蛋糕，那是坦丝见过的最大的巧克力蛋糕。"大家都开心吗？"他问。他看上去很开心。

"小畜生。"妈妈说。她的眼里满含泪水。

"怎么了？"咬了一口蛋糕的尼科尔斯先生问。

"这个跟变态一样吗？"坦丝问。

妈妈好像没听到她说话。妈妈把椅子往后一推，发出了尖厉的声音，然后大跨步地朝厕所走去。

"那是男厕所，夫人。"妈妈推开门的时候，一个女人喊道。

"我认字，谢谢。"妈妈说着，消失在男厕所里。

"怎么回事？现在是发生什么事了？"尼科尔斯先生费力地吞下嘴里的蛋糕，看了看妈妈去的地方。这时，坦丝什么也没说。尼科尔斯低头看看自己的手机，点了两下。他一动不动地盯着，然后动动屏幕，好像把所有的东西都看了一遍。坦丝觉得有点怪怪的，她不确定他是不是该看这个。

"这……跟你哥哥身上发生的事儿有关吗？"

她好想哭。她觉得费舍尔他们把这么美好的一天给毁了，感觉像是费舍尔他们一直跟着他们到了这里，好像他们永远也摆脱不了费舍尔他们。她无法开口。

"嘿，"看着一大滴眼泪掉在桌上，尼科尔斯先生说，"嘿。"他递给她一张纸巾，坦丝擦了擦眼睛。眼看她再也压抑不住涌上来的抽泣，他从桌子那边过来，伸出一只胳膊搂住了她。他给人的感觉很高大、很踏实，他身上有柠檬的香味和男人的气味。自从爸爸走后，坦丝就再也没闻到过这种味道了。这让她更加难过。

"嘿，别哭。"

"对不起。"

"没什么对不起的，如果有人那么对我姐姐的话我也会哭的。这实在是太——太……"他点了一下把手机关了，"混蛋。"他摇摇头，鼓着腮帮子说，"他们经常这么欺负他吗？"

"我不知道。"她抽了抽鼻子说，"他早就不怎么说了。"

尼科尔斯先生一直等到她不哭了，才挪回桌子那边去点了一杯加蜜饯、巧克力刨花和双份奶油的热巧克力。"我也是过来人，"他把热巧克力递给坦丝，说，"相信我，我什么都知道。"

奇怪的是，这确实是真的。

妈妈和尼基从厕所出来的时候，热巧克力和蛋糕都已经被坦丝消灭了。妈妈脸上换上了明媚的笑容，好像什么都没有发生过，她的胳膊搂着尼基的肩膀，看上去有些奇怪，因为尼基现在已经比她高出半头了。尼基溜到坦丝旁边的座位上，盯着自己的蛋糕。坦丝看到尼科尔斯先生正看着尼基，不知道他是不是要说点什么关于手机的事，但他什么也没说。她想他可能是不想让尼基难堪。不管怎样，这快乐的一天，她难过地想，就这样结束了。

妈妈起身去看拴在外面的诺曼，尼科尔斯先生又点了一杯咖啡，眼睛一动不动地盯着它慢慢搅拌，似乎在想什么事情。他向上抬眼看看尼基，然后小声说："呃，尼基，你知道黑客吗？"

她觉得自己不应该听下去，所以她使劲盯着眼前的二次方程式。

"不知道。"尼基说。

尼科尔斯先生趴在桌子上，放低了声音。"那我觉得现在可能是开始了解的好时机。"

"他们去哪儿了？"妈妈回来后，看了一圈问道。

"他们去尼科尔斯先生车里了。尼科尔斯先生说不要打扰他们。"坦丝咬着铅笔杆说。

妈妈的眉毛挑到了发际线那儿。

"尼科尔斯先生说，他料到你会是这种反应。他说让我告诉你他会处理的，Facebook 那事儿。"

"他要干什么？怎么处理？"

"他也说了你会这么问。"坦丝玩了玩橡皮擦，"他说让我告诉你，请你给他们二十分钟。还有，他又给你点了一杯茶，你应该吃点蛋糕等着，他们结束了就来接我们。还有，他让我

175

告诉你，巧克力蛋糕真的很好吃。"

妈妈不喜欢。坦丝坐在那儿完成了一个单元，直到对结果非常满意；而妈妈则坐立不安，一直看着窗外，好像要说什么，但随后又闭上了嘴巴。她一点巧克力蛋糕也没吃。她把尼科尔斯先生留下的五英镑钞票放在她们坐的桌子上，坦丝把她的橡皮擦压在上面，以防别人开门的时候，钱被风吹走。

最后，当打扫卫生的女人逐渐靠近她们的桌子，准备暗示点什么的时候，门开了，一个小铃铛响起来，尼科尔斯先生和尼基一起走了进来。尼基两手插在口袋里，头发遮住了眼睛，但脸上有一抹嘲讽的笑意。

妈妈站在那里，看看这个，又看看那个。你可以看出来她确实是想说点儿什么，但她不知道该说什么。

"你尝巧克力蛋糕了吗？"尼科尔斯先生问。他脸上一脸温和，像是个竞赛节目主持人。

"没有。"

"太可惜了，真的很好吃的。谢谢！你的蛋糕是最棒的！"他对那个女人喊道。那女人乐开了花。随后，尼科尔斯先生和尼基径直走了出去，大阔步地穿过马路，好像他们一直都是亲密伙伴似的，留下妈妈和坦丝匆忙地收拾好东西在后面追出去。

2. 尼基

报纸上曾经有一篇文章，是关于一只没有毛的雌性狒狒。

它的皮肤并非全是黑色的，而是粉色和黑色掺杂在一起。它的眼眶是黑色的，像是画了很漂亮的眼线。它有一个长长的粉色乳头，另一个是黑色的，像是某种猿猴。它总是孤身一人。事实证明，狒狒不喜欢与众不同。实际上，没有一只狒狒愿意跟它出去。于是，它一次次地出现在照片中，只是出去觅食。它身上毫无遮挡，那么柔弱，却没有一个狒狒伙伴。因为即使其他狒狒知道它还是一只狒狒，但它们不喜欢与众不同。这种不喜欢胜过任何想要跟它在一起的基因冲动。

尼基经常想到这个故事：他觉得没有什么比一只没有毛的狒狒更伤心的了。

显然，尼科尔斯先生是想教育教育他，告诉他社交网络的危险或者告诉他应该告诉老师或者警察之类的。但他却开了车门，从后备厢里拿出笔记本电脑，把电源线插进变速杆旁边的插座里，然后插上软件狗，这样他们就有宽带了。

"好了，"他说，这时尼基已经坐到了副驾驶座上，"告诉我你知道的这个小怪物的所有信息，包括兄弟姐妹、出生日期、宠物、家庭住址——所有你知道的，有关他的信息。"

"什么？"

"我们得破解他的密码。快点！你肯定知道点什么的。"

他们坐在停车场里，这里没有涂鸦，没有被遗弃的购物车，这是那种你确实会走上几里路把购物车推回去的地方。尼基敢打赌，这里肯定还有一块那种"保存得最好的乡村"的牌匾。一位头发花白的老太太在他们旁边往车里装东西，她看到尼基笑了笑。她竟然笑了,对着我。或许她是朝诺曼笑的,因为诺曼的大脑袋正耷拉在尼基的肩膀上。

"尼基?"

"嗯,我在想。"他一口气把自己知道的所有关于费舍尔的东西都说了一遍,包括他的住址、他姐姐的名字、他妈妈的名字。他甚至还知道他的生日,因为就在三周前,他爸爸给他买了一辆四轮摩托车,不到一周就被他撞烂了。

尼科尔斯先生一直在敲键盘。"不对,不对,再想想,肯定还有其他的什么东西。他喜欢什么音乐?他支持哪支球队?哦,瞧,他有一个 hotmail 邮箱。太棒了,我们可以试试这个。"

都不行。突然,尼基灵光一闪。"图丽莎。他有点喜欢图丽莎,那个歌手。"

尼科尔斯先生在键盘上敲进去,然后摇了摇头。"试试'图丽莎的屁股'。"尼基说。

尼科尔斯先生输进去。"不对。"

"我睡了图丽莎。全拼。""不对。"

"图丽莎·费舍尔。"

"嗯,不对。不过想法不错。"

他们坐在那里,思考着。

"你可以直接试试他的名字。"尼基说。

尼科尔斯先生摇了摇头。"没有人会蠢到用自己的名字做密码。"

尼基看看他,尼科尔斯先生输了几个字母进去,然后瞪大眼睛看着屏幕。"哦,你猜怎么着?"他朝座位上一靠,"你是个天才!"

"你要怎么做?"

"我们只是在詹森·费舍尔的 Facebook 页面上开个小玩笑。实际上,并不是我来做。我……呃……我现在不能冒险用我的 IP 地址做任何事。不过我知道谁可以。"他拨了一个电话。

"可是他不会知道是我干的吗?"

"怎么知道?我们现在就相当于他自己。没有什么证据会让他发现是你做的,他甚至可能根本不会注意,等一下。杰兹?……嘿,是我,艾德……对,对,我现在是有点低调。我需要你帮我个忙,五分钟就能搞定。"

尼基听见他把詹森·费舍尔的电子邮箱地址和密码告诉了杰兹。他说费舍尔给他的一位朋友"制造了点麻烦"。说这个的时候,他眼角瞥了一下尼基。"好好玩一下,哈?把他的东西都看一遍,你会看到照片的。我本来可以自己做的,但是我现在不能插手……对,等见到你再跟你解释。谢了啊。"

尼基不敢相信竟然这么简单。"那,他不会反过来黑我吗?"

尼科尔斯先生放下电话。"我敢跟你打赌,一个只知道把自己名字当密码的小屁孩肯定不会精通计算机。"

他们坐在车里等着,一遍遍地刷新费舍尔的 Facebook 页面。然后,像是施了魔法一样,变化出现了。

嘿,伙计,费舍尔真是个混蛋。他的页面上全是他要怎么"办"学校里的这个女孩或那个女孩,或者某某某不过是个渣渣；还有，他是如何揍了不跟他一伙的许多人。他的消息也差不多都是这些内容。尼基瞥见一条有他名字的消息，但尼科尔斯先生看得很快，一下就翻上去了，然后说："呃，那条不用看了。"费舍尔唯一不像混蛋的时候是他给克里西·泰勒发消息，说他真的很喜欢她，问她愿不愿意来他家玩的时候。但克里西似乎没什么兴趣，但他却一直给她发消息。他说要带她去一个"酷毙了"的地方，而且他可以借他老爸的车开（事实上他不能，因为他年龄不够）。他说她是学校里最漂亮的女孩，他脑子里想的全是她，如果他的朋友们知道他为了她变成这样，肯定会觉得他是个"疯子"。

"谁说这世上没有浪漫的？"尼科尔斯先生嘟囔着。然后就开始了。杰兹给费舍尔的两个朋友发消息，告诉他们他已经决定做一个反暴力者，以后再也不想跟他们一起出去了。他给克里西发信息，告诉她他还是很喜欢她，但跟她出去之前他要先把自己的事情处理好，因为他"得了可恶的传染病，医生说我需要药物治疗，不过等我们在一起的时候我会让自己很好、很干净的，好不好？"

"嘿，伙计。"尼基笑得太厉害，肋骨都疼了，"哦，伙计。"

"詹森"告诉另一个叫史黛西的女孩他真的很喜欢她，如果她愿意跟他出去的话，他妈妈已经给他挑了一些特别好看的衣服，然后他又把同样的信息发给一个叫安吉拉的女孩。安吉拉跟他同年级，他曾经说她是个脏东西。杰兹删了一条来自丹尼·凯恩的新信息，他说有一场球赛的票，并且说可以给詹森一张，不过最迟要在那天告诉他。"那天"就是今天。

杰兹还把费舍尔的个人头像换成了一头嚎叫的驴。这时，尼科尔斯先生盯着屏幕，想了一会儿，拿起了电话。"实际上，我认为我们不应该动他的照片。伙计，暂时不要。"他对杰兹说。

"为什么？"待他放下电话后，尼基问。那头驴真是干得太漂亮了。

"因为这事儿最好悄悄进行。如果我们暂时只是对他的私人消息动手脚的话，他很可能根本不会发现。我们发送完了再删除。我们可以关闭他的邮箱提示。这样他的朋友，还有这个女孩，只会觉得他越来越蠢了。而他根本不知道为什么，这才是重点。"

尼基简直不敢相信，他不敢相信有人可以这样轻而易举地扰乱费舍尔的生活。

杰兹打电话来说他已经退出登录了，于是他们也退出Facebook。

"就这样？"尼基问。

"暂时先这样，这只是开个小玩笑而已。不过你感觉好多了，是不是？杰兹会把你的页面清空，这样费舍尔写的那些东西就都没有了。"

车里顿时有点尴尬，因为尼基呼出一口气的时候，整个人都有点颤抖。他确实感觉好多了。这样好像并没有真的解决什么问题，但终于有那么一次，他不再感觉是别人的笑柄，这种感觉很好。

他搓着自己的 T 恤边缘，直到自己的呼吸恢复正常。尼科尔斯先生可能知道，因为他一直看着窗外，似乎看得兴趣盎然，虽然那里除了汽车和几个老人其实什么也没有。

"你为什么要做这些？黑客的事，还有开车送我们去苏格兰。我的意思是，你甚至都不认识我们。"

尼科尔斯先生还是盯着窗外，有一瞬间，他似乎并不是真的在跟尼基说话。"算起来我欠你妈妈一个人情，而且我不喜欢欺负人的家伙，这种人不是你们这一代才有的，你明白吗？"

尼科尔斯先生坐了一分钟，尼基突然有些怕他让自己再说点什么。怕他会像学校的辅导老师那样，表现得好像是你的伙伴，会不下五十次地说，不管你说什么，"就我们俩知道"，一直搞得让人觉得有点毛骨悚然。

"我要告诉你一件事。"

还是来了，尼基想。他擦擦自己的肩膀，诺曼在那里流了一摊口水。

"我所见过的所有值得结交的人，在学校的时候都有点与众不同。你只是需要找到你的人。"

"我的人。"

"你的部落。"

尼基做了个鬼脸。

"知道吗？在你度过的生命中，你可能一直觉得自己到处格格不入，然后有一天你走进一个地方，或许是一所大学、一间办公室，或是某个俱乐部，你走进去，发现'啊，他们在这儿'，突然之间你就找到自己的归属了。"

"无论在哪儿我都找不到归属感。"

"只是现在没有而已。"

尼基思索着这句话。"那你的在哪儿？"

"大学的计算机室。我就是那种怪人。我在那儿遇到了我最好的伙伴罗南。后来就是……我的公司。"他的面色瞬间一沉。

"但我毕业之前都要困在那里。在我们生活的地方没有那些东西，没有部落。"尼基把刘海扯下来遮住眼睛，"你要么按费舍尔的方式生活，要么就躲开他。"

"那就去网上找你的人。"

"怎么找？"

"我不知道。去网上找那些你……感兴趣的东西，或是生活方式的群？"

尼基看了看他的表情。"哦，你也以为我是同性恋，是不是？"

"不是，我只是想说，网络是一个包罗万象的地方。总有人和你有着相同的兴趣爱好，类似的人生经历。"

"没有人会有跟我类似的人生经历。"

尼科尔斯先生关上笔记本，把它放进一个盒子里。他把东西都拔掉，然后瞥了一眼小餐馆。

183

"我们该回去了,你妈妈肯定在想我们在干什么。"他打开车门,然后转过身来,"知道吗,你可以写博客。"

"博客?"

"不必用你的真名。不过,这是一种很好的方式。你可以写写你生活中发生的事情。你设置几个关键词,别人就可以找到你。我的意思是,跟你相似的人。"

"涂睫毛膏,不喜欢足球或歌剧院的人。"

"还有养了一条臭烘烘的大狗、有一个数学怪才妹妹的人。我打赌,在某个地方,至少有一个这样的人。"他思索了一分钟说,"或许。可能在霍斯顿,或者图珀洛。"

尼基又扯下更多的刘海,试图盖住自己脸上的淤青,现在淤青已经变成了很难看的黄色。"谢谢你,不过博客……其实不是很适合我。写博客好像都是抱怨离婚的中年妇女,或者把猫当孩子一样的女人,要不就是沉迷指甲油的人。"

"写写试试。"

"你写博客吗?"

"不写。"他爬出车说,"不过那时候我不是特别想跟别人说。"尼基随后也爬下车。尼科尔斯先生按了一下钥匙,汽车"咚"的一声锁上了。"还有,"他压低了声音说,"就当我们刚才什么也没说,明白吗?要是有人知道我教天真的孩子怎么黑别人的私人信息,那就不太好了。"

"杰西不会介意的。"

"我说的不止是杰西。"

尼基盯着他的眼睛。"极客俱乐部守则第一条：没有极客俱乐部。"

"那个袜子的题，"他们穿过停车场跟她们会合的时候，坦丝她手里拿着一张写满了字的餐巾纸说，"我做出来了。如果你有 n 只袜子，那你就要求出 $1/n^n$。"她扶了扶眼镜说。

"用一个公式解决。这正是我想说的。"尼科尔斯先生说。

妈妈看着尼基，好像他们从未相识过。

3. 坦丝

没有人真的想回车上去。平生第一次坐豪车的新奇感，即使是跟尼科尔斯先生这样友善的人同行，也很快褪去了。今天，妈妈像是做宣讲一般告知所有人，这将是最漫长的一天。因为尼科尔斯先生的计划是直接开到差不多纽卡斯尔，他发现那里有一家允许带狗、提供早餐的民宿。他们大约在晚上十点到达，此后，按照他的计算，他们再开一天就可以到达阿伯丁。尼科尔斯先生会给他们找个离学校很近的地方落脚，然后第二天坦丝就可以神清气爽地去参加数学竞赛。他看着坦丝："除非你觉得自己已经习惯了这辆车，可以让我开到每小时四十英里以上？"

她摇了摇头。

"不行，"他的脸色微微一沉，"哦，好吧。"

无意间瞥见后座，他的眼睛眨了眨。几块巧克力污渍已经融化在米黄色的真皮座椅里，脚垫上还有一层从森林里带回来的厚泥巴。尼科尔斯先生发现杰西在看他，微微笑了笑，似乎在说真的没关系，虽然你能看出其实是有关系的，然后他便转过身去握着方向盘。

"好吧。"他说着，发动了引擎。

大约一个小时里，大家谁都没有说话。尼科尔斯先生听着广播四台关于科技的什么节目，妈妈在看书。因为图书馆已经关门了，所以她每周都会从慈善商店买两本平装书，不过她只有时间读一本。

那个下午很长，大家都很消沉，雨下得很大，像是一层厚厚的玻璃幕。坦丝看着窗外，试图在脑子里算几道数学题，但看不到自己的计算过程让她难以集中精力。大约六点的时候，尼基开始不停地动来动去，好像怎么样也不舒服。

"我们下一站什么时候到？"

妈妈打了个小盹。她突然坐得笔直，假装没有打盹，然后瞄了一眼表。

"六点十分。"尼科尔斯先生说。

"我们可以停下来吃点东西吗？"坦丝问。

"我必须得下去走走，我的肋骨都疼了。"

"我们找个地方吃饭吧。"尼科尔斯先生说，"可以去莱斯特尝尝咖喱饭。"

"我宁可直接吃点三明治。"妈妈说，"我们没时间坐下来吃。"

尼科尔斯先生开车穿过一个又一个小镇,沿着通往零售园区的指示牌开去。这时天开始黑了。奥迪缓慢地前行,终于在一家超市门外停下来。妈妈大声叹了口气,爬下车迅速跑进去。透过被雨水冲刷的窗户,他们可以看到妈妈站在冷柜前,拿起什么东西,然后又放下了。

"她为什么不直接买现成的呢?"尼科尔斯先生看看表,嘟囔着说,"那样两分钟就回来了。"

"太贵了,"尼基说,"而且你不知道什么人碰过。去年杰西给一家超市做了三个星期的三明治。她说做鸡肉恺撒三明治的时候,坐在她旁边的女人竟然在撕鸡肉的时候擤鼻涕。"

尼科尔斯先生不说话了。

"买超市自营火腿的概率是五分之一。"尼基看着说。

"超市自营火腿是二分之一。"坦丝说。

"要我猜的话。就是芝士片。"尼科尔斯先生说,"芝士片你会给我什么概率?"

"还没有具体数据。"尼基说,"得分是达瑞利还是更便宜的超市自营的橘黄色芝士片,可能还有个编造的名字。"

"欢乐谷芝士。"

"奶量十足可爱切达干酪。"

"这个听起来太恶心了。"

"暴躁奶牛芝士片。"

"哦,别这样,她品味没那么差劲。"尼科尔斯先生说。

坦丝和尼基哈哈大笑起来。

妈妈打开车门,把她的包裹递上来。"好了,"她高兴地说,"他们家有特价的鲔鱼酱,谁想吃三明治么?"

"你从来都不吃我们的三明治。"尼科尔斯先生开车穿过小镇的时候,妈妈说。

尼科尔斯先生打开转向灯,把车开到公路上。"我不喜欢三明治,它们让我想起在学校的时候。"

"那你吃什么?"妈妈大口吃起来,不到一分钟,车里便充满了鱼的味道。

"在伦敦吗?早饭是吐司面包,午饭可能吃寿司或者意大利面,晚上的话有一个地方可以点外卖。"

"你就吃外卖?每天晚上都是?"

"如果我不出去的话。"

"你多久出去一次。"

"现在吗?从来不出去。"

妈妈认真地看了他一眼。

"呃,好吧,我在你那家酒吧喝醉的情况除外。"

"你真的每天都吃一模一样的东西吗?"

尼科尔斯先生似乎有些尴尬了。"可以点不同口味的咖喱粉。"

"那一定很贵。那你在海滨的时候吃什么?"

"我叫外卖。"

"从拉兹餐厅？"

"嗯，你知道？"

"嗯，我知道那家餐厅。"

车里顿时沉默了。

"怎么了？"尼科尔斯先生说，"你不去那儿吗？怎么了？太贵了？你想跟我说烤土豆太简单了，是不是？好吧，我不喜欢烤土豆，我不喜欢三明治，我也不喜欢做饭。"可能是因为说得太快，他突然变得急躁起来。

坦丝趴到前排两个座位之间。"有一次娜塔莉在她的羊肉咖喱饭里发现一根毛。"

尼科尔斯先生张了张嘴正要说话，坦丝补充道："那个不是头发。"

过了二十三根灯柱的距离，尼科尔斯先生才说："对于这种事情你可能是担心过头了。"

过了纽尼顿后，坦丝开始偷偷地把自己的三明治一点点地喂给诺曼，因为那个鲔鱼酱吃起来一点儿也不像鲔鱼，而且面包也老是沾到她的上颚上。尼科尔斯先生开进了一家加油站。

"他们的三明治很差劲的。"妈妈盯着报刊亭里面说，"那些三明治都在那儿放了好几个星期了。"

"我又不买三明治。"

"那儿卖馅饼吗？"尼基瞄了一眼里面说，"我喜欢吃馅饼。"

"馅饼更差劲,里面可能全是狗肉。"

坦丝赶紧捂住诺曼的耳朵。

"你要进去吗?"妈妈摸索着钱包,问尼科尔斯先生,"能麻烦你给这俩孩子买点巧克力吗?算是特别奖励。"

"要吉百利的,谢谢。"尼基高兴地说。

"雀巢薄荷,谢谢。"坦丝说,"我可以要一条大的吗?"

妈妈伸出手去,但尼科尔斯先生却盯着自己的右边。"你能帮他们买吗?我要去一下马路对面。"

"你要去哪儿?"

他拍拍自己的肚子,突然变得很兴奋。"那儿!"

基斯烤肉串,有六个钉在地上的塑料椅,十四听摆在窗口的健怡可乐,还有一个少了第一个"B"的霓虹灯牌。坦丝从车窗里往外瞅了瞅,看到尼科尔斯先生几乎是跳着进了灯光斑驳的店里。他看了看柜台后面的墙,然后指了指在烤肉架上慢慢旋转的一大块棕色的肉。坦丝想着什么动物会是那种形状,但她只能想到水牛,或许是一头被截断的水牛。

"哦,伙计,"看着那个家伙开始切肉,尼基带着渴望低吼一声,"我们不能来一块吗?"

"不行。"妈妈说。

"我敢打赌,要是我们开口的话,尼科尔斯先生肯定会给我们买一块的。"他说。

妈妈打断他:"尼科尔斯先生为我们做得已经够多了,我们不能再占他便宜了,到此为止。明白?"

尼基朝坦丝翻了翻白眼。"好吧。"他沮丧地说。

然后大家都不说话了。

"对不起,"一分钟后,妈妈说,"我只是……我只是不想让他觉得我们在利用他。"

"但是如果别人主动提出来的话,那还算是利用吗?"坦丝说。

"要是还饿的话就吃个苹果,或者吃块早餐留下的小松糕。我知道我们还留了几块的。"

尼基无声地瞪了瞪眼,坦丝叹了口气。

尼科尔斯先生打开车门,身上带着一股滚烫的、油腻的肉味,一块烤肉包在一张布满油点的白纸上,两条长长的绳索似的口水立刻从诺曼的嘴里流出来。

"你们确定不要吃点?"他转身看着尼基和坦丝,兴奋地说,"我就放了一点点辣椒酱。"

"不用了,谢谢你的好意,谢谢。"妈妈坚定地说,同时警告地看了尼基一眼。

"不用了,谢谢。"坦丝小声说。闻起来真香啊!

"不用了,谢谢。"尼基说完,转过脸去。

纽尼顿、波斯沃斯市、科尔维、阿什比德拉佐克,路牌一个个在眼前飘过,都是一样的模糊。虽然坦丝知道他们在哪儿,但他们完全可以说自己到了桑给巴尔和坦噶尼喀①。她发现自己在不停地重复阿什比德拉佐克、阿什比德拉佐克,想着这个名字真不错。嗨——你叫什么名字?我叫阿什比·德·拉·佐克。嘿,阿什比!这名字真酷!康斯坦萨·托马斯也有五个音节,但没有那种节奏感。她想到康斯坦萨·德·拉·佐克,这个名字有六个音节,然后又想到阿什比·托马斯,相比之下第二个就逊色多了。

康斯坦萨·德·拉·佐克。

妈妈又开始看书了,副驾驶座上的灯开着,尼科尔斯先生在座位上不停地动来动去,最后终于忍不住了:"那个地图——前面有没有餐馆什么的?"

他们上路后,已经过了三百八十九根灯柱,通常情况下是他们中的一个会要求停车。坦丝一直处在脱水状态,所以喝了很多水,然后就需要尿尿。诺曼每隔二十分钟就吱吱唔唔地要出去,但他们永远都不知道它到底是真的需要下车,还是跟他们一样无聊,只是想下去透透气。

"你还没吃饱?"妈妈抬起头问尼科尔斯先生。

"不是,我——我需要去厕所。"

妈妈又低下头去看书。"哦,不用跟我说,直接去树后面解决就行。"

"不是那种。"他小声说。

---

① 坦桑尼亚联合共和国由大陆部分的坦噶尼喀和东部群岛桑给巴尔组成。

"好吧,最近的城市好像是凯戈沃斯,那里肯定有你要去的地方。或者如果我们可以回到高速上去的话,那里可能有服务区。"

"还有多远?"

"十分钟?"

"好吧。"他点点头,似乎在安慰自己。"十分钟还行。"他的脸泛着奇怪的光彩,"十分钟还能忍住。"

尼基戴着耳机在听音乐,坦丝一边摸着诺曼软软的大耳朵,一边思考弦理论。这时,尼科尔斯先生突然朝应急车道一转,大家的身子都朝前一倾,诺曼差点从座位上滚下来。尼科尔斯先生一把推开驾驶室的门跑到后面,等坦丝转过身的时候,就看到尼科尔斯先生蹲在一条水沟旁,一手撑着膝盖,开始吐起来。不听到他的声音是不可能的,虽然是关着窗户。

他们都目瞪口呆。

"哇啊,"尼基说,"他吐了好多东西,就跟……哇啊,就跟外星人似的。"

"哦,天哪!"妈妈说。

"太恶心了。"坦丝从后搁板上面看过去说。

"快点,"妈妈说,"厨房用的卷纸在哪儿,尼基?"

他们看着妈妈下车去帮他。他整个人蜷在一起。看到坦丝和尼基都从后窗里盯着看,妈妈轻轻摆了摆手,好像说他们不应该看,虽然她自己正在看。

"还想吃烤肉吗?"坦丝问尼基。

"你真是个魔鬼。"尼基哆嗦着说。

尼科尔斯先生走回车里,他的样子像是刚学会走路似的,他的脸变成了奇怪的黄白色,皮肤上覆满了一层小汗珠。

"你看起来糟透了。"坦丝告诉他。

他调整了一下自己的坐姿。"我一会儿就没事了。"他小声说,"现在应该没事了。"

妈妈从座位上伸过手来,把塑料袋系上。"以防万一。"她有些雀跃地说,然后开了一点窗户。

接下来几英里,尼科尔斯先生都开得很慢。他们开得太慢了,以至于后面两辆车一直不停地朝他们打灯,其中一个司机经过他们旁边的时候特别生气地按喇叭。有时,他超了一点白线,看起来好像并没有特别集中精力,但坦丝见妈妈打定主意不说话,便也决定不开口。

"现在还有多远?"尼科尔斯先生一直嘟囔着问。

"不远了。"妈妈说,虽然她可能也不知道。她拍拍他的胳膊,像是在安慰一个孩子。"你真的做得很好。"

他看向她的时候,眼里满是痛苦。

"再坚持一下。"妈妈小声说,像是在发号命令。

然后,大约半英里后,"哦,天哪,"说着,尼科尔斯先生又踩了刹车,"我需要——"

"酒吧!"妈妈指着旁边一个村子外围若隐若现的灯光喊道,"看!你能行的!"

尼科尔斯先生踩了一脚油门，于是坦丝的脸又被拉回来。他在停车场刹住车，一把推开车门，摇摇晃晃地冲了出去。

他们坐在车里等着。车里很安静，他们可以听到引擎的嘀嘀声。

五分钟后，妈妈爬过去把他那边的门关上，免得冷风进来。她看着后面，冲他们笑笑。"雀巢巧克力怎么样？"

"很好。"

"我也喜欢雀巢巧克力。"

尼基闭着眼睛，伴着音乐点着头。

一个男的把车停进了停车场，车上有个女人，扎着高高的马尾，严肃地看着车里。妈妈笑了笑。但那个女人并没有笑着回应。

十分钟过去了。

"要不要我去找找他？"尼基拔下耳机，看了看手表说。

"最好不要。"妈妈说。她的脚开始抖动。

又过了十分钟。最后，在坦丝带着诺曼在停车场遛了一圈，妈妈在车后面舒展了一下腿脚后，尼科尔斯先生出现了。

他的脸色比坦丝见过的所有人都苍白，就像是一张白纸，看上去像是有人用廉价橡皮把他的脸擦了一遍。

"我想我们可能需要在这儿停一会儿。"他说。

"在酒吧？"

"不是酒吧。"他朝身后看了一眼说，"当然不是酒吧。或许……或许离这儿几英里的地方。"

"你想让我开车吗?"妈妈说。

"不。"大家异口同声地说。她笑了笑,努力装得好像自己没有生气。

"蓝铃天堂"是附近十英里内唯一显示还有空房的地方,那里有十八辆固定房车和一个娱乐场,娱乐场里有架秋千和一个沙坑,以及一个牌子,上面写着"禁止带狗"。

尼科尔斯先生趴在方向盘上。"我们再找找其他地方。"他脸上的肌肉抽搐着,整个人都弯了下去,"给我一分钟。"

"不用了。"

"你说过你不能把狗扔在车里的。"

"我们不会把它扔在车里的。坦丝,"妈妈说,"墨镜。"

前面有一间活动屋,上面写着"接待室"。妈妈先进去,然后坦丝戴上墨镜,在外面的台阶上等着,透过气泡玻璃门看着里面。一个胖子从椅子上慢悠悠地站起来,说她真是幸运,他们就剩一间空房了,而且还有优惠。

"那是多少钱?"妈妈问。

"八十英镑。"

"一晚?在一辆固定房车上?"

"今天是周六。"

"现在都七点了,还没有人住。"

"可能还会有人来呢。"

"嗯,对,我听说麦当娜正在路上,准备找个地方安置她的随从们呢。"

"你用不着这么尖刻。"

"你也用不着宰我。三十英镑。"妈妈说着，开始从口袋里掏钱。

"四十。"

"三十五。"妈妈伸出一只手，"我就这么多。哦，对了，我们还有一只狗。"

他伸出一只油腻腻的手。"自己读牌子：禁止带狗。"

"是只导盲犬，我小女儿的。我得提醒您，拒绝残疾人入住是违法的。"

尼基打开门，托着坦丝的胳膊肘把她领进来。坦丝戴着墨镜，面无表情，诺曼则不耐烦地站在她前面。在爸爸走后，为了赶上去朴茨茅斯的汽车，他们这么干过两次。

"它受过良好训练，"妈妈说，"不会给您惹麻烦的。"

"它是我的眼睛，"坦丝说，"没有它我的人生就没有意义。"

那个男人盯着坦丝的手看了看，然后又看看她的脸。他的颌骨让坦丝想到诺曼。她得牢记不能抬头去看电视。

"你在逗我呢，女士。"

"哦，我真的没那个意思。"妈妈开心地说。

他摇摇头，收回自己的大手，笨重地朝一个钥匙柜走去。"金色英亩。第二道，右边第四个，厕所区旁边。"

他们到达旅馆的时候，尼科尔斯先生已经难受得不行了，他可能根本没注意到自己在哪儿。他一直轻声呻吟着捂着肚子，听到"厕所"，立刻轻轻叫了一声便消失了。有一个小时他们都没看到他的人。

金色英亩并不是金色的，而且看起来连半英亩也没有，但是妈妈说紧急时刻就别挑了。里面有两个小房间，客厅的沙发也被改造成了一张床。妈妈说尼基和坦丝可以去那个有两张床的房间，尼科尔斯先生去另一间，她睡沙发。他们的房间其实还不错，虽然尼基的脚都伸到了床外面，而且屋里到处都是一股烟味。妈妈把几扇窗户打开一点，然后把被子铺在床上，又在浴缸里放上热水，因为她说，尼科尔斯先生回来的时候很可能要洗个澡。

坦丝研究了一下浴室的化学厕所（因为厕所的味道实在太刺激了），然后捏着鼻子走到窗前，数完了另一辆房车上所有的灯。（好像只有两间有人。"那个混蛋撒谎。"妈妈说。）

妈妈把手机插上充电，正好充了十五秒的时候手机响了。她盯着手机看了看，然后接起来，线还插在墙上。

"你好？德斯？"她一只手捂在嘴上，"哦，天哪，德斯，我会及时回去的。"

手机那端传来一阵模糊不清的咆哮声。

"真的很抱歉，我知道自己怎么说的。但是事情变得有点疯狂了，我在……"她朝坦丝一扭头，"我们在哪儿？"

"阿什比德拉佐克附近。"她说。

"阿什比德拉佐克。"妈妈说。然后，她把手插进头发里，

"阿什比德拉佐克。我知道，真的很抱歉。这次旅程跟我计划的不太一样，我们的司机病了，我手机没电了，还有……什么？"她看了看坦丝，"我不知道。周二之前可能不行，可能得周三，这比我们原来想的花的时间长。"

这时，坦丝可以清楚地听到他在那边吼了。

"切尔西不行吗？我已经顶了她很多次班了。我知道现在很忙，我知道。德斯，我真的很抱歉。我说过我——"她停了一下，"不行，在那之前我回不去。不行，我真的……你什么意思？我去年一年都没请过假。我——德斯？……德斯？"她挂了电话，直直地盯着手机。

"是酒吧那个德斯吗？"坦丝喜欢酒吧那个德斯。有一次，一个周日下午，她和诺曼在外面坐着等妈妈的时候，他给了她一包虾条。

这时，房车门开了，尼科尔斯先生几乎是摔进来的。"躺一下。"他嘟囔着，稍微直了直身子，便倒在了印着碎花的沙发靠垫上。他面色苍白，两只大眼睛空洞无物，抬起头来看着妈妈。"让我躺一下，不好意思。"他含糊地说。

妈妈就站在那儿，一动不动地盯着手机。

他朝她眨眨眼。"你是要打给我吗？"

"他炒我鱿鱼了。"妈妈说，"我真不敢相信，他竟然炒了我。"

六　一波三折

旅途终于抵达了终点，一路上所有的波折都将走入尾声。然而没有人知道，事情的转折才刚刚开始。

1. 杰西

这一夜过得诡异而又杂乱，迷迷糊糊地过了一个小时又一个小时。时间不断流逝，却又漫无止境。杰西从来没见过病得这么重的人，他又没换肾。她放弃了睡觉的打算。她盯着胡乱涂刷着焦糖色的房车墙，看了一会儿书，打着瞌睡。尼科尔斯先生在她后面呻吟，不时地起床拖着步子去厕所。她把孩子们房间的门关了，坐在小小的车厢里等他，在他蹒跚着进来的时候把水和面巾纸递给他，偶尔也在 L 形的沙发较远的那头打个瞌睡。

第三次从厕所出来后不久，尼科尔斯先生说他想洗个澡。她让他保证不锁浴室门，然后就把他的衣服拿到自助洗衣房（其实就是放在一间小屋里的一台洗衣机），花了三英镑二十便士，洗了六十分钟。她没有零钱用烘干机。

她回到房间的时候，他还在洗澡。她把晾在暖气上的衣服拧了拧，希望明天早上可以干一点，然后轻轻敲了敲浴室门。里面没有人回答，只有哗哗的流水声，还有一股水蒸气。她从门缝里瞅了瞅，玻璃上全是雾气，但她还是看到了他。他精疲力尽地倒在地上。她等了一会儿，看到他宽阔的背靠在玻璃板上，映出一个白色的倒三角——肌肉特别发达。然后她看到他举起一只手，疲惫地抹了一下脸。

"尼科尔斯先生？"她在他身后轻声喊道，他还是没有任何回应，"尼科尔斯先生？"

他转过身看到了她。他的眼眶红红的,头沉沉地埋在胸前。

"见鬼,我站都站不起来了,而且水开始变凉了。"他说。

"需要帮忙吗?"

"不用。用。哦,天哪。"

"稍等。"

她举起毛巾走了进去,毛巾是为了挡住他还是挡住自己,她也不确定。她关掉淋浴龙头,胳膊都湿透了,然后蹲下来,这样他就可以把自己盖住。她往前一靠,说:"揽住我的脖子。"

"你太小了,我会把你拉倒的。"

"我比看起来壮得多。"

他没有动。

"你得帮我一下,我可没有消防员的升降梯。"

他潮湿的手臂从她身上滑过,他把毛巾勾过来绑在腰上。杰西靠着浴室的墙壁作支撑,最后,他们终于摇摇晃晃地站了起来。幸运的是,房车很小,他们每走一步,他都可以在墙上靠一靠。他们摇摇晃晃地走到沙发那儿。

"这就是我的人生。"他呻吟着,看着一只桶,因为她把它放在了沙发旁边。

"对。"杰西看着斑驳的墙纸,以及墙上留下的尼古丁斑点,"嗯,我有很多周六晚上都是自己度过的。"

现在是四点多一点。她的眼睛又胀又疼,她闭上眼休息了一分钟。

"谢谢你。"他虚弱地说。

"谢什么？"

他直了直身子。"谢谢你大半夜去厕所给我拿了一卷纸，谢谢你帮我洗了那些吐脏的衣服，谢谢你把我弄出浴室。还有，一次都没有表现出来，这些都是我自找的，因为我在一个叫基斯烤肉的地方买了一块有问题的土耳其烤肉。"

"这确实是你自找的。"

"你瞧，现在你打破了这个纪录。"

他靠在枕头上，前臂挡住眼睛。杰西努力忍住不去看他只盖住重点部位的毛巾上面宽阔的胸膛。除了去年八月在德斯的提议下举行的糟糕的酒吧沙滩排球比赛，她已经记不起自己上次见到光身子的男人是什么时候了。

"去屋里躺下吧，那样舒服点。"

他睁开一只眼睛。"我盖的是海绵宝宝的被子吗？"

"你盖的是我的粉色条纹的被子。不过我答应你绝对不会把它看作什么有损你男子气概的东西。"

"你睡哪儿？"

"就睡这外面，没关系的，"他正要反驳，她说，"反正我觉得自己也不会睡太久。"

他让她扶着自己进了那个小卧室。倒在床上的时候他痛苦地叫了一声，好像这样也让他很不舒服，杰西拉过被子轻轻地盖在他身上。他眼中一片灰蒙，声音也满是睡意。"我过几个小时就能出发了。"

"你当然可以。"她看着他身上诡异的青灰色说,"不着急。"

"对了,我们到底在哪儿?"

"哦,黄砖路的什么地方。"

"就是那个有一头拯救了苍生的神狮子的地方?"

"你说的是纳尼亚吧。这里的这头可是又胆小又没用。"

"传说啊。"

最后他终于睡着了。

杰西轻轻离开房间,躺在窄窄的沙发上,竭力克制不去看表。昨天晚上尼科尔斯先生在厕所里的时候,她已经和尼基研究过地图,并且尽最大努力调整了路线。

我们还有很多时间,她对自己说。后来,她终于也睡着了。

尼科尔斯先生的房间里一夜无事,到了早上,杰西想去叫醒他,但每次她朝门口走去,就想起他倒在那里,靠着玻璃板的样子,她握住门把手的手便再也动不了。只有一次她推开了门,因为尼基指出他可能被自己的呕吐物噎死。当发现尼科尔斯先生真的只是睡得太沉的时候,尼基似乎有一点点失望。孩子们带诺曼去了马路上——为了保持真实性坦丝戴着墨镜——从一家便利店里买了些东西,然后大家小声地吃完了早餐。杰西把剩下的面包做成三明治("哦,很好。"尼基说),打扫了房车——为了找点儿事干——给德斯留了一条语音信息,再次道歉。他没有接电话。

然后小卧室的门"吱"的一声打开了,尼科尔斯先生走出来，眨了眨眼，身上穿着T恤和短裤。他举起一只手朝他们打招呼，趴在枕头上的脸上有一道痕迹，将他的脸一分为二。"我们是在……？"

"阿什比德拉佐克，或者附近的什么地方。这儿离海滨很远。"

"现在很迟了吗？"

"差十五分钟十一点。"

"差十五分钟十一点，好吧。"他的下巴上满是胡楂，头发也竖起来歪向一边。杰西假装在看书。他身上有一股温暖的、没有睡醒的男人的味道。她早就忘了那是怎样一种浓烈到怪异的味道。

"差十五分钟十一点。"他揉了揉下巴上的胡楂，然后摇摇晃晃地走到窗前往外看了看，"我感觉自己像是睡了一百万年。"他重重地坐在杰西对面的沙发垫上，一只手摸着下巴。

"老兄，"尼基在杰西旁边说，"越狱警报。"

"什么？"

尼基挥着一支圆珠笔说："你需要把犯人抓回去。"

尼科尔斯先生看了看他，又看看杰西，似乎在说，你儿子疯了。

杰西沿着尼基的视线低头一看，立马走开了。"哦，天哪。"

尼科尔斯先生皱了皱眉。"什么东西'哦，天哪'？"

"你至少可以先让我出去吃饭。"说着，她站起来去洗早餐用过的东西。她感觉自己的耳根都红了。

"哦！"尼科尔斯先生低头一看，自己调整了一下，"对不起。对，好吧。"他站起来，朝浴室走去，"我，呃，我……我可以再洗个澡吗？"

"我们给你留了些热水，"坦丝说，她正在角落里埋头做题，"昨天你身上的味道真的很难闻。"

二十分钟后尼科尔斯先生出来了，头发是湿的，有洗发水的香味，脸上的胡子也刮干净了。杰西忙着在一个玻璃杯里搅拌盐和糖，并且努力不让自己去想尼科尔斯先生露在外面的小弟弟。她把杯子递给他。

"这是什么？"他皱了皱眉毛。

"补充水分的，补充你昨晚流失的水分。"

"你想让我喝一杯盐水？在我病了一整晚之后？"

"赶紧喝吧。"

他脸上露出痛苦和恶心的表情，杰西递给他几片原味吐司面包和一杯黑咖啡。他坐在小桌子对面，啜了一口咖啡，轻轻地咬了几口面包。十分钟后，一个有些惊讶的声音响起，说他真的觉得好点了。

"好点？是那种'可以开车不出意外'的好吗？"

"出意外，你的意思是——"

"不会冲进应急车道。"

"谢谢你的解释。"他又吃了几口面包，这次更自信了些，"嗯，那再给我二十分钟，我想确定我——"

"在车里的安全。"

"哈。"他笑了，看到他笑让人觉得很开心，"对，确实。我真的感觉好多了。"他一只手越过铺着塑料纸的桌子，大口喝咖啡，满足地舒了一口气。他吃完一大块面包，问还有没有了，然后看了看桌子周围，"知道吗，虽然如果你们不都这样看着我吃东西的话我感觉可能会更好，但我还是担心我是不是什么地方又走光了。"

"你会知道的。"尼基说，"因为我们会一起尖叫。"

"妈妈说你快把某个器官都吐出来了。"坦丝说，"我很好奇那是什么感觉。"

他抬头看了一眼杰西，开始搅拌自己的咖啡。他一直没有移开视线，直到看得她脸红。"真的吗？跟我这段时间以来度过的大多数周六晚上相比，也没有很大区别。"

坦丝研究了一下手中的试题，然后小心翼翼地把它折起来。"数字的意义，"她说，好像他们一直说的都是另一个话题似的，"就在于它们并不总是数字。我的意思是，i 是虚数，π 是超越数，e 也是。但如果你把它们放在一起，$e^{\pi i}=-1$，结果就会是一个不存在的数。因为-1不是自然数，它代表一个应该有数字的地方。"

"哦，说得非常对。"尼基说。

"我也这么觉得。"尼科尔斯先生说，"我觉得自己很像一块应该容纳一具躯体的空间。"他将剩下的咖啡喝完，放下了杯子。"好，我没事了，我们上路吧。"

这天下午,从车上看去,路边的景色随着他们行驶的距离开始变换,山越来越陡,田园风情越来越少,两边的屏障从矮树丛变成了坚硬的灰石,天空越来越开阔,路灯越来越亮。他们经过一个工业区:红砖墙的工厂、吐着黄褐色烟雾的大电厂。杰西一直偷偷瞄着开车的尼科尔斯先生,起初是怕他突然肚子疼,后来看到他面色恢复正常,自己也有一种隐约的满足感。

"我觉得我们今天到不了阿伯丁了。"他的声音里带着一丝愧疚。

"那我们就能走到哪儿算哪儿。可以明天早上再走最后一程。"

"我也是这么想的。"

"时间还很充裕。"

"很充裕。"

路程一英里又一英里地流逝,杰西不时地打个盹,尽量不去担心那些要担心的东西。她偷偷调了一下后视镜,这样就可以看到后座的尼基。他脸上的淤青已经褪了,虽然他们出来没多长时间,但他似乎比以前话多了,不过他还是没有对她敞开心扉。有时杰西会担心他是不是一辈子都会这样,不管她说多少遍爱他,或是他们是一家人,似乎都没有什么作用。

"你出现得太晚了。"杰西告诉妈妈尼基要来跟他们一起生活的时候,她妈妈这样说,"这么大的孩子,伤害已经造成了。"

作为一名教师,她妈妈可以让三十个八岁小孩像患了昏睡症一样安静,可以用考试控制他们,就像一个拿着笔赶羊群的牧羊人。但杰西不记得她曾经真心对自己笑过,就是你面对自己亲生的孩子时应该有的那种笑容。

她对很多事情的看法都是对的。她曾经在杰西上初中的那天告诉她:"你现在所做的决定将影响你的余生。"杰西只听到有人在告诉她,她应该好好地约束自己,就像蝴蝶标本那样。

事情就是这样:如果你总是让别人失望的话,最后即便你对他们说有用的话,他们也会不听了。

杰西有了坦丝的时候,虽然她年轻愚钝,但她也能想到以后自己每天都会告诉坦丝,自己有多爱她。她会抱着坦丝,给她擦干眼泪,陪着她一起倒在沙发上,两个人的腿像意大利面似的缠在一起。她会用爱将坦丝紧紧包围。坦丝小的时候,杰西会跟她一起睡在他们的床上,两只胳膊搂着她——马蒂则暴躁地去客房,抱怨说没有他睡的地方,她几乎从来不理他。

两年后,尼基出现。大家都说她真是疯了,去养别人的孩子,而且这孩子已经八岁了,背景很复杂——你知道那样的男孩会变成什么样子。她也不听他们的。因为从那个至少要跟别人保持十二英寸距离、充满警惕的小身影身上,她立刻看到了一些她曾经感受过的东西。因为她知道如果你的妈妈跟你不亲近,从没告诉过你你是最棒的,甚至你在家的时候她从来不会注意到你,那么你的身上一定会有一些变化:你身体的某个部分会从此封闭。你不需要她,你不需要任何人。在不知不觉中,你一直在等待,等着有人走近你,看到你身上有令他们讨厌的东西,他们起初没有发现的东西,然后逐渐对你冷淡,并慢慢消失于你的视线,就像海上的雾。因为如果连你自己的妈妈都不是真的爱你的话,那你肯定是有什么地方不对,不是吗?

这也就是马蒂离开后她没有崩溃的原因。为什么要崩溃呢?他伤害不到她。杰西真正关心的是两个孩子,她要让他们知道他们很好。因为即使是全世界的人都朝你扔石头,如果有妈妈在你身后,你就不会有事。在你内心深处的某个地方,你知道,你是有人爱的,你是值得被爱的。杰西这一生没做过多少值得骄傲的事,但她最骄傲的就是坦丝知道这一点。虽然她是个奇怪的小家伙,但杰西知道她知道。

她还在努力让尼基知道。

"你饿了没有?"尼科尔斯先生的声音将她从半睡半醒中喊醒。

她直了直身子。她的脖子僵了,又弯又硬,像个钢丝衣架。"饿死了。"她笨拙地转过身对他说,"你想停下找个地方吃午饭吗?"

太阳已经出来了,阳光落在他们左边,闪烁在一大片开阔的绿地上。上帝之指,坦丝以前经常这样称呼从云层里泻出的光。杰西从储物箱里拿出地图,准备查一查下个服务站的位置。

尼科尔斯先生看了她一眼,似乎有些尴尬。"其实,你猜怎么着?我真的很想吃一个你们的三明治。"

2. 艾德

　　所有的住宿指南上都没有"牡鹿和猎犬"旅馆的名字。这里没有网络，没有简介手册。原因很简单——旅馆孤零零地坐落在一个荒凉、冷风疾走的荒原，灰色正门外长满青苔的塑料花园家具表明这里不常有人。房间显然是几十年前装修的——贴的是闪闪发光的粉色墙纸，花边窗帘，几个陶瓷摆件摆在所有有用的东西应该在的位置上，比如，洗发水或面巾纸。楼上走廊尽头有一个公共浴室，里面的固定装置是陈旧的绿色，外面结了一层水垢。双人间里有个纸盒似的小电视，能收到三个台，每个台还都有一点静电雪花点。尼基发现厕所卷纸上蹲着一个塑料娃娃，穿着一件针织的羊毛晚礼服，这令他十分惊讶。"其实我很喜欢它。"说着，尼基把它凑到灯光下，看里面是什么闪光的合成材料，"真是太糟糕了，它其实挺酷的。"

　　艾德不敢相信竟然还有这样的地方，但他已经以每小时四十英里的速度开了八个多小时，牡鹿和猎犬旅馆的价格是每间房每晚二十五英镑——这个价格连杰西都觉得很满意——而且他们很欢迎诺曼。

　　"哦，我们喜欢狗。"一个女人从一群博美犬中艰难地走过来说。她拍拍自己的头，头上有一个精心打理的发型。她叫迪金斯，是这家旅馆的老板。

　　"相比人，我们更喜欢狗，是不是，杰克？"楼下什么地方传来一声哼哼，估计是她的丈夫，艾德猜，"它们绝对比人好伺候。你们今晚可以把你们可爱的狗狗放在酒吧间，如果你愿意的话，我的宝贝儿们很喜欢见到新伙伴的。"说话的时候，她俏皮地朝艾德微微点了点头。

她打开两扇门，一只手朝里挥着，"那儿，尼科尔斯先生和太太，你们就住孩子隔壁。你们是今晚唯一的客人，所以应该很舒服、很安静。我们早餐有很多种燕麦片，或者杰克会给你们做鸡蛋吐司，他做的鸡蛋吐司非常不错。"

"谢谢。"

她把钥匙递给艾德，盯着他的眼睛多看了一眼，"我猜你更喜欢……水煮蛋，对不对？"

艾德看了看身后，确定她是在跟自己说话。

"我猜对了，是不是？"

"呃……随便吧。"

"随……便……"她慢慢重复着，眼睛还是看着他。她挑了挑一边的眉毛，又冲他笑了笑，然后下了楼。那些小狗像毛茸茸的海水似的围在她脚边。他用余光瞥见杰西正在傻笑。

"别笑了。"他把他们的包扔到床上说。

"我第一个洗澡。"尼基揉了揉自己的后肩。

"我要学习。"坦丝说，"准确地说，现在离奥林匹克竞赛只剩十七个半小时了。"她抱起自己的书进了隔壁房间。

"先带诺曼出去散散步吧，宝贝儿。"杰西说，"呼吸点新鲜空气，一会儿有助于你睡眠。"

杰西拉开一个大旅行袋，拿出一件帽衫罩在头上。她抬起胳膊的时候,一段月牙状的肚子露了出来。她的肚子很白,不知怎的艾德觉得心里一惊。她的头从脖子处的开口伸出来。"我们至少还要走半个小时,或许我们……可以再慢一点。"她把马尾辫重新扎起来,朝楼梯看了一眼,然后冲他挑了挑眉毛,"只是……说说而已。"

"真好笑。"

他们出去的时候,艾德可以听到她的笑声。艾德躺在尼龙床单上,感觉到自己的头发因为静电竖了起来,然后他从口袋里掏出手机。

"好消息,"保罗·威尔克斯说,"警察已经完成了初步调查。初步调查结果显示你没有任何明显的动机,也没有证据表明你从迪安娜·路易斯或者他哥哥那里获得分赃。更准确地说就是,除了跟其他员工一样的股票分红外,没有证据显示你利用 SFAX 的发布谋取任何利益。显然,考虑到你的总股权,你获得的分红比例要高一些,但他们没有发现你有任何海外账户或是试图隐瞒自己财产的行为。"

"那是因为我确实没有。"

"还有,调查组说他们发现了许多以迈克尔·路易斯家人名义开设的账户,这明显是在隐瞒自己的行径。他们得到的交易记录显示,就在发布之前,他迅速出售了大量股票——这是他们获得的另外一个危险信号。"

保罗还在不停地说,但信号不好,艾德听得很费劲。他站起来走到窗前。坦丝正围着酒吧花园一圈圈地跑,开心地叫着,那些小狗叫唤着跟在她身后。杰西站在那里,胳膊抱在胸前,大笑着。诺曼站在空地中间,看着他们,成了一群疯子中呆若木鸡的那个。他一只手捂住另一只耳朵。

"那这是不是说我现在可以回去了?事情弄清楚了吗?"他突然看到了自己的办公室,就像在沙漠里看到海市蜃楼。

"别着急,还有不太好的消息。迈克尔·路易斯不光买卖股票,他还买卖股票期权。"

"买卖什么?"他眨眨眼睛,"好吧,你是在讲波兰语吗。"

"你是认真的吗?"一阵短暂的沉默。艾德想象着保罗坐在自己镶木板的办公室里,转了转眼睛,"期权可以使交易者利用杠杆效应影响他的——在本案中是她的——投资,制造相当多的收益。"

"可是这跟我有什么关系?"

"嗯,他从期权交易中获得的收益相当多,导致整个案子的程度升级了,这就引出我要说的坏消息了。"

"这还不算坏消息?"

保罗叹了口气。"艾德,你为什么不告诉我你给迪安娜·路易斯写了张该死的支票?"

艾德眨了眨眼。支票。

"她用你给她写的支票支取了五千英镑到自己的银行账户里。"

"所以呢?"

"所以,"说到这里,从他故意放慢的语速和小心翼翼的语气可以想到,他的眼睛又转了转,"这就使你和迪安娜·路易斯的行为产生了财务联系。从某种程度上来说,我们可以理解为是你促成了这次交易。"

"但我那只是给她点钱让她走出困境啊!她没钱!"

"不管你是不是从中分赃,你确实与路易斯家有财务利益纠葛,而且正好发生在 SFAX 发布前夕。我们可以争论的那些电子邮件还没有定论,但这件事意味着你不光面临她的指证,艾德。"

他盯着外面的草地,坦丝正跳上跳下地朝一只流口水的狗挥棒子,她的眼镜歪着挂在鼻子上,笑得很开心。杰西从后面弯腰把她抱住。

"你的意思是?"

"我的意思是,艾德,现在为你辩护变得困难多了。"

在他的一生中,艾德只有一次让父亲彻底失望。这并不是说他没有经常让人失望——他知道父亲更喜欢一个像他自己那样的儿子:正直、果断、积极,一个孝顺的军人之类的。但是,他已经克服了内心对这个安静、怪诞的儿子的失望,并且决定,既然自己已经不能搞定他了,那就让昂贵的教育来培养他吧。

他父母把多年工作辛苦攒下的一点钱全用来培养他,而不是他姐姐。让艾德上私立学校,不言而喻,一直是他们家最后悔的事。他经常怀疑,如果他们早知道这样会让杰玛背上沉重的感情包袱，他们还会那样做吗？艾德一直无法说服杰玛，这只是因为她各方面都很优秀，他们觉得根本没有必要送她去。他才是那个不睡觉的时候也总是躲在房间里或者窝在屏幕前的人，他才是那个对运动一窍不通的人。

虽然那所私立学校的校训是"运动成就人生"，但没有任何证据表明，鲍勃·尼科尔斯，这位前宪兵队成员及后来北方一个小建筑协会的保安队长，相信这里会成就自己的儿子。"爱德华多，我们为你提供了一个很好的机会，我和你妈妈从来都没有这么好的机会。"他一直在说，"别浪费了。"所以在第一学年结束的时候，当他打开报告，看到上面写着"孤立、默默无闻，最糟糕的是，他没有团队精神"时，他瞪着艾德。艾德窘迫地看着，脸上吓得没有一点血色。

艾德不能如实地告诉他，他不是很喜欢那所学校，那里全是尖声嘲笑别人、生活过于优越的纨绔子弟；他不能告诉他，不管他们让他在足球场上跑多少圈，他也绝对不会喜欢足球；他不能告诉他，他真正感兴趣的是像素化屏幕以及在上面生成某种东西；更不能告诉他，他觉得他可以靠这个谋生。

父亲一脸阴沉，满是失望，因为他觉得他完全是在浪费这个机会。艾德意识到，他别无选择。

"爸爸，我明年会做得更好。"他说。

现在，再过几天，艾德·尼科尔斯就要去伦敦警察局报到了。

艾德试着想象如果父亲听到他的儿子——他现在经常在他

以前的战友面前吹嘘的儿子（"我当然不懂他做的到底是什么，不过显然这些软件什么的在未来肯定会成为主流"）——很可能会因内幕交易被起诉时，他会是什么表情。他想象着父亲的脑袋在脆弱的脖子上扭过去，突然的打击让他本就疲惫的身体不堪一击，尽管他极力掩饰；他的嘴巴紧闭，因为他不知道自己能说什么、能做什么。

因此艾德做了一个决定：他要告诉自己的律师，让他尽可能地将诉讼延迟。他会不惜一切代价来延迟他所谓的罪行的公布。但他不能回家去吃那顿午饭了，不管父亲病得多重，否则他会成了父亲的催命符。

远离他恰恰是在保护他。

艾德·尼科尔斯站在宾馆粉红色的小房间里，屋里弥漫着空气清新剂和失望的味道。他又看看窗外的荒原，看看那个小女孩，她跳到潮湿的草坪上，拉着狗耳朵。而狗正坐在地上，伸着舌头，乐得跟个傻子似的。不知道为何——虽然他显然是在做正确的事——他觉得自己就是个彻头彻尾的混蛋。

3. 杰西

坦丝很紧张。她不肯吃晚饭，甚至不肯下楼休息一下，而是更愿意缩在粉色的尼龙床单里。她一边刻苦钻研她的数学试卷，一边一点一点地吃着原来剩下的早餐。杰西很惊讶：一直以来，凡是跟数学有关的东西，女儿很少紧张的。她尽自己所能安慰她，却收效甚微，因为她根本听不懂女儿在说什么。

"我们很快就到了！一切都很顺利，坦丝，没什么好担心的。"

"你觉得我今天晚上能睡着吗？"

"你今晚上当然能睡着。"

"如果我睡不着的话，可能会考得很差。"

"就算你睡不着，你也一样能考好。而且我从来没见你睡不着过。"

"我怕我太担心了而睡不着。"

"我都不怕，你太担心了。放松就行，你一定能做好的，不会有问题的。"

杰西吻坦丝的时候，突然看到她的指甲都咬秃了，连皮都咬破了。

尼科尔斯先生在花园里。他在半小时前坦丝和杰西待过的地方不停地走来走去，拿着手机在跟谁激烈地争论着。有几次他停下来盯着手机，然后爬上一把白色的塑料园椅，估计是为了让信号好点儿。他站在上面，摇摇晃晃的，所有的动作和咒骂都被屋里好奇的目光尽收眼底。

杰西从吧台的窗口往外看，不知道是否应该过去打断他。有几个老头围在旅馆老板旁边，旅馆老板正站在柜台另一边，跟他们聊天。他们一边喝酒，一边好奇地看着杰西。

"工作上的事，对不对？"旅馆老板沿着她望向窗外的视线说。

"哦，对。从没消停过。"杰西挤出一丝微笑，"我给他拿一杯过去。"

等她终于走出来的时候，尼科尔斯先生正坐在一段矮石墙上。他的胳膊肘撑在膝盖上，眼睛盯着草坪。

杰西递给他一杯酒，他盯着酒看了一会儿，才从她手里接过去。"谢谢。"他看上去很疲惫。

"一切都还顺利吗？"

"不顺利。"他喝了一大口啤酒，"什么都不顺利。"

她坐在离他几英尺的地方。"有没有什么我可以帮忙的？"

"没有。"

他们一言不发地坐在那里。花园里很安静，周围什么也没有，只听到微风拂过草地的声音和屋里嗡嗡的说话声。她正想谈论一下风景，这时他突然开口打破了沉默。

"该死，"尼科尔斯先生愤愤地说，"真是该死。"

杰西不敢说话了。

"我真是不敢相信，我的生活竟然会变得这么……糟糕。"他的声音有些嘶哑，"我不敢相信，我本来可以年复一年地工作下去，可现在所有的一切竟然就这样——破灭了。为什么？到底是为什么？"

"只是食物中毒而已，你——"

"我说的不是那个该死的烤肉。"他用手捂住头，"不过我不想谈。"他警告地看了她一眼。

"好吧。"

"是这样的，按照法律来说，我不应该跟任何人谈论这个。"

她没有看他。

"我不能跟人说……"

她伸出一条腿，凝视着夕阳。"好吧，我不算，不是吗？我只是一个清洁女工。"

艾德呼出一口气。"去他的吧。"他又说道。

随后他便告诉了她，他一直低着头，用手挠着又短又黑的头发。

他告诉她，他有一个女朋友，他不知道该怎么跟她友好分手，此后他的整个人生就开始崩溃；他跟她说自己的公司，此时此刻，他本应该在自己的公司里，庆祝他过去六年的工作成果，但是现在，他只能远离他熟悉的一切人和事，随时可能被起诉；他跟她说自己的父亲和律师，律师刚刚打来电话说，这次旅程结束后，他很快就得去伦敦的警察局报到。在那里，他将因内幕交易被起诉，并且可能面临长达二十年的监禁。他说完的时候，她感觉他松了一口气。

"所有我为之奋斗的东西，所有我关心的东西，都远离了我。我被禁止进入自己的办公室，我甚至不能回自己的公寓，以防媒体捕风捉影，还要防止我一不小心说漏了嘴。我不能去看父亲，因为如果他知道自己的儿子是这么个大白痴，会直接气死。而最可笑的是，我很想念他，我真的很想他。"

杰西花了几分钟来消化这些信息。他对着天空苦笑了一下，

"而且,你知道最可笑的是什么吗?今天是我的生日。"

"什么?"

"今天——今天是我的生日。"

"今天?你为什么不早说?"

"因为我已经三十四岁了,作为一个三十四岁的男人,还说生日什么的听着也太傻了。"他喝了一大口啤酒,"而且因为食物中毒这件事,我觉得我实在没什么好庆祝的。"艾德斜眼看了看杰西。"还有,你可能会直接在车里开始唱'祝你生日快乐'。"

"我会在这里唱。"

"求求你别了。已经够糟的了。"

杰西的脑袋里晕晕的。她不敢相信尼科尔斯先生面临的这一切。如果换作别人,她可能会伸出一只胳膊搂着他,试图说一些安慰的话,但对方是尼科尔斯先生的话就复杂了。

"一切都会好起来的,你知道。"她说。她不知道除此之外自己还能说什么,"那个把你生活搞得一团糟的女人会有报应的。"

他皱了皱眉。"报应?"

"就像我跟孩子们说的那样,好人有好报。只要你相信——"

"哦,那我以前肯定是个不折不扣的垃圾。"

"别这样,你还有财产,你还有车,你有你的头脑,你有花大价钱请来的律师,你肯定能渡过这次难关的。"

"你怎么能这么乐观呢？"

"因为事情最后确实会好起来。"

"然而这话是从一个没有钱坐火车的女人嘴里说出来的。"

杰西一动不动地凝视着崎岖的山坡。"因为今天是你的生日，我要让你忘了那件事。"

尼科尔斯先生叹了口气。"对不起。我知道你想帮我，但现在我觉得你的乐观让我感到疲惫。"

"不，你感到疲惫是因为你开车带着三个陌生人和一条大狗走了几百英里。上楼去好好洗个澡，那样你会感觉舒服一点。去吧。"

他，一个有罪之人，艰难地走进屋里。

她坐在那里，看着面前绿色的草坪，她试图想象，知道自己即将面临牢狱之灾，不能接近任何你爱的人和物会是怎样的一番心境。她试图想象尼科尔斯先生那样的人去坐牢的样子。

过了一会儿，她拿起空杯子朝屋里走去。她靠在吧台上，旅馆老板正在看《新家要装修》。那些男人也默默地坐在她身后，或是看电视，或是老眼昏花地看看手里的酒。

"迪金斯太太？其实今天是我丈夫的生日，你介意帮我个小忙吗？"

八点半，尼科尔斯先生终于下楼了，他穿着跟下午一模一样的衣服，跟昨天下午穿的也一模一样。不过，杰西知道他已经洗过澡了，因为他的头发是湿的，胡子也刮过了。

"所以你包里装的是什么？一具尸体吗？"

"什么？"他走到吧台前，身上有一股淡淡的威尔金森剃须皂的味道。

"从我们出发后你就一直穿着同一套衣服。"

他低头看看，似乎是在确认。"哦，不是，这一套是干净的。"

"你买了一模一样的T恤和牛仔裤？每天都是这么穿？"

"省得为这件事动脑子了。"

她足足看了他一分钟，然后决定还是把吐槽的话吞回去。不管怎样，今天可是他的生日。

"哦，你今天真漂亮。"他突然说，好像他才注意到。她换上了一件蓝色的太阳裙，外面罩了一件小开衫。她原本计划把这套衣服留到奥林匹克竞赛那天再穿的，但后来又想今天也很重要。"哦，谢谢。人要努力与周围的环境相适应，不是吗？"

"什么——你把你的平顶帽和狗毛牛仔裤扔了？"

"你会为你这些嘲笑我的话后悔的，因为我给你准备了一个大惊喜。"

"大惊喜？"他的目光立刻变得警惕起来。

"是好的惊喜。给你。"杰西把早就准备好的两杯酒递给他一杯，这让迪金斯太太很开心。杰西检查奥普蒂克量杯后面落满灰尘的酒瓶时，迪金斯太太说，他们从一九九七年之后就再也没做过鸡尾酒了。"我想你应该已经好了。"

"这是什么？"他怀疑地盯着酒杯。

"苏格兰威士忌加橙皮甜酒,再加橙汁。"

他抿了一小口,然后又喝了一大口。"味道很不错。"

"我就知道你会喜欢的。这是我特意为你做的,它的名字叫'唠叨的混蛋'。"

白色的塑料桌子位于光秃秃的草坪中间,上面放了两套餐具,中间有一根蜡烛插在葡萄酒瓶里。杰西已经事先用酒吧的抹布把椅子擦了一遍,所以上面已经没有苔藓了。她拉出一张椅子来给尼科尔斯先生。

"我们在外面吃饭,生日大餐。"她完全无视他看她的眼神,"如果你愿意坐下的话,我就通知厨房说你已经到了。"

"不是早餐吃的小松饼吧?"

"当然不是早餐吃的小松饼。"她假装生气了,朝厨房走去的时候,嘟囔了一句,"剩下的早被坦丝和尼基吃完了。"

等她重新回到桌前的时候,诺曼已经趴在了尼科尔斯先生脚上。杰西怀疑尼科尔斯先生肯定很想把它挪开,但诺曼以前也曾坐在她的脚上,它死沉死沉的,根本踢不开。所以你只能祈祷在你的脚变黑废掉之前,它能自己走开。

"你的开胃酒怎么样?"

尼科尔斯先生看看自己手中空空的鸡尾酒杯。"很好喝。"

"很好,主菜马上就来。恐怕今天晚上只有我们俩吃了,因为其他客人都有安排了。"

"让青少年疯狂的肥皂剧,还有,一些让人抓狂的代数方程？"

"你真是太了解我们了。"杰西坐在椅子上,她坐下的时候,迪金斯太太正穿过草坪走过来,博美犬在她脚边狂吠,她高高地举着两个盘子。

"来喽,"她说着,把盘子放在桌子上,"牛排加牛腰子,伊恩制作,他做的肉饼棒极了。"

杰西此时已经很饿了,"太好了,谢谢您。"她把一张餐巾纸放在大腿上说。

迪金斯太太站在那儿四处打量了一下,似乎是第一次看到这样的布置。"我们从来没在这儿吃过饭,真是个好主意,我可以给其他顾客提供这样的服务。还有那些鸡尾酒,我可以做一大堆。"

杰西想到了酒吧里的那些老头。"真可惜你没有这么做。"她说着,把醋递给尼科尔斯先生。他似乎呆住了。

迪金斯太太在围裙上擦了擦手。"哦,尼科尔斯先生,你太太显然是下了决心要让你过个快乐的生日。"她眨着眼睛说。

他抬头看看杰西。"哦,跟杰西在一起就没有安静的时候。"他说着,收回眼神,看着她。

"你们俩结婚多久了?"

"十年。"

"三年。"

"那两个孩子是我跟我前夫的。"杰西说完,咬了一口馅饼。

"哦!那真是——"

"我拯救了她,"尼科尔斯先生说,"从马路边上。"

"确实是。"

"真是太浪漫了。"迪金斯太太的笑容僵了一下。

"不完全是这样,她当时被警察抓了。"

"这事儿我已经解释清楚了。哇哦,这个薯条真好吃。"

"你是解释清楚了,我猜,那些警察也非常明白。"

迪金斯太太开始往回走。"哦,真有意思。你们俩还能在一起,真好。"

"我们总算熬过来了。"

"如今我们没得选择。"

"这也是事实。"

"你能帮我们拿点红酱出来吗?"

"哦,好主意,亲爱的。"

迪金斯太太走了以后,尼科尔斯先生朝蜡烛和盘子点点头,然后抬起头来看着杰西,他已经不再闷闷不乐了。"实际上,这是我吃过的最好吃的馅饼和薯条,在北约克郡沼地一个我从来没听说过的诡异的小旅馆里。"

"我很高兴。生日快乐!"

他们在默契的沉默中共进晚餐。热菜加高度鸡尾酒给人的感觉竟然出乎意料地好。诺曼低吼了一声,侧身躺下,尼科尔斯先生的脚终于解放了。艾德趁机伸了伸腿,可能想看看自己的腿废了没。

他抬头看看杰西,然后举起重新倒满的鸡尾酒。"说真的,谢谢你。"他没有戴眼镜，杰西现在才发现原来他的眼睫毛竟然这么长，这让她诡异地联想到桌子中间的蜡烛。她要蜡烛的时候有点像个笑话。

"呃……我只能做这点儿。你确实拯救了我们，从马路边上，否则我真不知道我会怎么样。"

他又叉起一根薯条，举得高高的。"呃，我喜欢照顾我的员工。"

"好吧，比起'我们结婚了'，我更喜欢这个说法。"

"干杯！"他朝她笑笑，眨眨眼。他笑得很真诚，这让她有点意外，并且不自觉地也冲他笑了笑。"为了明天！为了坦丝的未来！"

"为了周围没有那么多垃圾！"

"我也要为这个喝一杯。"

夜幕逐渐降临，在酒精的作用下，他们心里都美滋滋的，因为知道大家都不用睡车里了，也不用频繁地着急上厕所。尼基下了楼，透过刘海怀疑地看着那个充满温暖的男人，那男人也同样怀疑地看着他。视线撞上的一瞬，尼基赶紧又缩回屋里看电视去了。杰西喝了三杯酸莱茵白葡萄酒，然后进去看看坦丝，给她带了点吃的。她让坦丝向她保证，绝对不会学到超过十点。"我能在你的房间里学习吗？尼基在看电视。"

"没问题。"杰西说。

"你身上一股酒味。"坦丝一针见血地指出。

"那是因为我们姑且算是在度假啊，度假的时候妈妈们是可以喝酒的。"

"哦。"她严厉地看了杰西一眼,然后又回去看书。尼基趴在一张单人床上看电视,她进屋后关上门,嗅了嗅里面的空气。

"你没吸烟吧?"

"我藏的大麻还在你那儿呢。"

"哦,对。"她完全把这事儿给忘了,"但你没抽烟就睡着了。昨天晚上、前天晚上都是。"

"嗯。"

"哦,这样很好,不是吗?"

他耸了耸肩。

"我猜你想说的是:'对,我不用再靠那些违法的东西来帮助入睡了,这真是太好了。'好吧,你起来一下。我需要你帮我拿一下垫子。"他没有动,杰西又说道,"我不能跟尼科尔斯先生睡在那边。我们得在你们房间打个地铺,好吗?"

他叹了口气,但还是站起身来帮忙。她发现,他动的时候脸上不会再出现痛苦的表情了。床垫放在坦丝床边的地毯上,余下的空间仅够一个人从门口侧着进出,现在门只能打开六英寸。

"这要是晚上我想去厕所的话可有意思了。"

"睡觉之前先去一次,你已经是个大孩子了。"她告诉尼基十点的时候把电视关掉,不要打扰了坦丝,然后就把他们俩留在楼上了。

夜晚的冷风早就把蜡烛吹灭了,等他们俩互相看不见了,就一起进了屋。两人的谈话从父母谈到第一份工作,又谈到自己的爱情。杰西跟他聊了马蒂,聊到有一次她过生日,马蒂送给她一根延长电线,还抗议说:"可是你自己说的你需要一根延长电线啊!"而他也聊了他的前妻劳拉,说有一次她过生日的时候,他安排司机把她接到一个小宾馆里,她和朋友一起享受了一顿惊喜早餐,然后跟一个私人购物助理一起在哈维·尼克斯百货度过了一个上午,疯狂购物。还有他来跟她吃午饭的时候,她不停地抱怨,因为他那天还要上班,没有请一整天的假。杰西觉得自己很想在他那个叫劳拉的前妻那张浓妆艳抹的脸上扇一巴掌(她已经想象出了这样一张脸:很可能比变装皇后的脸还要夸张,那样的浓妆艳抹完全没有必要)。

"你必须付给她赡养费吗?"

"不是必须,但我还是给她了。直到她第三次闯进我的公寓,擅自拿走了我的东西。"

"你要回来了吗?"

"还不够我麻烦的呢。如果那幅丝印画像对她来说那么重要的话,那就给她吧。"

"那东西值多少钱?"

"什么?"

"那幅画像。"

他耸了耸肩。"几千英镑吧。"

"尼科尔斯先生,你是在说外语吗?"

"你这么认为?好吧,那你前夫付给你多少生活费?"

"没有生活费。"

"没有生活费?"他的眉毛都快挑到发际线了,"一分也没有?"

"他自己就一团糟,你不能因为别人一团糟就惩罚他。"

"即使这让你和你的孩子们只能勉强度日?"

她该怎么解释呢?她花了两年时间才想明白。她知道孩子们都很想爸爸,但马蒂的离开却让她偷偷松了一口气。她松了一口气是因为,她不必再担心他是不是会在下次突然有什么坏主意的时候,把他们的家具全抢走卖了;他不开心的时候她总是小心翼翼,而且他总是被孩子们折磨得精疲力竭。很多时候,她都为自己的一无是处感到厌倦。马蒂喜欢的是十六岁的杰西:那个狂野、冲动、无忧无虑的杰西。后来,他用责任压垮了她,却一直不喜欢那个从责任中成长起来的她。

"等他把自己的事情处理好了,我会让他把自己那份补上的。不过我们还好。"她抬头看看楼上尼基和坦丝睡觉的地方,"我觉得这将成为我们生活的转折点。而且,你可能不会明白,我知道大家都觉得他俩有点怪,但我觉得自己能有这两个孩子很幸运。他们很善良,也很有趣。"她又给自己倒了一杯酒,然后喝了一大口。相比之下,喝酒自然是容易多了。

"他们都是好孩子。"

"谢谢你。"她说,"其实,我今天领悟到一些东西。过去几天是我记忆中第一次单独跟他们在一起。没有工作,没有跑来跑去的家务、购物，不用赚钱糊口。我会告诉你，只是跟他们出来玩玩的感觉真好，如果你不觉得我这样像个傻瓜的话。"

"当然不像。"

"而且尼基现在睡觉了，他以前从来不这么早睡觉。我不知道你对他做了什么，但是他似乎——"

"我们只是稍微讨回来一点公平。"

杰西拿起酒杯。"你生日这天发生了一件好事：你让我儿子振作起来了。"

"那是昨天的事儿。"

她思索了一下说："你今天一次也没吐。"

"好吧，到此为止。"

尼科尔斯先生终于全身心地放松下来。他往后靠了靠，两条大长腿伸到桌子底下。现在，其中一条已经在她的腿上靠了一会儿。有一瞬间她想过自己应该移开它，但现在她没有办法不着痕迹地移开。她感觉到自己那条光着的腿像是触电一般。这种感觉她很喜欢。

因为在这吃馅饼、薯条的过程中，还有刚刚过去的这段时间里，有什么事情发生了，而这并不只是酒精的作用。她不希望尼科尔斯先生生气或绝望，她希望看到他那灿烂、睡意蒙眬的笑。他的笑似乎融化了他脸上所有压抑的愤怒。

"知道吗，我从来没见过你这样的人。"他盯着桌子说。

杰西本来打算说几句关于清洁工、咖啡师和员工的玩笑话，但却突然觉得心里猛地一颤,然后发现自己不由自主地想起了浴室里那赤裸的胸肌。然后她想,不知道跟尼科尔斯先生做爱会是什么感觉。

这个想法令她大吃一惊,她差点大声说出来——我觉得跟尼科尔斯先生做爱的感觉肯定很好。她扭过头去,红了脸,赶紧从杯子里喝了一大口酒。

尼科尔斯先生正看着她。"别生气,我是在夸你。"

"我没有生气。"虽然她的耳朵都红了。

"你是我见过的最乐观的人。你从不怨天尤人。不管遇到什么困难,你都会——克服。"

"就是摔得衣衫褴褛,鼻青脸肿。"

"但你还是一直前行。"

"那得有人帮我。"

"好吧,这个比喻越说越复杂了。"他喝了一大口啤酒,"我只是……想告诉你,我知道这次旅程马上要结束了,但是我很喜欢这次旅行,比我原本预料的要喜欢得多。"

她来不及多想就脱口而出:"对,我也是。"

他们坐在那里,他看着她的腿,她不知道他是不是也跟自己有同样的想法。

"知道吗,杰西?"

"什么?"

"你已经不乱抖了。"

他们抬起头看着对方。她想移开视线,但做不到。尼科尔斯先生已经成了她在乱糟糟的生活中寻求解脱的一根稻草。现在杰西眼里只有他大大的黑眼睛，他厚实的手背和他T恤下若隐若现的身体。

你得重新开始。

他先移开了视线。

"哇，瞧瞧几点了。我们真的该去睡觉了，你说过我们要早起的。"他的声音似乎有点太大了。

"对，快十一点了。我算了一下，我们七点钟就得出发，这样中午才能到。你没问题吧？"

"呃……当然没问题。"

她站起来的时候稍微晃了晃，伸出手去想抓他的胳膊。但他已经走开了。

他们订了一份很早的早餐，有些过于热情地跟迪金斯太太道了晚安，然后从酒吧后面慢慢走上楼去。杰西根本不知道俩人说了什么，因为他走在她身后让她特别敏感，她很在意自己走路时扭屁股的样子。他在看我吗？她脑子里乱哄哄的，尽是些突然冒出来的荒谬想法。有一瞬间，她想知道，如果他靠上来亲她光着的肩膀，那会是什么感觉？她觉得自己在想这个的时候可能不自觉地发出了一点动静。

他们在楼梯平台处停下，她转过身来面对着他。那种感觉好像是，三天了，她才刚看到他似的。

"那，晚安了，杰西卡·瑞伊·托马斯。"

她的手放在门把手上，一口气堵在嗓子眼儿里。已经这么长时间了,这真的是个坏主意吗?

她的手放在门把手上。"我……我们明天早上见。"

"我很乐意给你做杯咖啡,但你总是第一个起床。"

她不知道该说什么,她很可能只是傻傻地盯着他。

"呃……杰西?"

"嗯?"

"谢谢你,谢谢你做的一切。生病那件事,还有生日惊喜……我怕我明天没有机会说。"他歪着头朝她笑了笑,"作为前妻来说,你绝对是我最喜欢的一个。"

她推了一下门。她想说点什么,但门推不动,这让她分了神。她转过身来,再次把门把手按下。门开了一英寸,然后就不再动了。

"怎么了?"

"我打不开门。"说着,她两只手都放到门上,门还是纹丝不动。

尼科尔斯先生走过来推了推,门动了一点点。"门没锁。"他研究了一下把手说,"有什么东西挡着了。"

她蹲下来试图看看是什么东西,尼科尔斯先生打开了平台上的灯。透过打开的两英寸门缝,她只能看出是诺曼的身子挡在门那边。它躺在床垫上,巨大的背对着杰西。

"诺曼,"她小声说,"动一动。"

门还是纹丝不动。

"诺曼。"

"如果我推门的话，它肯定会醒了，是不是？"尼科尔斯先生开始靠在门上。他把自己整个重量都倚在门上，然后推了推。"哦，天哪！"他说。

杰西摇了摇头。"你不了解我们家的狗。"

他把门把手放开，伴着一声很轻的"嗒"的一声，门又关上了。他们互相看看。

"好吧……"最后他开口说道，"这儿有两张床，没关系的。"

她一脸苦相："呃，诺曼睡的就是另一张床，我是提前把床垫移到那儿的。"

随后，他疲倦地看着她。"要不敲门？"

"坦丝很紧张，万一吵醒她就不好了，我不敢冒这个险。没关系的，我可以……我可以……睡在椅子上。"

他来不及反驳，杰西就朝浴室走去。她洗完脸刷完牙，凝视着塑料镶边镜子里自己因喝酒而泛红的皮肤，试图停止自己脑子里那些乱七八糟的想法。

她重新回到房间的时候，尼科尔斯先生正拿着一件他的深灰色T恤。"给。"他说着，一边把T恤扔给杰西，一边朝浴室走去。杰西换上T恤，努力忽略上面那撩人情欲的淡淡香气，然后从衣柜里拉出备用的毯子和枕头，蜷缩在椅子上，努力把膝盖摆到一个舒服的姿势。这一夜将会很漫长。

过了一会儿，尼科尔斯先生打开门，关掉了顶灯。他穿着一件白T恤，一条深蓝色短裤。她看到他腿上有清晰可见的长条形肌肉，那是一直坚持健身的人才会有的。她立刻就知道了如果那双腿靠在她的腿上会是什么感觉。想到这里，她吞了吞口水。

他爬上床的时候，那张小床吱嘎作响。

"你那样舒服吗？"

"完全没问题！"她有点过于大声地答道，"你呢？"

"如果我睡着的时候被这些弹簧中的哪个刺穿了，我允许你开车走完剩下的路程。"

他在房间那头又盯着她看了一会儿，然后灭掉了床头灯。

周围一片漆黑。门外，一丝微风掠过石头间看不见的缝隙，树枝沙沙作响，一扇车门"砰"的一声关上，引擎轰鸣着发出抗议。隔壁房间里，诺曼在睡梦中发出呜呜声，薄薄的石膏板并不能完全阻隔它的声音。杰西能听到尼科尔斯先生的呼吸声。虽然前一天晚上她离他只有几英寸，但她现在却比二十四小时前更敏锐地感觉到他的存在。她想到他让尼基笑起来，以及他的手指放在方向盘上的样子。

她想到几个星期前听尼基说过的一句话：YOLO——人生只有一次（You only live once）。她记得自己告诉他，她觉得这不过是那些笨蛋为了不顾一切地做自己想做的事而找的借口。

她想到利亚姆，她心里知道，这一刻他很可能在跟别人上床——可能是蓝鹦鹉酒吧的那个女招待，也可能是开花车的那个荷兰女孩。她想到有一次跟切尔西聊天时，切尔西跟她说，她应该隐瞒她有孩子的事，因为没有哪个男人会爱上一个有两个孩子的单身妈妈。她当时很生气，因为在内心深处，她知道切尔西的话很可能是对的。

她想到，即使尼科尔斯先生没有进监狱，这次旅行结束后她也很可能不会再见到他了。

然后，来不及多想，杰西悄悄地从椅子上溜下来，任毯子滑落到地上。她走了四步就到了床前，她犹豫了一下，光着的脚指头缩在腈纶地毯里，到了此时她还是不太确定自己要做什么。人生只有一次。在一片漆黑中，有一点小动静。在她掀起被子爬上床的时候，她看到尼科尔斯先生转过身来看着她。

她和他胸贴着胸，她冰冷的双腿靠在他温暖的腿上。在这张小小的床上，他们无处可逃。下陷的床垫把他们推得更近，床垫的边缘像是座悬崖，贴在她身后。他们靠得如此近，她都能闻到他须后水和牙膏的气味。她可以感觉到他起伏的胸膛，她的心脏贴着他的，不规律地怦怦直跳。她略微歪了歪头，想看清他脸上的表情。他的右胳膊从被子上伸过来，把她往自己身边拉，那分量重得让人有些惊讶。他把另一只胳膊伸到她的手边，用自己的手慢慢握住她的手。他的手又干又软，就在她嘴边几英寸的地方。

人生只有一次。

她躺在黑暗中，因自己的欲望而动弹不得。

"你想跟我做爱吗？"她对着黑暗问。

然后是很长时间的沉默。

"你听到我说什么——"

"嗯。"他说,"我想说……不。"在她完全石化之前,他又说道,"我只是觉得这样会让事情变得过于复杂。"

"这并不复杂。我们都很年轻、孤独,还有点醉了。而且过了今晚,我们以后再也不会见面了。"

"为什么?"

"你要回伦敦去过你的城市生活,而我则要回到海滨去过我的生活。不必把这个太当回事。"

他沉默了一分钟。"杰西……我不这样认为。"

"你不喜欢我。"她感到一阵尴尬的刺痛,突然想起了他说他前妻的那些话。上帝啊,劳拉是个模特儿。她转过身去不看他,他握着她的手又紧了紧。

"你很美。"他的声音在她耳边低喃。

她等着。他的大拇指摩挲着她的手掌。"那……你为什么不愿意跟我发生关系?"

他什么也没说。

"听着,是这样的,我已经三年没有性生活了。从某个方面来说,我需要……需要重新上马,重新开始,而我觉得——你——会很棒。"

"你想让我做一匹马。"

"不是那个意思,只是个比喻。"

"哦现在话题又到了奇怪的比喻上。"

"是这样,一个你说你觉得很美的女人正在跟你说无条件的性，我不知道到底有什么不行的。"

"听着，根本就没有无条件的性关系。"

"什么？"

"人总是想得到什么东西。"

"我没想从你身上得到任何东西。"

她感觉到他耸了耸肩。"或许，只是现在不想。"

"哇哦，"她转过身去背对着他，"她真的刺激到你了，是不是？"

"我只是……"

杰西的脚在他腿上滑过。"你觉得我是在勾引你？你觉得我是在用女人的花招诱惑你？"她把自己的手指和他的交叉在一起，声音刻意压低。她觉得自己被释放出来，有些不顾一切。她觉得那一刻她对他的渴望可能会让她晕过去。"我不想跟你有什么关系，艾德。跟你，或是跟任何人。我的生活里完全没有空间来容纳这种一加一的关系。"她侧过脸去。他的嘴离她的只有几英寸，"我一直以为这是很明显的事。"

他挪了挪自己的胯，那里的皮肤尴尬地擦过她。"你真是……非常会说服别人。"

"而你真是……"她一条腿勾在他身上，把他拉得更近一些。他的坚硬这让她感到一阵眩晕。

他吞了吞口水。

现在，她的唇离他的只有几毫米了。不知为何，她身上所有的神经全都集中到了她的皮肤，或许是他的皮肤上——她已经分不清了。

"这是最后一晚。最糟糕的情况也就是我拿着吸尘器的时候我们可以彼此交换一个眼神。我只会记得,这是我跟一个真的很棒的家伙度过的一个美好的夜晚。"她用嘴唇摩擦着他的下巴。他的下巴上有一点浅浅的胡楂,她真想咬一口。"而你,当然,会记得这是你最棒的性爱经历。"

"就这样?"他声音低沉,有些心不在焉。

杰西往他身上靠了靠。"就这样。"她喃喃着说。

"你会是个厉害的谈判专家。"

"你有不说话的时候吗?"她又朝前凑了凑,直到她的唇印上他的。她差点颤抖起来。他屈服了,她感觉到他的嘴压过来,感觉到他唇上的甜蜜。她已经什么都不在乎了。她想要他。她被这种欲望燃烧着。

这时,他却往后一退。虽然看不到,但她感觉得到,艾德·尼科尔斯正盯着她。黑暗中,他的眼睛也是黑的,深邃不见底。他挪开一只手,那只手轻轻地擦过她的肚子,她感到一阵轻微的、不由自主的颤抖。

但是,他离开了。

"该死!"他轻声说,"真他妈该死!"然后,他呻吟了一声,说,"你明天肯定会为此而感谢我的。"

他轻轻地爬下床,走到椅子那儿坐下,重重地叹了一口气,拉过毯子盖在身上,并且转过身去。

4. 艾德

之前，艾德·尼科尔斯一直以为，在潮湿的停车场待八个小时应该是最糟糕的过夜方式了；后来他又得出结论，最糟糕的过夜方式是，鼓起勇气踏上德比郡附近某个地方的一辆固定房车。但他都错了。事实证明，最糟糕的过夜方式是，在一个小房间里，距离你几英尺的地方，有一个有点喝醉了、长得很好看的女人想跟你发生关系，而你却像个傻子似的拒绝了。

杰西睡着了，或者说，假装睡着了——他也不知道。艾德坐在世界上最难受的椅子上，透过窗帘狭窄的缝隙盯着窗外月光照射下的黑色夜空。他努力不让自己去想，如果他没有从床上跳下来，他现在就可以躺在那儿，蜷着身子抱住她，他的唇印在她的肌肤上，她的两条腿软软地缠在他的腿上……

不。

要么（a）过程很糟糕，他们之后都会觉得很羞愧，然后去往奥林匹克竞赛的五个小时会变成一种折磨；或者（b）两人感觉还不错，但他们醒来会觉得很尴尬，接下来的旅程还是会变成一种折磨。或者更糟糕的话，他们的结果就是（c）：过程超出了他们的预期（他隐隐怀疑这个结果才是正确的——只是想想她的嘴，他的下身就有反应），而在性激素的作用下，他们彼此有了更深的好感，然后（d）他们不得不重新面对这样一个现实，那就是他们毫无共同之处，不管从哪个方面看都完全不搭，或者（e）他们发现他们俩也不是完全一点也不搭，但之后他却要被送进监狱了。这些还都没有考虑到杰西已经有孩子了，孩子们需要一种稳定的生活，而不是像他这样的一个人：他喜欢孩子只是概念上的，就像他喜欢印度次大陆一样——意思是，他很高兴知道它的存在，但他对它一无所知，也从来没有想要真的在那里度过一段时光。

这些也全都没有把另一个因素考虑在内，那就是，他在爱情方面显然是个失败者。他才刚刚脱离了两次人们可以想象到的最糟糕的爱情灾难。而他因为一次由于自己不知如何拒绝而开始的长途旅行而爱上其他的人概率比小概率事件还低。

而且说实话，关于马的那些话真的很奇怪。

这些还可以加上他完全没有考虑到的一些更加疯狂的可能。如果杰西有精神病，她说的那些不想有关系的话都是为了把他卷进来怎么办？当然，她看起来不像是那种女孩。

但迪安娜也不像。

艾德坐在那里，思考着一件又一件纠缠不清的事，他真希望可以就其中一件好好地跟罗南聊聊。就这样他一直坐到天空开始变成橘色，然后是霓虹蓝色。他的腿已经完全没有了知觉，此前的宿醉让他觉得太阳穴那儿紧绷绷的，现在则成了一种明显的、像是在挤压头盖骨的头痛。光线渐渐亮起来，艾德努力不去看杰西逐渐清晰的脸和盖在毯子下的身体轮廓。

他努力让自己暂时忘掉那种渴望，那种只是为了跟喜欢的女人上床而上床，不涉及一系列只有坦丝才可能明白的、复杂难解的方程式的渴望。

"快点，我们要迟到了。"杰西把尼基——一个穿着T恤、面色苍白的僵尸——赶上车。

"我还没吃早饭呢。"

"那是因为我叫你的时候你不起来。我们路上再给你买点吃的。坦丝，坦丝？你带狗去过厕所了吗？"

早晨的天空是铅色的，似乎沉到他们耳朵上的什么地方。一丝微风预示着大雨马上要来了。艾德坐在驾驶座上，杰西则跑来跑去，组织、责骂、承诺，忙得不可开交。他早上无力地醒来时就看到她一直这样，他好像只睡了二十分钟。他觉得她一次也没有对上他的视线。坦丝静静地爬上后座。

"你没事吧？"他打个哈欠，从后视镜里看着那个小女孩。

她默默地点点头。

"紧张？"

她什么也没说。

"难受？"

她点点头。

"也就在路上这样。你一定会很好的，真的。"

她看了他一眼，如果其他人跟他说这种话，他也会是这种眼神。然后她就转过身去盯着窗外，圆圆的脸有些苍白。艾德不知道她昨晚学到多晚。

"好了。"杰西把诺曼推到后座上，它带进来一股几乎让人窒息的湿狗的味道。确定坦丝系好了安全带后,她爬上副驾驶座,终于转过脸来看着艾德。她脸上的表情让人捉摸不透。"出发。"

艾德的车早就不像是他的车了。短短三天的时间,原本一尘不染的米色内饰上有了新的味道和污点,狗毛落得到处都是,儿童连裤衫和鞋子要么放在座位上,要么塞在座位底下。脚下嘎吱作响,全是掉的糖纸和薯片。广播也早已调到了他听不懂的频道。

不过在他以四十英里的时速前进时,还是发生了一些变化。那种隐隐觉得自己应该在其他地方的感觉开始逐渐消失,而他甚至都没有意识到。他发现自己在观察外面的人,他们去买食物、开着车或是走着送孩子上学、接孩子放学,像是生活在与他完全不同的世界里,对他在南边几百英里的地方所上演的小闹剧一无所知。那里的一切似乎都变得渺小了,像是一个充满问题的示范村,而不是什么压在他心头的庞然大物。

虽然坐在旁边的女人刻意保持沉默,但后视镜里尼基沉睡的面孔("青少年们十一点之前不会起床的。"坦丝解释说),还有那只狗偶尔不合时宜的爆发,让他逐渐明白:随着他们越来越接近目的地,他完全没有像之前想的那样,因为即将收回自己的车、回归自己的生活而感到轻松。他现在的感觉要复杂得多。艾德摸索着调了调音量,把后座上的音量调到最大,而前座则暂时安静下来。

"你没事吧?"

杰西没有转头看他。"我没事。"

艾德瞥了一眼背后,确定没有人在偷听。"昨天晚上的事……"他开口道。

"忘了吧。"

他想告诉她,他后悔了。他想告诉她,没有爬回那张下陷的单人床上去让他忍得很难受。但这又有什么意义呢?就像她昨晚说的,他们俩以后再也不会见面了。

"我忘不了。我想解释一下——"

"没什么好解释的。你做得很对。那个想法太愚蠢了。"她把两条腿垫在屁股底下,视线从他身上移开看着窗外。

"只是因为我的生活太——"

"真的,没什么大不了的。我只是"——她重重地吁了一口气——"我只是想确保我们能及时赶上奥林匹克竞赛。"

"可是我不想我们之间就这样结束。"

"没有什么可以结束的。"她一只脚抬起来放在仪表盘上,然后像是发表宣言似的说,"走吧。"

"到阿伯丁有多远?"坦丝的脸出现在两个前座之间。

"什么?还有多远吗?"

"不是,从南安普敦算。"

艾德从外套里掏出手机递给坦丝。"用那个'地图'查一查。"

坦丝点了几下屏幕,眉头皱了起来。"大约五百八十英里？"

"听着差不多。"

"所以如果我们每小时开四十英里的话，每天至少要开六个小时。而如果我不晕车的话，我们可以——"

"一天到，全速前进的话。"

"一天。"坦丝消化着这个消息，眼睛盯着前方远处的苏格兰山坡，"不过那样我们就不会有这么美好的时光了，不是吗？"

艾德用余光看了看杰西。"是的，不会有。"

过了一会儿，杰西的目光才落回他身上。"是的，宝贝儿。"沉默片刻后，她说。她脸上的笑容说不出地悲伤，"是的，不会有。"

汽车顺畅而高效地前行，他们穿过苏格兰边境，然后艾德试图叫大家一起欢呼一下——但失败了。现实情况是，他们走走停停，一次因为坦丝想上厕所，一次是二十分钟后尼基去厕所（"我也控制不了。坦丝去的时候我又不一定要去"），三次因为诺曼（两次都是错误信号）。杰西默默地坐在他旁边，一边看表，一边啃指甲。尼基无精打采地瘫在车上，看着窗外光秃秃的景色和绵延的群山中那几座燧石房子。艾德不知道这次旅程结束后尼基会怎样。他想再跟尼基说五十件事情，给他一些建议，但他想象着自己在他这个年纪的时候，如果有人向他建议什么，他根本不会当回事。他不知道等他们回家后，杰西会怎样保护尼基。

电话响了,他瞥了一眼,心往下一沉。"劳拉。"

"爱德华多,宝贝儿。我得跟你说说这套公寓的事儿。"

他意识到杰西突然一僵,目光有些闪烁。突然间,他真希望自己没有接这个电话。

"劳拉,我现在没空跟你说这个。"

"没有很多钱,对你来说不算很多。我跟我的律师谈过了,他说这些钱对你来说就是九牛一毛。"

"我之前就跟你说过了,劳拉,我们已经达成了最终协议。"

他突然意识到车厢里的另外三个人一动不动。

"爱德华多,宝贝儿。我需要跟你谈谈这件事。"

"劳拉——"

他还没来得及多说,杰西伸出手来抓过手机。"你好,劳拉。"她说,"我是杰西,真的很抱歉,但他以后再也不会为你的任何东西买单了,所以你真的没必要再打电话给他了。"

一阵短暂的沉默,然后是爆发的声音:"你是谁?"

"我是他现在的妻子。哦,还有,他希望你能把本属于他的那幅画像还回来,或者直接给他的律师也可以。明白了吗?你方便的时候吧,非常感谢。"

随后的沉默跟原子弹爆发前的几秒钟差不多。但大家还没听到接下来会发生什么,杰西就按下了"结束"键,把手机递给艾德。艾德小心翼翼地接过手机关了机。

"我想我应该说,"他说,"谢谢你。"

"不客气。"她说话的时候看都没看他。

艾德瞥了一眼后视镜。他不确定,但他觉得尼基在努力憋住不笑出来。

在爱丁堡和邓迪之间的什么地方,有一条狭窄的林间小径,他们只好放慢速度,后来又因为出现了一群奶牛而停在路上。那群奶牛从车子周围走过,顺便好奇地打量着车里的人,像是一片移动的黑色海洋,眼睛在毛茸茸的黑色脑袋上滴溜溜地转。诺曼瞪了回去。

"阿伯丁安格斯牛。"尼基说。

突然,没有任何预兆的,诺曼咆哮着、狂吠着,攒足了全身的劲朝窗户撞去。车子开始向一边倾斜,后座上一片混乱,胳膊、噪声、不停扭动的狗乱作一团。尼基和杰西努力想去抓住它。

"妈妈!"

"诺曼!停!"那只狗趴在坦丝身上,脸使劲抵着玻璃。艾德只能看到她闪闪发光的粉色外套在它下面胡乱摆动。

杰西猛地越过座位,伸手去抓诺曼的项圈。他们把诺曼从窗户那儿拽回来。它咆哮着、尖叫着、歇斯底里地想要摆脱他们的控制,大摊大摊的口水在车厢里到处飞溅。

"诺曼,你这个大笨蛋!到底——?"

"它以前从来没见过奶牛。"坦丝费劲地直起身子说。

"天哪,诺曼。"尼基做了个鬼脸说。

"你还好吧,坦丝?"

"我没事。"

奶牛还是分散在车子周围,因为那条狗突然的爆发而不敢动。透过蒙了一层水蒸气的窗户,他们只能看到跟在牛群后面的农民慢慢地、无动于衷地走着,步伐跟他赶的牛群一样笨拙。他走过的时候微微点了点头,好像这世上的时间全是他的。诺曼咆哮着想要挣脱项圈。

"我以前从没见它这样过。"杰西理了理自己的头发,气呼呼地说,"或许是它闻出了牛肉的味道。"

"我不知道它还有这个本事。"艾德说。

"我的眼镜。"坦丝拿起那片扭曲的金属,"妈妈,诺曼把我的眼镜弄坏了。"

现在是十点十五分。

"没有眼镜我什么都看不到。"

杰西看看艾德。该死!

"好。"他说,"拿个塑料袋。我要踩油门了。"

苏格兰的公路又宽又空,艾德开得很快,GPS不停地重置到达目的地的时间。每缩短一分钟,他都觉得好像有一股空气直冲脑门。中间坦丝吐了两次。他拒绝停车让她下去到路边吐。

"她真的很难受。"杰西说。

"我没事。"坦丝一直说,她的脸埋在一个塑料袋里,"真的。"

"你不想停一下车吗,宝贝儿?就停一分钟?"

"不用,继续走。呕哇——"

没有时间停车了,但这并没有让旅途变得更容易。尼基已经转过身去不看他妹妹了,还用一只手捂住鼻子。甚至诺曼也把脑袋尽可能地朝窗外伸,好呼吸外面的新鲜空气。

他会把他们带到那儿的。几个月来,艾德从来没有像现在这样充满斗志。最后,阿伯丁终于在眼前了,这里全是银灰色的巨大建筑,奇怪的现代摩登大楼高耸入云。他朝市中心开去,看着外面的马路越来越窄,逐渐变成了铺着鹅卵石的街道。他们穿过码头,右边是巨大的邮轮,这时车流开始慢下来,艾德的自信也开始瓦解。他们沉默地坐着,越来越沉不住气,艾德不停地变换道路穿过阿伯丁,但时间并没有再缩短。GPS开始跟他作对,原本缩短的时间又加了回来。到达学校大楼还有十五分钟、十九分钟、二十二分钟、二十五分钟。太长了。

"为什么这么慢?"杰西问,似乎在自言自语。她不停地调广播按钮,想找到交通台。"为什么堵车了?"

"就是因为车太多了而已。"

"这个说法完全没有说服力。"尼基说,"堵车当然是因为车太多的缘故,不然还能因为什么呢?"

"可能出车祸了呢。"坦丝说。

"但堵车本身要有很多车。"艾德沉思着说,"所以从技术层面来讲,之所以出现堵车问题还是因为车太多。"

"不对,大量车放慢速度完全是另一回事。"

"但结果是一样的。"

"但那样的话你刚才的描述就是不准确的。"

杰西瞥了一眼GPS,"大家能注意一下这里吗?我们走的路对吗?我不认为那所大学是在码头附近。"

"我们得穿过码头才能到那所大学。"

"你确定?"

"我确定,杰西。"艾德努力压抑他声音里的紧张,"看GPS。"

车里一阵短暂的沉默。在他们前方,红绿灯变换了两次,但没有人动。而杰西则恰恰相反,她在座位上不停地挪来挪去,东张西望,想看看他们是不是错过了什么可以通过的路。他不能怪她,他的想法跟她一样。

"我觉得我们没有时间去买新眼镜了。"坐在车上看着第四轮红绿灯闪过后,艾德嘟囔着对她说。

"可是没有眼镜她看不见。"

"要是我们去找药店的话,中午就到不了那儿了。"

她咬住嘴唇,然后从座位上转过身去。"坦丝?你能不能用碎眼镜片看?有没有可能?"

一张苍白发绿的脸从塑料袋里抬起来。"我试试。"她说。

车流停了下来,困在那里。他们越来越沉默,车里的紧张气氛越来越浓。诺曼叫了一声,大家异口同声地吼道:"闭嘴,诺曼!"艾德感觉到自己的血压在上升。为什么他们没有早走半个小时？为什么他没有制订一个更好的规划？要是他们没赶上该怎么办？他用余光瞥了一眼杰西，她正紧张地敲自己的膝盖，他猜她可能也是这么想的。然后，不知为何，道路终于顺畅了，好像是上帝觉得捉弄够了他们似的。

艾德驾驶着汽车在鹅卵石街道上飞驰，杰西趴在仪表盘上，像个赶马的车夫似的大喊着："快！快！"他漂移过弯，速度飞快，不时地打断 GPS 的导航，最后沿着随意贴在几根柱子上的小印刷标志两轮着地驶进了那所大学校园，一直开到唐斯楼前。那是一座不太可爱的二十世纪七十年代的办公楼，一座跟其他东西一样的灰色花岗岩建筑。

汽车尖叫着冲进楼前的停车场，艾德一熄灭引擎，一切都停了下来。他长长地舒了一口气，瞥了一眼表。差六分钟十二点。

"到了？"杰西打量着外面问。

"到了。"

杰西好像突然僵住了，好像她不敢相信他们真的到达目的地了。她解开安全带，盯着停车场，盯着那些慢慢走进来，好像拥有这世界上所有时间的男孩，他们看着电子设备，旁边陪着面露焦色的父母。那些孩子都穿着私立学校的校服。"我本来以为会……很大。"她说。

尼基凝视着窗外灰蒙蒙的细雨说："对，因为喜欢高等数学的人很多。"

"我什么也看不到。"坦丝说。

"听着,你们去报名,我去给她找眼镜。"

杰西转过来看着他说:"可是度数会有问题。"

"那也比没有强。快去,快点。"

在他冲出停车场,重新朝市中心开去的时候,他可以看到杰西在身后注视着他。

艾德花了七分钟,找了三家店才找到一家卖眼镜的大药店。艾德一个急刹车,诺曼朝前面栽去,硕大的脑袋撞在他肩膀上。那只狗在后座上重新坐好,抱怨地叫了一声。

"在这儿等着。"他一边说,一边冲了进去。

店里很空,只有一个拿篮子的老太太和两个小声聊天的店员。他迅速掠过货架,经过棉球、牙刷、鸡眼膏和降价促销的圣诞套餐,终于在最后面找到了放眼镜的架子。该死!他不记得她是近视还是远视。他想掏出手机问一下,这才想起没有杰西的号码。

"该死,该死,该死!"艾德站在那儿,努力猜着。坦丝的眼镜看起来好像很厚,他从来没见过她不戴眼镜,这是不是说她更有可能是近视?孩子们不都是更有可能是近视吗?当然只有成年人才会把东西拿得远远地看。他犹豫了大约十秒钟,然后,踌躇了一会儿后,把所有的眼镜都从架子上拿下来,不管是近视的还是远视的、薄的还是特别厚的,一股脑儿全放在一个干净的塑料袋里堆到柜台上。

正在跟老太太聊天的女孩停下来。她低头看看那些眼镜,然后又抬头看看他。艾德见她注意到自己领子上的口水,便想用袖子不着痕迹地擦掉，结果却抹得翻领上全是。

"这些都要！这些我都要。"他说，"但前提是你能在三十秒钟之内结完账。"

她抬头看看她的主管，主管打量了一下艾德，然后微微点了点头。那女孩二话不说开始结账，小心翼翼地把眼镜一一放进袋里。"不用，没时间了。直接塞进去就行。"他伸出手直接越过她，把眼镜塞进塑料袋里说。

"您有会员卡吗？"

"没有，没有会员卡。"

"我们今天减肥棒有买二赠一的活动，您要不要——"

艾德慌忙捡起从柜台上掉下来的眼镜。"不要减肥棒。"他说，"不要介绍了，谢谢。我只想快点付钱。"

"先生，"她终于说道，"一共是一百七十四英镑。"

她朝他身后瞥了一眼，似乎有点期盼着出现一群恶作剧的电视剧组的人。但艾德潦草地签完字，抓过袋子就朝车子跑去。他出去的时候听到有一个浓重的苏格兰口音说"真没礼貌"。

他回到学校的时候停车场里一个人也没有。他直接把车停到门口，留下无力地趴在后座上的诺曼，跑进去冲到了可以听到回声的走廊上。"数学竞赛在哪儿？数学竞赛在哪儿？"他朝旁边经过的所有人大喊。一名男子一声不吭地指了指一块指示板。艾德一步两个台阶地跨过一段楼梯，沿着另一条走廊走进一间接待室。有两个男人坐在一张桌子后面，屋子的另一端站着杰西和尼基,杰西朝他这边走了一步。"买到了。"他胜利般地举起购物袋,上气不接下气,话都要说不出来了。

"她已经进去了。"她说,"已经开始了。"

他大喘着粗气,抬头看看表。十二点过七分。

"不好意思,"他对桌子旁的男人说,"我需要给里面的一个女孩送眼镜。"

那个男人慢慢抬起头来看了看,打量着艾德递到他面前的塑料袋。

艾德直接趴在桌子上,把袋子塞给他。"她在路上把眼镜弄坏了。没有眼镜她什么都看不见。"

"对不起,先生,我现在不能让任何人进去。"

艾德点点头说:"不,不,你可以的。听着,我不是想作弊或者偷偷送什么东西进去。我只是不知道她戴什么眼镜,所以我就每样买了一副。你可以检查一下,全都检查一下,瞧,没有什么密码,只是眼镜而已。"他把塑料袋打开递到他面前,"你得把这些拿进去给她,这样她才能挑一副合适的。"

那个男人缓缓地摇了摇头。"先生,我们不能让任何事情打扰到其他的——"

"不,不,你可以的。这属于紧急情况。"

"这是规定。"

艾德使劲瞪了他足足十秒钟。然后他直起身来,一只手放在头上,开始朝远处走去。他可以感觉到自己心里又有了一种新的压力,就像电炉上翻滚的水壶。"你知道吗?"他转过身来说,"我们足足走了三天三夜才到这儿。这三天里,我本来极好的车里全是吐的脏东西,还有一只狗把我的内衬蹂躏得没法说。我甚至根本就不喜欢狗,我跟一个实打实的陌生人一起睡在车里。不是那种舒服的方式。我住过任何正常人都不会去住的地方。我吃过一个少年藏在紧身裤里的苹果,还有一块我知道里面肯定有人肉的烤肉。我抛下在伦敦的一个非常、非常巨大的危机,跟我不认识的人——他们都是很好的人——穿越五百八十英里来到这里,因为连我都看得出来,这次竞赛对他们来说真的、真的非常重要,性命攸关。因为里面那个女孩唯一在乎的东西就是数学。如果她没有一副可以看清楚的眼镜,她就不能在你们的竞赛中公平竞争,而如果她不能公平地竞争,她就失去了去她真的、真的很想去的学校的唯一机会。如果真的发生这种事,你知道我会怎么做吗?"

那个男人看着他。

"我会冲进你们那个房间,走到每一张数学试卷旁,把它们全都撕成碎片。而且我会做得非常、非常快,快到你们来不及叫保安。你知道我为什么要这么做吗?"

那个男人吞了吞口水。"不知道。"

"因为这一切都应该有所回报。"艾德走回去俯身靠近他,"必须有。"

艾德的脸上发生了一些变化。他可以感觉到,他的脸扭曲成了他以前从来没感觉到的形状。杰西走上前来,一只手轻轻地放在他胳膊上。

她把装眼镜的袋子递给那个男人。"如果您能把眼镜给她的话,我们真的、真的会很感谢您。"她小声说。

那个男人站起来,绕过桌子朝门口走去。他的眼睛一直盯着艾德。"我看看我能做什么。"他说。他走过去,轻轻把身后的门关上。

他们一声不吭地朝外面的车子走去,完全不在意天正在下雨。杰西把包搬下来,尼基站在一边,两手使劲往口袋里插。不过,因为裤子太紧,所以也没插多深。

"哦,我们做到了。"杰西努力挤出一丝微笑。

"我说过我们会做到的。"艾德朝车子这边点点头说,"要我在这里等她考完吗?"

她皱了皱鼻子说:"不用了,谢谢。我们已经耽误了你很多时间了。"

艾德感觉到自己的笑容消退了几分。"你们今晚住哪儿?"

"要是她考得好的话,我可能会奢侈一下,带大家去住酒店。如果她没考好的话……"她耸耸肩,"汽车站吧。"她说话的口气说明她不认为会这样。

她走到车后面,诺曼看看外面的雨,决定还是不要下车,于是抬起头来看着她。

杰西把头从车门那儿伸进去。"诺曼,该走了。"

一小堆行李堆在奥迪后面潮湿的地上。杰西从包里拽出一件外套递给尼基。"快穿上,有点冷。"

空气里有咸咸的海水味,这让艾德突然想到了海滨。

"那……就……这样了?"

"就这样。谢谢你捎我们过来,我……我们都很感谢你,谢谢你帮我们买眼镜,还有你所做的一切。"

他们看着对方,那可能是那天他们第一次正眼看对方,他觉得自己有千言万语想对她说。

尼基尴尬地抬起一只手。"对,尼科尔斯先生,谢谢你。"

"对了,给你。"艾德从口袋里掏出之前从储物箱里拿出的那个手机塞给尼基,"这个是备用的,我,呃,已经不需要了。"

"真的吗?"尼基一只手接过手机,难以置信地盯着它。

杰西皱了皱眉。"我们不能要。你为我们做得已经够多了。"

"这不算什么,真的。如果尼基不要的话,我也只会把它扔到回收站去。你们就当是帮我个忙好了。"

杰西盯着脚下,似乎还要说点什么。然后,她抬起头来,毫无必要地迅速把头发扎成一个马尾。

"那么,再次感谢。"她朝他伸出一只手。艾德犹豫了一下,然后握了握她的手,努力忽略脑中突然闪现的昨晚的场景。

"祝你爸爸好运,还有午餐,以及所有工作的事。我相信都会好起来的。要记住,好事情总会发生。"她收回手的时候,他有种奇怪的感觉,像是丢了什么东西。她转过身去看看身后,已然心不在焉了。"好了,我们找个干的地方放东西吧。"

"稍等。"艾德从外套里掏出一张名片,匆忙写下一个号码,朝她走过来,"给我打电话。"

其中一个数字弄脏了,他发现她盯着那个数字。"那个是三。"他改了一下,然后两手插到口袋里,感觉像是个笨拙的少年,"我想知道坦丝考得怎么样,求你了。"

她点点头,然后就走了,像个充满警惕的牧羊人似的驱赶着前面的男孩。艾德站在那儿,看着他们费力地拖着庞大的行李箱和怒气冲冲、不停反抗的狗往前走,直到在那幢灰色混凝土建筑的拐角处转了个弯消失不见。

车里一片寂静。此前即使是大家都不说话的时候,他也早已习惯了微微有些水汽的窗户,以及跟其他人局促地待在一起时,可以感觉到他们的小动作的那种感觉。尼基玩游戏时发出低沉的"砰砰"声,杰西不停地摆弄什么东西。可现在,他打量了一下车里,感觉自己像是站在一座荒废的屋子里。他看到后面烟灰缸里塞满了面包屑和苹果核、融化的巧克力,还有叠好放在后座口袋里的报纸;一根铁丝横着挂在后窗上,上面晾着他的湿衣服。他看到那本数学书一半露在座位边上,显然是坦丝匆忙下车的时候落下的,他想着要不要还给她。可是有什么意义呢?太迟了。

太迟了。

他坐在停车场里,看着最后几个父母走向自己的车子,一边消磨时间,一边等各自的孩子。他往前一趴,头靠在方向盘上休息了一会儿。然后,等到停车场里只剩他一辆车的时候,他把钥匙插入引擎,开车离开了。

艾德走了差不多二十英里，这才意识到自己有多累。接连三个晚上都没有好好睡觉，一次宿醉，还开了好几百英里的车，这些让他像是个泄了气的皮球，他感觉到自己的眼皮在打架。他打开广播，开了窗户，等这些都没用后，他便停在路边一个咖啡馆前，想喝杯咖啡。

虽然是午饭时间，但咖啡馆里有一半是空的。几个穿西装的男人坐在屋子另一边，忙着打电话、看文件。他们身后的墙上写着十六种不同的香肠、鸡蛋、培根、薯条和豆子套餐。艾德从架子上拿了一份报纸，朝一张桌子走去。他跟服务员点了一杯咖啡。

"对不起，先生，这个时间我们只为用餐的客人预留位子。"她的口音很重，他费了好大劲才弄明白她说了什么。

"哦，好吧，呃，我——"

英国著名科技公司陷入内幕交易调查

他盯着报纸上的新闻标题。

"先生？"

"嗯？"他感觉自己汗毛都立起来了。

"你得要点吃的，如果你要坐在这里的话。"

"哦。"

昨晚，英国金融服务管理局确认，因涉嫌价值上百万英镑的内幕交易,英国一家上市公司正在接受调查。据悉,调查将在大西洋两岸同时进行,涉及伦敦和纽约的证券交易所及美国证券交易委员会,该委员会相当于英国的金融服务管理局。

到目前为止还没有人被逮捕,但有来自伦敦警察局的消息称,这"只是早晚的事"。

"先生?"

她说了两遍他才听到。他抬起头来看着她。一个年轻女子,鼻子上有雀斑,自然的头发蓬松地缠在一起。"您吃点什么?"

"随便。"他的口气充满了火药味。

她顿了一下,"呃,需要我给您介绍一下今天的特价菜吗?或者我们这儿比较受欢迎的菜?"

只是早晚的事。

"我们全天供应伯恩斯早餐——"

"好。"

"我们还有……您要伯恩斯早餐?"

"对。"

"那您要白面包还是黑面包?"

"随便。"

他感觉到她在盯着他,然后她迅速写了一张纸条,小心地把写字板塞进腰带里走开了。艾德坐在那儿,盯着福米卡桌子上的那份报纸。过去的七十二个小时里,他可能觉得整个世界都颠倒了,但那不过是接下来要上演的一切的一个序幕。

"我跟客户在一起呢。"

"耽误不了你一分钟。"

他吸了一口气:"我不能去陪爸爸吃午饭了。"

一阵短暂的沉默,让人有种不好的预感。

"拜托你告诉我,我刚才听到的是幻觉。"

"我去不了了,出了点事。"

"出了点事。"

"我以后再跟你解释。"

"不,你等一下,别挂。"

他听到一个低沉的声音,好像是一只手捂住了手机,也可能是用握紧的拳头捂住的。"桑德拉,我要把这个搬出去。一会儿回……"一阵脚步声。然后,像是有人有人把音量调到了最大,"真的吗?你他妈的是在逗我玩吗?真的吗?"

"对不起。"

"真不敢相信我竟然听到这个。你知不知道妈妈费了多大劲才振作起来?你知不知道他们有多盼着见到你?爸爸上周坐起来算了算他们上次见你是什么时候。十二月份,艾德,已经四个月了。这四个月里他病得越来越重,而你任何有用的事情都没做,你只会给他送一些愚蠢的破杂志。"

"他说他喜欢看《纽约客》,我想着这样可以让他有点事情做。"

"他连看都快看不见了,艾德。要是您肯拔冗来看一下的话早就知道了。而且妈妈读那些长文章读得无聊死了,她读的时候脑子根本不在这上面。"

她不停地说啊说,艾德感觉就像是有个吹风机开到了最大挡,一直在自己耳边响。

"爸爸的生日午餐,她甚至还做了你最喜欢吃的菜,都不是爸爸最喜欢的。你明白她多想见你了吗?而现在,离正式开始还有二十四小时,你却说你不来了?没有任何解释?这到底算怎么回事?"

他的耳朵都开始发热了。他坐在那儿,闭上眼睛。待他睁开眼的时候,差二十分钟两点。奥林匹克竞赛已经进行了四分之三多了。他想到坦丝坐在大学的礼堂里,头趴到卷子上,旁边的地上全是多余的眼镜。他希望,为了她自己好,她能在面对一整页数字的时候放松下来,做她天生就该做的事。他想到尼基在外面溜达着,或许想找个地方偷偷抽根烟。

他想到杰西坐在一个行李箱上,旁边是那只狗,她双手合十放在膝盖上,似乎是在祈祷,她相信,如果她祈祷得够虔诚,好的事情最终一定会发生。

"你他妈真是人渣,艾德,真的。"她姐姐带着哭腔说。

"我知道。"

"哦,对了,别指望我去告诉他们,我才不会去给你擦屁股。"

"杰玛,求你了,我这么做是有原因的——"

"你想都别想。你想伤他们的心，那你就自己去。我不干了，艾德。我真不敢相信我竟然有你这么个弟弟。"

她挂了电话，艾德艰难了吞了吞口水。然后，他慢慢地、颤抖着、长长地呼了一口气。有什么区别吗？要是他们知道真相的话，要说的话至少会比现在冷酷一倍。

就是在那儿，在一个半空的小餐馆里，坐在一张红色的人造革长沙发上，对着一份慢慢冷却、自己根本不想吃的早餐，艾德终于意识到他有多么思念自己的父亲。他愿意付出一切，只要能再看到他肯定地点点头，看到他脸上再出现那僵硬的笑容。离开家十五年了，他从来没有想过家，但这一刻，他觉得思乡的情绪瞬间泛滥。他坐在餐馆里，透过微微油腻的窗口看着外面高速公路上疾驰而过的一辆辆汽车，有一种难以名状的东西像巨浪般向他袭来。虽然经历了离婚、调查、迪安娜·路易斯的事，但艾德·尼科尔斯发现，自己成年以来第一次，在努力忍住眼泪。

他坐在那里，双手用力捂住眼睛，嘴巴紧紧闭着，直到脑子里什么也不想，只能感觉到自己紧紧咬住的牙关。

"你没事吧？"

年轻的服务员目光有些警惕，似乎在打量眼前这个男人会不会惹麻烦。

"没事。"他说。他本来想强装镇定，但一开口却是磕磕巴巴。然后，见她似乎不相信，他又说了句："偏头疼。"

她脸上的表情立刻放松下来。"哦，偏头疼，真可怜。这个最麻烦了,你有药吗?"

艾德摇摇头,不敢再说话。

"我就知道哪里不对劲。"她站在他面前待了一会儿,说,"稍等。"她走到柜台前,一只手伸到脑袋后面头发精心地编起来固定住的地方,俯下身,摸索着什么东西,他看不清,然后慢慢走了回来。她瞥了一眼身后,然后把包在锡箔纸里的两个药片放在他桌上。

"当然,我不应该给客人药,不过这个真的很有效,我只有吃这个才管用。不过,别喝咖啡了——那样会疼得更厉害的。我去给你倒杯水。"

他朝她眨眨眼,然后低头看看药片。

"没关系的,不是什么大问题,只是偏头疼罢了。"

"真是太谢谢你了。"

"这个药差不多要二十分钟才能起效,不过那时候就——哦!解脱了!"她笑得鼻子都皱了起来。他这才发现,她那浓浓的睫毛膏下有一双善良的眼睛。

她拿走了他的咖啡,似乎是为了保护他,怕他自己忍不住。艾德发现自己想到了杰西。好事情总会发生,有时是在你最不经意的时候。

"谢谢你。"他轻声说。

"不客气。"

这时,他的电话响了。手机铃声在路边的咖啡馆里回荡,他按下接听键的时候看了一眼屏幕。一个不认识的号码。

"尼科尔斯先生?"

"嗯?"

"我是尼基,尼基·托马斯。呃,真的很抱歉打扰你,但我们需要你的帮助。"

七　懦夫

　　当自我编织的谎言被解开,当所有希冀在顷刻间崩塌,积压已久的情感终于爆发。伤痕累累的不只身体,还有他们千疮百孔的心。

1. 尼基

对于尼基来说，从他们把车停到停车场的那一刻起，他就明白这显然是个糟糕的主意。那里所有的孩子——除了最多那么一两个之外——全都是男孩；所有人都至少比坦丝大两岁，大多数看上去都对阿斯伯格综合征[①]不陌生。他们穿着鲜艳的羊毛上衣、背带裤和中产阶级典型的旧衬衫，发型凌乱；他们的父母开着沃尔沃。而坦丝则穿着粉色的裤子和亚麻外套，上面是杰西缝的毛毡花。她像是外星人抛弃的外星人，与这里的一切格格不入。

尼基知道坦丝不舒服，在诺曼打碎她的眼镜之前她就这样了。她在车上越来越沉默，把自己封闭在那个充满紧张的小世界里。他曾试图把她拉出来——这真是一项伟大而无私的举动，因为她身上的味道真的很难闻——但到他们到达阿伯丁的时候，她已经深深地缩进自己的世界里了。尼基根本够不到她。杰西一直全神贯注地想着怎么到目的地，所以没有发现坦丝的异常。她一直在纠结尼科尔斯先生、眼镜还有用来吐的袋子的事。她一分钟都没有想过，私立学校的学生可能跟麦克阿瑟学校的学生一样冷酷无情。

杰西一直在桌前给坦丝报名登记，给她拿胸牌和试卷。尼

[①] 患者多对人际交流不感兴趣，有刻板行为，肢体不协调，与孤独症近似，但没有明显的语言或智力障碍。

基一直在玩尼科尔斯先生的手机,并且和诺曼一起站到一边,免得它挡别人的路,所以他也没有十分注意那两个走近坦丝的男孩。当时坦丝正在礼堂门口查看座位布置,尼基戴着耳机,所以没听到他们说话。他听的是赶时髦乐队,其他的他都没有太在意,直到他突然看到坦丝垂头丧气的表情,才从耳朵里拿下一个耳机。

那个穿背带裤的男孩正盯着她上下打量。"你没走错地方吗?你知道路边那个贾斯汀·比伯的歌迷会马上要开始了吗?"

那个瘦瘦的男孩大笑起来。

坦丝眼睛瞪得圆圆地看着他们。

"你以前参加过奥林匹克竞赛吗?"

"没有。"她说。

"真是太让人惊讶了。我可不敢说很多参加奥林匹克竞赛的人都有毛茸茸的铅笔盒。你有毛茸茸的铅笔盒吗,詹姆斯?"

"我想,我忘了带了。哦,天哪!"

"这是我妈妈给我做的。"坦丝僵硬地说。

"你妈妈给你做的。"他们互相看看,"这是你的幸运铅笔盒吗?"

"你知道什么是弦理论吗?"

"我觉得她更了解什么是臭味理论,或者……嘿,詹姆斯,有没有闻到什么臭味?好像有人吐了?你觉得是不是有人有点紧张啊?"

坦丝低下头,越过他们朝厕所冲去。"那是男厕所!"他们喊着,大笑起来。

尼基费力地把诺曼系到一块暖气片上。那两个男孩正要进大厅,他上前几步,一只手放在那个背带裤男孩脖子上。"嘿,小子,嘿!"

那个男孩转过身来,眼睛瞪得大大的。尼基走上前,把自己的声音压得很低。他突然很高兴自己的皮肤上故意弄了一片黄色,脸上一侧有一道疤。"伙计,送你一句话,以后不准跟我妹妹——以及任何人的妹妹——那样说话,否则我会亲自回来把你的两条腿扭成一个复杂的方程式。明白了?"

男孩张着嘴巴,点点头。

尼基给了他一个最经典的费舍尔式神经病目光,用那种目光一直盯着他,直到他喉咙颤抖着,使劲吞了吞口水。"紧张的感觉不好受,是不是?"

男孩摇了摇头。

尼基拍拍他的肩膀。"很好,很高兴我们能坦诚相待。去算你的算术吧。"他转过身朝厕所走去。

这时,一位老师走到他面前,举起一只手,脸上充满了疑问。"不好意思?我刚才是不是看到你——"

"祝他好运?对,很棒的孩子,很棒的孩子。"尼基似乎很崇拜似的摇摇头,然后朝男厕所走去接坦丝。

杰西和坦丝从女厕所出来的时候,坦丝的上衣湿了,那是因为杰西用水和肥皂揉过,坦丝脸上一块块的脏,面色苍白。

"坦丝,那种小孩你一点儿也不用在意。"尼基站起来说,"他只是为了打击你。"

"是哪个?"杰西一脸坚定地问,"告诉我,尼基。"对,告诉你,然后坦丝的奥林匹克竞赛就要以一个火力全开的杰西拉开序幕了。"我,呃,我觉得我认不出来。不管怎样,我已经解决了。"

他有点喜欢这句话——"我已经解决了"。

"可是我看不见,妈妈。要是我看不见的话该怎么办?"

"尼科尔斯先生去给你找眼镜了,别担心。"

"可是如果他没找到呢?如果他直接不回来了怎么办?"

不会不回来的,尼基想,如果我是他的话。他们把他的好车都糟蹋了,跟刚出发的时候相比,他看上去像是老了差不多十岁。

"他会回来的。"杰西说。

"托马斯太太,我们要开始了。你女儿有三十秒钟的时间坐到座位上去。"

"听着,有没有可能让我们推迟几分钟开始?我们真的、真的需要给她找副眼镜。没有眼镜她什么都看不见。"

"不行,夫人。如果三十秒钟之内她不能坐到座位上的话,恐怕我们只能直接开始了。"

"那我能进去吗?我可以给她念题?"

"可是没有眼镜我也没法写啊。"

"那我替你写。"

"妈妈……"

杰西知道她已经无能为力了。她看看尼基，微微摇了摇头，似乎在说，我不知道该怎么办。

尼基在坦丝旁边蹲下，"你可以做到的，坦丝，你可以的。你可以在脑子里做。就把试卷使劲往眼前凑，不要着急。"

坦丝茫然地望着礼堂里。门那边，学生们正慢慢坐到自己的座位上，从桌子下面拉出椅子，把铅笔摆在面前。

"尼科尔斯先生一回来，我们就把眼镜给你送进去。"

"真的，你只要进去尽你最大努力就行了，我们会在这里等着。诺曼就在墙那边，我们都会在那儿，等考完了我们就去吃午饭。不要有压力。"

拿写字板的女人走了过来。"你要参加竞赛吗，康斯坦萨？"

"她的名字叫坦丝。"尼基说。那个女人似乎没有听到。坦丝默默地点点头，让人领着到了一张桌子那儿。她看起来实在是太小了。

"你可以的，坦丝！"尼基突然大喊了一声，声音在礼堂里回荡，坐在后面的男人不满地哼了一声。"进个好球，小不点儿！"

"哦，看在上帝的分上。"一个声音嘟囔着。

"进个好球！"尼基又喊了一声，杰西惊讶地看着他。

然后铃声响了,门"砰"地一声在他们面前使劲关上了。这一边只剩下尼基、杰西和诺曼,准备消磨接下来的几个小时。

"好了。"杰西终于把目光从门上收回来,说道。她两手插进口袋里又拿出来,理了理头发,然后叹了口气,"好了。"

"他会来的。"尼基说,他突然不那么确定了。

"我知道。"

此后是一段长长的沉默,长到他们不得不互相尴尬地笑笑。走廊里慢慢空了,只剩下一个组织者一边自言自语,一边用铅笔在一份名单上写着什么。

"可能堵车了。"

"刚才是很堵。"

尼基可以想象出坦丝坐在门那边的样子,眯眼看着试卷,不时四处望望,等待着不会出现的援助。杰西抬头看看天花板,轻声祈祷着,然后把自己的马尾拆了又扎,扎了又拆。他猜她也想到了同样的场景。

这时,远处传来一阵骚乱,尼科尔斯先生出现了,他像个疯子一样冲进走廊,手里高高举着一个塑料袋,看上去里面不止一两副眼镜。他冲到桌前,开始跟那个组织者争吵——那是只有那些知道自己绝对不能输的人才有的争吵——尼基突然觉得放松了。那感觉如此强烈,他不得不跑出去,靠着墙滑下去,把头埋在双膝间,直到自己的呼吸不会再变成大声的抽泣。

跟尼科尔斯先生说再见的时候感觉很奇怪。雨中,他们站在他的车旁,杰西的表现好像在说,哦,我不在乎,虽然她明显在乎得要命。尼基真的想跟他说声谢谢,谢谢他为自己做黑客,谢谢他一路开车把他们送到这儿,以及他那种,你知道,有些奇怪的风度。但这时尼科尔斯先生却走过来把自己的备用手机给他,于是他最终只憋出来一句"谢谢",然后就没有然后了。他和杰西带着诺曼穿过学校的停车场,假装自己没有听到尼科尔斯先生的车开走的声音。

他们停在走廊旁,杰西把他们的行李放到寄物处,然后转过身来对着尼基,拍着他肩膀上根本不存在的灰。"好了,"她说,"我们去遛遛狗吧,怎么样?"

尼基的确话不多,并不是因为他无话可说,而是周围没有一个真正值得他倾诉的人。从他八岁那年跟爸爸和杰西一起住的时候开始,大家就一直想让他说说自己的"感受",好像这东西是他随身背着的一个大包袱,随时随地要准备打开让所有人看看里面是什么东西。但有一半的时间他根本不知道自己在想什么。他对政治、经济或是自己身上发生的事都没什么看法。他甚至对自己的亲生母亲也没什么看法。她是个瘾君子,她爱大麻胜过爱他。其他的还能说什么呢?

尼基也曾听从社工的建议,去咨询过心理医生。那个心理医生似乎觉得他身上发生的事情应该让他发疯。尼基告诉她,他并不生气,因为他明白他妈妈没法照顾他。这并不是针对他,如果换作是别的小孩,她也一样会抛弃他。她只是……太可怜了。他小的时候对她没什么了解,所以他并没有真的觉得她跟自己有什么关系。

但心理医生一直说:"你必须发泄出来,尼古拉斯①,一个人独自承受发生在你身上的这些事对你不好。"她递给他两张写满东西的小表格,想让他表达出"被妈妈遗弃,你有什么感觉"。

尼基不想告诉她真正让他觉得崩溃的是,想到要坐在她的办公室里玩洋娃娃,并且被叫尼古拉斯。他只是一个不太会生气的人。不生他亲妈的气,甚至不生詹森·费舍尔的气,虽然他不指望别人能明白。费舍尔只是个笨蛋,他智商不够所以只能用拳头。费舍尔深知自己一无所有,并且终将一事无成。他是打肿脸充胖子,没有人喜欢他,真正地喜欢他,所以他就要对外发泄,将自己不好的感受转移到能够到的最近的人身上(瞧见没?治疗还是有点用的)。

所以当杰西说他们应该去散个步的时候,尼基的某一部分立刻警惕起来。他不想陷入什么关于他的感受的长篇大论中。他一点儿也不想讨论这东西。他正准备溜走,这时杰西挠了挠头发说:"是不是只有我一个人觉得尼科尔斯先生不在让人感觉怪怪的,还是确实是这样?"

下面是杰西和尼基聊天的内容:

---

① 指尼基。

阿伯丁的一些建筑真是美得让人意外。

　　那只狗。

　　他们俩有没有谁给狗买塑料袋。

　　谁去把那辆车下面的东西踢开,以免别人踩到。

　　用草地清洁鞋头的最佳方式。

　　用草地清洁鞋头到底有没有可能。

　　尼基的脸,还疼吗?(答:不,已经不疼了。)

　　他身上的其他地方,还疼吗?(不,不疼,还有一点,不过快好了。)

　　他的牛仔裤,他为什么不能拉上去一点,这样就不会总是露出内裤了?

　　为什么说他的内裤是他自己的事情。

　　他们该不该告诉爸爸劳斯莱斯的事。尼基说,她应该假装车子被偷了。那他要是知道了怎么办?那就是他活该。但杰西说,她不能对他撒谎,这不公平。此后她沉默了好长一段时间。

　　他还好吗?离开家以后他有没有感觉好点了?他在担心回家的问题吗?这时,尼基没有说话,只是耸耸肩。能说什么呢?

　　以下是杰西和尼基没有聊到的内容:

　　要是他们真的带五千英镑回家会怎样。

如果坦丝去了那所学校,而他没上六年级[①]就辍学了,杰西会让他每天去圣安妮接坦丝吗。

他们今晚必定会买来庆祝的外卖。可能不是烤肉。

杰西很冷,虽然她一直坚持说不冷,但她胳膊上的汗毛全都立起来了。

尼科尔斯先生。最重要的是,杰西昨晚到底睡哪儿了。为什么他们俩一早上都像两个中学生似的互相偷看,甚至是在两人闹别扭的时候。尼基真心觉得,她有时候会以为他们都是傻子。

不过这次聊天还好。他甚至想以后可以多聊几次。

他们一直在门外等着,直到两点钟的时候门开了。坦丝第一批走出来,她毛茸茸的铅笔盒紧紧握在胸前,杰西张开双臂,准备庆祝一下。

"怎么样?考得怎么样?"

坦丝平静地看着他们。

"是不是超常发挥,小不点儿?"尼基笑着说。

这时,坦丝突然脸一皱,所有人都僵住了。杰西弯下腰把她搂过来,或许是为了掩饰自己脸上的震惊,尼基伸出一只胳膊从另一边抱住坦丝,诺曼则坐在她脚边。其他孩子陆续走过

[①] 指"第六学级(the sixth form)",英国中学教育最高阶段,学生通过1—3年的学习,为大学或职业教育做准备,属于非义务教育。

的时候,坦丝抽泣着告诉他们发生了什么事。

"我前面半个小时什么也没做。他们的一些口音我听不懂,我看不清楚,我真的很紧张,我一直盯着自己的试卷。后来拿到眼镜,我花了很长时间才找到一副合适的,可之后……我根本看不懂第一题。"

杰西在走廊上找组织者。"我去跟他们谈谈,去解释一下发生的事情。我的意思是,你看不见。这个因素必须考虑在内。或许我们可以让他们考虑一下这个因素,然后调整一下分数。"

"不,我不想让你跟他们说。我看不懂第一题,就算拿到了合适的眼镜也看不懂。我没法按照他们说的正确方法算出来。"

"可是或许——"

"我搞砸了。"坦丝哀号着说,"我不想再想这个了,我只想快点走。"

"你没有搞砸任何东西,宝贝儿。真的,你已经尽力了,这就够了。"

"可是不是这样,不是吗?因为没有钱的话我就去不了圣安妮了。"

"没事,肯定有……别担心,坦丝。我会想办法的。"

她脸上是她露出的有史以来最没有说服力的笑容。坦丝不是傻子。她像一个伤心欲绝的人一样号啕大哭。尼基真的从来没有见过她这样,这甚至让他也觉得有点想哭。

"我们回家吧。"他实在忍不住了,说道。

但这话一说，坦丝哭得更厉害了。

杰西抬头看看他，脸上一片茫然，似乎在问他，尼基，我该怎么办？现在连杰西都不知道该怎么办了，这让他觉得这个世界真的有哪里不对劲了。然后他想：我真的、真的很希望杰西没有没收我藏的大麻。他觉得自己这辈子从来没有像现在这样这么想抽一口。

他们在走廊上等着其他参加竞赛的学生都跟父母上了车，然后突然之间，尼基竟然发现自己真的很生气。他气那两个打扰他妹妹的蠢男孩，他气这个破数学竞赛，气它不能为一个看不清楚的小女孩稍稍变通一下规定；他气他们穿越整个英国，最后却再次一无所获，好像他们一家人不管做什么，都无法让一切走上正轨——什么都不行。

走廊上终于空了，杰西把手伸到后兜里，费劲地摸出一张长方形的卡片。她把卡片塞给尼基。"给尼科尔斯先生打电话。"

"可是他现在已经在回家的路上了。他能做什么？"

杰西咬了咬嘴唇，侧过身去半背对着他，然后又转过来。"他可以带我们去找马蒂。"

尼基盯着她。

"麻烦你了，我知道这很尴尬，但我想不到还能做什么。尼基，坦丝需要一些东西来帮她振作起来。她需要见她爸爸。"

尼科尔斯先生不到半小时就回来了。他说，他刚上高速，此前吃了顿饭。尼基后来才想到，如果他当时能再想多一点的话，他可能会问为什么艾德没有走很远，为什么他一顿饭吃了那么久，但尼基那会儿正站在离车子几英尺的地方，忙着跟杰西争论。

"我知道你不想见你爸爸，可是——"

"我不去。"

"坦丝要去。"她一脸坚定，那种坚定让你明白，她确实考虑了你的感受，但是，她还是要让你按照她的想法做。

"这真的不会让事情有什么改善。"

"对你来说，可能是。听着，尼基，我知道你现在对你爸爸的感情很复杂，我也不怪你。我知道现在一切都很迷茫——"

"我不迷茫。"

"坦丝现在已经被打落谷底，她需要找点什么东西让自己振作起来，而且马蒂住得也不是很远。"她一只手放在他胳膊上，"听着，如果到了的时候你真的不想见他，你可以直接待在车里，好不好？对不起。"见他没说话，她又说道，"我也没有特别想见他，可是我们必须去。"

他该怎么跟她说呢？他该怎么跟她说她才会相信？而且他觉得自己有 5% 还在怀疑，是不是他自己错了。

杰西走回尼科尔斯先生旁边，他正倚在车上看着。坦丝默默地上了车。"麻烦你了，你能不能带我们去找马蒂？我的意思是，去他妈妈家。不好意思，我知道你很可能已经受够了我们，我们确实是个麻烦，可是……可是我没有其他人可以求助。

坦丝……她需要她爸爸。不管我——我们——怎么看他，坦丝需要见她爸爸。从这儿到那儿只要几个小时。"

尼科尔斯看着杰西。

"好吧，如果我们开得很慢的话可能时间要长一点，但是求你了——我需要把事情纠正回来。我真的需要把事情纠正回来。"

尼科尔斯先生走到一边，打开副驾驶的门。他微微弯下腰，冲坦丝笑了笑。"我们走吧。"

大家似乎都松了一口气。但这是个糟糕主意，一个糟糕透顶的主意，如果他们肯问问他墙纸的事，尼基就会告诉他们为什么。

2. 杰西

杰西上次见玛丽亚·康斯坦萨是坐利亚姆弟弟的车送马蒂过来的时候。去格拉斯哥的几百英里，马蒂一直躲在毯子下面睡觉。当杰西站在她一尘不染的客厅，试图解释她儿子为什么这么颓废的时候，她看杰西的眼神就好像杰西要谋杀亲夫似的。

玛丽亚·康斯坦斯一直都不喜欢杰西。她觉得她儿子应该找个更好的，而不是一个自己在家里染头发，手指甲闪闪发亮的十六岁女学生。从那以后，不管杰西做什么，都无法改变玛丽亚对她根深蒂固的偏见。她觉得杰西在家里做的事情很奇怪，她觉得孩子们的衣服大多都是杰西亲手做的这件事极其古怪。她从来没想过要问一问，为什么她要给孩子们做衣服，或者为什么他们没钱找别人装修,或者厨房水槽漏水的时候,为什么是杰西趴在水槽下面摆弄管子。

杰西已经尽力了,她真的尽力了。她讲礼貌,不骂人;她忠于马蒂;她生了一个世界上最棒的宝宝,并且让她保持干净、吃得饱、乐观开朗。她花了五年的时间才明白,问题不在她身上,玛丽亚·康斯坦萨不过是个生活中的可怜虫。杰西好像从来没见她真心笑过,除非是说到哪个朋友或邻居的事——比如轮胎被划了,或是患了绝症。

杰西试着给她打了两次电话,用的是尼科尔斯先生的手机,但没有人接。

"奶奶可能还在干活。"她挂掉电话,对坦丝说,"或者他们可能去看小宝宝了。"

"你还想让我开去那儿吗?"尼科尔斯先生看了她一眼。

"麻烦你了,我确定等我们到的时候他们肯定在家。她晚上从来不出去的。"

尼基与她在后视镜里对视了一眼,迅速移开了。杰西不能怪他太不积极。如果说玛丽亚·康斯坦萨对坦丝的态度是不冷不热的话,那当她发现她有一个以前根本不知道的孙子时,她的表现就像是他们宣布家里有人生了疥疮一样。杰西不知道她是不是很生气,因为在她不知道的情况下尼基已经存在了这么久,或者因为她一提到他就不得不说到私生子,而这个孩子是她儿子跟一个瘾君子生的更让她觉得完全可以轻易地忽视尼基。

"你盼着见你爸爸,是不是,坦丝?"妈妈从座位上转过身来说。坦丝靠在诺曼身上,脸上一脸严肃和疲惫。她的目光对上杰西,微不可见地点了点头。

"见到他你肯定会很开心的,还有奶奶。"杰西高兴地说,"真不知道我们为什么没有早点想到这一点。"

他们默默地前行。坦丝靠着诺曼打了个盹儿,尼基坐在那儿看着逐渐暗下来的天空。杰西不想放音乐,她不敢让孩子们发现,发生在阿伯丁的事给她什么感觉。她不能让自己想那件事。一件件来,她告诉自己,先让坦丝恢复正常再说,然后再想下一步该怎么办。

"你没事吧?"尼科尔斯先生问。

"没事。"她看得出,他并不相信她的话,"她一见到她爸爸就会好起来的,我知道。"

"她完全可以再参加一次奥林匹克竞赛,明年。那时候她就知道会有什么题了。"

杰西努力挤出一丝微笑。"尼科尔斯先生,这听起来真有点过于乐观了。"

他转过身去看着她,眼睛里满是同情。

重新坐到他车上让她觉得松了一口气。在这里她有种奇怪的安全感,好像只要他们都在车里,就不会发生什么很糟糕的事。杰西想象着自己站在康斯坦萨那座小房子的客厅里,试图解释他们为什么会来这儿。她想象着当她告诉马蒂劳斯莱斯的事时,他脸上会是什么表情。她想到明天他们会一起在一个汽车站等着,那将是漫长归途的第一站。有一瞬间,她想着不知道能不能让尼科尔斯先生在他们回来之前照顾诺曼。想到这里，她才记起这次旅程的花费，立刻打消了这个念头。一件件来。

此后她肯定是打了个瞌睡，因为有人拉着她的胳膊。

"杰西？"

"嗯？"

"杰西？我想我们到了。GPS上显示这里就是她住的地方。你看看对不对？"

她直起身来，扭了扭脖子。一座干净的白房子，前面有台阶，上面的窗户一眨不眨地回望着她。她胃里条件反射似的一抽。

"几点了？"

"马上七点了。"他等着她揉了揉眼睛。"看，灯亮着。"他说，"我猜他们在家。"

他缩在座位上，杰西则直了直身子。"嘿，孩子们，我们到了，该去见你们的爸爸了。"

坦丝紧紧攥着杰西的手一起走到小路上。尼基拒绝下车，他说要跟尼科尔斯先生一起在那儿等。杰西决定先让坦丝进去，她再回来试着说服他。

"你兴奋吗？"

坦丝点点头，小脸上突然充满了希望，但也只是一瞬。杰西觉得自己做对了，他们总算能从这次旅行中找回点补偿，虽然这让她很不舒服。不管她和马蒂之间有什么问题，都可以以后再说。

门前的台阶上新放了两个小桶，里面插满了一种她不认识的紫花。她把自己的外套掸平，给坦丝理了理脸上的头发，又俯下身去帮她擦了擦嘴角，这才按响了门铃。

玛丽亚·康斯坦萨先是看到了坦丝。她凝视着坦丝，然后又抬头看了看杰西，脸上迅速变换了数种表情，但没有一种能看清。

作为回应，杰西露出一个灿烂的笑容。"你好，玛丽亚。我们，呃，正好在这一块儿，我想，我们不能不来看看马蒂就走，还有你。"

玛丽亚·康斯坦萨一动不动地盯着她。

"我们打过电话，"杰西继续说道，她的声音像是在唱歌，自己听着都奇怪，"打了好几次，我本来想留个言的，但是——"

"你好，奶奶。"坦丝跑上前去一把搂住奶奶的腰。玛丽亚·康斯坦萨一只手垂下来，轻轻地放在坦丝背后。她的头发染得太黑了，杰西心不在焉地想到。玛丽亚·康斯坦萨就那样待了一会儿，然后瞥了一眼汽车，汽车后窗那儿，尼基正冷漠地看着这边。

上帝啊，你表现得热情点会死吗？哪怕一次也行啊！杰西想。"尼基等一下就过来。"她面带坚定的笑容说，"他刚睡醒，我……让他等一会儿。"

她们面对面站在那里，等待着。

"那……"杰西说。

"他——他不在这里。"玛丽亚·康斯坦萨说。

"他去上班了吗?"她的声音比预想中的更急切,"我的意思是,如果他觉得……好些了,可以去工作了,那很好。"

"他不在这儿,杰西卡。"

"他病了吗?"哦,天哪,她想,一定是发生了什么事。然后她就发现了。玛丽亚脸上出现了一种她似乎从未见过的表情:尴尬。

杰西看到她试图掩饰自己的尴尬。"那他在哪儿?"

"你……我想你应该跟他谈谈。"玛丽亚·康斯坦萨一只手捂住嘴巴,似乎怕自己再多说,然后就轻轻地从孙女怀里抽出身来。"稍等,我把他的地址给你。"

"他的地址?"

她留下站在门口的坦丝和杰西,消失在小小的走廊上,随手把身后的门半掩上。坦丝疑惑地抬头看看,杰西朝她安慰地笑了笑,但这个笑容并不像之前那样轻松。

门又开了,玛丽亚递过一张纸。"大概一个小时,或者一个半小时就可以到,要看交通状况。"杰西看到她脸上僵硬的表情,然后越过她看着她身后小小的走廊,在她认识玛丽亚的十五年里,这里什么也没有变。一点儿也没变。杰西身后的某个地方,有个小铃铛叮叮当当地响起来。

"好。"杰西说,她已经笑不出来了。

玛丽亚·康斯坦萨不敢再看她。然后,她弯下腰,一只手摸摸坦丝的脸蛋。"你等一下回来陪奶奶,好不好?"她抬头看看杰西,"你能把她送回来吗?我很久没见她了。"

玛丽亚·康斯坦萨那默默祈求、承认自己是个骗子的样子,几乎比这些年来她为了破坏他们之间关系所做的任何事都让人紧张。

杰西把坦丝赶到车上。

尼科尔斯先生抬头看了看,什么也没说。

"去这儿。"杰西把那张纸递给他,"我们需要去这儿。"他一言不发,开始调整 GPS。她的心怦怦直跳。

她看了看后视镜。"你早就知道。"等坦丝终于戴上耳机后,她说。

尼基拉了拉自己的刘海,盯着窗外的奶奶家。"是前几次我们跟他在 Skype 上聊天的时候发现的。奶奶绝不会用那种墙纸。"

她没有问他马蒂在哪儿。她想她那时其实已经差不多知道了。

他们默默地开了一个小时。杰西说不出话来,她脑袋里闪过千万个念头。偶尔她会看看后视镜,盯着尼基。他脸上没有任何表情,坚决地朝向路边。慢慢地,她开始重新思考为什么他不愿来这儿,甚至几个月前都不肯跟爸爸说话,现在一切都明了了。

他们穿过昏暗的乡村,到达一个新镇郊外的住宅开发区,那里是一大片崭新的房子,整齐地沿着曲线坐落在一起,门外停着闪闪发光的新车,似乎在宣告什么。尼科尔斯先生把车停在了城堡小区,狭窄的人行道两旁耸立着四棵樱桃树,像卫兵一般,杰西怀疑这条道从来没有人走过。房子看起来应该是新建的,复古风格的窗户闪着微光,铺了石板瓦的房顶在雨中发亮。

她看着窗外。

"你没事吧?"这是一路上尼科尔斯先生说过的唯一一句话。

"孩子们,你们在这儿等一下。"杰西说着下了车。

她走到大门前,再三确认了纸上的地址,然后轻轻敲了敲黄铜门环。她能听到里面有电视的声音,还能隐约看到明亮的灯光下晃动的人影。

她又敲了敲门。她几乎感觉不到在下雨。

走廊上响起了脚步声。门开了,一个金发女人站在她面前。她穿着一件深红色的羊毛裙,脚踩高跟鞋,发型是那些当售货员或在银行工作,又不想让自己看起来像是完全放弃了做一个摇滚粉丝的女人经常剪的一种样式。

"马蒂在吗?"杰西问。那个女人似乎要说什么,她把杰西上下打量了一番,看看她的人字拖,看看她皱巴巴的白牛仔裤。随后几秒钟,杰西从她脸上略微僵硬的表情看出,她知道。她知道她。

"等一下。"她说。

门半掩上,杰西听到她朝狭窄的走廊上喊着:"马尔特?

马尔特?"

马尔特。

她听到了他的声音,低沉的声音,大笑着,说着什么关于电视的事情,然后那个女人的声音低了下去。杰西看到磨砂玻璃后两人的影子。然后门开了,马蒂站在那里。

马蒂把头发留长了,他留了长长的软刘海,像个中学生似的精心梳到一边;他穿着她没见过的牛仔裤,深靛蓝色的;还有,他减肥了,看起来像是个陌生人;而且,他变得特别、特别白。"杰西。"

她说不出话。

他们互相看看。他吞了吞口水。"我本来打算告诉你的。"

那一刻,她身体里的某个部分拒绝相信这是真的。那一刻,她还想一定是有什么天大的误会,马蒂是跟朋友住,或者他又病了,而玛丽亚·康斯坦萨因为自己可笑的骄傲,不肯面对、承认这个事实。可是,发生在她眼前的一切根本没有什么误会。

她过了一会儿才能说话。"这?这是……你一直住的地方?"

杰西踉跄地往后退,这时,她看到了一尘不染的前花园,并且透过窗户清晰地看到了同样一尘不染的客厅。她的屁股撞到一辆停在车道上的汽车,她伸出一只手撑住自己。"一直都是?过去两年里,我们紧衣缩食,只为了能保证基本的温饱,而你却在这里,住着豪宅,还有一辆……一辆崭新的丰田车?"

马蒂尴尬地朝身后看了看。"我们需要谈一谈,杰西。"这时她正好看见了餐厅的墙纸。那粗粗的条纹。一切都明了了。为什么他坚持他们只能在固定的时间聊天,为什么没有座机,还有不管什么时候,只要她不是在约定的时间打电话,玛丽亚·康斯坦萨就会肯定地说他在睡觉,坚决要求杰西尽快挂电话。

"我们需要谈一谈?"杰西现在笑出来了,"对,我们谈一谈,马蒂。我先说怎么样?这两年我从没向你提过任何要求——不管是钱、时间、照顾孩子或是任何帮助。因为我以为你病了,我以为你抑郁了,我以为你跟你妈妈住在一起。"

"我是曾经跟妈妈住在一起。"

"到什么时候?"

他紧紧闭着嘴唇。

"到什么时候,马蒂?"她的声音颤抖着。

"十五个月。"

"你跟你妈妈住了十五个月?"

他看着自己的脚。

"你在这儿住了十五个月?你已经在这儿住了一年多?"

"我想告诉你的,可是我知道你会——"

"怎么着——撒泼耍横?因为当老婆和孩子在家里艰难地收拾你留下的烂摊子的时候,你却在这儿过着奢侈的生活?"

"杰西……"

门突然开了,杰西沉默着。一个小女孩出现在他身后,头发是天然的金发,身上穿着霍利斯特的运动衫和匡威的运动鞋。她用力拉了拉马蒂的袖子。"到你的节目了,马蒂。"她开口道,然后她看到杰西,立马不说话了。

"去找你妈妈,宝贝儿。"他轻声说,目光闪烁地看着别的地方,一只手轻轻地放在女孩儿肩膀上,"我一会儿就来。"

她警惕地看看杰西。她跟坦丝一样大。"去吧。"他把身后的门关上。

这时,杰西的心彻底碎了。

"她……她有孩子?"

他吞了吞口水。"两个。"

她两手捂着脸,然后又抱住头。她转过身去,茫然地走回小路上。"哦,天哪!哦,天哪!"

"杰西,我从来没有打算——"

她转过身突然向他冲去。她要砸烂他那张破脸,砸烂他那昂贵的发型。她要让他知道,他让孩子们经历了什么样的痛苦。她要让他付出代价。他躲在车后面,而她的脑袋一片空白,她发现自己在踢那辆汽车,踢它那巨大的轮子,踢它那闪闪发光的车板,踢那辆明亮的、白色的、闪闪发光的、一尘不染的破车。

"你这个骗子!你骗了我们所有人!我竟然还想保护你!我真不敢相信……我不能——"她踢啊踢,看着白色车身凹下去,尽管脚上痛得厉害,但她竟有一丝微微的满足感。她不停地踢啊踢,什么都不管,拳头像雨点似的打在玻璃上。

"杰西！那辆车！你这是疯了吗？"

她雨点般的拳头落在车上，因为她无法让那些拳头落在他身上。她手脚并用，连踢带打，什么也不管，愤怒地哭着，耳朵里全是自己大口喘气的声音。马蒂挤到车子和她中间，紧紧攥住她的胳膊，使劲把她从车上拉开。这时，她突然一瞬间感到了惊恐，她觉得自己的生活已经彻底失控了。然后，她看看他的眼睛，他怯懦的眼睛，脑袋里嗡嗡直响。她想砸烂——

"杰西。"

尼科尔斯先生一把搂住她的腰，慢慢把她往后拉。

"放开我！"

"孩子们看着呢，别这样。"轻轻地，他把一只手放在她胳膊上。

她无法呼吸了。一声怒吼贯穿整个身体，然后爆发出来。她放弃了挣扎，让自己被拉着后退了几步。马蒂喊着什么，她脑袋里乱哄哄的，没有听清。

"过来……过来。"

孩子们。杰西看看车子，看到了坦丝的脸，她的眼睛瞪得大大的，眼里满是震惊，尼基则像个影子一样一动不动地躲在她身后。杰西看看另一边，房子里两张苍白的小脸正从客厅里往这儿看，他们的妈妈站在身后。见杰西看过来，她立马拉上了百叶窗。

"你疯了。"马蒂看着车板上的凹痕，大喊道，"你真是彻底疯了。"

她开始颤抖。尼科尔斯先生伸出双臂抱住她,把她拖到车里,并说道:"进去,坐好。"她一坐进去,他就关上车门。

马蒂沿着小路慢慢朝他们走过来,他又恢复了原来趾高气扬的样子,因为现在错的是她。她以为他要打一架,但等他走到大约十五英尺外的时候,他朝车子里瞅了瞅,微微弯了弯腰,似乎想确认一下,然后她就听到身后的车门打开了,坦丝下了车朝他跑去。

"爸爸!"她大喊着,马蒂一把把她抱起来。这时,杰西已经不知道自己是什么感觉了。

她不知道自己在那里坐了多久,她的眼睛一直盯着脚下。她无法思考,无从感觉。她听到小路上有嗡嗡的说话声,有一刻,尼基爬过来轻轻拍了拍她的肩膀。"对不起。"他磕磕巴巴地说。

她把手伸到后面使劲捏了捏他的手。"不是你的错。"她小声说。

车门终于开了,尼科尔斯先生探进头来。他脸上湿了,雨水从他衣领上滴下来。"好了,坦丝要在这儿待几个小时。"

她看着他,突然充满了警惕。"哦,不,"她说,"他不能让她留在这儿,不能在他——"

"这不是你和他之间的问题,杰西。"

杰西转过身去看着那座房子。前门开了一道口,坦丝已经进去了。"可是她不能待在这儿,不能跟他们……"尼科尔斯先生爬到驾驶座上,伸过手来握住杰西的手,他的手又凉又湿。

"她今天很难过,她问能不能跟她爸爸待一会儿。而且,杰西,如果这就是他现在的生活,那她必须成为其中的一部分。"

"可是这不——"

"不公平,我知道。"

他们坐在那里,三个人一起盯着那座灯火通明的房子。她女儿在里面,跟马蒂的新家庭一起。好像有人进入了她的身体,紧紧揪住她的心,要从她的肋骨间狠狠地扯出来。

她无法将视线从窗户那儿移开。"要是她改变主意了怎么办?她会觉得孤单的,而且,我们也不了解他们。我不了解那个女人,她可能——"

"她跟她爸爸在一起呢,她不会有事的。"

她看着尼科尔斯先生。他一脸同情,但声音却异常坚定。"为什么你要替他说话?"

"我没替他说话。"他的手指包住她的手,"听着,我们去找个地方吃点东西,过几个小时后再回来。我们就待在附近,这样如果她需要我们的话,我们可以随时回来。"

"不,我留下。"后面传来一个声音,"我留下陪她,这样她就不是一个人了。"

杰西转过身来,尼基的目光凝视着窗外。

"你确定?"

"我不会有事的。"他的脸上没有任何表情,"不管怎样,我有点想听听他会怎么说。"

尼科尔斯先生把尼基送到前门。杰西看着她的继子,他瘦瘦的长腿裹在瘦瘦的黑色牛仔裤里,他站在那里,羞怯、尴尬地等着开门。那个金发女人努力对他挤出一个微笑,偷偷看了看他身后的汽车。

杰西远远地看着,想着那个女人其实可能很怕她。他们进去后门就关上了。杰西闭上眼睛,不想去想那扇门后发生的事。

这时尼科尔斯先生回到了车里,带进来一股冷风。"别这样,"他说,"没事的,我们很快就回来了。"

他们坐在路边的一家咖啡馆里。她吃不下,只喝了点咖啡,尼科尔斯先生买了个三明治,就在她对面坐下。她不确定他是不是知道该说什么。

两个小时,她一直告诉自己,两个小时,然后我就可以把他们接回来了。她想和孩子们一起回到车上,远离这里,远离马蒂和他的谎言、他的新女友,以及那个假的、新的家。她盯着时钟的指针一格格走过,任自己的咖啡一点点失去温度。可是,每一分钟似乎都是永恒。

然后,离他们预定出发的时间还差十分钟时,电话响了。杰西一把抓起来。一个不认识的号码,是马蒂的声音。

"你能让他们今晚留在我这儿过夜吗?"

这句话让她完全无法呼吸了。

"哦,不行。"等她能出声后,她说,"你不能就这样留下他们。"

"我只是……想跟他们把一切都解释清楚。"

"哦,那祝你好运。因为要是我能理解的话,我肯定是有毛病。"她拔高的声音在小小的咖啡馆里特别刺耳。邻近几桌的客人都转过头来。

"杰西,我没法跟你说,好吗?因为我知道你肯定会是这种反应。"

"哦,那是我的错咯。对!当然是我的错!"

"我们已经结束了,这一点你跟我一样清楚。"

她站了起来。她并没有意识到自己站起来了。不知为何,尼科尔斯先生也跟着站了起来。"我他妈根本不在乎我和你之间的事,好吗?但是你走后我们一直在温饱线上挣扎,如今我却发现你跟别人生活在一起,养着别人的孩子。可同时你却说你连一点举手之劳都帮不了我们。对,我因为这个做出不好的反应真是太有可能了,马蒂。"

"我花的不是自己的钱,那是琳琪的钱。我不能用她的钱来养你的孩子。"

"我的孩子?我的孩子?!"她现在已经从桌子后面出来,盲目地朝门口走去。她隐约注意到尼科尔斯先生叫了服务员。

"听着,"马蒂说,"坦丝真的想在这里过夜。数学竞赛的事显然让她很不开心,她让我来问你,求求你了。"杰西说不出话来了。她站在冰冷的停车场里,闭着眼睛,握住手机的关节开始发白。

"而且,我真的需要跟尼基沟通一下。"

"你……不可信。"

"就……就让我跟孩子们沟通一下吧,求你了?你和我的事,我们可以以后再谈。但是就今天晚上,让他们留在这儿。我很想他们,杰西。我知道这都是我的错,我知道我是个混蛋。不过我其实很高兴,因为一切都明了了。我很高兴你知道发生了什么事,我只是……我现在想往前看。"

她盯着前方,远处有一辆警车闪着蓝光,她的脚开始抽痛。最后,她终于说:"让坦丝接电话。"电话那头沉默了一会儿,有扇门开了。杰西深吸了一口气。

"妈妈?"

"坦丝?宝贝儿,你还好吧?"

"我很好,妈妈。他们家有水龟,有一只腿瘸了,名字叫迈克。我们可以买一只水龟吗?"

"这事我们再商量。"她听到后面有炖锅叮叮当当的声音,还有水龙头流水的声音,"呃,你今晚上真的想留在那里吗?你不是一定要留下的,你知道。你只要……只要你高兴,做什么都行。"

"我很想留下。苏西很好,她要把她《歌舞青春》的睡衣借给我穿。"

"苏西?"

"琳琪的女儿。在这里就像是在朋友家过夜一样。她还有那种你可以用熨斗粘起来连成一张图的小珠子。"

"好吧。"

一阵短暂的沉默。杰西听到后面有低低的说话声。

"那你明天几点来接我?"

她吞了吞口水,努力让自己的声音保持平静。"吃完早饭,九点。如果你改变主意的话,就给我打电话,明白吗?什么时候都行,我会立刻过去接你,即使是大半夜也没关系。"

"我知道。"

"我随时都可以过去。我爱你,宝贝儿。想给我打电话的话随时都可以。"

"好。"

"你……你能让尼基接一下电话吗?"

"好,爱你,再见。"

尼基的声音听不出有什么感情。"我跟他说了我会留下,"他说,"不过只是为了照看坦丝。"

"好,我会确保我们就在附近。她……那个女人……她好吗?我的意思是,你们都会好好的吧?"

"她叫琳琪,她挺好的。"

"还有,你们……你们在那儿没事吧?他没有——"

"我没事。"

然后是很长时间的沉默。

"杰西?"

"嗯?"

"你没事吧?"

她用力闭上眼睛，默默地吸了一口气，抬起一只手抹了一把顺着脸颊流下的眼泪。她都不知道自己原来还有这么多泪水。等她确定泪水不会把自己的声音也淹没后，才回答尼基说："我没事，亲爱的。你们好好玩，不用担心我。我明天早上去接你们。"

尼科尔斯先生就在她身后。他默默地从她手上接过手机，眼睛一直盯着她的脸。"我找了个住的地方，那里可以带狗。"

"那里有酒吧吗？"杰西用手背擦了擦眼睛，问。

"什么？"

"我需要喝点酒，艾德。痛痛快快地喝一场。"他伸出一只胳膊让她握住，"而且我觉得我可能把脚指头弄伤了。"

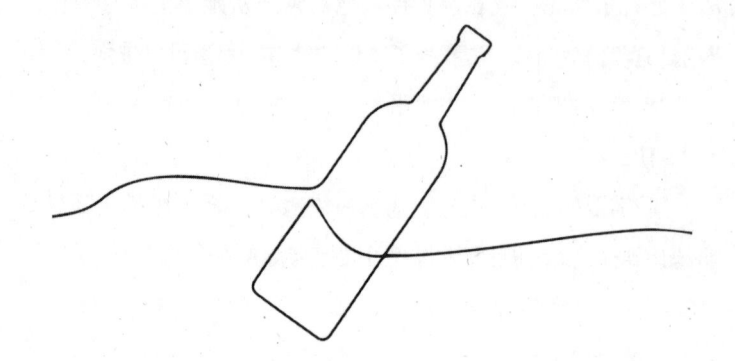

八　带着伤痕的甜

在一切被激烈地打破之后，潜藏已久的真心才得以碰到彼此。虽然两颗破碎的心布满裂痕，可他们却填补了对方的空隙。

1. 艾德

很久很久以前，艾德遇到一个女孩，她是他所见过的这世上最乐观的女孩。这个女孩穿着人字拖等待春天的到来；她像跳跳虎一样不断地从生活的打击中站起来；那些打倒了大多数人的东西似乎完全影响不了她；或许她也被打倒过，只是她迅速站了起来。她再次跌倒，却只是露出一个微笑，拍拍身上的尘土，继续前行。他一直搞不清楚，这到底是他见过的最无畏的行为，还是最愚蠢的。

后来，他站在卡莱尔附近某个地方，在那座拥有四个卧室的豪宅前，眼睁睁地看着那个女孩所相信的一切逐渐消逝，直到最后什么也不剩，只留下一个坐在他副驾驶座上的鬼影，茫然地望着挡风玻璃外。乐观在她身上慢慢流逝的声音清晰可闻，他觉得自己心里好像有什么地方也裂开了洞。

他订了一家湖边的度假小屋，离马蒂家——更准确地说，是马蒂女朋友家——只有二十分钟车程。百英里内他找不到一家可以让他们带狗的宾馆，不过他问的最后一家的前台接待，一个叫了他八次"宝贝儿"的女人，告诉他，她知道一家新开的宾馆，是她朋友的儿媳妇开的。他必须一次性付三天的房费，这是他们的最短入住时间，但他毫不在意。杰西没有问。他不知她是不是压根就没注意到他们在哪儿。

他们从前台拿了钥匙，沿着林间的小路一直开，最后在小屋前停下。他把杰西和狗弄下车，看着他们走进去。那会儿她已经瘸得很厉害了。他突然想起,她踢那辆车时暴怒的样子,还是穿着人字拖。

"好好洗个澡。"他把所有的灯打开,拉上窗帘说。现在外面已经黑透,什么也看不见。"去吧,好好放松一下。我去买点吃的,可以的话再买个冰袋。"

她转过身来点点头,勉强挤出一丝笑容表示感谢,但那笑比哭还难看。

最近的超市只是一家名义上的超市——闪烁的条形灯下只有两筐蔫了的蔬菜和几架子罐头,那个牌子他听都没听说过。他买了熟食、面包、咖啡、牛奶、冻豆子以及治她脚伤的止痛药,还有几瓶葡萄酒。他也需要喝点酒。

他正在收银台那儿结账,这时他的手机响了。他费劲地从口袋里把手机掏出来,想着会不会是杰西。这时他才记起,她的电话两天前就已经欠费了。

你好,亲爱的。很遗憾你明天来不了了,我们真的很希望能早点见到你。

爱你的,妈妈。另外,爸爸也送上他的爱。他今天不太好。

"二十二英镑八便士。"

那个女孩说了两遍他才听到。

"哦,不好意思。"他摸出信用卡递给她。"卡机坏了,那边牌子上写了。"

艾德沿着她的视线看去，上面有块牌子用不流畅的圆珠笔写着"只收现金或支票"。

"你逗我玩呢，是不是？"

"我干吗要逗你玩？"她阴沉地说，嘴巴里嚼着什么东西。

"我不确定我身上带了足够的现金。"艾德说。

她冷漠地看着他。

"你们不收信用卡？"

"牌子上写得很清楚了。"

"好吧……你们就没有手动的卡机吗？"

"这里大部分人都是付现金。"她说。她的表情在说："愚蠢的外地人。"

"好吧，最近的取款机在哪儿？"

"这儿是卡莱尔。"她慢慢地朝他眨眨眼，"要是你钱不够的话，就把那些吃的放回去。"

"我有钱。等我一下。"

艾德在口袋里摸索着，无视排在后面的人毫不掩饰的叹气声和白眼。神奇的是，他终于凑够了买除了洋葱丸子外所有东西的钱。他把钱数了一遍，那个收银员一边结账一边夸张地皱了皱眉，并且把洋葱丸子推到一边。而艾德则把东西全塞进一个可能到不了车上就要坏掉的购物袋里，同时努力不去想妈妈。

杰西一瘸一拐地走下楼时，他正在做饭。或者更准确地说，他正在把两个塑料托盘放进微波炉里，让它们伴着很大的噪声转动。这可能算是他最像做饭的一次了。杰西穿着浴袍,头发裹在白色浴巾里。他一直不明白女人是怎么弄成那样的,他前妻也会这样。他之前曾怀疑,是不是所有的女人都要学会这个,就像应付生理期一样。她单单露出一张脸来,显得很漂亮。"给你。"艾德递给她一杯葡萄酒。

她从他手里接过来。他已经生好了火,杰西坐在火堆前,显然还沉浸在自己的思绪中。他把冰豆子递给她让她敷脚,然后又忙着按照说明书上的指示,用微波炉做其他的食物。

"我给尼基发短信了。"他一边用叉子戳破塑料膜,一边说道,"就是告诉他们我们住在哪里。"

她喝了一口酒。"他还好吗?"

"他很好,他们正要吃饭。"他说这话的时候,她微微缩了一下,艾德立刻后悔自己让她想到那幅家庭聚餐的场景了,"你的脚怎么样?"

"疼。"

她又喝了一大口酒,他看到那杯酒已经被她喝完了。她站起来的时候缩了一下,于是豆子掉到地上,她又给自己满上一杯。然后,她似乎是突然想起了什么,手伸到浴袍的口袋里,拿出一个塑料袋。

"尼基藏的大麻。"她说,"我决定,此刻征用他的大麻。"

她似乎是故意挑衅,等着他反驳她。他没有。于是她从玻璃咖啡桌上拉过一本旅游指南放在大腿上,随意地卷了个烟卷。她把烟卷点上,深深地吸了一口,努力忍住不让自己咳嗽出来,然后又吸了一口。她的头巾已经滑到一边,她不耐烦地用力拽下来,这样湿湿的头发便落在她肩膀上。她又吸了一口,闭上眼睛,拿烟卷的手朝他这边伸过来。

"我进来的时候闻到的是不是就是这个味儿?"

她睁开眼睛。"你觉得我很堕落。"

"不,我只是觉得我们俩得有一个人保持清醒,能开车,万一坦丝想让我们去接她呢。没关系的,真的,你继续。我想……你需要——"

"开始新的生活?重新振作起来?好好做爱?"她惨笑着说,"哦,不,我忘了。我连这个也做不好。"

"杰西——"

她抬起一只手。"对不起,好了,我们吃饭吧。"

他们在厨房旁边一张小层压板桌子上吃饭。饭菜还算可口,但杰西那份几乎没动。

艾德把盘子收到一边准备去洗的时候,杰西转过来看着他说:"我真是个白痴,是吗?"

艾德靠在橱柜上,手里拿着一个盘子。"我不知道该怎么——"

"我躺在浴缸里的时候都想明白了。这些年我一直在喋喋不休地跟孩子们说,如果你关心别人,做正确的事,一切都会好起来的。不能偷窃,不能撒谎,做正确的事,总有一天你会得到应有的回报。哦,这全是扯淡,不是吗?别人才不会这么想。"

她的声音有些含糊，因痛苦而有些沙哑。

"不是——"

"不是？两年来我一直一文不名，两年来我一直在保护他，不给他施加压力，不让他被他自己孩子的事情烦到，而他却一直过着那样的生活，跟他的新女朋友在一起。"她茫然地摇了摇头，"我从来都没有怀疑过他，一刻也没有。坐在浴缸里的时候，我想明白了……什么叫'己所不欲勿施于人'？哦，得别人也这么做才有用。可是，根本没有人会这么做。这个世上全是不愿付出的人，只要可以得到自己想要的东西，他们会毫不犹豫地从你身上踏过，即使脚下踏的是他自己的孩子。"

"杰西……"

艾德从厨房走过来，一直走到离她只有几英寸的地方。他想不出该说什么。他想伸出双臂抱住她，但她身上有什么东西让他感到抗拒。她又给自己倒了一杯酒，举起来朝他敬了一下。

"你知道吗，我根本不在意那个女人。不是因为这个。他说得对——我们俩之间早就结束了。可是那些说没法帮助他自己孩子的混蛋话算什么？甚至连想想该怎么帮坦丝筹集学费都不肯？"她喝了一大口酒，慢慢眨了眨眼，"你看见那女孩穿的上衣了吗？你知道一件霍利斯特的上衣多少钱吗？六十七英镑。一件小孩子的运动衣要六十七英镑。小贩艾琳有一次拿了一件，我看到价签了。"她生气地抹掉眼泪，"你知道尼基二月份过生日的时候他送给尼基什么吗？一张十英镑的礼品券。一张电脑游戏店十英镑的礼品券。十英镑你连个电脑游戏也买不起，只能买二手的。愚蠢的是，我们竟然还都觉得很开心。我们以为，这意味着马蒂的情况越来越好了。我告诉孩子们，如果你不工作的话，十英镑其实已经算是一大笔钱了。"

她开始大笑起来，那笑声可怕而凄凉。"可是一直以来……一直以来他都住在那栋豪宅里，享受着一尘不染的新沙发、搭配得宜的窗帘，还有他那该死的男子乐队发型。他甚至都没胆告诉我。"

"他是个懦夫。"他说。

"是。可我是个白痴。我拖着两个孩子徒劳地穿越了半个英国，只是因为我觉得我可以让他们得到更好的机会。我害得我们欠了几千英镑的债，我丢了酒吧的工作，我逼着坦丝去做我永远都不该逼她去做的事，让她的自信心大受打击。这一切都是为了什么？就因为我不肯面对现实。"

"现实？"

"我们这样的人永远不可能翻身，我们永远不可能向上爬，我们只能在最底层挣扎。"

"不是这样的。"

"你知道什么？"她的声音里没有愤怒，只有困惑，"你怎么可能明白？你现在犯了伦敦最严重的罪行之一，你自己都自身难保。严格来说，你确实犯了罪。你确实告诉了你的女朋友该买哪只股票，那样她就可以赚一大笔钱。不过你不会有事的。"

他举起酒杯的手停在嘴边的某个地方。

"你不会有事的。你会在里面待几个星期,甚至还可能会缓期执行,罚一笔大钱。你会有花大价钱请来的律师帮你摆平所有真正的麻烦。你有人帮你争、帮你斗。你有房子、车子、人脉和资源。你其实真的不用担心什么。你怎么可能会明白我们这种人的生活?"

"你这么说不公平。"他轻声说。

她转过身来吸了一口,闭上眼睛,朝上呼出,甜甜的烟圈朝天花板飘去。

艾德坐在她旁边,把烟卷从她指间拿下。"我想这或许并不是个好主意。"

她一把抓回来。"别跟我说什么是好主意。"

"我觉得这样没用。"

"我才不在乎你怎么——"

"我不是你的敌人,杰西。"

她迅速看了他一眼,然后转过身去盯着火堆。他不知道她是不是在等他起身离开。

"对不起。"她终于开口说道,她的声音像纸板一样僵硬。

"没关系。"

"有关系。"她叹了一口气说,"我不该……我不该拿你当出气筒。"

"没关系的。今天是糟糕的一天。听着,我要去洗个澡,然后,我想我们该去睡会儿觉了。"

"我抽完这根就上去。"她又吸了一口。

艾德等了一会儿，便留下她一个人在那里盯着火堆。他现在除了洗澡什么也想不了，这充分说明了他有多累。

艾德想自己一定是在水里打瞌睡了。他把水放得很深，把所有能找到的药膏和药水全都倒进去，这才满意地沉下去，让热水冲刷掉一部分白天的紧绷。他试着不去思考，不去想杰西正在楼下凄凉地盯着火苗，不去想他妈妈就在几小时车程外的地方等着她不会出现的儿子。

他只是需要那么几分钟，什么都不想。在保证能呼吸的前提下，他尽可能地沉到水里。有种奇怪的紧张感似乎悄悄渗入了他的骨头里：他没法放松，就算闭上眼睛也没用。这时他才注意到那个声音，是远处发动机旋转的声音，声音参差不齐，非常刺耳——像是一台烦人的电锯，或是哪个新手在学习如何加速。他睁开眼，祈祷着这个声音快点消失。他之前曾以为这里，相比其他地方来说，可能会让他获得一点点宁静。只想要一个没有噪声、没有闹剧的晚上，难道这个要求真的很过分吗？

"杰西？"当这个声音让他觉得很不耐烦时，他喊道。他想问楼下有没有音响，可以让她打开盖住这个声音。这时他才意识到自己那种隐隐的不安来自何处：他听到的是自己车子的声音。

他坐在那里，突然直起身子，从浴缸里跳出来，往腰上裹了一条浴巾。他一步两个台阶地跑下楼，经过空空的沙发，经过在火堆前的小窝里疑惑地抬起头的诺曼,手忙脚乱地打开前门。一股冷风迎面吹来。他只来得及看到自己的车子从小屋前磕磕巴巴地沿着弯曲的砾石车道向前开去。他跳下台阶跑起来,奔跑中,他只能看到杰西正握着方向盘,伸着脖子盯着挡风玻璃外。她一个车灯也没开。

"我的天哪!杰西!"他冲过草坪,身上还在滴着水,他一只手抓住腰上的浴巾,试图在她过了车道上马路之前穿过草坪拦住她。她的脸迅速朝他这边转了一下,看到他的时候她的眼瞪得大大的。她换挡的时候,艾德能听到清楚的嘎吱声。

"杰西!"

他就在车前。他重重地扑到发动机罩上,然后爬到一边开驾驶室的门。杰西还没来得及摸到锁车门就开了,他就扒着车门在一边飘着。

"你到底在干什么?"

可是她没有停车。他现在已经跑起来了,步伐大得可怕,他一手拉着晃动的车门,一手放在方向盘上,脚底在砾石上磨着,身上的浴巾早就不知所踪。

"放手!"

"停车!杰西,停车!"

"放手,艾德!你会受伤的!"她拍他的手,车子危险地朝左边转去。

"你到底——"他跳了一下,终于把钥匙拔下来。车子颤抖了几下突然停住了。他的右肩猛地撞在车门上,杰西的鼻子

"啪"的一声撞在方向盘上。

"该死。"艾德重重地侧身落地,脑袋撞到了什么硬东西上,"真他妈该死。"他躺在地上喘着气,脑袋晕晕的。过了几秒钟他的大脑才恢复清醒,然后他摇摇晃晃地、拉住还开着的车门站起来。他模模糊糊地看到,他们离湖边只有几英尺,墨黑的湖岸线就在车轮旁边。杰西双臂放在方向盘上,脸埋在双臂之间。他伸出手越过她拉上手刹,以免她再次发动车子。

"你到底在干什么?你在干什么?"一阵愤怒和疼痛传遍他全身,这女人就是个噩梦!"上帝啊,我的头。哦,不,我的浴巾去哪儿了?那块该死的浴巾去哪儿了?"

其他小屋里有灯光闪烁。他抬头一看,窗户那儿不知什么时候多了好几个影子,都在看着他。他用一只手尽可能地遮住自己,半走半跑地去找掉在地上、满是泥土的浴巾。他一边走,一边朝他们举起另一只手,似乎在说:这里没什么好看的(因为寒冷的夜风,这话很快成真了),有几个人慌忙拉上窗帘。

杰西一直坐在他刚才留下她的地方。"你知道你今晚喝了多少吗?"他冲开着的车门大喊着,"你知道你吸了多少吗?你这样会没命的!你这样会让我们俩都没命的!"

他想摇摇她,"你就这么想让自己在一堆麻烦里头越陷越深吗?你到底是哪里有毛病?"

然后他听到她开口了。她双手抱住头哭着,那轻轻的哭声十分凄凉。"对不起。"

艾德有点泄气,使劲拉了拉腰上的浴巾。"你到底在干什么,杰西?"

"我想去接他们。我不能把他们留在那儿,让他们跟他在一起。"

他吸了一口气,握了握拳头又松开。"可是这事儿我们已经讨论过了,他们完全没有问题,尼基说如果他们有事的话他会打电话来的,我们明天一早就去接他们。你都知道的,那你到底——"

"我害怕,艾德。"

"害怕?怕什么?"

她的鼻子在流血,暗红的血一直滴到嘴唇那儿,眼睛也被睫毛膏抹成了黑色。"我怕……我怕他们喜欢待在马蒂家。"她一脸沮丧地说,"我怕他们不想让我接他们回来。"

杰西·托马斯轻轻地靠在他身上,脸埋在他裸露的胸膛上。艾德最终还是伸出胳膊抱住她,让她尽情地哭。

他曾听信教的人说过获得启示的经历:仿佛有那么一个瞬间,一切都明了了,所有的烦恼和一时的痴狂都化作浮云,他们突然就释然了。他一直觉得这种事不可能发生在他身上。但此时,在卡莱尔附近的某个地方,在一泓他觉得可能是湖也可能是运河的水域旁的小木屋里,艾德·尼科尔斯觉得这一刻降临了。

那一刻,他意识到,他必须把一切纠正过来。他对杰西受到的不公正的待遇,比对他自己身上遇到的任何事都感到更加愤怒。他意识到,当他把她拉近,亲了亲她的头顶、感觉到她对他的依赖的时候,他愿意做任何事,只要能让她和她的孩子幸福,保证他们的安全,给他们一个平等的机会。

他没有问自己,为什么短短四天就让他明白了这一点。他只知道,这个念头似乎比他几十年来所汲汲追求的一切都更加明确。

"一切都会好起来的。"他对着她的头发轻声说,"一切都会好起来的,因为我会让一切都好起来的。"

然后,他用一个忏悔的人一样平静的语调说,她是他见过的最棒的女人。她抬起肿胀的眼睛看着他的眼,艾德擦擦她流血的鼻子,低下头把自己的嘴唇轻轻地靠在了她的唇上,然后他做了过去四十八个小时里他一直想做的事——虽然他起初太笨了,没有发现。他吻了她。她回吻过来——起初是试探着,随后便带着激烈的、令人欣喜的激情。她的手偷偷地攀住他的脖子,眼睛闭着——他把她拎起来抱回了屋里。他只有一种方法可以确保自己不会被误解,他努力让她看到。

因为那一刻,艾德·尼科尔斯发现,他更像马蒂,而不是杰西。他是一个懦夫,一直在不停地逃避问题,而不是勇敢地面对。这一点必须改变。

过了一会儿,他清醒地躺在床上,感叹着生命中的一切都发生了一百八十度的大转弯。"杰西?"他对着她的皮肤轻声说,"你能帮我个忙吗?"

"还来?"她迷迷糊糊地说。她的手轻轻地放在他胸膛上,"我的天哪。"

"不是,我是说明天。"他用自己的头靠着她的头。

她翻了个身,一条腿从他腿上滑过。他感觉到她的唇吻在他身上。"当然。你想让我做什么?"

他抬头盯着天花板。"你能陪我去我爸爸家吗?"

2. 尼基

杰西最喜欢说的一句话(仅次于"一切都会好起来的"、"我们会想办法的"和"哦,天哪,诺曼!")就是:家庭都是各种各样的。"现在已经不全是两个变三个了。"她说这话的时候,感觉就像是如果她多说几次,我们就都信了。

呃,如果说我们的家庭组成可以用一个词形容的话,以前是"奇怪",那现在可以说是"疯狂"。

我没有一个真正意义上的全职妈妈,可能不像你跟你妈妈那样,不过现在我似乎又有了一个兼职的妈妈:琳琪,琳琪·福格蒂。我不知道她对我看法如何:我看到她一直用眼角的余光观察我,试图想搞明白我是要干点坏事、野蛮的事,还是要把水龟或其他什么东西吃了。爸爸说,她在当地市政委员会的地位很高。他说这话的时候似乎真的很自豪,好像都飘到天上去了。我不确定他是否曾用看琳琪的眼神看过杰西。

刚到这里时,大概有一个小时的时间我一直觉得很尴尬,就像是又多了一个觉得自己无法融入的地方。房子里真的很干净,他们家一本书也没有,不像我们家,杰西把书塞得到处都是——除了浴室——连马桶旁边通常也有一本。我一直盯着爸爸，因为我无法相信，他竟然可以一边对我们撒谎，一边像个正常人一样生活在这里。这让我很恨琳琪，就像我恨他一样。

不过后来坦丝吃晚饭的时候说了什么，琳琪突然大笑起来，她笑得真的很傻，很大声——"大喇叭·福格蒂"，我想这么叫她——她一只手捂住嘴巴，跟爸爸互相交换了一个眼神，似乎她真的、真的应该忍住，不该发出这种声音。她眼睛皱起的样子让我觉得，或许她不坏。

我的意思是，她的家庭也是一个奇怪的组合。她有两个孩子，苏西和乔希，还有我爸爸。然后突然就出现了我——爸爸叫我哥特男孩，好像这样叫很有趣似的——和坦丝，坦丝戴着两副摞在一起的眼镜，因为她说戴一副看得不是很清楚。还有在她家车道上发狂的杰西，她把她的车子踢了好几个洞。还有尼科尔斯先生，他显然是喜欢杰西的，他一直在四处走动，冷静地把所有人都安顿好，好像他是这里唯一的成年人似的。毫无疑问，爸爸肯定是跟琳琪说过我亲妈的事，或许有一天她也会出现在琳琪家的车道上，像我搬去跟杰西住的第一个圣诞节那天那样，大喊大叫，朝我们家的窗户扔酒瓶，嗓子都喊哑了，直到邻居打电话叫了警察来。

所以，考虑到这一切，说实话，大喇叭·福格蒂可能也觉得她的家庭并不像她期望的那样。

我也不知道自己到底为什么要说这些。只是因为现在是凌晨三点半，房子里的其他人都在睡觉。我和坦丝住在乔希的房间里，他有自己的电脑——他们俩都有自己的电脑（不用说，是苹果的）——而我又记不起他的密码，什么游戏也玩不了。不过我一直在想尼科尔斯先生说的写博客的事，还有如果我写下来放在那儿，年轻人们自己就会过来看吗？就像《梦幻之地》①里看棒球的观众一样。

你可能不是我的同类。你可能只是在搜索打折轮胎、色情片或其他东西的时候不小心打错了字，然后误打误撞。但我还是把它贴在这儿，万一你跟我有些许相似呢。

因为过去的二十四小时里我明白了一些事。

我可能无法像你融入你的家庭那样融入我的家庭，简单来说，就像是一小排完美地嵌入圆洞里的小圆钉。在我们家，所有的钉子和洞原本都是属于其他地方的，所以都有点卡，有点斜。但事情是这样的，我不知道是不是因为过去几天里我们远离了一切，或者是这几天太紧张了，当爸爸坐下来，跟我说见到我真好，同时眼睛蒙上一层雾时，我意识到，我的爸爸可能确实是个混蛋，但他是我的混蛋，他是我唯一拥有的混蛋。感受到坐在我病床前的杰西落在我身上的手，听到电话里她努力压抑的哭声，看着我妹妹真的、真的很勇敢地去努力面对上学的事（虽然我看得出，她的世界已经崩塌）——这一切都让我明白，我确实是属于某个地方的。

---

① 《梦幻之地》(*Field of Dreams*)，美国电影。讲述和父亲关系僵硬的男孩雷，听从神秘之音——"如果你建好了，他就回来"——铲平玉米地建造棒球场的故事。最终，梦想成真，他和父亲也重归于好。

我想我是属于他们的。

3. 杰西

艾德靠着枕头躺在床上看她化妆,看她拿着一小管遮瑕霜涂脸上的淤青。她正打算盖住太阳穴上的淤青,那是她脑袋撞到安全气囊的地方。不过她的鼻子还是紫的,皮肤紧紧地绷在一个之前没有起来的肿包上,上嘴唇肿得老高,像是个在小黑店里做了整形手术的蠢女人。

"你的样子看上去像是鼻子上被人揍了一拳。"

杰西用手指轻轻擦着嘴巴。"你也一样。"

"确实。还是我自己的车,这得感谢你。"

她歪了歪脑袋,盯着镜子里在她身后的他。他慢慢地歪嘴一笑,嘴巴上有浓浓的胡楂。她情不自禁地回应着他的笑。

"杰西,我不确定这么遮掩有什么用。不管你怎么弄,你看上去都像是被揍了一顿。"

"我想,我会沉痛地跟你父母说,我撞到门上了,或许还会偷偷地瞄你一眼。"

他叹一口气,舒展了一下手脚,闭上眼睛。"如果那就是他们今天对我最差的印象,那我真的是表现很好了。"

她放弃折腾自己的脸了,关上了化妆包。他说得对:昨天没用冰袋按着,她也没什么办法能让自己看起来不那么像被揍了一顿。她用舌头试探地舔了一下疼痛的上嘴唇。"我真不敢相信昨天晚上我们……那时候我竟然没有感觉。"

昨天晚上。

她转过身来爬到床上,完全伸展开身子躺在他旁边,享受着靠着他的感觉。她不敢相信,仅仅一周前他们都还不怎么认识。他睁开惺忪的睡眼,伸过手来懒洋洋地玩弄着她的一绺头发。

"那是因为我的个人魅力太大了。"

"或者说是两根烟加一瓶半梅鹿汁葡萄酒的魅力。"

他一只胳膊搂住她的脖子把她拉过来。她迅速闭上眼睛,呼吸着他的皮肤的味道。他身上有种好闻的性感的气味。"你温柔点。"他轻声抱怨着,"我今天有点难过。"

"我给你放洗澡水。"她摸了摸他脑袋撞在车门上留下的印记。他们接吻了,绵长、缓慢而又甜蜜的吻,这又激起了他们的欲望。

"你还好吧?"

"从来没有像现在这样好过。"他睁开一只眼。

"不是,我是说午饭的事。"

他脸上立马闪过一抹严肃,任脑袋落回枕头上。她后悔提这茬了。

"不好,不过我想等这件事完了我会感觉好点。"

她坐在马桶上一个人默默苦恼,然后在差十五分钟九点的时候给马蒂打了个电话,告诉他自己现在有点事要处理,所以会在三四点左右去接孩子们。她没有多问。她已经决定了，从现在开始，她只会告诉他以后会怎样。他让坦丝接了电话，坦丝想知道她不在的时候诺曼是怎么过的。那只狗正四肢展开趴在火堆前，像是一床 3D 地毯。她怀疑它是不是整整十二个小时没有挪过窝了，除了吃早饭的时候。

"它还活着，就这样。"

"爸爸说他要做培根三明治，然后我们可能去公园，就他和我，还有尼基。琳琪带苏西去学芭蕾舞了，她一周有两次芭蕾舞课。"

"听起来很不错。"杰西说。她怀疑，自己的超能力会不会就是，能把让自己想踹东西的事情也说得听起来兴高采烈。

"我大概三点以后回来。"马蒂重新接过电话后，她对他说，"麻烦你记得让坦丝穿外套。"

"杰西。"她正准备挂电话时，他说。

"嗯？"

"他们很棒，他们俩都很棒。我只是——"

杰西吞了吞口水。"三点以后，要是到时候去不了的话我会打电话的。"

她把狗牵出去遛了一圈，等她回来的时候，艾德已经起床并吃完早饭了。开车去他父母家的一个小时里，他们都很沉默。他刮了胡子，换了两次 T 恤，虽然两件都是一模一样的。她一声不吭地坐在他旁边，感觉昨晚两人之间的那种亲密随着清晨和走过的距离一起逐渐消失。有好几次她张了张嘴想说点什么，却又发现自己根本不知道该说什么。她觉得自己像是被人剥了一层皮，所有的神经末梢都暴露出来。她笑得太大声了，她的动作很不自然，有些拘谨。她觉得自己像是沉睡了一百万年，刚刚被人突然惊醒。

她最想做的事就是碰碰他，把一只手放在他的大腿上。可是现在，他们已经走出了那个房间，在这光天化日之下，她不确定如今这样做是否合适。对于所发生的一切，她不能完全确定他到底是怎么想的。

杰西抬起淤青的脚，把重新冻过的那袋豆子放回脚上，然后又拿下来，又放回去。

"你没事吧？"

"没事。"她这么做主要是为了给自己找点事干。她迅速朝他一笑，他也冲她笑了笑。

她想靠过去亲亲他；她想用手指轻轻地滑过他的后脖颈，这样他就会像昨天晚上那样看她；她想解开安全带，从座位上慢慢挪过去，迫使他停车，这样她就可以让他有二十分钟的时间不想其他事情。或许，还是不要了吧。一路上她都在偷偷地看他，她发现自己一看到他的双手，就忍不住想它们滑过她皮肤的感觉，还有那柔软蓬松的头发慢慢向下滑过她裸露的肚子。哦，上帝啊！她盘起腿盯着窗外。

但艾德的思绪却早已飘到了其他地方。他越来越安静，嘴巴紧紧闭着，放在方向盘上的双手也有些僵硬。

她转身朝前，又调整了一下冰豆子，然后开始想火车、路灯柱，还有数学奥林匹克竞赛。他们在沉默中前行，两人的思想像是飞速旋转的车轮。

艾德的父母住在排屋尽头一座维多利亚式的灰色房子里，那条街上的人一看就是都想用整洁的窗台花箱把邻居比下去。艾德停下车，等着引擎慢慢熄火。可他自己却没有动。

她想都没想就伸出手去摸他的手。他转过身来看着她，似乎忘记了她的存在。"你确定不介意跟我一起来？"

"当然不介意。"她结结巴巴地说。

"真的很感谢你，我知道你很想去接孩子们。"

她用手按了一下他的手说："没关系的。"

他们沿着小路走过去，艾德停下来，用力敲了敲前门。他们互相看了一眼，尴尬地笑笑，然后等着。然后又等了一会儿。

大约过了三十秒后，他又敲了一次门，这次声音更大，然后他蹲下来从信箱那儿往里看。

他站起身来去掏手机。"真奇怪，我确定杰玛跟我说的就是今天吃午饭啊。我再问一下。"他翻了翻几条短信，点点头，然后又敲了一次门。

"我想如果里面有人的话，他们肯定已经听到了。"杰西说。

他脑袋里突然冒出一个想法，如果走到一座房子前，可以知道门那边发生了什么该多好，哪怕只有一次。

头顶上一扇窗户磕磕巴巴地拉开，吓了他们一跳。艾德退后一步，看着隔壁。

"是你吗，艾德？"

"你好，哈里斯太太。我来找我爸妈，您知道他们在哪儿吗？"

那个女人一脸痛苦地说："哦，艾德，亲爱的，他们去医院了。恐怕是你爸爸今天一大早又犯病了。"

艾德一只手捂住眼睛，"哪家医院？"

她犹豫了一下，说："皇家医院，亲爱的。如果走高速的话大概有四英里。你从这条路走到头左拐——"

"好的，哈里斯太太。我知道在哪儿，谢谢你。"

"代我们向他问好。"她喊道。然后杰西就听到窗户拉下的声音，艾德已经去开车门了。

他们不过几分钟就到了医院。杰西没有说话，她不知道该说什么。有一刻，她大胆地说了一句："呃，至少他们见到你会很高兴。"但这句话说出来显得很蠢，他沉浸在自己的思绪中，似乎根本没有听到。他告诉前台父亲的名字，前台用手指点了几下屏幕。"你知道肿瘤科在哪儿吧？"她从屏幕上抬起头，问道。

他们走进一座钢制电梯，上了两层。艾德对着对讲机报上自己的名字，然后用病房门边的杀菌剂洗了手，最后门终于开了。杰西跟着他一起走进去。

一个女人从医院走廊那边朝他们走来。她穿着一件毛毡裙，搭配一条彩色连裤袜,留着一头毛茸茸的短发。

"嘿,杰玛。"随着她慢慢走近,艾德说。

她看着他,似乎不敢相信。她的嘴巴张得老大,有一瞬间,杰西以为她要说点什么。

"见到你很——"他开口说。那女人不知从哪里迅速伸出手来,"啪"的一声扇了艾德一耳光,声音大得整个走廊都能听到回音。

艾德手紧紧捂在脸上。"到底是——"

"你这个混蛋!"她说,"你这个大混蛋,大混蛋!"两人互相瞪着,艾德放下手,似乎想检查一下是不是出血了。

她晃晃自己的手,似乎对自己也感到很惊讶,然后过了一会儿,故作优雅地把这只手伸向杰西。"你好,我是杰玛。"杰西犹豫了一下,小心翼翼地跟她握了握手。"呃……我叫杰西。"

她皱了皱眉。"那个需要紧急帮助的有孩子的人。"

见杰西点头,杰玛从头到脚把她打量了一番。她笑得很勉强,但并不是不友好。"嗯,我猜你可能是。行了,妈妈在走廊头上,艾德。你最好过去跟她打个招呼。"

"是他吗?是艾德吗?"一个头发灰白的女人,头发简洁地盘了起来,"哦,艾德!真的是你。哦,亲爱的,真是太好了。不过你这是怎么了?"

他拥抱了她,然后退回来,在她想要摸摸他鼻子的时候低下头,迅速瞥了杰西一眼。"我……我撞门上了。"

她又把他拉过来,拍拍他的背。"哦,见到你真是太好了。"

他任她抱了一会儿,然后轻轻地从她怀里退出来。"妈妈,这是杰西。"

"我是……艾德的朋友。"

"哦,见到你真高兴。我叫安妮。"她的目光迅速在杰西脸上打量了一下,看到了她淤青的鼻子,还有微肿的嘴唇。她犹豫了一下,最后可能是决定了还是不要问。"恐怕我得说,艾德没有跟我说过关于你的事,不过他一直都是什么事都不会跟我说太多,所以我很希望能听你说说。"她一只手放在艾德的胳膊上,脸上的笑容有些犹豫,"我们确实是准备了一顿丰盛的午餐,但是……"

杰玛朝她妈妈身边挪了一步,开始在她的手包里到处翻。"但是爸爸的病又犯了。"

"他一直盼着这顿午餐,我们只能告诉西蒙和迪尔德丽先别来了。他们刚要从峰区出发。"

"我很遗憾。"杰西说。

"对,呃,什么也做不了。"她似乎又重新振作起来,"你知道,这个病真的很烦人。我费了好大劲才让自己不那么自责。"她朝杰西难过地一笑,"有时候走进我们的卧室,我会用最恶毒的语言诅咒这个病。鲍勃①都会被吓到。"

杰西也冲她笑了笑。"如果你愿意的话我也会骂几句。"

"哦,那就骂吧!那真是太好了,骂得越难听越好。大声

---

① 艾德父亲的名字。

一点,一定要大声点。"

"杰西确实会很大声。"艾德舔了舔自己的嘴唇说。

一阵短暂的沉默。

"我买了一整条大马哈鱼。"安妮说,也不知道她是在跟谁说。杰西可以感觉到杰玛在研究她。她不自觉地拉了拉自己的T恤,不想露出牛仔裤腰线上隐隐冒出来的文身。"社工"这个词总是让她觉得自己在被审查。

然后安妮走过她旁边,张开胳膊。她拉过艾德的急切样子让杰西微微缩了一下。

"哦,亲爱的,亲爱的儿子。我知道我是个很黏人的妈妈,但请你一定要纵容我一下。见到你真是太好了。"他也抱了抱她,同时抬起眼睛迅速看了杰西一眼,眼中有些愧疚。

"妈妈上次抱我是一九九七年的事了。"杰玛嘟囔着说。杰西不知道她有没有意识到自己说得很大声。

"我都不确定我妈妈有没有抱过我。"杰西说。

杰玛看了她一眼。"呃……关于揍我弟弟这件事,他可能已经告诉你我是做什么的了。我觉得我有必要强调一下,我一般是不会打别人的。"

"我觉得弟弟不算别人。"

杰玛的眼睛里突然闪过一丝温暖。"这句话说得真好。"

"不客气。"杰西说,"不管怎么说,这几天我自己也一直很想揍人。"

鲍勃·尼科尔斯躺在一张病床上，一床毯子盖到下巴底下，两只手放在毯子上。他的皮肤蜡黄中透着苍白，皮肤下的头骨形状清晰可见。他们进去的时候，他慢慢转过头来对着门口。旁边的桌子上放着一个氧气罩，他脸上有两道浅浅的凹痕，说明他刚刚用过。他的样子让人觉得心里很难过。

"嘿，爸爸。"

杰西看到艾德努力掩饰他的震惊。他弯腰靠近他爸爸，犹豫了一下，然后轻轻拍了拍他的肩膀。

"爱德华多。"他的声音低沉沙哑。

"他看上去是不是很不错，鲍勃？"他妈妈说。

他爸爸用遮在眼睑下的眼睛打量着他。待他开口时，他用充满沉思的缓慢语调说道：

"不，他看起来像是被人揍得半死。"

杰西可以看到他刚刚被他姐姐打过的颧骨那儿也变了颜色。她发现自己不自觉地在摸自己受伤的嘴唇。

"话说回来，他去哪儿了？"

"爸爸，这是杰西。"

他爸爸的视线从杰西身上扫过，眉毛往上挑了挑。"你的脸怎么了？"他低声问她。

"我跟一辆车起冲突了。是我的错。"

"他也是这样？"

"嗯。"

他又多打量了她一会儿。"你看起来像是个麻烦。"他说，

"你是麻烦吗?"

杰玛俯下身子,"爸爸!杰西是艾德的朋友。"

他不理她。"如果说时日不多还有那么一点好处的话,那肯定就是我想说什么就可以说什么。她好像并不生气。你生气了吗?不好意思,我忘了你叫什么名字了。我的脑细胞好像都死光了。"

"我叫杰西。对,我没有生气。"他一直盯着她,"还有,你说得对,我可能真是个麻烦。"她迎着他的视线说。

他脸上慢慢地露出微笑,但当这笑容出现时,她很快发现,她可以想象出他生病之前是什么样子。"听你这么说我很高兴。我一直都喜欢麻烦的女孩。这个家伙在电脑前面待得太久了。"

"你好吗,爸爸?"

鲍勃·尼科尔斯眨了眨眼说:"我要死了。"

"我们都会死,爸爸。"杰玛说。

"不要用你那套社工的歪理来说服我。我的死很不舒服,而且很快要到来了。我几乎什么也干不了,尊严也所剩无几,我很可能撑不过这个板球赛季了。这样算是回答你的问题了吗?"

"对不起。"艾德轻声说,"对不起,我一直没有来。"

"你忙。"

"关于这个……"艾德开口道,他的两只手深深地插进口袋里,"爸爸,有些事我必须告诉你。我必须告诉你们。"

杰西慌忙站起来,"我去买点三明治怎么样?让你们单独说会儿话。"杰西可以感觉到杰玛在研究她。"我再去买点喝的。要茶?还是咖啡?"

鲍勃·尼科尔斯把头转过来看着她。"你们才刚进来,别走。"

她看着艾德的眼睛,艾德微微耸了耸肩。

"什么事,亲爱的?"他妈妈伸出一只手来握住他,"你还好吧?"

"我没事,呃,从某种意义上来说,我没事。我的意思是,我很健康,但是……"他吞了吞口水,"不,我不好。有件事我必须告诉你们。"

"什么事?"杰玛问。

"好吧,"他深吸了一口气,"呃,是这么回事……"

"什么事?"杰玛说,"天哪,艾德。到底是什么事?"

"我因为内幕交易正在接受调查。我被公司停职了,下周必须去警察局,到时候我很可能被起诉并且可能要坐牢。"

"鸦雀无声"已经不足以形容此时的气氛。那感觉就像是有人走进来,一下子抽干了所有的空气。杰西觉得自己应该出去。

"你在开玩笑吗?"他妈妈说。

"不是。"

"我真的该去弄点茶来。"杰西说。

根本没有人搭理她。艾德的妈妈缓缓地坐在一张塑料椅子上。

"内幕交易？"杰玛是第一个开口的人。"这个……那个很严重，艾德。"

"对，这我知道，杰玛。"

"真的是内幕交易？就像新闻上看到的那样？"

"就是那个。"

"他有很好的律师。"杰西说，似乎没有人听到她说话，"很贵的那种。"

他妈妈一只手举起来准备捂住嘴巴，举到半空又慢慢地放了下来。"我不明白，这是什么时候的事？"

"大概一个月之前。那个内幕交易的事。"

"一个月之前？那你为什么不告诉我们？我们本来可以帮你的。"

"你帮不了他，妈妈。谁也帮不了他。"

"可是要坐牢啊？像罪犯一样？"安妮的脸色变得十分苍白。

"我想，如果被关进牢里的话，其实就是个罪犯，妈妈。"

"哦，他们会查清楚的。他们会发现里面有什么误会，但他们会查清楚的。"

"不，妈妈。我不认为会是那样的结果。"

屋里又沉默许久。

"你不会有事的吧？"

"我不会有事。就像杰西说的，我有很好的律师，我有人脉。他们已经确认了我没有从中获得任何经济利益。"

"你竟然都没有从中获利?"

"这里面有点误会。"

"误会?"杰玛说,"我不明白,你是怎么因为误会去搞内幕交易的?"

艾德挺了挺肩,看着她。他吸了一口气,目光闪烁地看着杰西,然后又抬头看看天花板。"呃,我跟一个女人上床了。我以为我喜欢她,后来我意识到她跟我想的不一样,我就有点想让她离开,又不想搞得太僵。她最想做的事情就是旅行,所以我就做个了草率的决定,告诉她一个我认为可以让她赚点钱,还清债务后去旅行的方法。"

"你给了她内部消息?"

"对,关于 SFAX 的,这是我们要发布的重头产品。"

"我的天哪!"杰玛摇了摇头,"真不敢相信我听到的。"

"媒体还没有登出我的名字,不过这是早晚的事。"他两手插进口袋里,平静地看着自己的家人。杰西不知道是不是只有她发现了他的手在发抖,"所以……呃……这就是我不肯回家的原因。我本来希望能瞒住你们,甚至想等这事处理好了,这样你们就不必知道,但现在看来已经不可能了。我想说,我真的很抱歉。我应该立刻告诉你们的,我应该在这儿多待一些时间的。可是我……我不想让你们知道真相,不想让你们看到我把一切弄得这么糟糕。"

杰西的右腿开始不自觉地抖起来。她使劲集中精力盯着一块真的很有趣的地板,想让腿别抖了。等她终于抬起头来的时候，艾德正盯着他父亲。"嗯？"

"嗯什么？"

"你不打算说点什么吗？"

鲍勃·尼科尔斯慢慢地把头从枕头上抬起来，"你想让我说什么？"

艾德和他爸爸互相盯着对方。

"你想让我说你是个笨蛋？如果你真是个笨蛋的话我会说的。你想让我说你毁了辉煌的事业？要我这么说也行。"

"鲍勃……"

"那么，你——"他突然咳嗽起来，那声音空洞而刺耳。安妮和杰玛趴下去帮他，又是递纸巾，又是递水，像两只母鸡似的手忙脚乱地咯咯叫着。

艾德站在他爸爸的床尾。

"坐牢？"他妈妈又说了一遍，"真的要坐牢吗？"

"坐下，妈妈。深呼吸。"杰玛把她妈妈扶到椅子上。

没有人朝艾德那儿挪一步。为什么没有人去抱抱他呢？为什么他们都看不到他那一刻有多孤独？

"对不起。"艾德轻声说。

杰西再也听不下去了。"我能说两句吗？"她听到自己的声音，清晰而又有些过于大声。"我只想告诉你们，艾德在我陷入绝境的时候帮了我和我的两个孩子。他开车带我们穿越了整个英国，只因为我们那么绝望。据我所知，你们的儿子……非常棒。"

他们都抬起头来看着她。杰西转向他爸爸说:"他善良、潇洒、聪明,虽然我也不是对他所做的一切都赞同。他对几乎不相识的人都很友好,不管有没有内幕交易,如果我儿子能有你们的儿子一半好,那我就非常开心了。不止是开心,我会高兴得发狂。"

他们一直盯着她。

杰西又说道:"在我跟他上床之前我也是这么想的。"大家都没有说话,艾德直直地盯着自己脚下。

"哦,"安妮轻轻点了点头,"这个,呃,这个——"

"让我们恍然大悟。"杰玛说。

安妮的声音渐渐低了下去。"哦,爱德华多。"

鲍勃叹了一口气,闭上眼睛说:"我们不要把这件事搞得像拍好莱坞电影似的。"他又睁开眼睛,示意把床头抬起来一点,"过来,艾德,让我看看你,我的视力太差了。"他朝杯子打了个手势,他妻子立刻把水递到他嘴边。

他痛苦地咽了口水,拍拍床边,艾德便走过去坐下了。他伸出一只手,轻轻地放在儿子手上。他虚弱得让人不忍。"你是我儿子,艾德。你可能是个笨蛋,不负责任,但我对你的看法不会有任何不同。"他皱了皱眉,"你竟然认为这会影响我对你的看法,这让我很生气。"

"对不起,爸爸。"

他爸爸缓缓地摇了摇头,"恐怕我帮不了你什么了。我又笨又蠢,出气多,进气少……"他拉长了脸,又痛苦地咽了一口水,他的手紧紧握住艾德的手。"我们都会犯错。去接受你应得的惩罚,然后回来,重新开始。"

艾德抬头看看他。

"下一次要做得更好,我知道你可以的。"

就在这时,安妮突然大哭起来,埋在袖子里流下无助的泪水。鲍勃转过头来看着她。"哦,亲爱的。"他轻声说。

这时杰西悄悄打开门溜了出去。

她在医院的商店里给手机充了点钱,给艾德发了一条短信,告诉他自己在哪儿,然后就在急诊室那儿等着,去看看脚。"严重损伤。"一个年轻的波兰医生说。杰西告诉他自己是怎么受伤的时候,他眼皮都没抬一下。他给她把脚包扎好,开了一张止痛药的方子,把人字拖递给她,建议她卧床休息。"以后不要再踢汽车了。"他看着自己的写字板,头也不抬地说。

杰西一瘸一拐地回到维多利亚病房,在走廊上找了一张塑料椅子坐下。天气很暖和,周围的人说话都很小声。她可能稍微打了个盹。艾德从他爸爸病房里出来的时候,她突然醒了。她把他的外套递给他,他一声不吭地接了过去。过了一会儿,杰玛也出现在走廊上。他姐姐轻轻地把一只手放在他的脸上。"你真是个笨蛋。"

他低着头,两手使劲插进口袋里,就像尼基一样。"你这个愚蠢的大笨蛋。给我打电话。"

他往后一退,眼眶红红的。

"我是认真的,我陪你去法庭,我认识一些实习的人,他们可能可以帮忙把你弄到开放式监狱去。我的意思是，你不会成为Ａ级罪犯，只要你没犯其他事。"她目光闪烁地瞥了杰西一眼，又看看艾德，"你没犯其他事吧，是不是？"

他俯下身抱住杰玛，可能只有杰西注意到，他退回来的时候眼睛闭得紧紧的。

他们从医院出来，走进明媚的春光里。不管怎样，真实的生活仍在继续。

汽车倒进狭窄的车位里，行人陆续从公交车上下来，一个工人一边漆着旁边的栏杆，一边听着收音机。杰西发现自己在深呼吸，她庆幸逃离了那间陈腐、充满药味的病房，以及盘旋在艾德父亲头上那几乎可以看得见的死神。艾德直直地看着前方往前走，到达车子前面时，他顿了一下，"咔"地一声开了车锁，然后便停住了，像是突然无法动弹。他站在那儿，一只胳膊微微伸开，茫然地盯着自己的车子。

杰西等了一会儿，然后慢慢绕过车子走过来，从他手里拿过钥匙。最后，他的视线终于落在她身上，她张开双臂紧紧搂住他的腰，抱住他，直到他的头慢慢落下来，整个人的重心轻轻地靠在她肩膀上。

4. 坦丝

吃早饭的时候尼基竟然跟别人聊天了。他们像电视里的一家人一样围在桌子旁吃东西——坦丝吃的是杂粮圈,苏西和乔希吃的是巧克力牛角面包。苏西说他们每天都吃这个,因为这是他们最喜欢吃的东西。跟爸爸和他的另一个家庭坐在一起感觉有点怪怪的,但并不像她想象的那样糟。爸爸吃的是一碗麦麸片,他拍拍肚子说,因为他现在要保持体形,虽然她也不确定到底是为什么,因为他现在好像还没有工作。"管道里的东西,坦丝。"每次她问他到底在干什么工作,他都这样回答。她怀疑,琳琪是不是也有一个车库,里面装满了不能用的空调设备。琳琪好像什么也没吃。尼基摆弄着几片吐司面包——他极少吃早饭,直到这次旅行才开始吃。坦丝不知道他有没有起来吃过早饭。这时他却看着爸爸说:"杰西总是在工作,总是工作,我觉得这样不公平。"

爸爸送到嘴边的勺子停在半空,坦丝不知道他会不会很生气。以前尼基说了什么让他觉得不尊重他的话时,他都会很生气。有一分钟大家都没有说话。然后琳琪一只手放在爸爸手上,笑着说:"他说得对,亲爱的。"爸爸微微有些脸红,然后说:"对,呃,从现在开始,一切都要有所改变了,我们都有错。"这时,坦丝觉得自己不知哪来的勇气,突然说道:"不,严格来说,并不是我们所有人都有错。"她在自己的数学上犯了错,诺曼犯错是因为那些奶牛,还弄坏了她的眼镜;妈妈犯错是因为那辆劳斯莱斯,并且被抓到了;但尼基是他们家唯一没有犯任何错的人……可是她说了一半,尼基就在桌子底下使劲踢她,并且一直给她使眼色。

怎么了？她用眼神问他。

闭嘴。他用眼神对她说。

呃啊，别让我闭嘴。她也用眼神告诉他。

然后他就不再看她了。

"你要不要来个巧克力牛角面包，亲爱的？"琳琪问。坦丝还没有回答，琳琪就拿了一个放在她盘子里。

琳琪昨天晚上把坦丝的衣服洗了烘干了，现在她的衣服上有一股兰花和香草衣物柔顺剂的香味。这座房子里所有的东西都有点香味，就好像所有的东西都不该只有它自己本身的气味。她在护壁板周围插了一些小东西做点缀，那些小东西散发出"一种稀有鲜花和热带雨林的奢华香气"，浴室里放了一碗百花香，还有无数根蜡烛（"我真的很喜欢我那些熏香蜡烛"）。在屋里的时候，坦丝一直觉得鼻子痒痒的。

吃完早饭后，琳琪带苏西去学芭蕾。爸爸和坦丝去了公园，她差不多有两年没去公园了，因为已经过了那个年纪。不过她不想让爸爸伤心，所以就坐在秋千上任爸爸推了几次。尼基站在一边看着，两只手插在口袋里。他把任天堂游戏机落在尼科尔斯先生的车上了。坦丝知道他真的、真的很想抽根烟，但她觉得他一定不敢在爸爸面前抽。

午饭是从油炸食品店买的一些薯片（"别告诉琳琪。"爸爸再次拍拍他的肚皮说），然后爸爸问了一些关于尼科尔斯先生的问题，并且努力假装很随意："那个男的是谁？你妈妈的男朋友吗？"

"不是。"尼基说。他说话的口气让爸爸没法继续问下去。坦丝想,尼基这样跟爸爸说话让爸爸觉得有点吃惊。不是因为他很没礼貌,而是他似乎毫不在意爸爸会怎么想。尼基现在比爸爸高了,但是当坦丝指出这一点时,爸爸似乎一点儿也不觉得惊讶。

此后坦丝说她冷,因为她没有把外套带出来,于是他们就回家了。等他们回去的时候,苏西已经学完芭蕾回来了,他们就一起玩了会儿游戏,尼基则上楼玩电脑。后来坦丝和苏西一起去了她的房间,苏西说她们可以看一张DVD,因为她有自己的DVD播放机,每天晚上睡觉之前她都会自己看一张。

"你妈妈不给你读书吗?"坦丝问。

"她没时间,所以她才给我买了DVD播放机。"苏西说。她有满满一架子的电影,都是她最喜欢的,要是他们在楼下看她不喜欢的节目,她就自己上楼来看。

"马蒂喜欢看警匪片,所以他们老看那个。"她说着,鼻子皱了皱。坦丝过了几分钟才反应过来她刚才说的是自己的爸爸。坦丝不知道该说什么。

"我喜欢你的外套。"苏西瞄着坦丝的包里说。

"这是圣诞节的时候我妈妈给我做的。"

"这是你妈妈自己做的?"她把外套拿起来,妈妈缝在袖子上的小亮片在灯下闪闪发光,"哦,我的天哪!她是不是时装设计师什么的?"

"不是。"坦丝说,"她是一个清洁工。"

苏西哈哈大笑起来,似乎觉得她在开玩笑。

"这些是什么?"她看到杰西包里的数学试卷,问道。

这一次坦丝闭着嘴巴没说话。

"是数学吗?哦,我的天哪,这简直……跟涂鸦似的,这像是……希腊语。"她一边翻一边咯咯地笑,然后用两个手指夹住试卷,好像那是什么可怕的东西似的,"这是你哥哥的吗?他是不是一个数学怪人?"

"我不知道。"坦丝脸红了,因为她很不擅长撒谎。

"啊,多么聪明勤奋的人!怪才!天才!"她把试卷塞到一边,又把坦丝其他的衣服抽出来,"你所有的东西上面都有小亮片吗?"

坦丝没有说话。她任那些试卷被扔在地板上,因为她不想解释,她不想去想奥林匹克竞赛的事。她只是想,如果从现在起她努力变得像苏西一样,或许会更轻松,因为她看起来真的很快乐,爸爸在这里似乎也真的很快乐。此后,因为她真的不想再想其他事情了,就提议说或许他们应该去楼下看电视。

《幻想曲》看到四分之三的时候,坦丝听到爸爸喊:"坦丝,你妈妈来了。"妈妈昂着头站在门口,似乎准备吵一架。见坦丝停下来盯着她的脸,妈妈抬起一只手捂住嘴唇,好像刚刚想起来她的嘴唇破了似的,然后说了句:"我摔了一跤。"坦丝看看她身后,尼科尔斯先生正坐在车里,妈妈非常迅速地说了一句:"他也摔了一跤。"她其实看不太清他的脸,她刚刚不过是想看看他们是有车坐还是要赶公交车。

爸爸说："是不是最近凡是你接触过的东西都会受点伤？"妈妈瞪了他一眼，他嘟囔着说了什么修理的事，然后说他去给坦丝拿包。坦丝大大地松了一口气，扑进妈妈怀里。虽然她在琳琪家过得很愉快，但她很想诺曼，想跟妈妈在一起，而且，她突然觉得真的、真的好累。

尼科尔斯先生租的那间小木屋像是广告里出现的适合老年人颐养天年的地方，或者说是治疗泌尿疾病的疗养院。屋子在湖边上，周围还有另外几间房子，但大都坐落在树后或是处于某个特定的角度，所有的窗户都不会直接对着其他房子。湖里有五十六只鸭子、二十只鹅，他们喝茶的时候就只剩下三只还留在那里。坦丝本以为诺曼会去追它们，但它却只是趴在草地上看着。

"真棒。"尼基说，虽然他一点也不喜欢待在外面。他深吸一口气，用尼科尔斯先生的手机拍了两张照片。坦丝意识到他已经四天没有抽烟了。

妈妈盯着远处的湖面，开始说要付他们那份钱的事，尼科尔斯先生举起两只手，一直不停地说"不，不，不"，好像他压根就不想听，然后妈妈脸有点红，不再说了。

晚饭是户外烧烤——虽然当时的天气并不是很适合烧烤——因为妈妈说这算是给这段旅程画上一个快乐的句号。再说了，她之前哪有时间烧烤？妈妈似乎下定决心要让每个人都开心，所以说的话是别人的两倍，她说她已经完全不管预算了，因为有时人必须依靠自己的运气，享受一下生活。这似乎是她向尼科尔斯先生道谢的方式。于是，他们买了香肠、涂了辣酱的鸡腿、新鲜的面包卷和沙拉。妈妈还买了两桶好的冰激凌，不是包在白色塑料纸中的那种很便宜的冰激凌。她没有问关于爸爸新家的任何事，但她抱坦丝的次数确实更多了，并且说很想她，说自己没有那么蠢，毕竟只是一晚上而已。

他们每个人都讲了个笑话，虽然坦丝只记得那个"什么东西是棕色的，而且很黏"（答案是拐杖）[1]，但大家都笑得很开心。他们一起玩了一个游戏，就是用笤帚把顶住额头，另一头放在地上围着转圈，直到倒下。妈妈玩了一次，虽然她的脚包得严严实实的，连走路都很困难，转圈的时候还一直叫着"哇，哇，哇！"坦丝被逗得哈哈大笑，因为她看到妈妈为了改变一下而装傻真的感觉很好。尼科尔斯先生一直说，不，不要，他不玩，谢谢，他看看就行了。后来妈妈一瘸一拐地走到他面前，很小声地在他耳边说了什么，他皱了皱眉毛，说："真的？"妈妈点点头。然后他说："呃，那好吧。"他倒下的时候，整个大地都跟着震了一下。甚至连从来不参与任何游戏的尼基也参加了，他伸出两条腿，看上去像是长腿叔叔。他笑起来的时候声音很奇怪，就像"哈，哈，哈"的声音。这时坦丝确定，她已经很久很久没听到他笑了。或许从来没听到过。

坦丝玩了六次，直到感觉脚下的土地开始翻滚，倒下去的

---

[1] "黏"是 sticky；"拐杖"是 stick。

时候她直接躺在了草地上，看着周围的天空慢慢旋转，她觉得这才有点像他们家该有的生活。跟原来很不一样。

他们吃了东西，妈妈和尼科尔斯先生喝了点葡萄酒，坦丝把骨头上的肉末全刮下来给了诺曼，因为如果你直接把鸡骨头给狗的话，它们会死掉的。后来他们穿上外套，坐在外面舒服的柳条椅上，那些椅子跟小木屋很搭，沿着湖边放了一排。他们坐在那里看着水面上的小鸟，直到天黑。

"我喜欢这里。"妈妈打破了沉默。坦丝不知道有没有人看到，可是尼科尔斯先生伸出手去捏了捏妈妈的手。

尼科尔斯先生今晚上大部分时间似乎都有点难过。坦丝不知道为什么。她怀疑是不是因为这次短暂的旅途马上就要结束了，但水花拍击湖岸的声音真的很静谧。她一定是睡着了，因为她模模糊糊记得尼科尔斯先生把她抱上楼，妈妈给她盖好被子，告诉她妈妈爱她。不过，那天晚上她记得最清楚的是，大家谁都没有提奥林匹克的事，这让她真的、真的很开心。

是这么回事，在妈妈张罗着支烧烤架的时候，坦丝向尼科尔斯先生借来电脑，查了一下低收入家庭的孩子上私立学校的概率。她很快发现，她真正能去圣安妮的概率一直都是个位数。她明白，不管她在入学考试中考得多好都没用；她甚至应该在他们离家之前就查一查这个数据的，因为只有你不关注数字的时候才会在生活中走错路。尼基来到楼上，看到她在干什么后，他站在那儿，有一分钟都没有说话，后来他拍拍她的胳膊，说他会跟他在麦克阿瑟认识的几个人打声招呼，让他们照顾她一下。

在琳琪家的时候,爸爸告诉过她,上私立学校并不意味着一定会成功。他说了三次。成功在于你自己,他说,要有决心。后来他说坦丝应该让苏西教教她怎么弄头发,因为她的头发弄成那样可能也会很好看。

妈妈说她那天晚上睡沙发,这样坦丝和尼基就可以睡第二间卧室,但坦丝不认为她真的睡沙发了,因为她半夜渴得厉害醒来下楼的时候,妈妈并不在那儿。而且早上的时候,妈妈穿着尼科尔斯先生每天都穿的灰色T恤。坦丝盯着尼科尔斯先生的门等了二十分钟,因为她很好奇他会穿什么衣服下楼。

清晨的湖面上泛着一层薄薄的雾。大家把东西装上车的时候,那雾像变魔术似的向水面上飘去。诺曼慢慢摇着尾巴,在草地上四处嗅着。"它在找野兔子。"尼科尔斯先生说(他穿着另一件灰色T恤)。早上很冷,林鸽在树林里轻声地咕咕叫着,坦丝有种很难过的感觉,就好像你去了一个十分美好的地方,但现在一切都要结束了。

"我不想回家。"妈妈关上后备厢的时候,她轻声说。

妈妈缩了一下。"你说什么,宝贝儿?"

"我不想回家。"坦丝说。

妈妈看了尼科尔斯先生一眼,努力挤出一个微笑,慢慢走过来说:"你是说想跟你爸爸在一起吗,坦丝?因为如果你真的这么想的话,我会——"

"不是。我只是很喜欢这座房子，这里很美。"她还想说，回去以后就什么指望都没有了，因为一切都搞砸了。还有，这里没有费舍尔他们。但她可以从妈妈的神情看出，她也是这么想的，因为妈妈立刻看了看尼基，尼基耸耸肩。

"你知道，努力去做一件事并没有什么好丢脸的，对不对？"妈妈盯着他们俩，"我们都尽了自己最大的努力去让事情发生。虽然这件事最终没有发生，可是我们还是从中得到了一些好处。我们见识了一些本来永远都不可能看到的地方，我们学到了一些东西，我们解决了跟你们爸爸的事，我们交到了一些朋友。"她说的可能是琳琪和她的孩子，但她说这话的时候眼睛却看着尼科尔斯先生，"所以总的来说，我觉得我们试过了，这是一件好事。尽管事情的发展跟我们原先计划的不太一样。还有，你们知道，或许等我们回到家会发现，事情可能并没有那么糟。"

尼基的脸上没有任何表情，坦丝知道他在想钱的事。

这时，一个上午都没怎么说话的尼科尔斯先生从车那边走过来，打开车门说："对，呃，我一直在想这件事。我们要绕点路了。"

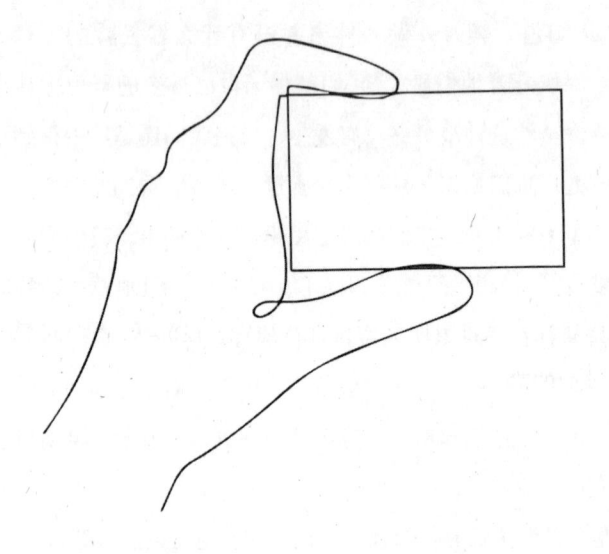

九　再次失去

　　美好的眩晕让她忘记了自己的谎言,而当她与他终于鼓起勇气再次相信感情,彼时无关紧要的一念之差此时竟给了她和他重重一击。

1. 杰西

回家的路上，车里的几个人都很沉默，甚至连诺曼都不叫了，它好像已经接受了现在这辆车就是它的窝的现实。此前杰西一直在筹划行程，在这几天奇怪、疯狂的旅程中，她从来没有真正想过除了送坦丝去参加奥林匹克竞赛以外的事。她把坦丝送到那儿，坦丝参加考试，然后一切就都没问题了。她从来没有想过，这次旅程可能不像她之前计划的那样，可能不止三天；没想过她名下会只剩不到十四英镑，以及一张她根本不敢放进取款机，生怕被吞掉的银行卡。

这些杰西都没有跟艾德说，艾德一直很沉默，目光直直地盯着前面的路。

艾德。杰西在脑子里默默地念着他的名字，直到这名字不再有任何实际意义。他笑的时候，杰西也忍不住笑。他脸上浮现出悲伤的表情时，她觉得自己的某个部分也碎了一点。她看着他和自己的孩子在一起，他自然地称赞尼基用他的手机拍的一些照片，严肃地思考坦丝不经意的一句评论——那种会让马蒂直翻白眼的评论——她真希望他能早点出现在他们的生活中。两人单独在一起的时候，他会把她搂紧，掌心有点痴迷地放在杰西的大腿上，他轻轻的呼吸萦绕在她耳边，让她十分肯定地觉得，一切都会好起来的。并不是说艾德会让一切好起来——他有自己的麻烦要处理——而是，他们加在一起可以变得更好。他们会让一切都好起来的。

她想要艾德·尼科尔斯。

她渴望在黑暗中用自己的双腿缠住他，感受他进入自己身体的感觉，在他抱住她的时候迎合他。她渴望他的汗水、他的拉扯、他的坚挺，渴望他的唇印上她的唇，他的眼印上她的眼。车子继续往前开，她燥热地回忆着过去的两个晚上，那些梦幻般的片段，他的手、他的嘴、她的快乐到达顶峰时他因为怕吵醒孩子们而捂住她嘴的样子，她只能努力克制自己不伸出手，把脸埋在他脖子里，两只手摩挲着他的T恤，享受那种单纯的快感。

这么久以来，她想的只有孩子、工作、账单和钱，现在她脑子里全是他。他转过来看她的时候，她脸红了。他叫她名字的时候，她听着像是黑夜里的呢喃。他递给她咖啡的时候，手指碰到她的一刹那让她感觉像是一股电流经过全身。感觉到他的目光停留在自己身上让她欢喜，她想知道他在想什么。

这些杰西都不知道该怎么跟他说。遇到马蒂的时候她还太小，除了在费瑟家那一晚利亚姆把手伸到她衬衫上，她从来没有跟其他人谈过恋爱。

杰西·托马斯从离开学校后就没有真正约会过。这听起来很荒谬，甚至连她自己也这么觉得。她必须让他明白，他改变了一切。

"我们会一直开到诺丁汉，如果你们都没问题的话。"他转过来看着她说，鼻子一边还有一点点淤青，"我们晚点再找个地方住下，这样周四就可以一口气到家了。"

然后呢？杰西想问。但她只是把脚抬起来放在仪表盘上说："听起来不错。"

他们在一个服务区停下吃了午饭。孩子们已经不再问有没有可能吃点除了三明治以外的东西了。现在，他们看快餐店和高档咖啡店的目光也没什么区别了。他们停下来舒展舒展手脚。

"来点香肠卷怎么样？"艾德指着一个商铺问，"咖啡加热香肠卷，或者康沃尔馅饼。我请客，怎么样？"

杰西看看他。

"别这样，你这个食物纳粹，等会儿我们吃点水果就行。"

"你不怕了吗？在吃了上次那个烤肉之后？"

他把手搭在眉骨上，遮住阳光，这样就可以把她看得更清楚一点。"我已经决定了，我喜欢危险地生活。"昨天晚上，等一直在房间角落里拿着艾德的笔记本默默敲字的尼基终于去睡觉后，他来找她了。她觉得自己像个中学生似的，坐在他对面的沙发上，一边假装看电视，一边等着他。但等尼基走了之后，艾德并没有直接来找她，而是打开了笔记本。

"他在干什么？"见艾德盯着屏幕，她问。

"创作。"他说。

"不是玩游戏？不是打枪？没有爆炸？"

"都没有。"

"他睡觉了。"她小声说，"我们离开家之后他每天晚上都早早睡觉，而且没有抽烟。"

347

"对他来说是好事。我觉得自己好像好几年没睡觉了。"

他们出来不过才短短几天,他却像是老了十岁。这时,他伸出一只手把她搂过去。"那,"他轻声说,"杰西卡·瑞伊·托马斯,你今晚上能让我睡一会儿吗?"

她盯着他的下嘴唇看了看,享受着他的手触碰她皮肤的感觉,她突然觉得很快乐。"不能。"她说。

"答得漂亮。"

现在他们已经改变了方向,从迷你超市离开,挤过一群群抱怨着找自动取款机、爆满的厕所的游客。杰西努力掩饰自己心里因想到不用再做一餐三明治而升起的喜悦。隔着几英尺,她就能远远地闻到热馅饼上黄油面糊的香味。

孩子们抓了一把钱和艾德给的说明,消失在商店长长的队伍中。艾德走回她身边,这样他们就被人群挡住了,不会被孩子们看到。

"你在干什么?"

"没干什么,就是看看。"每次他站在她旁边的时候,杰西就觉得自己的体温比正常温度高了好几摄氏度。

"看?"

"我发现不能靠近你。"他的唇离她的耳朵只有几英寸,他低沉的声音穿透了她的皮肤。

杰西感觉到自己浑身刺痛。"怎么了?"

"我老是想着跟你做些坏事,绝大部分时间都在想,很不合时宜的事。"

他拉住她牛仔裤前面把她拉过来。杰西往后退了一点,伸长脖子确定了一下他们不会被看到。"你就在想这个?开车的时候?你一直不说话的时候?"

"对。"他朝她身后的商店看看,"呃,那个还有吃的。"

"那是我最喜欢的两样东西了。"

他的手指滑过她上衣下裸露的皮肤。她的肚子愉快地一紧,两条腿突然变得十分虚弱。她从来没有像渴望艾德这样渴望过马蒂。

"除了三明治。"

"我们还是不要提三明治了,永远也不要提。"

然后,他的手掌抚上她的背,这样在条件允许的范围内,他们已经靠到最近了。"我知道我不应该,"他喃喃地说,"可是我醒来的时候真的很开心。"他的脸擦过她的脸,"我的意思是,就是真的、很傻的开心,就好像虽然我的人生就是一场灾难,我还是……还是觉得没什么大不了。我看着你,就觉得一切都不算什么。"

杰西觉得喉咙里一堵。"我也是。"她轻声说。

他对着阳光眯起眼睛,想看清她脸上的表情。"所以我……不只是一匹马?"

"你绝对不只是一匹马。哦,用最好听的话说,我觉得你是——"

他低下头吻住她。他的吻异常坚定,那一吻,就算是外面改朝换代、整个大陆沉没你也不会察觉。杰西最后抽身出来，只是因为她不想让孩子们看到她连站都站不住了。

"他们来了。"他说。

杰西发现自己傻傻地看着他。

"麻烦。"艾德看着她身后，孩子们高高地举着纸袋走过来，"这就是我爸爸说的。"

"说得好像你自己不这么觉得似的。"她退后一步，一边看着艾德跟尼基聊天，尼基打开纸袋告诉他他们买了什么，一边等着脸上的红潮褪去。她感觉到阳光照在皮肤上，听到穿过嘈杂的人声传来的鸟鸣声和轰鸣的汽车马达声，闻到汽油味中掺杂着热面糊的香味，她脑中突然冒出一句话，不停地回响着：这就是幸福的感觉。

他们慢慢地回到车上，头早已埋在纸袋里。坦丝走在前面几步远的地方，她走路的时候两条细细的腿无精打采地踢打着路面，这时杰西才意识到有什么东西不在了。

"坦丝？你的数学书呢？"

坦丝没有回头，"我落在爸爸家了。"

"哦，需要我给他打个电话吗？"她在包里摸索着手机，"我让他直接通过邮局寄过来，这样可能我们还没到家就能寄到了。"

"不用了。"坦丝说，她朝杰西这边微微转了转头，但没有看杰西的眼睛，"谢谢。"

尼基看看杰西，又看看妹妹。杰西觉得自己肚子一沉，有什么东西压住了她。

等他们到达最后一晚过夜的地方时，已经快九点了，大家都很疲惫。两个孩子最后一程一直在吃饼干和甜点，现在已经精疲力尽，直接上楼去看怎么安排睡觉的地方了。诺曼跟在他们身后，然后是艾德拎着包。

酒店很大很白，看起来很贵，这种酒店里特太太可能会用手机拍下来拿给杰西看，然后杰西和娜塔莉就会叹叹气。艾德打电话订了房间，杰西抗议价格太高的时候，他语气中似乎有一点点优越感："我们都累了，杰西，而且我的下一张床还不知道在哪儿呢。我们今晚就住个好点儿的地方，行吗？"

一条走廊上三个相连的房间，特别像是主楼的两个配楼。"我自己的房间。"尼基轻松地舒了口气，打开了二十三号房间。杰西推开门，他压低了声音说，"我很爱她，我们也没什么问题，只是你不知道小不点儿多能打呼噜。"

"诺曼会喜欢这间的。"杰西打开二十四号房间门时，坦丝说。那条狗像是为了表示自己的赞同，立刻趴在了床边，"我不介意跟尼基住一个房间，妈妈，可是他打呼噜实在是太响了。"

他们俩似乎都没有想过杰西该睡哪儿。她不知道他俩是都知道了，不介意，还是只是认为她和艾德还会有一个人睡车上。

尼基借走了艾德的笔记本。坦丝弄明白了怎么用电视遥控器后，说她看个节目，然后就睡觉。她不愿意谈丢了的数学书的事,她甚至说:"我不想谈这个。"杰西印象中坦丝从来没有跟她说过这样的话。

"宝贝儿,事情没有一次成功,并不意味着你不能再试一次。"她把坦丝的睡衣放在她床上说。

坦丝的表情似乎包含了以前从未有过的什么信息。她接下来说的话让杰西觉得心都碎了,"妈妈,我觉得我最好还是接受我们的现状吧。"

"我该做点什么?"

"什么也做不了。她现在承受得够多了,你不能怪她。"艾德把包放在房间的角落里。杰西坐在那张大床的一边,努力忽略自己抽痛的脚。

"可是这不像她。她爱数学,一直都是。可是现在她却表现得好像不愿意跟数学有一点关系。"

"才过去两天,杰西。就……别管她了,她自己会想明白的。"

"你这么肯定?"

"他们都是聪明孩子。"他走到开关那儿把灯调暗,一直抬头看着,直到把灯调到足够暗,"跟他们的妈妈一样。但是不能因为你能像个皮球似的反弹回来,你就想着他们也总能这样。"

杰西看看他。

"这不是责备你,或者嘲讽你,我只是觉得,如果你能给她点时间缓解一下压力的话,她会好起来的。她就是她。我觉得这一点并没有变。"

他麻利地把 T 恤从头上脱下来扔到一张椅子上，杰西的思绪立刻停滞了。她一看到他裸露的躯干就想去摸。

"你怎么能这么聪明呢？"她说。

"不知道，我猜是被你们传染了吧。"他朝她走了两步，然后跪下来把她的人字拖脱掉，脱受伤的那只脚时格外地小心翼翼，"感觉怎么样？"

"酸痛，不过还好。"

他伸出手来够她的上衣，慢慢拉开她的上衣拉链，然后一声不吭，目光定定地看着她暴露出来的皮肤。那一刻的他似乎很远，好像他的思绪虽然在她身上，却又在好几英里之外。拉链快拉到底的时候卡住了，她温柔地从他手里接过来，两手放在他手上从两边松开，这样他就可以直接从她肩膀上脱下来。他站在那儿，定定地看了她一会儿。

他解开她的腰带，拉开她的牛仔裤，手指从容而又准确。她看着他的手指，耳朵里听到自己怦怦的心跳声。

"是时候了，杰西卡·瑞伊·托马斯，该找个人照顾你了。"

两人在巨大的浴缸里，爱德华多·尼科尔斯给她洗了头，他的双腿缠在她腰间，她躺在他身上。他温柔地为她冲洗、梳理头发，用毛巾为她擦眼，以免洗发水进到她眼睛里。她本来想自己洗的，但他不让。除了理发师，从来没有人给她洗过头。这让她觉得自己特别脆弱，特别多愁善感。洗完后，他就躺在热气腾腾、散发着香味的水中，两条胳膊抱住她，亲了亲她的耳根。

然后，他们一致同意这些都是很浪漫的事。

"谢谢你。"

过了一段时间，他们半没在水中，四条腿纠缠在一起，然后他们开始大笑起来。因为在淋浴时做这种事很常见，但在泡澡的时候做真的很荒唐，更荒唐的是他们面对这么多麻烦的时候还能这么开心。杰西扭了扭，挨着他直直地躺下，两条胳膊搭在他脖子上，潮湿的胸部紧紧贴住他，她十分肯定地感觉到，她以后永远也不会跟别人靠得这么近了。她两手捧住他的脸，吻了吻他的下巴、他可怜的淤青的太阳穴，还有他的唇。她告诉自己，不管发生什么事，她都会永远记住现在的这种感觉。

他一只手放下来，把脸上的水抹掉，然后突然变得很严肃。"你觉得这是泡沫吗？"

"呃，泡沫有很多。这是个——"

"不，我说这个，泡沫。我们踏上了这次奇怪的旅途，正常的法则在这里都不适用，真实的生活也不适用，这次旅程完全就是……像是现实生活的平行时空。"

水流满了浴室的地板。

"别看那个，跟我说话。"

她低下头吻住他的锁骨，思考着。"哦，"她再次抬起头说，"在五天多一点点的时间里，我们的生活中出现了疾病、心灰意冷的小孩、生病的亲人、意外的暴力、踢破的脚、警察，还有车祸。我想说，不管对于谁来说，这生活都已经足够真实了。"

"我喜欢你的想法。"

"我喜欢你的一切。"

"我们好像大部分时间都在跟对方说废话。"

"哦,这个我也喜欢。"

水开始变凉了。她从他的臂弯里抽身出来,站起来伸手去够加热的毛巾架。她递给他一条浴巾,自己也裹了一条,感叹着有一条温暖又毛绒绒的酒店浴巾是一件多么闲适而奢侈的事。

艾德用一只手使劲擦了擦头发。有一瞬间,她想知道艾德是不是早就习惯了毛绒绒的酒店浴巾,所以他根本没有注意。她突然感到一阵透骨的疲惫。

她刷了牙,关掉浴室的灯。等她回去的时候,艾德已经在酒店那张巨大的床上,拉着被子等她进去了。他灭了床头灯,黑暗中,杰西躺在他旁边,感觉到他湿湿的皮肤贴在自己身上,想着不知道今晚会是一个怎样的夜晚。她不知道自己能不能乖乖地躺在他旁边,不去想把一条腿搭在他腿上。

"我不知道我以后会怎样,杰西。"他似乎听到了她在想什么,对着黑暗说道。他的声音里隐含警告。

"你不会有事的。"

"我是说真的。这次你不能玩你那种乐观主义的小把戏了。不管怎样,我很可能会失去一切。"

"那又怎样?我本来就什么都没有。"

"可是我可能不得不离开。"

"你不会的。"

"我可能会,杰西。"他的声音坚定得让人不安。

她想都没想就脱口而出。"那我就等你。"她说。

她感觉到他的头朝她歪了歪,似乎在询问。"我会等你,如果你想让我等的话。"

回家的最后一段路上他接了三个电话,都是用的免提。他的律师——一个声音很庄重的男人,他应该用这种声音在晚宴上宣布王室驾到——告诉他,他必须在周四去警察局报到。没有,没有任何变化。嗯,艾德说,他明白发生了什么事。嗯,他已经跟家里人说了。他说这话的样子让杰西觉得胃里一紧,她忍不住伸出手去抓住他的手。他捏了捏她的手,但没有看她。

他姐姐打来电话,说他爸爸昨晚好点了。他们说了一大堆关于他爸爸关心的保险债券的事,还有一个文件柜丢了几把钥匙,以及杰玛午饭吃了什么。谁都没有提到死。杰玛说跟杰西问个好,杰西也大喊着向她问了个好,她觉得有点刻意,同时又有点开心。

吃完午饭后他接了一个叫路易斯的男人打来的电话,他们讨论了抵押信贷市场的市值、比率及状态。过了一会儿杰西才明白他说的原来是海滨公寓。

"该卖了。"他挂上电话,说道,"你说得对,至少,我还有资产可以处理。"

"一共要花掉你多少钱?起诉那个事?"

"哦,没人说,不过听他们的言外之意,我觉得答案应该是'绝大部分'。"

她看不出他是不高兴更多,还是顺其自然的想法更多。

他试着给别人打了个电话,但转到了语音信箱。"我是罗南,请留言。"他什么也没说就挂了。

每前进一英里,现实生活就像巨大的浪一样稳而狠地向他们袭来,寒冷而又不可阻挡。

四点多一点,他们终于到家了。雨已经变小了,毛毛细雨,潮湿的路面看上去油光发亮,戴恩霍尔弯曲的街道努力展现出春的气息。那就是她的家,不知为何,它比杰西记忆中的更小、更破旧,而且她有种奇怪的感觉,好像这座房子跟她一点关系也没有似的。艾德把车停在门外,杰西看着窗外。楼上窗户的油漆脱落了,马蒂一直没空重新刷,因为他说,你真得好好弄,得先用砂纸打磨,把旧漆刮掉,再用东西把那些坑填平,而他要么太忙、要么太累,干不了活。有一瞬间,她感到一阵沮丧涌上心头,因为想到在那里等着他们回来的一大堆问题,还有她离开的这段时间里造成的那些更严重的问题。然后她看看艾德,他正帮坦丝拿包,听到尼基说了什么哈哈大笑,他俯下身子想听得更清楚一点,但尼基已经说完了。

此前他在一家离镇子一小时车程的 DIY 超市里——这就是他说的绕点路——买了一大箱东西,他费了好大劲才弄上车,放在他们的行李旁边。可能是他想在房子卖出去之前好好打扫一下。那个房子已经够好了,杰西想不出要怎么做才能让它看上去更好。

他把最后一个包放在前门,然后站在那儿,手里抱着那个纸箱。孩子们早就像是做归航试验的动物似的,一头扎进自己的房间里。此时,这破旧的小房子、木片壁纸,还有好几排的破旧简装书让杰西觉得有点尴尬。

"我明天就回我爸爸那儿了。"

想到他要走,她条件反射似的感到一阵刺痛。"挺好,挺好的。"

"就去几天,一直待到去警察局的时候。不过我想我得先把这些东西装起来。"

杰西低头看看那些盒子。

"安保摄像头和触控灯。应该用不了几个小时。"

"这是你给我们买的?"

"尼基以前总被人欺负,坦丝显然没有安全感。我想这样会让你们大家觉得好一点。你知道……如果我不在的话。"

她盯着那个箱子,想着这意味着什么。她想都没想就脱口而出。"你——你可以不必这么做。"她结结巴巴地说,"我很擅长自己动手,我可以自己弄的。"

"站在梯子上,用一只受伤的脚?"他皱了皱眉头,"你知道,杰西卡·瑞伊·托马斯,有时候你必须接受别人的帮助。"

"哦,那我该干什么呢?"

"坐下,乖乖待着,把你受伤的脚抬起来。等一下我会和尼基去镇上买点非常不健康、浪费钱的外卖,因为这可能是我很长一段时间内最后一次吃大餐了。然后我们就坐在这儿吃,吃完了我们俩就找个地方躺着,敬畏地看着对方的大肚子。"

"哦,我的天哪,我太喜欢你不正经的样子了。"

于是她就坐在自己的沙发上,什么也不做。坦丝过来陪她坐了一会儿,艾德在外面爬上梯子,从窗户那边朝她挥挥电钻,假装要掉下去了,直到看到她紧张起来。"这八天里我已经去过两次医院了。"她生气地朝窗外的他大喊,"我可不想再去第三次。"然后,因为她不太擅长乖乖待着,就整理了一些脏衣服放在洗衣机里,不过后来她又坐下来,看着大家忙活,因为她不得不承认,乖乖让脚休息一下要比硬撑着去干活好受多了。

"这样行吗?"艾德问。

杰西一瘸一拐地跑到外面看看他。他后退到花园小路上,抬头看着房子前面。"我想着如果我把它装在那儿,不但可以看到谁进了你们家前院,也可以看到谁在周围晃悠。上面有个凸面镜头,看到没有?"她努力让自己表现得很感兴趣。她不知道等孩子们去睡觉了,她能不能说服他留下来过夜。

"而且,有了这些东西,你会发现有个摄像头经常可以起到震慑作用。"

这个主意真的很糟糕吗?他完全可以在他们醒来之前偷偷溜走。不过真到那个时候,他们到底在糊弄谁呢?尼基和坦丝肯定已经猜到发生了什么事了。

"杰西?"他站在她面前说。

"嗯？"

"我需要做的就是在那里钻个洞，然后把电线从那堵墙那儿穿过来。可以的话我只用在里面弄个小接头，把这些全连起来应该很容易。我对接线很拿手。自己动手是爸爸教我的东西中还算拿得出手的。"

他脸上浮现出满意的表情，那是手握利器的男人才会有的表情。他拍拍自己的口袋，检查了一下螺丝钉，然后很认真地看着她，"我说的话你有一句听进去吗？"

杰西愧疚地朝他笑笑。

"哦，你真是无药可救了。"过了一分钟，他说，"我说真的。"

抬头看看四周，确定没有人在看他们后，他用一只胳膊轻轻勾住她的脖子，把她拉过来亲了一下。他的下巴上全是胡楂。"现在让我好好干活吧，不要让我分心。去找找外卖菜单吧。"

杰西笑着，一瘸一拐地进了厨房，开始翻箱倒柜。她不记得上次点外卖是什么时候了，她很确定那些外卖单肯定全都过期了。艾德上楼去接电线，他朝楼下喊，说他得移一些家具才能够到护壁板。

"没问题。"杰西也喊着回答。她听到头顶上传来拖动大件家具发出的轰隆声，那是他在找接线板。她再次感慨：干这事的竟然不是自己。

然后她往沙发上靠了靠，开始挨个儿翻看她从装茶杯抹布的抽屉里翻出来的一沓旧外卖单，把溅上酱汁的或者旧得发黄的扔到一边。她很确定那家中国菜馆早就不存在，因为环境健康的什么问题；比萨店不可靠；咖喱屋的菜单看上去很正规，但她老是想起娜塔莉的羊肉咖喱饭里那根小卷毛。还有，鸡肉咖喱菜、印度米饭、印度薄饼。她心不在焉，根本没有听到他慢慢走下楼时的脚步声。

"杰西？"

"我觉得还是这家吧。"她举起菜单，"我已经决定了，一根不知出处的毛就当是吃一顿上好的羊肉咖喱饭的小代价——"

这时她才看到他脸上的表情，那一脸难以置信的表情，还有他拿在手上的东西。

"杰西？"他说，他的声音听起来很陌生，像是另一个人，"为什么我的门禁卡会在你装袜子的抽屉里？"

2. 尼基

尼基下楼时，就看到杰西坐在沙发上直直地盯着前方，像是被定住了。那台百得电钻被搁在窗台上，梯子还靠在屋子前面。

"尼科尔斯先生去买外卖了吗？"不能自己去选让尼基觉得有点懊恼。

她似乎没有听到他说话。

"杰西？"

她脸上的表情像是凝固了。她微微摇了摇头，轻声说：

"没有。"

"他会回来的,对不对?"过了一分钟,他说。他打开冰箱,自己也不知道要找什么。里面有一颗干了的柠檬和半罐布兰斯顿泡菜。

一段长时间的沉默后,"我不知道。"她说,然后又说了一句,"我不知道。"

"那……我们还去买外卖吗?"

"不去了。"

尼基失望地咕哝了一声。"哦,我猜他什么时候肯定会回来的,他的笔记本还放在楼上呢。"

他们俩显然是吵架了,但杰西的表现跟她和爸爸吵架时很不一样。跟爸爸吵架的时候她会摔门,而且你会听到她小声嘟囔着混蛋,或者露出那种非常严肃的表情,像是在说,为什么我要跟这个笨蛋住在一起?现在她看上去却像是一个只能再活半年的人。

"你还好吧?"

她眨眨眼,一只手放在额头上,像是在试自己有没有发烧。"呃,尼基,我要……我要去躺一下。你们能……你们能自己弄点吃的吗?那儿有东西,吃的,在冰箱里。"尼基跟她住在一起的这些年里,杰西从来没说过让他自己弄点吃的,即使是她感冒两个星期的时候也没有。他还没说什么,杰西就转过身去一瘸一拐地上楼了,她走得特别、特别慢。

起初尼基以为杰西表现得有点夸张了。可是二十四小时过去了，杰西还是待在自己房间里。他和坦丝在她门外徘徊了许久，小声说着话。他们给她拿了茶和面包，但她却只是盯着墙发呆。窗户还开着，外面开始变凉了。尼基关上窗户，把梯子和电钻放回车库里。没有了劳斯莱斯，车库显得特别大。几小时后，等他回来给她收拾盘子的时候，茶和面包仍然放在床头柜上，只是凉了。

"可能是这次旅行让她累着了。"坦丝像个大人一样说道。

但第二天杰西还是没有下床。尼基进去的时候，床单上连个褶都没有，她还是穿着上床时穿的衣服。

"你生病了吗？"他打开窗帘问，"要不要我打电话叫医生？"

"让我在床上待一天就好了，尼基。"她轻声说。

"娜塔莉来过了，我说你会打电话给她，好像是关于清洁的事。"

"告诉她我生病了。"

"可是你没有生病。还有，扣留中心打电话来问你什么时候去取车。茨万吉拉伊先生也打电话来了，但是我不知道该跟他说什么，所以我直接让他留言了。"

"尼基，求你别说了行不行？"她一脸悲痛，让他觉得连说句话都不应该。等了一会儿，她把被子拉到下巴那儿，转过身去。

尼基给坦丝做了早餐。这段时间，他觉得自己特别被需要。他甚至都不想他的大麻了。他把诺曼放到花园里给它洗了洗，尼科尔斯先生把监控灯放在了窗外,灯还在盒子里,因为下雨,盒子已经湿了,但没有人去管。尼基把灯捡起来拿到屋里,坐在那儿看着它。

他想给尼科尔斯先生打个电话,可是又不知道打了该说什么。他觉得让尼科尔斯先生再回来一趟有点怪怪的。如果人家愿意跟你在一起,那他不管怎样都会想办法跟你在一起。尼基比任何人都更清楚这一点。不管他和妈妈之间发生了什么事,这件事一定很严重,严重到尼基都不确定自己是不是该干涉,他甚至都没有回来拿自己的笔记本。

他打扫了自己的房间,沿着海边遛了个弯,用尼科尔斯先生的手机拍了几张照片。他上了一会儿网,可是觉得玩游戏很无聊。他盯着窗外大街上的屋顶和远处休闲中心橘红色的砖瓦,知道自己再也不想做一个身披盔甲朝外星人射击的机器人了。他不想再待在自己的房间里。尼基想起在路上的日子,坐在尼科尔斯先生的车上驶向远方的那种感觉,还有那些甚至不知道下一站要去哪里的漫漫长日。他意识到,他现在最渴望的就是逃离这个小镇。

我想找到自己的部落。

尼基想到很多大胆的想法,最后得出结论,在第二天下午的时候,他觉得自己应该有点被那些想法吓到了。学校很快就要开学了,他不知道自己是不是要照顾杰西、小不点儿、那条狗,还有其他的一切。他把遗漏在洗衣机里的湿衣服又洗了一遍,那些衣服已经开始发臭了。他带坦丝去了商店,买了一些面包、牛奶和狗粮。他努力掩饰自己的情绪,但外面不再有人到处晃悠,叫他跑腿的、怪物,他真的觉得很轻松。尼基想或许,只是或许,杰西是对的,事情真的改变了,或许他生命中一个新的阶段终于开始了。

过了一会儿,他正要查邮件的时候,坦丝进了厨房。"我们能再回商店一下吗?"

他没有抬头,他在想要不要拆开那封写着"J. 托马斯太太收"的官方邮件。"不是刚去过商店吗。"

"那我能自己去吗?"

他抬起头来,有点惊讶地看着她。她的头发弄得很奇怪,用一排亮亮的发卡别在一边,看上去一点也不像坦丝。

"我想去给妈妈买张贺卡,"她说,"好让她振作一点。"

尼基十分确定一张贺卡不会管用。"你为什么不自己给她做一张呢,小不点儿?还省钱。"

"我一直都是自己给她做。有时候去商店买一张也挺好的。"

他打量着她的脸。"你化妆了吗?"

"就涂了点口红。"

"杰西不会让你涂口红的,快擦掉。"

"苏西都涂。"

"我不认为这样会让杰西高兴起来,小不点儿。听着,赶紧擦掉,等你回来我好好教教你该怎么化妆。"

她从挂钩上拽过外套。"我在路上擦。"她回头喊着。

"带上诺曼。"他喊道,因为杰西肯定会这么说,然后他弄了一杯咖啡端上楼。是该处理一下杰西的事了。

屋里很黑。现在是下午两点四十五分。"放边上吧。"她嘟囔着说,屋里有一股没洗澡和停滞的空气的臭味。

"已经不下雨了。"

"很好。"

"杰西,你该起床了。"

她没有说话。

"真的,你该起床了,这里面都快臭了。"

"我真的很累,尼基。我只是需要……休息一下。"

"你不需要休息,你是……你就像是我们家的跳跳虎。"

"求你了,亲爱的。"

"我不明白,杰西。到底发生了什么事?"

杰西极其缓慢地翻了个身,一只胳膊肘撑着抬起身来。楼下,那只狗开始对着什么东西大叫,急切又古怪。她揉了揉眼睛。"坦丝在哪儿?"

"去商店了。"

"她吃饭了吗?"

"吃了,不过基本上全是燕麦片。除了炸鱼条,别的我都不太会做,坦丝都吃恶心了。"

杰西看着尼基,然后看看窗外,似乎在考虑什么事。然后她说:"他不会回来了。"她脸上有种很失落的表情。

此时,那条狗在外面很大声地叫着,那条笨狗。尼基努力集中精神听杰西在说什么。"真的吗？永远都不会回来了？"

一颗滚圆的泪珠从她脸上滑下，她用手掌抹掉，摇了摇头。"你知道最蠢的一点是什么吗，尼基？我竟然忘记了，我忘记了我做过那件事。我们离开家的时候我太开心了，感觉之前的日子好像都是别人过的。哦，那条笨狗！"

她说的话他听不太懂。他怀疑她是不是真的病了。

"你可以给他打电话。"

"我试过了，他不接。"

"需要我去一下他那儿吗？"

他一问出口就后悔了，因为即使他真的很喜欢尼科尔斯先生，但他比任何人都清楚，你不能强迫别人跟你在一起。纠缠一个不想跟你在一起的人一点意义也没有。

杰西之所以告诉他，可能是因为她找不到其他的倾诉对象。"我爱他，尼基。我知道才认识他这么几天就这么说听上去很可笑，可是我真的爱他。"听她这么说，尼基觉得很震惊。她那么浓烈的情感就那样宣泄出来，可是这并没有让他觉得想逃开。尼基坐在床上，俯下身子，虽然实际的肢体接触依然让他觉得有点怪怪的，他还是抱了抱她。他觉得她特别小，虽然他一直以为她应该比他大一点。她把头靠在他身上，尼基突然觉得很悲哀，因为终于有一次他真的想说点什么，可是又不知该说什么。

就在这时，诺曼开始发出歇斯底里的叫声，就像那次在苏格兰见到奶牛时一样。尼基抽出身来，有些心烦意乱。"它听上去好像快疯了。"

"破狗！肯定是看见五十六号的那只吉娃娃了。"杰西吸了吸鼻子，擦擦眼睛，"我敢打赌，那只狗一定是故意折磨它。"

尼基爬下床走到窗前。诺曼在花园里歇斯底里地叫着，头从栅栏上的洞里塞出去，那里的木头已经腐烂，两块板子都只剩一半。过了几秒钟尼基才发现它的表现一点儿也不像平时的诺曼。那只狗站得笔直，身上的毛都竖起来。尼基又把窗帘拉开一点，这时他才看到对面马路上的坦丝。费舍尔家的两个孩子和一个他不认识的男孩也在那里，他们已经把坦丝逼得紧紧贴到墙上。尼基看到的时候，他们其中一个正抓住坦丝的外套，坦丝则试图拍掉他的手。

"嘿！嘿！"尼基大喊着，但他们听不到。他的心开始怦怦直跳，他使劲摆弄那扇装了窗框的窗户，却打不开。他使劲敲玻璃，想阻止他们。"嘿！该死！嘿！"

"怎么了？"杰西在床上转了个身，问道。

"是费舍尔他们。"

他们听到坦丝在高声尖叫，杰西跳下床，诺曼呆了一下，然后开始用身体去撞栅栏上最脆弱的地方。它像一辆犬形攻城槌似的冲了出去，几片木板飘散在周围的空中。它直直地朝坦丝尖叫的地方冲去。尼基看到费舍尔他们转过身来，看着冲向自己的那个巨型黑色导弹，嘴巴张得老大。然后他就听到了尖锐的刹车声，有人惊讶地大喊了一声"喂啊"，杰西喊着"哦，天哪，哦，天哪！"，随后是一阵似乎永无止境的沉默。

3. 坦丝

坦丝在自己的房间里坐了快一个小时，就为了给妈妈画张卡片。她想不出该在上面写什么。妈妈看上去像是生病了，可是尼基说她并不是真的生病，不是像尼科尔斯先生那样的生病，所以送一张"祝你早日康复"的卡片似乎不太合适。她想写"开心一点！"，可是这听起来像是命令，甚至可以说是谴责。后来，她想就写"我爱你"吧，可是她想用红笔写，而她的红色签字笔都干掉了。然后她就想着要去给妈妈买张卡片，因为妈妈总是说，爸爸从来没给她买过一张卡片，除了他们谈恋爱的时候送过她一张很便宜的情人节卡片。说到"恋爱"这个词的时候，她会哈哈大笑。坦丝主要只是想让她振作起来，作为一个妈妈应该负起责任，照顾好一切，应该在楼下忙活，而不是躺在黑暗中，好像和他们相隔万里之遥，这让坦丝觉得害怕。自从尼科尔斯先生走后，这房子里就显得太安静了，她心里好像有一个大肿块堵在那里，好像有什么不好的事情要发生。那天早上醒来的时候，她曾溜进妈妈房间，爬到妈妈床上让妈妈抱抱，妈妈伸开双臂抱住她，吻了吻她的头顶。

"你生病了吗，妈妈？"她问。

"我只是累了，坦丝。"妈妈的声音确实像是这世上最悲伤、最疲惫的，"我很快就会起来的，我答应你。"

"是……因为我吗？"

"什么？"

"我不想再碰数学，是因为这个让你伤心了吗？"

然后妈妈的眼睛里充满了泪水，坦丝觉得，自己好像把事情弄得更糟了。

"不是，坦丝。"她使劲搂了搂她，说，"不是，宝贝儿。这跟你和数学完全一点儿关系也没有。你不要这样想。"

可是妈妈并没有起来。

所以坦丝就独自走在了马路上，口袋里揣着尼基给她的两英镑十五便士，虽然她看得出，他认为买张卡片这个主意很蠢。她不知道买张便宜点的卡片再买点巧克力是不是更好，还是说买张便宜的卡片就完全丧失了送卡片的意义。这时，一辆车在她身边慢慢停下来，她以为是哪个想知道怎么去海滨的人（总是有人问怎么去海滨），但车上是詹森·费舍尔。

"喂，怪物。"他说。坦丝继续往前走。他的头发用发胶固定住，像钉子似的立起来，眼睛眯着，好像他这辈子一直在眯着眼看不喜欢的东西。

"叫你呢，怪物。"

坦丝努力不去看他，她的心开始怦怦直跳，脚下的步伐也加快了。

他把车往前面开去，坦丝以为他可能要走了，可是他停下车走出来，大摇大摆地站到她面前，这样坦丝不把他推开就没法往前走。他靠到一边，像是在给哪个笨蛋解释什么。"别人跟你说话的时候你不回答是很不礼貌的行为。你妈妈没教过你吗？"

坦丝害怕得说不出话来。

"你哥哥呢？"

"我不知道。"她的声音像是在小声哼哼。

"不，你知道，你这个四眼小怪物。你哥哥以为他在我Facebook上捣乱就能说明他变聪明了吗？"

"他没有。"她说。可是她真的很不擅长撒谎，她一说出口就知道他肯定听出来了她在撒谎。

他又朝她走了两步。"你告诉他我会抓到他的，那个自大的小混蛋，他以为自己多聪明呢。告诉他我真的会把他的页面搞得乱七八糟的。"

另一个叫费舍尔的家伙是詹森的堂弟，坦丝永远记不住他的名字。他结结巴巴地对詹森说了什么，坦丝没有听清。现在他们都下了车，慢慢地朝她走过来。

"对，"詹森说，"有些事情你哥哥应该明白。他把我的东西弄得乱七八糟，我们就把他的东西也弄得乱七八糟。"他扬起下巴，使劲往人行道上唾了一口痰，那一口绿色的东西就在她面前。

她不知道他们有没有发现她现在呼吸有多困难。

"上车。"

"什么？"

"给我滚上车。"

"不。"她开始往后退,想躲开他们。她环视四周,想看看路上有没有人正好过来。她的心怦怦地撞着肋骨,像是只被关在笼子里的小鸟。

"赶紧给我滚上车,康斯坦萨。"他说话的口气好像她的名字让他很恶心似的。她想跑,可是她实在跑不快——她知道他们肯定会抓住她。她想穿过马路跑回家,可是距离太远了。这时,一只手放在她肩膀上。

"看她的头发。"

"你了解男孩子吗,四眼怪?"

"她当然不了解了,看她这个样子就知道。"

"她还涂了唇膏,这个小婊子,不过还是丑爆了。"

"对,不过你不用看她的脸,不是吗?"他们大笑起来。

她的声音像是变了一个人:"别碰我!尼基什么也没做,我们只是希望不要被打扰。"

"我们只是希望不要被打扰。"他们模仿着她的声音说。费舍尔又往前走了一步,他压低了声音。"赶紧给我滚上车去,康斯坦萨。"

"别碰我!"

他开始伸手抓她,手在她衣服上乱抓。恐惧像冰冷的海浪一般席卷她全身,她的喉咙也开始发紧。她使劲想把他推开。她可能喊了,但没有人过来。其中两人抓住她的胳膊,拽着她往车里走。她能听到他们咕噜着使劲的声音,闻到他们身上的除臭剂,同时她的脚挣扎着想扒住地面。此刻,她比任何时候都清楚,她不能上车。因为当那扇车门像某个巨兽的嘴巴一样在她面前张开时,她突然想起美国一项关于上了陌生人车的女孩的数据。一旦你的脚踏上车里的脚垫,你生存的概率就立马降低了72%,这个数据就是一个摆在她面前的冰冷事实。

坦丝抓住车门,她使劲撞,使劲踢,使劲咬,她的脚踢到一块软软的肉,她听到有人骂了一声,然后什么东西砸在她一边脑袋上,她感觉一阵眩晕,转了几圈摔倒在地上,摔下去的时候有什么东西"咔"地一声断了。所有的东西都向一边倒去,然后是匆匆的脚步声,还有远处传来一声大喊。

她抬起头来,眼前一片模糊,不过她还是觉得自己看到诺曼以她从未见过的速度从马路那边朝她冲过来。它露出牙齿,看上去不像是诺曼,反而像是个魔鬼。随后红灯一闪,一阵尖锐的刹车声,坦丝就看到一个黑色的东西像洗衣球一样飞向空中。她的耳朵里只听到尖叫声,那尖叫声一直叫着,像是世界末日的声音。那是她听过的最难听的声音,然后她意识到,那是她在叫,那是她自己的尖叫声。

4. 杰西

它躺在地上。杰西光着脚丫、上气不接下气地跑到街上,那个男人站在那儿,两只手抱着头,双腿颤抖着说:"我根本没看到它,我根本没看到它。它就那样直接跑到马路上来了。"

尼基在诺曼旁边,抱着它的头,脸色像纸一样白,嘴里喃喃着:"坚持住,伙计。坚持住。"坦丝惊恐地瞪着大眼睛,两条胳膊僵在身体两侧。

杰西跪了下来。诺曼的眼睛像玻璃珠子一样,血从它嘴巴和耳朵里流出来。"哦,不,你这个老笨蛋!哦,诺曼!哦,不!"她把耳朵贴在它胸前,一点动静也没有,一阵巨大的悲痛涌上喉头。

她感觉到坦丝的手放在她肩膀上,小拳头抓住她的T恤,不停地拉扯。"妈妈,让一切好起来。妈妈,让它好起来。"坦丝跪下来,脸埋在诺曼身上。"诺曼,诺曼。"然后她开始哀号起来。

在她的尖叫声中,尼基说出来的话让人一头雾水。"他们要把坦丝弄上车,我想来救你,可是我打不开窗户。我就是打不开,然后我喊了一声,它就穿过栅栏冲出去了。它知道,它想帮她。"

娜塔莉从路上跑过来,她衬衫上的纽扣都扣错了,头发用卷发器卷到一半。她张开双臂抱住坦丝,把她拉过来,摇她,想让她别再喊了。

诺曼的眼睛一动不动。杰西低下头探了探,突然感觉自己的心都碎了。

"我已经叫救护车了。"有人说。

她摸摸它软软的大耳朵。"谢谢你。"她轻声说。

"我们得做点什么,杰西。"尼基又说了一遍,这一次语气更加急切,"立刻,马上。"

她一只手颤抖着放在尼基肩上。"我想它已经去了,宝贝儿。"

"不,不准你那么说!是你说我们不能那么说的!我们不能放弃,是你说一切都会好起来的,你不准那么说!"

坦丝又开始哀号起来,尼基先是一脸沮丧,然后也开始哭起来。他一只胳膊肘挡住脸,像是终于决堤的大坝似的大声抽泣起来。

杰西坐在路中间,周围的车子慢慢驶过,好奇的邻居们在自己家门前的台阶上徘徊着。她把那只老狗染满鲜血的硕大脑袋抱在自己大腿上,抬头默默问苍天:现在该怎么办?现在到底该怎么办?

5. 坦丝

妈妈把她拉进屋。坦丝不想离开它,她不想把它留在柏油马路上,让它自己孤独地死去,周围全是张大嘴巴看着它窃窃私语的陌生人,可是妈妈根本不听。

隔壁的奈杰尔冲出去说他会处理,然后妈妈立马就紧紧抱住了坦丝。坦丝不停地踢它、喊它,这时,妈妈凑到她耳边说:"宝贝儿,没事了。宝贝儿,进屋去。别看,一切都会好起来的。"妈妈关上前门,头靠在她的头上,把坦丝拉近,眼睛里充满了泪水,坦丝能听到尼基在她们身后的走廊上哭泣的声音,那奇怪的、断断续续的哭泣,听起来好像是他根本不知道该怎么哭似的。

  妈妈还是骗了她,因为一切都没有好起来,也永远不会好起来了,因为一切都结束了。

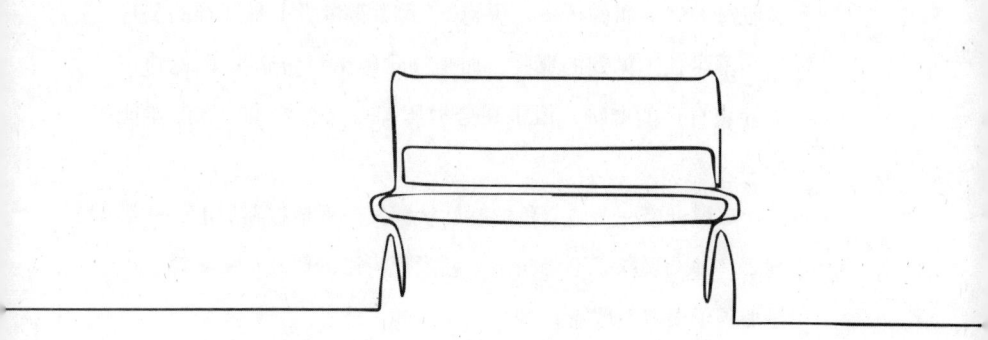

十　直面生活，直面自己

　　刚刚燃起的幸福希望再次破灭，悲伤彻底击垮了她。可时间仍然在推移，生活还是要继续，她连悲伤都无暇消受。

1. 艾德

"有时候，"杰玛望了望身后桌子上那个弓着背、身着褐色衣服、大声尖叫的孩子，说道，"我觉得世界上最糟糕的父母其实不是社工见到的那些，而是咖啡师见到的这些。"她快速搅拌着自己的咖啡，似乎在努力压抑自己想说点什么的本能冲动。

那位母亲——她金色的螺旋状鬈发时髦地披在肩上——继续柔声地劝说孩子不要叫了，赶紧把自己的婴儿奇诺喝掉。可是那孩子根本不理她。

"我不明白为什么我们不能去酒吧。"艾德说。

"在中午十一点十五分？上帝啊，她就不能让他闭嘴吗？或者干脆带他出去也行啊？难道已经没有人知道该怎么转移孩子的注意力了吗？"

那个孩子叫得更大声了，艾德觉得自己头都疼了。"我们可以走。"

"走去哪儿？"

"酒吧，那里会安静得多。"

她盯着他，然后用一根手指头摸了摸他的下巴。"艾德，你昨晚喝了多少？"

他是直接从警察局出来的。他们一起见了他的律师——艾德早就忘了他叫什么名字——还有保罗·威尔克斯和其他两名律师，其中一个很擅长内幕交易的案子。他们围在红木桌旁坐下，像排练过似的挨个儿发言，把这次案件直截了当地摆出来，好让艾德明白等待他的将会是什么。

不利证据：电子邮件；迪安娜·路易斯的证词；她哥哥的通话记录；FSA最近严惩内幕交易犯罪的决心；他自己的支票，签名完整。迪安娜发誓说她不知道自己做的事情是不对的。她说是艾德硬要把钱给她，她说如果她早知道他让她做的事是违法的，她绝对不会做，也绝对不会告诉她哥哥。

有利证据：他没有从交易中获得任何利益。他的法律团队说——在他看来，有点过于乐观了——他们会强调他的无知、愚蠢，说钱、金融衍生物及管理者的责任这些东西对他来说都很陌生。他们会宣称迪安娜·路易斯很清楚自己在做什么；他和迪安娜短暂的恋人关系其实是她和她哥哥布的一个局。调查组已经调查了艾德所有的账户，满意地发现他一无所获。他每年都按时足额交税，他没有投资，他一向喜欢简单的事物。而且，支票没有写是给她的。支票是在她手上，但她的名字是她自己写上去的。他们说，他们会宣称是在他们谈恋爱时，她不知道什么时候从他家里拿走了一张空白支票。

"可是她没有。"艾德说。

大家好像都没有听到他说话。

坐监狱的事还不一定，他们告诉艾德，但不管怎样，艾德肯定要面临巨额罚款，而且显然他不能留在蜉蝣公司了，他可能会在相当长一段时间内被禁止行使管理权。这些艾德都要做好准备。然后他们开始内部讨论。

这时艾德开口了:"我想做有罪辩护。"

"什么?"

屋里顿时鸦雀无声。

"我确实告诉她那么做了。我没想过这是违法的,我只想快点甩掉她,所以我才会告诉她怎样才能赚点钱。"

他们互相看看。

"艾德——"他姐姐开口想说什么。

"我想说实话。"

其中一名律师往前趴了趴。"我们的辩护其实很有力,尼科尔斯先生。考虑到支票上没有你的字迹——这是他们手上唯一的实质性证据——我们可以成功地宣称是路易斯女士私自动用了你的账户。"

"可是确实是我把支票给她的。"

保罗·威尔克斯往前趴了趴。"艾德,有一点你必须明白,如果你做有罪辩护,实际上是增加了自己入狱的概率。"

"我不在乎。"

"等你为了自己的安全,每天在温彻斯特孤独地度过二十三个小时的时候你就会在乎了。"杰玛说。

他几乎没有听到她的话。"我只想说实话。事实就是如此。"

"艾德,"杰玛抓住他的胳膊说,"法庭上不是讲事实的地方,你会把事情弄得更糟的。"

可是他只是摇摇头,然后就不再说话了。

他知道他们都以为他疯了,可是他不在乎。他无法继续装作关心这些东西。他麻木地坐在那里,大部分问题都是她姐姐问的。他听到《二〇〇〇年金融服务和市场法》吧啦吧啦;他听到开放式监狱、罪罚款、《一九九三年刑事司法法令》吧啦吧啦。他真的没法让自己对这些东西感兴趣。所以,他要坐一段时间牢了?那又怎样?反正他已经一无所有了,两次了。

"艾德?你听见我说什么了吗?"

"对不起。"

对不起。这些天来他似乎一直在说"对不起"。对不起,我没听到你说什么。对不起,我没听。对不起,我把事情搞砸了。

对不起,我太笨了,竟然会爱上一个当我是白痴的人。

然后就是想到她时那种熟悉的被什么东西揪住的感觉。她怎么可以骗他?他们肩并肩在一辆车上整整待了一个星期,她为什么从来没有提她自己做过什么?她怎么还能跟他开口说她的财务危机?她一直都知道自己从他口袋里偷了钱,怎么还能跟他谈什么信任,还能扑到他的怀里?

到最后她甚至都不用说什么,她的沉默,看到他不敢相信地握在手里的门禁卡时她目光中的迟疑,还有她结结巴巴的解释都足以让他明白。

"我本来打算告诉你的……不是你想的那样……我们过得很艰难……我没想到……哦,上帝啊!不是——"

她甚至比劳拉还可恶。至少劳拉用她的方式,很诚实地表明了他的吸引力在哪儿。她喜欢钱,她喜欢他的外貌,前提是她要按自己的意愿打扮他。他想,在内心深处,他们俩都明白,他们的婚姻就是一场交易。他曾告诉自己,所有人的婚姻都是一场交易,只是内容不同而已。

可是杰西呢?杰西表现得好像他是这世界上她唯一渴望拥有的男人。杰西让他以为,她喜欢的是真实的他,包括他呕吐的时候,甚至是脸上有伤、害怕见自己父母的时候。她让他以为,她喜欢的是他这个人。

"艾德?"

"对不起。"他从双手间抬起头来。

"我知道这很难,不过你会挺过来的。"他姐姐伸过手来捏捏他的手。在她身后,那个孩子还在尖叫,他感觉自己的脑袋上的血管突突直跳。

"当然。"他说。

她一走,他就去了酒吧。

根据他修改后的请求,他们加快了审讯进程,在这之前的几天,艾德会陪着他爸爸。之所以这样,一是因为他自己的选择,二是因为他在伦敦的公寓里已经没有任何家具,所有的东西都已经被打包,准备一起出售。

标价挂出去后,没有一个人来看房。房屋中介似乎一点儿也不觉得惊讶。"这栋大楼的很多套房都在等着卖呢,"艾德把备用钥匙给他的时候,他说,"投资的都想把钱放在安全的地方。说实话,他们可能会把房子空在那儿好几年才卖。"

艾德在父母家住了三个晚上，他睡在自己小时候的房间里，半夜醒来用手指摩挲着床头板后面壁纸的纹理，想起姐姐十几岁的时候踩在楼梯上咚咚的脚步声，想起她"嘭"的一声关上自己房间的门，默默消化爸爸的教训和责骂。早上他坐在那儿和妈妈一起吃早饭，逐渐明白爸爸再也不会回家了。他们再也不会在家里见到他，看到他不耐烦地把报纸的每个角落都翻遍，伸出手去摸他的浓黑咖啡（不加糖）了。有时候妈妈会突然流泪，然后一边用餐巾捂住眼睛，一边道歉，挥手让艾德走开。我没事，我没事。真的，亲爱的，不用管我。

在那个暖气过于充足的房间里——维多利亚病房——鲍勃·尼科尔斯话越来越少，吃得越来越少，动得也越来越少。艾德不用问医生就知道是怎么回事。他身上的肉似乎都消失了，像是在逐渐融化，剩下他的头骨像是盖在一层半透明的纱下，眼睛处像是鼓着两个青肿的圆包。

他们下棋。可是爸爸经常下到一半就睡着，走了一步就迷迷糊糊地睡过去，艾德就耐心地坐在他床边等着他醒过来。他睁开眼后，先要花一两分钟看看自己走到哪儿了，他闭着嘴巴，低着眉头，这时，艾德就走一步，表现得好像他刚刚错过的只是一分钟，而不是一个小时。

他们聊天。聊的都不是什么重要的事。艾德不知道他们俩是不是本该如此。他们聊板球和天气。爸爸说有个有酒窝的护士总是编一些笑话来讲给他听。他让艾德好好照顾他妈妈，他担心她太劳碌。他担心如果他不在的话，那个清洁水槽的人会

383

多收她钱。秋天的时候他花了很多钱把草坪上的苔藓除掉,可是却看不到最后到底弄成什么样子了,这让他很懊恼。艾德没有跟他争论,那样会让人觉得是在施舍。

"那么,那个鞭炮去哪儿了?"一天晚上,他问。他还有两步就要将军了,艾德正在想着怎么挡他。

"什么东西?"

"你女朋友。"

"劳拉?爸爸,你知道我们已经——"

"不是她,另外一个。"

艾德吸了一口气。"杰西?她……呃……她在家吧,我想。"

"我喜欢她,她看你的样子很特别。"他慢慢把自己的车推到一个黑方块里,"我很高兴你能遇到她。"他微微点了点头,"这个麻烦。"他嘟囔着,好像是在自言自语,然后笑了笑。

艾德的策略完全不堪一击,他爸爸走了三步就赢了。

2. 杰西

一个留胡子的男人从旋转门后面出来,两只手在白大褂上擦了擦。"诺曼·托马斯?"

杰西从来没想过他们家的狗也会有姓。

"诺曼·托马斯?一条大狗,品种不确定?"他低下头,直直地看着她说。

她慌忙从塑料椅子上站起来。"它受了很严重的内伤。"他开门见山地说,"髋骨骨折,几条肋骨断了,前腿断裂,在消肿之前我们不知道体内情况怎样,它的左眼恐怕确定保不住了。"她注意到他蓝色的塑料鞋上有几处鲜艳的血迹。

她感觉到坦丝的手紧握住了她。"可是它还活着,是不是?"

"我不想让你们有不切实际的希望,接下来的四十八小时非常重要。"

旁边的坦丝低叹了一声,可能是高兴的,也可能是痛苦的,很难分清楚。

"跟我来。"他拉住杰西的胳膊肘,背对着孩子们,放低了声音说,"我必须告诉你,考虑到它的伤势,我不太确定,是不是让它走对它来说更好。"

"可是如果它真的熬过四十八小时了呢?"

"那它可能还有希望活下来。不过正如我所说的,托马斯太太,我不想让你抱有不切实际的希望。它的情况真的不太好。"他们周围等着的人都默默看着,猫放在大腿上的宠物包里,小狗轻轻地在椅子下面喘气。尼基盯着那个兽医,嘴巴紧紧闭着,眼睛周围全是花了的睫毛膏。

"而且,如果我们继续,花费也不低。它可能需要再做不止一次手术,可能得好几次。它有保险吗?"

杰西摇了摇头。

现在兽医有些尴尬了。"我必须提醒你,要继续对它进行治疗会花一大笔钱,而且不保证它一定能好起来。在我们进行下一步之前,你必须明白这一点,这非常重要。"

她后来听说，是她的邻居奈杰尔救了它。他抱着两床毯子从家里跑出来，一床裹住颤抖的坦丝，另一床包住那条狗的"尸体"。"回家去，"他对杰西说，"带孩子们回家。"但是，当他把那床格子呢毯子轻轻地盖在诺曼头上时，他顿了一下，对娜塔莉说："你看到没有？"

杰西起初没听到他说话，因为周围全是各种各样的声音，坦丝压抑的哀号声，旁观者的窃窃私语，以及旁边一些孩子哭泣的声音。虽然不认识诺曼，但他们明白一只狗一动不动地躺在路上是一件多么令人伤心的事。

"娜塔莉？它的舌头。瞧，我想它还在喘气。快，把它弄起来，搬到车上，快！"杰西的三个邻居一起把它搬上车。他们小心翼翼地把它放在后座上，向镇子外的大兽医院疾驰而去。奈杰尔的汽车内衬上一定满是血污，可是他从来都没有提过，这让杰西十分感激。他们从兽医院打来电话，告诉她尽快到那儿。她外套里面穿的还是睡衣。

"所以你打算怎么办？"

丽萨·里特有一次曾跟杰西说她丈夫有一桩大生意出了问题。"借五千英镑还不起，那是你的问题，"她引用他的话说，"借五百万英镑却还不起，那就是银行的问题了。"

杰西看看女儿写满恳求的脸，又看看尼基不加掩饰的表情：他终于学会如何表达自己的痛苦、爱和恐惧了。她是唯一能做出正确决定的人。她永远都是唯一可以做出正确决定的人。

"不惜一切代价救它,"她说,"钱的事我会搞定,你们尽力救它就行了。"

短暂的沉默表明,兽医认为她是个傻子。不过,某种意义上来说,他早就习惯处理这种事了。"那跟我来吧。"他说,"我需要你签一些文件。"

奈杰尔开车把他们送回家。她想给他钱,可是他生气地摆摆手说:"要邻居是干吗用的?"比琳达哭着出来跟他们打招呼。

"我们没事。"杰西木讷地低声说道,一只胳膊搂着还在不时发抖的坦丝,"我们没事,谢谢你们。"

兽医说,如果有新消息的话他们会打电话的。

杰西没有让孩子们去睡觉。她不确定自己是不是愿意让他们独自待在房间里。她锁上门,上了两道门闩,放了一部老电影。然后她弄了三杯可可,把她的被子拿下来盖在身上坐下,两个孩子一边一个,看着根本没看进去的电视,各自想着各自的心事。

祈祷,祈祷电话不要响。

3. 尼基

这是一个不同寻常的家庭的故事。一个有点呆的小女孩,爱数学胜过化妆;一个男孩,喜欢化妆,无法融入任何部落。这个不为大家接受的家庭所遭遇的事情就是——他们最终支离破碎、身无分文、伤心欲绝。伙计们，这里没有幸福的大结局。

妈妈已经不赖在床上了，可是我看到她在洗东西或是盯着诺曼的篮子发呆的时候会偷偷抹眼泪。她一直都很忙：工作、打扫、整理房间。她做这些的时候一直低着头，紧闭着嘴巴。她把她的平装书整理了三大箱送到慈善商店，因为她说她以后再也不会有时间读那些书了，而且，她相信那些虚构没有任何意义。

我想诺曼。一个以前你只会抱怨的东西会让你如此想念，这种感觉真的很奇怪。家里没有了诺曼，显得很安静。不过最初的四十八小时过去后，兽医说它还有机会，我们都在电话里欢呼起来，我已经开始担心其他的事了。昨天晚上坦丝去睡觉后，我们俩坐在沙发上，电话还是没有响。

我对妈妈说："那我们以后该怎么办？"正在看电视的妈妈抬起头来看着我，"我的意思是，如果它活下来的话。"

她长长地舒了一口气，好像这件事对她来说已经发生了似的。然后她说："你知道吗，尼基？我们没有选择。它是坦丝的狗，它救了坦丝。如果你没有选择，那事情其实就很简单了。"

我看得出，虽然她确实是这么认为的，事情可能真的很简单，但新的债务还是像一副新的重担一样压在她肩头。每出现一个新问题，她看上去就更苍老、更颓废、更疲惫。

她一直不提尼科尔斯先生。

我不敢相信,他们在一起经历了那些后,竟然就这样结束了。就好像前一分钟你看上去还幸福得不得了,下一秒就什么也没有了。我以为你可能要更老些才会明白这么多事,但显然并不是这样。所以这也是值得期待的事情之一。

后来我走到她面前,给了她一个拥抱。这在你们家可能不算什么大事,但是我可以告诉你,在我们家算。这是我唯一能做的一点愚蠢的改变。

所以下面这些事情是我不能理解的。我不明白为什么我们家的人一直在做对的事情,却总是以悲剧收场;我不明白我的妹妹这么聪明、这么善良,还有点小天分,现在却总是哭着醒来,总是做噩梦。我只能醒着躺在床上,听妈妈在凌晨四点穿过楼梯,试图让她冷静下来。虽然外面的天气终于变暖放晴,但她白天总是待在屋里,因为她太害怕,不敢出去,怕万一费舍尔他们还会回来找她。还有六个月,她就要进入一所新学校,这所学校的主要思想就是,她应该跟别人一样,否则就要被揍,就像她那个怪物哥哥一样。我想象着没有了数学的坦丝,那感觉就像是整个宇宙都崩溃了,或者,像是⋯⋯奶酪汉堡没有了奶酪。我就是无法想象,如果坦丝不学数学了,她会变成什么样。

我不明白为什么我才刚适应睡觉,现在却要醒着躺在床上听楼下根本不存在的声音;为什么当我想去商店买张纸或买些糖的时候,我会觉得恶心,我必须努力压抑住自己想回头看看的冲动。

我不明白为什么一只没有用、浑身湿透、从来没做过什么坏事，顶多就是朝大家身上流口水的大狗，要失去一只眼睛，把自己身体里的东西重新安排，只是因为它试图去保护自己爱的人。

最重要的，我不明白为什么地痞和小偷，还有那些毁灭一切的人——那些混蛋——可以逍遥法外。那些为了要你的饭钱捶你肾的男孩，那些觉得拿你当傻子很有趣的警察，还有那些看到别人跟他们不一样就要捉弄人的孩子，或者是那些离家出走，在其他地方开始新生活的父亲们。他们在那里喷上空气清新剂，跟一个开着自己的丰田汽车、拥有高级沙发、不管他讲什么愚蠢的笑话都会哈哈大笑，好像认为他是上帝的礼物而不是一个两年来一直对所有爱他的人都撒谎的讨厌鬼的女人一起生活。整整两年。

如果这篇博客让你觉得很压抑的话，我很抱歉，但这就是我们现在的生活。我的家庭，永远的失败者。其实，这算不上是什么故事，不是吗？

妈妈以前总是对我们说，好人有好报。你猜怎么着？现在她已经不说这话了。

4. 杰西

诺曼出车祸后第四天，警察 PC·肯沃斯来了。杰西从客厅窗户看到那个警官走到花园小路上，有那么一分钟，她竟然愚蠢地以为她是来通知自己诺曼死了。这是一个年轻女子,红色的头发利落地在脑后扎了一个马尾。杰西以前从没见过她。

她来是因为有人说这里出了一起车祸。杰西打开门的时候她说。

"别跟我说,"杰西穿过客厅走回厨房说,"那个司机要起诉我们弄坏了他的车子。"是奈杰尔曾提醒过她可能会发生这种事。他说的时候她其实都笑了。

那个警官看着自己的笔记本。"哦,至少目前来说还没有。他的车子好像撞得不厉害,而且对于他是否超速还有争议。但是,关于车祸的起因我们这里有很多说法,我想知道您能不能澄清几件事情?"

"有什么意义吗?"杰西转过身去并继续洗着东西说,"反正你们从来都不关心。"

她知道自己是什么语气:跟附近半数的那些不合作的邻居一样,准备吵一架。很难对付。她已经不在乎了。可是这个警官太没经验、太热忱,还没准备好和他们玩这种游戏。

"呃,那不管怎样,请问您可以告诉我到底发生了什么事吗?您只要给我五分钟就够了。"

于是杰西就告诉了她,只是那平淡的语气根本就没指望对方会相信她。她告诉她关于费舍尔的事,他们的陈年旧账,还有她女儿现在怕得都不敢在自己家花园里玩。她告诉她,自己那只跟奶牛那么大的笨狗正在兽医那里烧钱,花的钱差不多相当于在一家豪华酒店给它订了个套间。她告诉她,自己儿子唯一的目标就是离开这个镇子越远越好。而且，拜费舍尔所赐，这已经不可能实现了，因为他们在学校里搞砸了他的考试。

那个警官似乎没有厌烦。她站在那儿，靠在橱柜上记着笔记，然后她让杰西给她指指那块栅栏。"就在那儿。"杰西指着窗外说，"你可以看出我补的地方，就是那块颜色浅一点的木板。还有那起车祸，如果我们都这么叫的话，发生在右前方大约五十英尺的地方。"她看着那个警官走了出去。

艾琳·特伦特推着她的购物车，在树篱那边兴奋地朝杰西挥了挥手，然后她突然看到了花园里的人，连忙缩着脖子迅速朝另一个方向走去。

PC·肯沃斯在外面待了快十分钟。她回到屋里的时候，杰西正把洗衣机里的衣服拿出来。

"我能问您一个问题吗，托马斯太太？"她关上身后的门问道。

"那是你的工作。"杰西说。

"您肯定已经被问过很多次了，不过您那个监控摄像头，里面有录像吗？"

PC·肯沃斯把她叫到警察局，在三号问讯室，杰西坐在她旁边的塑料椅子上把那个镜头看了三遍。每看一次她都觉得浑身发冷：镜头里是一个小小的身影，她袖子上的小亮片在阳光下闪闪发光，她沿着屏幕边缘慢慢走着，偶尔停下来扶一扶鼻梁上的眼镜。那辆车慢慢停下来，车门打开。一、二、三，一共三个人。坦丝稍微退了几步,紧张地朝后面的马路上看看,举起双手。然后他们挡住了她,杰西看不到了。

"我想说这是非常确凿的证据,托马斯太太,而且镜头也很清晰,皇家检察署会很乐意看到。"她高兴地说。杰西过了几秒钟才明白她是认真的。

终于有人肯认真对待他们了。

起初,费舍尔自然是不承认,他说他们只是跟坦丝"开个玩笑"。"不过我们有她的证词,还有两个目击证人过来做证,我们还把詹森·费舍尔的 Facebook 页面截了屏,他在上面讨论打算怎么做这件事。"

"做什么?"

她脸上的微笑消失了一分钟。"对你女儿来说不太好的事。"

杰西没有再问。

他们收到匿名信息,说他用自己的名字做密码。那个白痴,PC·肯沃斯说。她竟然说他是"白痴"。"这话只能我们之间说说。"她把杰西送出来时说,"严格来说,靠黑客得来的证据法庭是不会承认的。不过还是要说,这让我们占了上风。"

起初对这起案件的报道很模糊。当地几个青年,当地的报纸上说,因袭击并试图绑架一位未成年人被逮捕。但第二周,他们又出现在了报纸上,并且被指名道姓。显然,费舍尔一家已经被勒令搬出他们住的廉租房,托马斯一家并不是唯一被他们欺负过的人。据称,住房互助协会说早就对这家人下了最后通牒。

喝茶的时候，尼基拿起当地的报纸，大声读着那篇报道。大家沉默了一会儿，不敢相信自己的耳朵。

"上面竟然说费舍尔一家必须搬到其他地方去？"杰西问，她往嘴里送的叉子停在半空。

"上面是这么写的。"尼基说。

"那他们会怎么样？"

"哦，这里写着，他们要搬去萨里跟亲戚一起住。"

"萨里？可是——"

"住房互助协会已经不再对他们负责了。包括他们家所有人，詹森·费舍尔、他表弟还有他们家所有人。"他浏览了一下报纸，"他们要搬去跟一个叔叔一起住。还有更好的消息，他们被勒令禁止回到这里。瞧，这里还有两张照片，是他妈妈哭着说他们一定是误会了，詹森连只苍蝇都不会伤害。"他把报纸放在桌子上推过来给她。

杰西把那篇报道读了两遍，只是为了确认尼基没有理解错误，她没有理解错误。"要是他们回来的话真的会被抓起来？"

"瞧见没，妈妈？"尼基嚼着一片面包说，"你以前说的对，事情是可以改变的。"

杰西一动不动地坐在那儿，她看看报纸，又看看尼基，直到他意识到自己刚才叫了她什么。杰西可以看出他脸红了，希望她不要大惊小怪的。于是她就吞了吞口水，用掌根擦了擦眼睛，盯着自己的盘子足足看了一分钟，然后才开始吃东西。"对，"她哽咽着说，"呃，这是好消息，非常好的消息。"

"你们真的相信事情会改变吗？"坦丝瞪着一双乌黑警惕的大眼睛问。

杰西放下刀叉。"我想我真的相信，宝贝儿。我的意思是，我们每个人都有陷入低谷的时候。但是，是的，我相信。"

坦丝看看尼基，又看看杰西，然后继续吃东西去了。

生活还在继续。一个周六的午餐时间，杰西走到费瑟家，在最后二十英尺距离的时候藏起自己受伤的脚，请求重新回来工作。德斯告诉她，他已经雇了一个来自巴黎城的女孩。"不是那个巴黎。那样就太不划算了。"

"水泵坏了的时候她会拆吗？"杰西问，"她会修男厕所的水箱吗？"

德斯靠在吧台上。"大概不会，杰西。"他一只胖手摸着一条鲻鱼说，"不过我要找个可靠的人。你不可靠。"

"就当给我放个假，德斯。两年就休一个星期的假。求你了，我需要这份工作，我真的需要这份工作。"

他说他会考虑一下。

孩子们回到了学校。坦丝想让杰西每天下午都去学校接她。尼基现在不用她每天早上六点钟叫他就可以自己起床了。她洗完澡出来的时候，甚至看到他在吃早餐。他不再要求换抗焦虑的药了，他的眼线画得很漂亮。

"我在想，我可以不离开学校，不管怎样，我可能还是想留下来读完六年级。之后，你知道，等坦丝上大学的时候，我就留在附近。"

杰西眨了眨眼:"这真是个好主意。"

她跟着娜塔莉一起做清洁,听她八卦费舍尔家最后几天的事——离开普莱森特维尤的房子前,他们把墙上所有的插座都拔了个干净,还在厨房的石膏上踢了好多洞。周日晚上,有人——她做了个鬼脸——放火烧了住房互助协会办公室外的一个床垫。

"不过,你一定觉得如释重负,是不是啊?"她说。

"当然。"杰西答道。

"那你打算跟我说说这次旅行的事吗?"娜塔莉直起身,揉了揉背,"我想知道,跟尼科尔斯先生一起去苏格兰是什么感觉?一定感觉很别扭。"

杰西靠在水槽上顿了一下,眼睛望着窗外无垠的月牙形大海。"还不错。"

"你有没有被困在车上,跟他无话可说?我知道如果是我的话我会的。"

眼泪就要从眼睛里流出来,杰西只好假装在擦一尘不染的不锈钢上一个看不见的污点。"没有。"杰西说,"有趣的是,我没有。"

事实是这样的:杰西觉得艾德的离开就像是盖了一床厚毯子,所有的一切都让她感到窒息。她想念他的笑、他的唇、他的肌肤、他肚脐上向上弯曲的那一绺软软的黑毛。她想念他在身边的那种感觉,不知为何那时她感觉自己好像更有魅力、更性感，什么都更好。她想念那种好像一切皆有可能的感觉。她不敢相信，失去一个认识没多久的人竟会让你感觉像是失去了自己的一部分，让你食不知味，让你觉得眼前的一切都黯然失色。

杰西现在明白了，马蒂离开的时候，她想到的都是很实际的琐事。她担心他走了之后孩子们会怎么想，她担心钱，担心如果自己去酒吧上夜班的话，谁来照顾孩子们，担心周四谁去倒垃圾，但她最大的感觉是一种隐隐的解脱。

艾德不一样。艾德的离开是一大早醒来时踢在肚子上的一脚，是深夜里的一个黑洞。艾德是她内心深处不断进行的一场对话：对不起，我不是故意的，我爱你。

她最痛恨的事实是，一个曾经只看到她好的男人，现在却只想着她的坏。对于艾德来说，她跟那些让他失望、把他生活搞得乱七八糟的人相比也好不到哪里去。实际上，她可能更坏。而这全都是她的错，这是她永远也无法逃避的事实，这完全是她自己的错。

她想了三个晚上，然后给他写了一封信。信的最后写道：

所以一念之差，我成了我一直告诫孩子们不要成为的那种人。我们最终都要接受考验，而我失败了。

对不起，我想你。

又及：我知道你永远都不会相信我，但我一直都打算把钱还给你的。

她在信封上写上自己的电话号码，塞了二十英镑进去，注明"第一次还款"。她把信封交给娜塔莉，让她放进他在海滨公寓的邮箱里。第二天，娜塔莉说二号房外面挂了个出售的牌子。她偷偷瞥了一眼杰西，便不再问关于尼科尔斯先生的问题。

五天过去了，杰西意识到他不会回信了。她一夜无眠，然后坚定地告诉自己，再也不能这样躺在床上自怨自艾了，该继续好好生活了。

对于一个单身母亲来说，心碎是件太奢侈的事。

周一，她给自己做了一杯咖啡，坐在餐桌前给信用卡公司打了个电话，她被告知必须提高每月的最低还款额度；她打开一封来自警局的信，上面说她将因无税、无保险驾驶被罚款一千英镑。如果她想上诉的话，可以申请庭审；她打开车辆扣留中心的信，上面说到上周四为止，她拖欠的劳斯莱斯的保管费已经有一百二十英镑；她打开兽医寄来的第一份账单，又塞回信封里。

一天之内需要消化的新消息太多了。马蒂给她发了一条信息，想知道他能不能过来看看孩子们。

"你们怎么想？"吃早饭的时候，杰西问他们。

他们耸了耸肩。

周二做完清洁后，她去镇上找了几个便宜的律师，付给他们二十五英镑,让他们起草一封信给马蒂,要求跟他离婚并索要孩子的抚养费。

"多久?"那个女律师问。

"两年。"

她头都没抬一下。杰西怀疑她每天听到的都是差不多的故事。她敲了几个数字,然后把桌子上的屏幕转到杰西这边。"这是最后的结果,一大笔钱,他会要求分期付款的,那些男人通常都会这样。"

"没事。"杰西伸手去拿包,"做你该做的就行了。"

她有条不紊地处理着所有需要处理的事情,试着展望这小镇之外更广阔的风景——一个生活拮据的小家庭之外,一段两人还未真正开始就戛然而止的短暂爱情之外的风景。有时候,她告诉自己,生活就是要应对一系列的挫折,而且还有可能得全靠意志克服。

望着窗外被空气吞没的大海,那模糊的、蓝色的、无垠的大海,她扬起下巴,下定决心一定要挺过这些难关。她可以挺过绝大多数难关。毕竟,幸福不是任何人的特权。

杰西沿着满是砾石的沙滩往前走,双脚沉下去,跨过防浪堤,默默地数着手指头,合计自己目前为止的幸运:坦丝安全了,尼基安全了,诺曼也慢慢好起来了。这就是最终最重要的结果,不是吗?其他的都是小事。她动动口袋里的手指,像是在口袋里弹钢琴。

两天之后的晚上,他们坐在花园里的旧塑料家具上。坦丝洗了头趴在杰西腿上,杰西用梳子给她梳着湿的头发。杰西告诉他们尼科尔斯先生不回来的前因后果。

尼基盯着她。"从他口袋里?"

"从他口袋里掉出来了,掉在一辆出租车上。但我知道那是谁的。"

大家都震惊得说不出话来。杰西不敢看坦丝的脸,她也不确定自己要不要看尼基的脸。她继续轻轻地给女儿梳头发。她的声音很平静、很理智,好像这样就可以解释她为什么那样做。

"那些钱你用来干吗了?"坦丝的脑袋突然不自然地一僵。

杰西吞了吞口水。"我现在记不清了。"

"你是不是用来交我的报名费了?"

杰西继续梳头发,继续梳,继续梳,拉起来,又松开。"我真的不记得了,坦丝。我用来做什么不重要。"

杰西可以感觉到,她说话的时候尼基的目光一直停留在她身上。

"那你现在为什么要告诉我们?"

拉起来,梳一下,又松开。

"因为……因为我想让你们知道,我犯了一个大错,我很后悔。虽然我打算把钱还回去,但我一开始就不该拿那个钱。这没有任何借口。艾德——尼科尔斯先生发现的时候,他完全有权利离开,因为,呃,你跟别人相处最重要的一点就是信任。"她尽量让自己的语气保持平静,不带任何感情。但这越来越难,"所以我想让你们知道,我很抱歉,让你们俩失望了。我知道我总是告诉你们该怎么做,可我却做了完全相反的事。我告诉你们是因为如果不告诉你们的话,我就太虚伪了。但是,我告诉你们同时也是因为,我想让你们明白,做错事是要付出代价的。对于我来说就是,我失去了自己喜欢的人,很喜欢的人。"

他们三个都沉默了。

过了一分钟,坦丝伸出一只手,她的手指摸到杰西的手指,迅速握住。"没关系的,妈妈。"她说,"我们所有人都会犯错。"

杰西闭上眼睛。

等她再睁开的时候,尼基抬起头来。他看上去很迷茫。"他会给你的。"他说,他的语气中有一丝轻微却无比清晰的愤怒,杰西看看他。

"他会给你的,如果你问他要的话。"

"对,"她说,她放在坦丝头上的手僵住了,"对,这就是最糟糕的一点,我想他很可能会给我的。"

十一　美好的微光

微光从破碎的裂痕中照射进来，一点点照亮她和他以及它的世界。

1. 尼基

一个星期过去了。他们每天都坐公交车去看诺曼。兽医把它的上下眼睑缝在了一起,这样,那里就不会有个空洞了。但它看上去还是很吓人。坦丝第一次看到它脸时哭了。兽医说等它能站起来的时候可能有一段时间都会碰到东西,他们还说它以后睡觉的时间会比较多。尼基没有告诉兽医,他不确定有人能看出来这跟之前有什么区别。杰西摸着诺曼的脑袋,告诉它它是一个非常勇敢的孩子。诺曼的尾巴重重地甩在地上时,她不停地眨着眼,转过身去。

周五,杰西让尼基和坦丝在接待处等着,她走到前台去跟那个女人说账单的事。他猜应该是账单的事。他们打印了一张纸,接着又第二张,然后令人难以置信的是,还有第三张。杰西用手指一一滑过每一页,看到最后的时候轻轻地闷哼了一声。那天他们是走回家的,虽然杰西还瘸着。

随着大海由脏脏的灰色变为闪亮的蓝色,小镇也热闹起来。费舍尔他们不在了,起初感觉有些怪怪的,好像所有人都不敢相信再没有谁家的轮胎被扎了;沃博伊斯太太晚上又开始去玩宾戈游戏了;尼基慢慢习惯了走到商店再走回来,他意识到自己心里的黑色焦虑已经没必要存在了。他一次又一次地告诉她们,可她们还是不肯接受这个事实。

除非有杰西陪着,否则坦丝绝对不肯出门。

尼基差不多有十天没看自己的博客了。诺曼受伤那天,他写了那篇名为《我的家庭，永远的失败者》的博客，他当时满怀愤怒，必须找个地方发泄一下。他以前从来没有感到愤怒过，真正的愤怒，愤怒到想砸东西、想打人的那种，可是发生了费舍尔他们那件事后，此后好几天尼基都处在这种愤怒中。这愤怒像毒药一样在他血液里沸腾，让他想尖叫、想揍人。那几天地狱般的日子，把它写下来贴到网上至少缓解了他的愤怒。敲打键盘、发表博客的感觉就像是他在对一个人倾诉，虽然那个人并不知道他到底是谁，而且很可能没人在乎他是谁。他只是希望有人能听一听发生了什么事，看看这不公正的遭遇。

然后，待他冷静下来，听到费舍尔家将为此付出代价，尼基突然觉得自己有点傻。就好像是你跟一个人说得太多，多到完全暴露了自己的隐私，于是之后的几个星期里你会一直祈祷他们能忘掉你说的话，怕他们会用那些话来对付你。而且话说回来，贴在网上又有什么意义呢？唯一想看那些情感垃圾的人不过是那些会停下来围观车祸的人。

他把那篇文章打开，因为他想把它删掉。随即他又想到，不行，别人已经看到了，要是我删掉的话就显得我更蠢了。于是，他决定稍微写一下费舍尔一家被驱逐的事，这就是这件事的结局。他不打算写出他们的名字，但他想写点好的事情上去，这样如果有人不巧正好看到他写的文章的话，就不会觉得他们一家人完全是个悲剧。他把自己上周写的东西读了一遍——那些情感，那毫不修饰的语言——他羞愧得脚指头都缩起来了。他不知道网上读过这篇文章的人会是谁，也不知道现在这世界上是不是有更多人认为他真是个笨蛋加怪物。

然后他看到最底下，看到了那些评论。

加油，哥特男孩！那种人让我觉得恶心。

一个朋友把你的博客发给我，我看哭了。

我希望你们家的狗没事。如果有机会的话，请你继续写，让我们知道事情的进展。

你好，尼基！我叫维克多，来自葡萄牙。我不认识你，不过我的朋友在 Facebook 上发了你博客的链接。我只是想说，一年前我跟你的感觉一模一样，但现在一切都好起来了。别担心！冷静！

他往下拉了拉，又读了一些评论，留言一个接着一个。他把自己的名字输到谷歌里搜索：文章被复制、分享了数百次，然后又是数千次。尼基看着这些数据，坐在椅子上往后靠了靠，不敢相信地看着屏幕，已经有两千八百多人读过。仅仅一周的时间，有将近三千人读了他的文章！——其中有四百多个人不嫌麻烦地给他发了信息。只有两个人说他是傻子。

但还不止这些，大家还寄了钱，真的钱。有人开了一个网上捐款账户，帮助募集要付给兽医院的费用，并且留了个信息，告诉他如何用贝宝账户① 得到这笔钱。

你好，哥特男孩（这是你的真名吗？），你有没有想过搜救犬？那样的话可能会有好的事情发生。附上一笔捐款！搜救

---

① Paypal，一种网上支付工具。

中心总是需要捐款。

为你们要付给兽医院的费用略尽一点小心意。替我抱抱你妹妹。对于发生在你们身上的事我感到很气愤。

我的狗也被车撞过，是PDSA①治好的。我想你们家附近可能没有。我觉得这样很好，曾有人帮助过我，所以我也帮一帮你们。请接受我的十英镑作为它的治疗费用。

来自一个同龄的女数学怪才。请告诉你妹妹一定要坚持下去，不要被他们打败。

共有四百五十九笔捐款。尼基数了数捐赠名单，有一百三十个名字，最少的款额是两英镑，最多的是两百五十英镑——来自一个毫不相识的陌生人。截至一个小时前，最后的捐款总额是九百三十二英镑五十便士。他不停地刷新页面，盯着那个数字，怀疑小数点是不是点错了地方。

他的心脏突然跳得很奇怪。他把手掌放在胸膛上，想着心脏病发作是不是就是这种感觉。他怀疑自己是不是要死了。不过，他发现，自己最想做的就是大笑。他想笑那些陌生人太伟大，他们太善良、太友好，现实中竟然真的有那么善良、友好的人，会给从来没有见过、以后也永远不会见到的人捐钱。因为，最疯狂的是，这些善良、伟大的举动只是因为他的文字。

尼基快步走进客厅的时候，杰西正捧着一包粉色的纸站在

---

① 英国人民兽医药房。

橱柜旁。"过来,"他说,"看看这个。"他拉着她的胳膊,把她拽到沙发上。

"什么?"

"把那东西放下。"

尼基打开笔记本电脑放在她腿上。她差点缩回去,好像靠近任何属于尼科尔斯先生的东西都会让她觉得痛苦。

"看看这个。"他指了指那个捐款页面,"看这里,有人给我们寄钱了,给诺曼的。"

"什么意思?"

"你自己看,杰西。"

她眯着眼看着屏幕,一边看一边上下滚动页面,看了又看。"可是……我们不能要。"

"这不是给我们的,是给坦丝和诺曼的。"

"我不明白,为什么那些不认识我们的人要给我们钱?"

"因为这里发生的事让他们觉得难过,因为他们知道这是不公平的,因为他们想帮我们。"

"可是他们是怎么知道的?"

"我写了一篇博客。"

"你干吗了?"

"是尼科尔斯先生告诉我的,我只是……写了博客放在网上。就是写了我们身上发生的事。"

"给我看看。"

尼基换了几个页面,给她看他的博客。杰西读得很慢,她皱着眉头,很专注地读着,尼基突然觉得很尴尬,像是在她面前展示了自己不会向任何人展示的一面。不知为何,把那些充满感情的文字展现给你认识的人要难得多。

"所以,兽医的费用是多少?"见杰西读完了,他问。

她像是在梦游似的说:"八百七十八英镑,四十二便士,到目前为止。"

尼基两手举到空中。"所以我们够了,对吗?你看总钱数,我们够了!"

杰西看着尼基,尼基在她脸上看到了跟半小时前自己脸上一模一样的表情。

"这是好消息,杰西!高兴点儿!"有足足一分钟,她的眼睛里满含泪水。然后她看上去很迷茫,尼基靠过去抱了抱她。这是三年来他第三次主动抱她。

"睫毛膏。"她抽出身来,说。

"哦。"他擦了擦自己的眼底,她也擦了擦她的。

"好了吗?"

"好了。我呢?"

她靠过去用大拇指在他眼睛的外缘擦了擦。

然后她舒了一口气,突然,她身上好像又有了点以前的杰西的影子。她站起来拂了拂牛仔裤。"当然,我们以后肯定要把钱都还给他们。"

"他们很多人都是捐了三英镑之类的。你要想挨个儿算的话我只能祝你好运了。"

"坦丝会算好的。"杰西拿起粉色的纸巾包,然后,像是又想了一下,又把它塞回了橱柜里。她把脸上的头发拢了拢,"还有,你要让她看看那些关于数学的留言,让她看到这些东西非常重要。"

尼基朝楼上坦丝的房间看了看。"我会的。"他说,但过了一分钟,他的情绪便低落下来,"但是我不确定这会有什么用。"

2. 杰西

诺曼回家了。

"该跟我们的老英雄说再见了,是不是,老伙计?"兽医拍着诺曼的一边身子说。他跟诺曼说话的那种口气,还有诺曼立刻倒在地上让他抓肚子的样子,让杰西觉得他俩已经不是第一次这样了。那个兽医蹲下身子时,杰西看到了他除了严谨的职业形象之外的样子。他看诺曼的时候,笑得很开心,眼睛都皱起来。杰西听到尼基说过的那句话又在她脑中回响,几天来,她常常想起这句话:陌生人的善意。

"我很高兴您做了那样的决定,托马斯太太。"他从地上站起来说道。他们都自动忽略了他膝盖发出的手枪似的劈啪声。诺曼还躺在地上,懒洋洋、满怀希望地伸着舌头。或许它只是太胖了,起不来罢了。"它值得一个机会。如果早知道它是怎么受伤的,对于继续治疗的事情我就不会那么保守了。"

他们慢慢走回家的时候,坦丝紧紧靠着诺曼庞大的黑色身躯，把诺曼的绳子在手上缠了两圈紧紧攥住。从兽医院回家的路，是三个星期以来她第一次在外面没有坚持要牵杰西的手。

杰西曾希望诺曼的归来能让女儿振作起来，但坦丝还是像个小影子一样，沉默地走来走去，偷偷地瞄着拐角处，站在班主任旁边焦急地等待杰西出现在学校门口。在家里她就躲在房间里看书，或是一声不吭地躺在沙发上看动画片，一只手放在旁边的诺曼身上。这学期一开始，茨万吉拉伊先生就请假了——说是家里有急事——杰西想象着当他发现坦丝决心把数学驱逐出自己生活，以前那个独特的小怪女孩已经不见时的样子，突然觉得一阵条件反射似的难过。有时候，杰西觉得坦丝像是她从别人手里换来的另一个沉默少言、郁郁寡欢的小孩。

圣安妮打来电话讨论坦丝开学第一天的安排，杰西只好告诉他们她不去了。说这话的时候，她的喉咙里像是蹲了一只缺水的青蛙。

"哦，我们强烈推荐您来，托马斯太太。我们发现如果孩子们能更了解自己一点的话，会更优秀，而且让她认识一些同龄的学生也有好处。是因为要从现在的学校退学的问题吗？"

"不，我的意思是她——她不去了。"

"肯定不来了？"

"不去了。"

一阵短暂的沉默。

"哦。"登记的人说。杰西听到她在翻纸,"可是,这是那个获得 90% 奖学金的小女孩,对不对?康斯坦萨?"

她感觉到自己脸都红了。"对。"

"那她是打算去彼得斯菲尔德学院吗?他们也为她提供了奖学金吗?"

"不是,不是这样的。"杰西答道。她闭上眼睛说,"听着,我不认为……你们有没有可能……再增加点奖学金?"

"再增加点?"她听上去似乎大吃一惊,"托马斯太太,这已经是我们有史以来提供的最慷慨的奖学金了。对不起,但是这不可能。"

杰西紧紧握住话筒,庆幸没有人看到她的羞愧。"如果我明年能筹到钱的话,你们能不能考虑为她保留一个位置?"

"我不确定这样是否可行。或者说,这样对其他学生是否公平。"她犹豫了一下,可能是突然意识到了杰西的沉默,"不过,如果她真的愿意再次申请的话,我们当然会优先考虑。"

杰西看着地毯上的一个黑点。有一次马蒂把一辆摩托车推进了前厅,那辆车漏油。杰西觉得喉咙里像是被一大块东西堵住了。"那么,谢谢您告诉我这些。"

"听着,托马斯太太,"那个女人说道,她的声音突然变得柔和,"还有一个星期我们才结束登记,我们会为你保留到最后一分钟。"

"谢谢,真的很谢谢你。但是,真的,这样做没有任何意义。"杰西明白这一点,那个女人没弄明白,这件事不会发生在他们身上。有些鸿沟太大了，不可能逾越。

她让杰西向坦丝转达对她要去新学校的最真挚的祝福。挂上电话的时候，杰西想象着她肯定已经在浏览名单寻找下一个合适的候选人了。她没有告诉坦丝。

两天前的晚上，杰西发现坦丝把她所有的数学书都从书架上搬了下来，跟杰西剩下的书一起堆在楼上的平台上，把它们插在冒险小说和历史浪漫小说里，这样杰西就不会发现。杰西又把那些书挑出来，整齐地放在她的衣柜里，这样就不会被别人看到。她不知道这样做到底是为了照顾坦丝的感受，还是她自己的。

马蒂收到律师的信后打来电话，一边抗议一边发飙，说他为什么付不了抚养费。她告诉他，这已经不是她说了算的事。还有，她希望两人能文明地解决这件事。她告诉他，他的孩子们需要买鞋子。他没有再提过来探望孩子的事。

她找回了在酒吧的工作。那个来自巴黎域的女孩果然不合适。"没什么损失。她都不知道在听吉他独奏《蕾拉》的时候不能说话。"德斯沉思地说，"哪个酒吧服务员不知道在听吉他独奏《蕾拉》的时候要保持安静？"客人给的小费比以前多了，也没了斯图尔特·普林格尔那种人的骚扰。

她每周有四天跟娜塔莉出去做清洁，并且刻意避开海滩二号房。她更喜欢那种擦炉子的活儿，因为那里无法看到那座房子，那令人愉悦的蓝色，还有门口那块待售的白板。虽然娜塔莉觉得她的行为有点古怪，可也没说什么。

她在当地的报刊店登了一则广告：提供做零活的服务。她的第一份工作不到二十四小时就来了：为亚丁新月区的一位退休老人安装浴室的柜子。那位老太太对她的工作很满意，给了她四英镑的小费。老太太说她不喜欢让男人进他们家，她跟她老公已经结婚四十二年了。她把杰西推荐给一位朋友，那位朋友经营一家养老院，需要找人换洗衣机，安地毯夹子。还有另外两份工作，都跟退休的老人有关。

杰西寄了第二次还款到海滩二号房。娜塔莉放进去的。

待售的牌子还挂在那里。

尼基似乎是家里唯一真正开心的人。那篇博客好像让他的生活有了新的目标，他几乎每天晚上都写，写诺曼的近况，贴他的生活照，跟新朋友聊天。他跟其中一个人"IRL 见面了"，说着，他给杰西解释道："就是在现实生活中见面（In Real Life）。"他还不错，他说，哦，不，不是那种意思。他想去参加两所大学的开放日，他跟他的班主任聊了聊该怎样申请助学金，他已经查过了。他老是笑，经常一天笑好几回，而且看到诺曼在厨房里摇尾巴，他会高兴地跪下；他会不由自主地跟罗拉招招手，在前厅装作弹吉他的样子。罗拉是住在四十七号的女孩子（杰西发现，她把头发染成了跟尼基一样的颜色）。他经常去镇上，他瘦瘦的两条腿好像更长了，他的肩膀并没有挺得很阔，但也不像以前一样塌着、蔫不拉几的了。有一次他甚至穿了一件黄色 T 恤。

"那个笔记本电脑去哪儿了？"一天下午，杰西走进尼基房里，发现他正在用以前的旧电脑，便问道。

"我还回去了。"他耸耸肩。"娜塔莉给我开的门。"

"你见到他了吗？"她脱口而出。

尼基移开视线，"对不起，只有他的东西在那儿，但都打包了。我不知道他还住在那儿。"

这没什么好惊讶的。杰西双手捂着肚子走下楼去，像是被谁打了一拳。

3. 艾德

几周后，杰玛陪他出庭，那天醒来的时候，外面很安静，也很热。艾德跟妈妈说了不要来。那时候，他们根本不认为把爸爸一个人留在那儿是个好主意。他们慢慢穿过伦敦市区，杰玛坐在出租车上，身子向前倾着，手指不耐烦地敲着膝盖，嘴巴紧紧闭着。艾德却奇怪地觉得异常轻松。

法庭里几乎是空的。这是因为同一时期爆发了一系列的案子，包括老贝利街一起极其残忍的谋杀、一件政治桃色丑闻，以及一位年轻的英国女演员公众形象尽毁。因此，这个两天的审判已经算不上是什么大新闻，只吸引了一名代理法院书记官和一个《金融时报》的实习生。艾德不顾律师团的反对，已经请求做有罪辩护。

迪安娜·路易斯声称自己无辜的证词因一位朋友做证而被

削弱。她这位朋友是一个银行家,她显然已经明确告诉迪安娜,她要做的事情属于确确实实的内幕交易。那位朋友还提供了她写给迪安娜的电子邮件,以及迪安娜回复她的一封邮件,指责她"小气""烦人","坦白说我的闲事你管太多了点,难道你不想让我有机会发达吗?"

艾德站在那里,看着书记员匆匆地记录,律师们凑到一块互相指着纸上的什么地方。一切都很无趣。

"据我了解,你承认自己所犯的罪行,考虑到路易斯小姐和你的关系,你的行为应属于动机不是金钱的孤立犯罪行为。但此结论不适用于迈克尔·路易斯。"

原来,FSA 发现迪安娜的哥哥还涉嫌其他几桩"可疑"交易,有分散投资和期权行为。

"但是,我们有必要作出警告,表明此类行为是不可接受的,不管动机如何。这种行为削弱了市场中诚信经营的投资者的信心,破坏了金融系统的整体构架,因此,我必须保证进行一定程度的惩罚,以明确震慑任何可能认为这种行为属于'无受害人犯罪'的人。"

艾德站在被告席上,努力想做出自己应该有的表情。他被判罚款七十五万英镑并支付诉讼费,监禁六个月,缓期执行两个月。

结束了。

杰玛颤抖着,长长地舒了一口气,头低下来埋在双手间。艾德感觉出奇地麻木。

"就这样?"他轻声说。

杰玛不敢相信地抬头看着他,一个办事员打开被告席的门放他出来。大家向走廊走去,保罗·威尔克斯在他背上拍了一巴掌。

"谢谢你。"艾德说。好像他应该这么说。

他瞥见迪安娜·路易斯也在走廊上,生气地跟一个红头发的男人说着话。那个男人似乎在努力向她解释什么,而她一直摇头,打断了他的话。艾德站在那儿看了一会儿,然后几乎没怎么想,就穿过人群直接走到她面前。"我想说,我很抱歉。"他说,"如果我当初多考虑一下——"

她转过身来,眼睛瞪得老大。"哦,去你妈的!"她黑着脸,一脸愤怒地推开他说,"你这个该死的失败者。"

有些人听到她的声音转过身来,看到是艾德,又尴尬地转过身去。有人在冷笑。艾德站在那里,一只手举在半空,似乎还想说点什么,这时一个声音传到他耳朵里。

"你知道的,她不傻,她早就知道不该告诉她哥哥。"

艾德转过身去,站在他身后的,是罗南。他看到罗南穿着他那身格子衬衫,戴着他那副厚厚的黑框眼镜,电脑包挎在肩上。他突然觉得自己心里有一根紧绷的弦放松了。"你……你一早上都在这儿?"

"在办公室里待得有点儿厌了,我想我得来看看真正的庭审是什么样子。"

艾德忍不住一直看着他。"不过如此。"

"对，我也是这么想的。"

他姐姐一直在跟保罗·威尔克斯握手。她走到艾德旁边，理了理自己的外套。"好了，我们要不要给妈妈打个电话，告诉她这个好消息？她说她会开着手机的。如果我们走运的话，她可能记得充电了。嘿，你好，罗南。"罗南俯下身子亲了亲她的脸颊。"很高兴见到你，杰玛，好久不见了。"

"太久了！去我家吧。"她转过身来对艾德说，"你都好几年没见那两个孩子了。我冰箱里还有番茄肉酱意大利面，今晚可以吃那个。嘿，罗南，你也一起来吧，如果你愿意的话。我确定可以再往锅里加点面。"

罗南移开视线，就像他和艾德十八岁时的那样，然后用脚踢着地上的什么东西。艾德转过身去对姐姐说："呃……杰玛……要是我不去的话你会介意吗？就今天不去？"他试着不去看她脸上逐渐消失的笑容，"改天我一定去。我只是……我真的有点事想跟罗南说。已经……"

她的目光在他们俩之间飘来飘去。"当然可以。"她把眼睛上的刘海撩到一边，愉快地说，"行了，记得给我打电话。"她把包背到肩上，开始朝楼梯走去。

艾德朝着拥挤的走廊上大喊，引得几个看报纸的人抬起头来。"嘿！杰玛！"

杰玛转过身来，包夹在胳膊底下。

"谢谢你，为我做的一切。"

她站在那儿，半边脸对着他。

"真的，我很感谢。"

她点点头，脸上露出一抹微笑。然后她就走了，消失在楼梯井上的人群中。

"那……呃……想去喝一杯吗？"艾德努力让自己听起来不是在恳求。他不知道自己是不是真的成功了，"我请客。"

罗南把他晾在那儿，但只过了一秒钟。这个混蛋。"哦，这样的话……"

艾德的妈妈曾经对他说过，真正的朋友在哪里丢了就能在哪里找回来，不管你们是分开了一个星期还是两年。他一直都没有足够多的朋友来验证这句话。热闹的酒吧里，他和罗南坐在一张颤动的桌子两边，慢慢喝着啤酒，起初有些尴尬，慢慢地变得越来越放松。以前那些熟悉的笑话，像打地鼠、"集中目标"都带着有些拘谨的快乐蹦了出来。艾德觉得自己像是无拘无束地飘了好几个月，现在终于有人把他拉回了地面。他发现自己在偷偷观察自己的朋友：他的笑、他的大脚、他趴下的样子，甚至是酒吧的桌子，好像在看一个屏幕似的。他身上还有一些自己以前没见过的东西：他笑得更随意了，他换了新的名牌眼镜，他多了一种安静的自信。他拿出钱包付钱的时候，艾德瞥见一张女孩的照片，那女孩在他的钱包里微笑着。

"那……那个卖汤的女孩怎么样了？"

"你说凯伦？她很好。"他笑着说，"她很好。其实，我们已经搬到一起住了。"

"哇哦，这么快？"

罗南有些得意地抬头看着他。"已经六个月了。伦敦的房租你也知道，那种非营利的慈善汤店赚不了什么钱。"

"真好。"艾德结结巴巴地说，"真是个天大的好消息。"

"对，呃，是很好，她很棒，我真的很开心。"

他们坐在那里，沉默了一会儿。艾德注意到，他剪了头发，还换了一件新外套。"我真为你高兴，罗南。我一直都觉得你们俩在一起很合适。"

"谢谢。"

他对他笑笑，罗南也对他笑笑，挤了挤眼睛，好像幸福什么的让他有点尴尬。

看到自己最好的朋友正驶向幸福、光明的未来，艾德盯着自己的啤酒，努力不让自己觉得被落下了。他们周围，酒吧里，全是下班的上班族。艾德突然感觉到时间的有限，以及干脆直白把想说的话说出来的重要性。

"对不起。"艾德说。

"什么？"

"所有的事，迪安娜·路易斯的事，我不知道自己为什么会那样做。"他的声音有些嘶哑，"我恨自己把事情搞成这样。我的意思是，关于工作的事我也很难过。但我最后悔的是破坏了我们俩之间的关系。"他不敢看罗南，但说完这话让他觉得轻松了许多。

罗南喝了一口啤酒。"别担心。过去这几个月我想了很多,虽然我有点不愿承认,但如果迪安娜·路易斯先来找我的话,我很可能也会做同样的事。"他凄惨地笑了笑,"那可是迪安娜·路易斯。"

他们默默地坐着。罗南往椅子上靠了靠,艾德把一张啤酒垫折成两片,又折成四片。"你知道的……你不在那儿还是有点意思的。"罗南终于开口道,"这段时间我明白了一些事,我并不是很喜欢在蜉蝣工作,我还是更喜欢只有你和我两个人的时候。那些西装革履、盈亏、股东什么的,不适合我,那不是我想要的,那不是我们创立这家公司的初衷。"

"我也是。"

"我的意思是,永远开不完的会……就算是弄个基本的代码也要先跟市场部的人沟通意见,每个小时的行动都要报告。你知道他们想监控大家工作的每分每秒、每个细节吗?"

艾德等他继续说。

"我跟你说,你真的没错过多少。"罗南摇摇头,似乎还有很多话要说,但又觉得不该说。

"罗南?"

"嗯?"

"我有个主意,就是这一两周才想到的。是一款新的软件,我在琢磨做一款预测软件——一个很简单的东西,这个软件可以帮人们理财,给那些不喜欢表格的人准备的一种电子表格,服务对象是那些不知道该怎么用钱的人。无论何时,用户在银行发生的任何费用,都会弹出提示,还有可以选择不同的计算方式来展示一段特定时间内不同的利息费用总额。没有什么太复杂的东西。我想着这东西可以在公民咨询局[①]发售。"

"有点意思。"

"这款软件要能适用于便宜的电脑,比较旧的系统,以及低端手机。我不确定它能不能赚很多钱,不过我最近一直在想这个。我已经有个一个大概的计划,但是……"

罗南思考着。艾德可以看出他的脑子已经在运转,仔细考虑着某些参数。

"现在的问题是,需要找一个对写代码十分精通的人来开发这个软件。"

罗南的眼睛盯着自己的啤酒,脸上没有任何表情。"你知道你不能回蜉蝣了吧?"

艾德点点头。他从大学起就是他最好的朋友,"对,我知道。"

罗南的视线迎上他的视线,两人突然都笑了。

4. 艾德

这么多年来,他一直都没有记住姐姐家的号码。她在同一

[①] 英国的一个独立的慈善机构。可以给面临经济、法律、消费等问题的人们提供相关的意见和帮助。

座房子里住了十二年,但他还是要查一查才知道她的住址。

让艾德感觉不好的东西似乎越来越多。

罗南去了地铁站,去找那个会做汤的好女孩,她的出现为他的生命增添了全新的色彩,艾德则一直站在国王头酒吧外。他知道自己不能回家,不能回到那个空荡荡的公寓,待在一堆箱子中间。

电话响了六声她才接起来,然后她还没说话,他就听到后面有人在尖叫。

"杰玛?"

"嗯?"她气喘吁吁地说,"里奥,不准把那个东西扔到楼下!"

"你说请我吃意大利番茄肉酱面,这话还算数吗?"

见到他时,他们有些尴尬,但很高兴。芬斯伯里公园那座小房子的门打开了,他穿过几辆自行车、几堆鞋子和挂满衣服的衣架走进去,通往客厅的路上似乎全是这些东西。楼上,不间断的音乐节奏重重地敲击着连接墙。同时,某种游戏机上军事游戏的声音也不甘示弱地传出来。

"嘿,小子!"他姐姐把他拉过来紧紧抱住。她没有穿正装,而是穿了一条牛仔裤和一件套头外衣,"我都不记得你上次来是什么时候了。他上次来是什么时候,菲尔?"

"跟劳拉一起。"下面的走廊上传来一个声音。

"两年前?"

"螺丝锥在哪儿,亲爱的?"

厨房里全是水蒸气和大蒜的气味,远处那一端,两个晾衣架被几件洗过的衣服压弯了。桌面大部分是条状松木,上面全是书、成堆的纸(也许是孩子画的画)。菲尔站在那儿招了招手,然后就走开了。"晚饭前我有几封邮件要回,你不介意吧?"

"你肯定会吓一跳的。"姐姐把一个玻璃杯"嘭"的一声放在他面前说,"原谅我家里弄得这么乱。我一直在上晚班,菲尔也很累。自从罗萨里奥走后我们就没请清洁工,其他人都有点贵。"

他怀念这种嘈杂。他怀念这种心脏怦怦乱跳的感觉。"我喜欢。"他说。杰玛迅速看了他一眼,以为他在嘲笑她,"不,我说的是真的,我真的喜欢,这让人感觉——"

"很乱。"

"是乱,不过挺好的。"他坐在餐桌旁的椅子上往后一靠,长长地舒了口气。

"你好,艾德舅舅。"

艾德眨了眨眼。"你是谁?"

一个十几岁的小女孩朝他笑笑,那女孩一头油亮的金发,每只眼睛上都涂了好几层睫毛膏。"真好笑。"

艾德看着他姐姐,向她求助。她抬起双手说:"已经很长时间了,艾德,他们长大了。里奥!过来跟艾德舅舅打个招呼。"

"我还以为艾德舅舅去坐牢了。"另一个房间里传来一声大喊。

"等我一分钟。"

姐姐放下盛着酱汁的平底锅,消失在走廊里。艾德尽量忽略了远处传来的喊叫声。

"妈妈说你所有的钱都没了。"贾丝汀坐在他对面,撕着一片法国面包的面包皮说。

艾德努力在脑子里把他上次见到的那个笨拙羞涩、瘦得跟竹竿似的小孩跟眼前这个穿着褐色衣服、让人大吃一惊的孩子联系起来。她带着点戏谑地盯着他,好像他是博物馆里的古董似的。"差不多。"

"你那幢豪华公寓没了吗?"

"随时有可能。"

"该死。我本来还想问问你,我十六岁的生日聚会能不能在那里办呢。"

"哦,那这下省得我拒绝了。"

"爸爸也是这么说的。那你没有被关起来,你高兴吗?"

"哦,我想这段时间里,我还是家里的反面教材。"

她笑着说:"别淘气,爱德华多舅舅。"

"这事儿是这么说的吗?"

"哦,你知道妈妈那个人,只要是关于道德的,我们都要被教育一遍。'你们看到走错路多容易了吧?他本来什么都有,现在——'"

"我到处蹭饭,开着一辆跑了七年的旧车。"

"说得不错。不过我们家的比你的还老三年。"她看看走廊,她妈妈正在那里跟她弟弟小声说话,"其实,你不能怨妈妈。你知道吗,她昨天一整天都在打电话,想把你弄到开放式监狱去?"

"真的吗?"

"这件事让她很有压力。我听到她跟别人说,你在本顿维尔监狱连五分钟都待不了。"

他觉得自己被什么东西重重地击了一下。他一直在自怨自艾,却从来没考虑过,如果他进了监狱,对其他人会有什么影响。"她很可能是对的。"

贾丝汀揪了一绺头发塞到嘴里,她似乎很高兴。"你现在是家庭的耻辱,没有工作,而且很可能失去房子。你以后有什么打算?"

"不知道。我是不是应该去吸毒?这样才算功德圆满?"

"啊,不,吸毒的人太无聊了。"她两条长长的腿从椅子上滑下来,"而且妈妈现在已经够忙的了。虽然,我其实应该说,你完全转移了我和里奥的压力。我们现在不辜负她期望的地方太少了。"

"很高兴能帮到你们。"

"我是说真的。不过,还是很高兴见到你。"她爬过来小声说,"实际上,你让妈妈高兴了一整天。她甚至连楼下的厕所都打扫过了,怕你万一进去。"

"对,呃,我保证以后会常来的。"

她眯着眼睛,似乎在思考他是不是认真的,然后便转身回到楼上去了。

"怎么了?"杰玛给自己盛了点蔬菜沙拉,"医院那个女孩发生什么事了?乔希?杰西?我本来以为她今天会来。"

这是他很多年来第一次吃家里做的饭,味道很好。其他人都吃完离开了,艾德却又去盛了第三份。过去几周里消失的胃口突然又回来了。他刚刚吃的那一口有点多,所以他坐在那儿嚼了一会儿才开口回答。"我不想谈这个。"

"你从来都没想谈过什么。别这样,就当是吃顿家常饭的报酬了。"

"我们分手了。"

"什么?为什么?"三杯酒下肚,杰玛变得唠叨起来,语气也有些固执,"你看上去真的很开心。不管怎样,至少比跟劳拉在一起时开心。"

"我当时确实很开心。"

"然后呢?天哪,艾德,你有时候就是个笨蛋。好不容易有一个女人,看上去真的很正常,处处为你着想,而你却对她避而远之。"

"我真的不想谈这个,杰玛。"

"怎么啦?太害怕?不敢承认?你不会是还想着劳拉吧?"

他拿了一点面包,从盘子里蘸了点酱汁。他一直嚼了很长时间才开口。"她偷了我的东西。"

"她干什么了?"

感觉像是最后的底牌就这样被亮了出来。楼上,孩子们在争吵什么,艾德发现自己想到了尼基和坦丝在后座上打赌的样子。如果他不能找个人说出实情的话,他可能会崩溃,于是他告诉了杰玛。

艾德的姐姐把盘子推到桌子另一边。她俯下身子,一只手托着下巴,一边听,一边微微皱着眉头。他告诉她关于监控摄像头的事,说到他是怎么拉开衣柜的抽屉,准备把衣柜挪到房间另一边,却在这时发现,在几双叠得整整齐齐的蓝袜子中赫然放着他的门卡。

我本来打算告诉你的。

不是你想的那样。我们过得很艰难。

我的意思是,确实是你看到的那样,但是,哦,上帝啊,哦,上帝啊——

"我以为她跟别人不一样,我以为她是这世间最美好的存在。她勇敢、有原则、令人惊艳……可是,该死的,她跟劳拉一样,跟迪安娜一样,她感兴趣的只是能从我身上得到什么好处。她怎么能那样做呢,杰玛?为什么我没能一眼看透这些女人呢?"他说完了,往后靠在椅子上,等着。

杰玛没有说话。

"怎么?你不打算说点什么吗?比如我遇人不淑?我又被一个女人骗了钱?又当了一次傻瓜?"

"我当然不会这么说。"

"那你要说什么?"

"我不知道。"她坐在那儿,盯着自己的盘子,似乎一点儿也不惊讶。艾德不知道是不是因为做了十年社工的原因,不管听到多么令人震惊的事情,她都可以表现得很平静,"要我说说比这更糟糕的事吗?"

他盯着她。"比偷我东西还糟糕?"

"哦,艾德!你不知道真正的绝望是什么感觉。"

"那也不能偷东西。"

"对,不能。但是……呃……你今天刚刚在法庭上承认自己犯了内幕交易罪。我并不完全认为你是这里最大的道德审判者。事情总在发生,人们都会犯错。"她直起身子,开始收拾盘子,"喝咖啡吗?"

他还在盯着她。

"我就当你想喝了。我收拾东西的时候,你可以多告诉我一些关于她的事。"

他说话的时候,她就在小小的厨房里优雅利落地忙活着,一直都没有看他的眼睛。

等他终于讲完了,她拿了一块烘干的抹布对着他说:"我是这么认为的,她有困难,对不对?她的孩子被人欺负了,她儿子的头被人打了,她害怕下一个就轮到她的小女儿。她在酒吧或者什么地方发现了一团钞票,然后就据为己有了。"

"可是她知道那是我的钱,杰玛。"

"可是她并不认识你。"

"这有区别吗？"

他姐姐耸耸肩。"所有卖保险的骗子都会这么说。"他还没来得及反驳，她又说，"说实话，我也不知道她是怎么想的，但我可以告诉你，人们在紧要关头总会做一些愚蠢、冲动、不加思考的事。我每天都会听到这种事。他们为了一些他们认为正确的理由而做出疯狂的事，有些人能侥幸逃脱，有些则不能。"

他没有回答，她接着说道："好了，难道你从来没有从公司里拿圆珠笔回家吗？"

"那可是五百英镑。"

"你从来没有'忘记'过付停车费吗？甚至在真的不用付费后欢呼吗？"

"这不一样。"

"你从来没有超速过吗？从来没有在工作的时候赚过外快吗？从来没有蹭过别人的无线网吗？"她俯下身子说，"从来没有对税收人员夸大过你的支出？"

"这根本就不是一回事，杰玛。"

"我只是想说，很多时候，你如何看待某个违法行为完全取决于你的立场。而你，今天就是证明这一点的一个好例子。我并不是说她这么做没有错，只是你并不能因为那一瞬间的事就完全否定她这个人，或者说，否定你们俩的关系。"

她洗完了餐具，脱下橡胶手套，把它们整齐地放在沥水板上，然后给俩人各倒了一杯咖啡。她站在那儿，靠在水槽上。

"我不知道。或许我只相信再给别人一次机会，或许如果你像我一样以倾听别人冗长的人生悲剧为工作，你就会明白。"她直起身来看着他，"或许如果我是你，我至少愿意听听她会怎么说。"

她把杯子递给他。

"你想她吗？"

我想她吗？

艾德想她，就像是想自己身体的一部分。他每天都努力地不去想她，不让自己的思绪为所欲为。他每天都努力避开所有让他想起她的东西——食物、汽车、床。早饭前他脑子里有十几次关于她的争论，睡觉前又有几千次和解的冲动。

楼上的房间里，一声重重的节奏打破了沉默。"我不知道还能不能信任她。"他说。

杰玛看了他一眼，每次他说他不能做什么的时候，她都会那样看他。"我觉得你可以，艾德。某些方面，我觉得你应该可以。"

他独自一人喝完剩下的酒，然后又喝完了自己带来的一瓶，瘫倒在姐姐家的沙发上。清晨五点十五分的时候，他一身是汗、衣冠不整地醒来，给姐姐留了一张感谢的字条，就出了门开车去海滨跟代理人商量事情。奥迪和他在伦敦的一辆宝马一周前已经卖给了一个商人，他现在开的是一辆三手的宝马迷你小汽车，保险杠也凹了进去。他本来以为自己会比现在更在意。

这是一个清爽的早上，马路更干净了。在十点半他到达的时候，度假公园里已经满是游人。酒吧和餐馆前面的主路上全是人，他们背着毛巾和阳伞，走到海滩上尽情享受这难得的阳光。艾德慢慢开着车，看着这里一派平和的景象，突然觉得异常愤怒。在这里，大家好像都处在同一个收入水平，在那过于整齐划一的花圃之外，杂乱的现实生活似乎完全影响不到这里。

他把车停在二号房过分整洁的车道上，一边下车，一边静静地听着海浪的声音。他走进屋里，突然意识到，这是他最后一次来这儿。他一点儿也不在意。他还有一周的时间完成伦敦那座公寓的交易。他初步的计划是先陪他爸爸度过剩下的日子，此后怎么办还没有想过。

走廊上摆满了箱子，上面贴着打包箱子的仓储公司的名字。他关上身后的门，听着自己的脚步声在空荡荡的房子里回响。他慢慢走上楼去，走过一间间空屋子。下周二就会有车来把那些箱子装车、带走，直到艾德想好怎么处理它们。

到此时，艾德想，他已经坚定而又艰难地度过了他人生中最糟糕的几周。在外人看来，他似乎变成了一个异常坚定的人，坦然接受自己的惩罚，继续前进。或许他喝得有点多了，可是，嘿，考虑到在一年多的时间里，他的工作、家和妻子全都没了，而且他很快又要失去爸爸，他完全可以说自己做得已经不错了。

这时他看到了厨房灶台上放着的四个浅黄色信封，上面用圆珠笔写着他的名字。起初他以为是物业中介留下的管理通知，但当他打开其中一封时，却看到一张紫色的嵌着金银丝的票子：面值二十的英镑。他把钱抽出来，一张便条也跟着露了出来，上面简单地写着"第三次还款"。

他拿起另外几封信，小心翼翼地撕开信封。看到她的便条，艾德脑中立刻不由自主地浮现出她的样子。好像她一直在他脑子里等着蹦出来似的。她写这封信时的表情，她紧张又尴尬的样子，或许还划掉了重写。写到这里的时候，她肯定是把她的马尾辫拆了又重新扎起来。

对不起。

她的声音在他脑中响起。对不起。这时，有什么东西碎了。艾德拿着那些钞票，不知道该怎么办。他不想听她的道歉，他什么也不想要。

他走出厨房，回到大厅里，手里紧紧攥着那皱巴巴的纸条。他想把这些东西都扔掉，他一点也不想让事情变成这样。他从房子一头走到另一头，来来回回地踱着步。他看看四周的墙壁，又看看窗外从来没有人欣赏过的海景，一种他可能永远无法在任何地方放松，他不属于任何地方的感觉席卷而来。他再一次疲惫而焦躁地在走廊里踱着步。他打开窗户，希望大海的声音可以让他平静下来，但窗外一家人的欢声笑语听起来却像是在谴责他。

一个箱子上放了一张免费报纸，报纸是叠起来的，遮住了下面的东西。脑中无情盘旋的各种想法令他疲惫不堪，他停下来心不在焉地拿起那份报纸，报纸下面放着一台笔记本电脑和一部手机。过了一会儿他才想到为什么它们会出现在这儿。艾德犹豫了一下，然后把手机拿起来翻了翻。那是他在阿伯丁送给尼基的那部手机，被人小心翼翼地藏了起来，这样就不会被经过的人发现。

几周来他一直处在被背叛的愤怒中。最初的怒火消散后，他把自己的一部分彻底冰封起来。他一直以为自己的怒火理所应当，他感受到的不公正也理所应当。现在，艾德却拿着这部手机，想象这个几乎一无所有的少年觉得自己必须把这部手机还给他。

他想起他姐姐的话，感觉自己心里的某个地方开始解冻。他到底知道什么？他算老几，凭什么去评判别人？

该死，他对自己说，我不能去见她。就是不能。

我凭什么去？

我能说什么？

他在空荡荡的房子里从一头走到另一头，脚步声在木地板上回响，拳头紧紧攥着那些钞票。

他盯着窗外的大海，突然好希望自己去坐牢。他希望自己脑子里能被迫切的生理问题占满，比如安全、物品供应和生存。

他不愿想她。

他不愿每次闭上眼睛的时候都看到她的脸。

他要走，他要离开这儿，去一个新的地方，找一份新的工作，重新开始。他要远离这一切。那样事情就简单了。

突然，一个尖锐的声音——他没有意识到其实是手机铃声——打破了屋里的寂静。他那部旧手机，尼基按照自己的喜好重新设置过了。他盯着那部手机，看着有节奏地振动的屏幕。未知电话。手机响了五声后，他再也听不下去了，终于把电话接起来。

"请问是托马斯太太吗？"

艾德立刻把手机拿远了，好像有辐射似的。"你是在开玩笑吗？"

一个带鼻音的声音打着喷嚏说："不好意思，我得了严重的花粉病。请问我没有打错电话吧？是康斯坦萨·托马斯的家长吗？"

"什么——你是谁？"

"我叫安德鲁·普伦蒂斯，我是代表奥林匹克竞赛组委会打来电话的。"

艾德过了一会儿才整理好思绪，坐在台阶上。

"奥林匹克竞赛组委会？不好意思——请问你是怎么得到这个电话号码的？"

"我们的联系单上写的。是考试的时候留的，我没有打错电话吧？"

艾德想起当时杰西的手机欠费了，她一定是留了他给尼基的那个电话号码。他空着的一只手捂住低下的头。老天实在是太有幽默感了。

"没错。"

"哦，真是谢天谢地。我们已经联系了你好几天了，我留的那些信息你一点儿也没看到吗？我打电话来是因为考试的事……事情是这样的，我们在阅卷的过程中发现一个问题。第一题出现了印刷错误，导致这一题无解。"

"什么？"

那人用背得滚瓜烂熟的语调陈述道："我们是在整理最后的成绩时发现的。实际上，是因为这道题没有一个人做对，所以我们发现有问题。因为我们请了不同的人阅卷，所以没有第一时间发现这个问题。不管怎样，我们非常抱歉——我们希望您的女儿可以重新参加考试，我们将重新安排一次考试。"

"重新参加奥林匹克竞赛？什么时候？"

"呃，这就是关键问题了，时间是今天下午。必须选在周末是因为我们不希望学生翘课来参加。实际上，这个电话我们已经打了一星期了，但一直没有人接。我只是想碰碰运气再打一次看看。"

"你们想让她在……四个小时之内赶到苏格兰？"

普伦蒂斯先生又停下打了个喷嚏。"不，这次不是在苏格兰，我们得找个对我们双方来说都合适的地方。不过我看了一下你们的资料，我觉得这个地点可能更适合你们，因为你们住在南海岸。这次的考试地点是在贝辛斯托克。您愿意把这个消息转告康斯坦萨吗？"

"嗯……"

"非常感谢。我想发生这些事情是因为我们这是第一次办，以后不会发生了。好了,如果您需要其他信息的话,可以从网上查到。"

他又使劲打了个喷嚏,然后电话就挂了。

只剩下艾德一个人在空荡荡的房子里,盯着那部手机发呆。

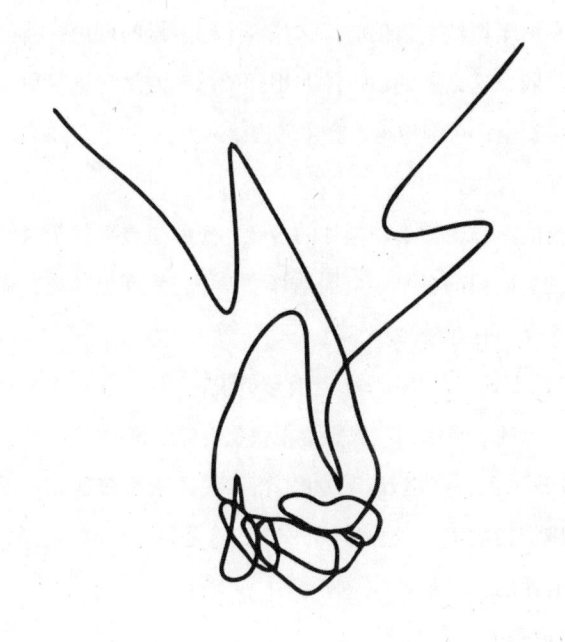

十二　再出发

寒冷随着时间消退,生活再次启程,驶向春天。

1. 杰西

杰西一直在劝坦丝打开房门。因为学校的辅导员告诉过她，这样有助于坦丝重拾信心。这是一个很美好的理论，前提是如果坦丝同意这么做的话。除非坦丝确认杰西站在她身后，也就是确定安全，否则她绝不会主动去给人开门。

"门，妈妈。"

她的声音盖住了动画片的声音。杰西想着得找个时间好好管管她看电视的事了。上周她算了一下，发现坦丝现在竟然一天有五个小时都躺在沙发上。

"她受到了打击。"那个辅导员说，"但如果她能做一些更有意义点的事情的话，我想她很快就会好起来的。"

"我过不去，坦丝。"她喊着，"我现在站在这儿，手里端着一碗漂白剂呢。"她抱怨了一声，这是她最近刚学会的："你就不能让尼基去开吗？"

"尼基去商店了。"

屋里沉默着。

一阵罐头笑声①在楼上回荡。杰西虽然看不见，但她能感觉到有人站在门口，一个身影映在玻璃上。她想着是不是艾琳·特伦特。过去两周，她不请自来了四次，手里拿着孩子们"不能错过的便宜货"。她怀疑艾琳是不是听说尼基写的博客赚

---

① 指在电视综艺、情景喜剧等节目中插入的提前录制好的观众笑声。

钱的事了,周围的邻居好像全都知道了。

杰西朝楼下喊道:"听着,我会站在楼梯上看着。你就去开一下门就行了。"

门铃又响了一次,这是第二次了。

"快点,坦丝,不会发生什么坏事的。这样吧,把诺曼的绳子系上,带它一起去。"

屋里还是沉默着。

趁没人看见,她低下头,弯起胳膊擦了擦眼睛。她无法装作不知道:坦丝的情况越来越糟糕了,根本没有好起来。这两个星期,她一直跟杰西一起睡。她已经不会哭着醒来了,但她会在后半夜悄悄地穿过走廊爬到杰西床上,以至于杰西醒来看到她在旁边,却不知道她在那儿睡了多久。她已经没有心情跟她说不要这样做了,但那个辅导员尖锐地指出,她已经不小了,不能老是这样。

"坦丝?"

没有人回答。门铃响了第三次,按铃的人这次有点不耐烦了。

杰西等着,她只能准备自己下去开门。

"等一下。"她疲惫地喊道,开始脱橡胶手套。这时她突然听到走廊上的脚步声,便停了下来。诺曼笨重的喘气声跟在后面。坦丝用甜美的声音招呼它一起去。这些天来,她只会跟它用这种语调说话。

然后前门就开了。她听到这个声音很满意,但突然意识到，她应该告诉坦丝，如果是艾琳就让她走的。稍有机会，艾琳就会拉着她带轮子的黑箱子进来，直接越过杰西，不用主人招呼就自己坐到沙发上，把她那些闪闪发光的"便宜货"全摊到客厅地板上，这正是坦丝的软肋，那样的话杰西就没法拒绝她了。

但她听到的不是艾琳的声音。

"嘿，诺曼。"

杰西僵住了。

"哇哦，它的脸怎么了？"

"它现在只有一只眼睛了。"是坦丝的声音。

杰西蹑手蹑脚地走到楼梯口。她可以看到他的脚了，他穿的是匡威运动鞋。她的心开始怦怦直跳。

"它这是出车祸了吗？"

"它救了我，从费舍尔他们手里。"

"它干什么了？"

然后是坦丝的声音——她张开嘴，像倒豆子似的迅速说起来。"费舍尔他们想把我拉上车，诺曼穿过栅栏冲过来救了我，但它被一辆车撞了，我们没有钱，然后——"

她的女儿，像是停不下来似的一直在说。

杰西往下走了一步，然后又走了一步。

"它差点死了。"坦丝说，"那时候它快死了，兽医都不想给它做手术，因为它受了很严重的内伤，他觉得我们应该让它走。可是妈妈说她不想那样做，我们应该给它一个机会，然后尼基就写了一篇博客,讲了这些坏事都是怎么发生的,一些人就给他寄钱来,然后我们有了足够的钱来救它。所以,诺曼救了我,然后我们根本不认识的那些人又救了它,这真是太酷了。但是它现在只剩下一只眼睛了,而且它总是很累,因为它还在恢复中,它基本上不太动。"

杰西现在可以看到他了。他弯下身来,摸摸诺曼的脑袋。她的视线再也移不开——那黑色的头发,灰色的T恤,T恤下的肩膀。心里有什么东西涌上来,她发出一声低沉的呜咽,然后连忙用胳膊使劲捂住嘴巴。然后,他保持着那个姿势,抬头看看坦丝,一脸严肃。

"你没事吧,坦丝?"

她抬起一只手,缠了一绺头发在手上,似乎在想要跟他说多少。"算是吧。"

"哦,宝贝儿。"

坦丝犹豫了一下,脚指头在身后的地板上画着圈圈,然后就往前走了几步,直接扑到他怀里。他抱住她,好像一直在等待这一刻似的,让她把头靠在自己肩膀上,就那样静静地待着。杰西看着他闭上眼睛,她又往上走了一步,免得被看到,因为她怕如果他看到自己,自己会忍不住哭出来。

"哦,你知道吗,我都知道。"他终于抽出身来,用异常坚定的声音说道,"我早就知道这只狗不是普通的狗。我看得出来。"

"真的吗?"

"哦,是的。你和它,你们是一个团队,不傻的人都能看出来。而且你知道吗?它一只眼睛的样子看上去酷极了。它看上去更威猛了,没有人能打败诺曼。"

杰西不知道该做什么。她不想下楼,因为她无法忍受他用之前的那种目光看自己。她动弹不得,她不能下也不能上。

"妈妈跟我们说了你为什么不来了。"

"真的?"

"因为她拿了你的钱。"

一阵长长的、令人心痛的沉默。

"她说她犯了一个大错,她不想让我们也犯这样的错。"还是沉默。"你回来是为了要回那些钱吗?"

"不是,我来这里跟那个一点关系也没有。"他看看坦丝身后,"你妈妈在家吗?"

这次没法避开了。杰西往下走了一步,然后又走了一步,手扶着栏杆。她站在台阶上,手上戴着橡胶手套,等着他抬起头来看到她,而他接下来说的话是她无论如何也想不到的。

"我们得把坦丝送到贝辛斯托克。"

"什么?"

"参加奥林匹克竞赛。上次的试卷有问题,他们重新组织了比赛,就在今天。"

坦丝转过身来抬头看看站在楼梯上的杰西,皱着眉头,跟杰西一样困惑。然后,她似乎恍然大悟似的说道:"是不是第一题?"

艾德点点头。

"我就知道！"然后她笑了，笑得很突然，却又很灿烂，"我就知道那道题有问题！"

"他们想让她重新去参加考试？"

"今天下午。"

"但这不可能啊。"

"这次不是在苏格兰，是在贝辛斯托克，可以到的。"

她不知道该说什么了。她想到上次她逼女儿参加奥林匹克竞赛，结果却毁了女儿全部的自信。她想到她疯狂的日程表，想到那次旅程造成了多少伤害和痛苦。"我不知道……"此时，他还蹲在地上，他伸出一只手握住坦丝的胳膊。"你愿意去试一试吗？"

杰西可以看出她的犹豫。坦丝紧紧抓着诺曼的项圈，把重心从一只脚移到另一只脚上。"你不是非去不可，坦丝。"杰西说，"要是你不想去的话，一点儿也没关系。"

"但你要知道那道题没有一个人做对。"艾德的声音平静而坚定，"那个人告诉我根本不可能做对，参加考试的那一屋子人没有一个人做对第一题。"

这时，尼基出现在他身后，手里拿着一大包从商店买回来的文具，谁也不知道他到底在那儿站了多久了。

"所以，你妈妈说得很对，你绝对不是非去不可，"艾德说，"但我必须承认，就我个人来说，我很希望看到你在数学上胜过那些男孩子。而且我知道，你可以做到的。"

"去吧，小不点儿。"尼基说，"去让他们看看，你就是为数学而生的。"

她看看杰西，然后转过身去把修好的眼镜戴上。

这一刻，四个人全都屏住了呼吸。

"好。"坦丝说，"不过要带上诺曼。"

杰西一只手捂住嘴巴。"你真的要去吗？"

"对。其他题我都会做，妈妈。只是第一道题做不出来让我慌了，然后从这里开始就出问题了。"

杰西又往楼下走了两步，心跳得更快了，她戴着橡胶手套的双手开始冒汗。"可是我们怎么才能及时赶到那里呢？"

艾德·尼科尔斯直起身来看着她的眼睛。"我送你们去。"

一辆迷你车载着四个人加一条大狗真的很不容易，尤其是在一个大热天，车上还没有空调。而且，那条狗的内部系统比以前更脆弱，你只能以四十英里多一点的时速行驶，并且要承受所有不可避免的后果。他们把所有的窗户打开，一路上几乎都没有说话。坦丝自言自语地嘟囔着，似乎是在回忆她认为自己已经忘记的那些东西，并且时不时地把头埋进一个放得很巧妙的塑料袋里。

因为车上没有预置的 GPS，杰西看着地图，试图找出一条能避开拥堵和闹市区的路。一小时四十五分钟后，在近乎完全的沉默中一切都搞定了，他们终于到达目的地：一幢二十世纪七十年代风格的玻璃混凝土大楼。一张写着"奥林匹克竞赛"

的纸在风中飘摇,被用胶带粘在一块写着"请勿践踏草坪"的牌子上。

这一次他们是有备而来。杰西帮坦丝签了到,递给她一副备用眼镜("现在她去哪儿都要带上一副备用眼镜。"尼基告诉艾德)、一支钢笔、一支铅笔和一块橡皮。此后大家分别跟她拥抱,安慰她,告诉她这不算什么,真的不算什么,然后就站在那儿默默地看着坦丝走进去,准备和那些抽象的数字,或许还有她心中的恶魔大干一场。

杰西在桌子旁徘徊了一会儿,签完了文件,敏锐地感觉到门外尼基和艾德正在草坪边缘聊天。她偷偷地用余光观察着他们,尼基正在给尼科尔斯先生看他旧手机上的什么东西,尼科尔斯先生时不时地摇摇头。她怀疑是不是那篇博客。

"她一定会成功的,妈妈。"杰西出来的时候,尼基兴奋地说,"别紧张。"他手里抓着诺曼的绳子。他答应过坦丝,他们会待在那栋楼周围五百英尺的范围内,这样就算透过考场的墙壁,她也可以感觉到他们之间特别的默契。

"对,她会成功的。"艾德两只手使劲插进裤兜里说。

尼基的目光在他们俩之间闪烁了几次,然后就牵着狗离开了。"呃,我们要好好休息一下。是这条狗的要求,不是我。"尼基说,"我一会儿就回来。"杰西看着他沿着扇形的小路慢慢溜达着,忍住了想说跟他一起去的冲动。

现在只剩下他们俩了。

"所以。"杰西说,她发现自己的牛仔裤上有点油漆,她真希望自己能换件像样点儿的衣服。

"所以。"

"你又救了我们一次。"

"你似乎已经先救了自己和孩子们,而且做得很不错。"

他们沉默地站在那里。停车场那边,一辆车急急地刹住,一位母亲带着一个小男孩从后座上冲出来朝门口跑去。

"脚怎么样了?"

"好多了。"

"不穿人字拖了。"

她低头看看自己的白色网球鞋。"嗯,已经不穿了。"

他一只手摸摸头,抬头看着天空。"我收到你的信了。"

她说不出话来。

"我是今天早上看到的。我不是不理你,如果我早知道……这一切的话……我不会把你一个人丢下、让你独自面对的。"

"没关系。"她轻快地说,"你已经做得够多了。"她脚下的地面上镶了一块大燧石。她用没受伤的那只脚踢着,想把它踢出来。"非常感谢你带我们来奥林匹克竞赛。不管发生什么事,我会一直——"

"你能停下吗?"

"什么?"

"别踢东西,别再这样说话……"他转过身来对着她说,"走,我们去车里坐坐。"

"什么？"

"顺便聊一聊。"

"不用了……谢谢。"

"怎么了？"

"我只是……我们不能在这里说吗？"

"为什么不能去车里坐着说？"

"我宁可不要去。"

"我不明白，为什么我们不能去车里坐着说？"

"你不要装作不知道。"眼泪从她眼中涌出，她用一个手掌使劲一抹。

"我不知道，杰西。"

"那我也不会告诉你。"

"哦，这真是太荒谬了。我们就去车里坐坐。"

"不去。"

"为什么？除非你给我一个很好的理由，否则我绝对不会跟你坐在这儿。"

"因为……"她的声音哽咽了，"……因为我们最快乐的时光就是在车上。那是我最快乐的时光，比我这么多年来任何时候都快乐。我不能去！我不能坐在那儿，就我们两个人……因为现在……"她无法再继续说话说，转身从他身边走开，不想让他看到自己的情绪失控，不想让他看到自己的眼泪。

她听见他走过来站在她身后。他靠得越近，她就越无法呼吸。她想让他走开，可她知道如果他真的走开了她会受不了。

他低沉的声音传到她耳朵里。"有些事我想让你知道。"她盯着地上。

"我想和你在一起。我知道我们之间现在很乱，但是我仍然觉得，跟你在一起犯错要好过我像平时那样，觉得一切都对，却唯独缺少你。"他顿了一下，"该死，我真是不擅长这个。"

杰西慢慢转过身来。他本来盯着自己的脚，突然抬起头来看着她。

"他们跟我说了坦丝做错的那道题是什么。"

"什么？"

"是关于涌现理论的。强涌现认为，各部分的总和要超过各个组成部分。你知道我在说什么吗？"

"不知道，我数学很烂。"

"我的意思是，我不想再计较以前的事。你做了什么，我做了什么，但我只是……我想试一试，你加上我，也许这会是一个天大的错误，但我还是要试一试。"

他伸出手来，轻轻地抓住她牛仔裤上的腰带扣，把她拉到自己怀里。她无法将视线从他手上移开。然后，当她终于抬起头来看着他的时候，发现他正凝视着她，杰西发现自己在哭，也在笑。

"我想看看我们加起来能得到什么，杰西卡·瑞伊·托马斯。我们所有人加起来，你说呢？"

2. 坦丝

原来圣安妮的校服是品蓝色的，上面有黄色的嵌边，你站在那儿就是圣安妮的活广告，躲都躲不掉。我们班有些女孩一回家就迫不及待地把校服脱掉，但我却不讨厌。当你十分努力地到达一个地方时，让人们知道你属于哪里是件很好的事。有趣的是，如果在校外看到圣安妮的学生，按照惯例是要跟对方打招呼的。有时是很夸张地挥手，就像斯瑞蒂。斯瑞蒂是我最好的朋友，她的挥手看上去总像是在一个荒凉的孤岛上，试图吸引经过的飞机。有时只是在书包旁边抬抬手指，就像迪伦·卡特，他不管跟谁说话都会尴尬，甚至包括他亲弟弟。但不管怎样，大家都会打招呼。你可能不认识跟你打招呼的那个人，但你还是会跟穿同样校服的人打招呼，这是这个学校的传统。这显然是为了表明我们是一个大家庭。

我总是跟别人打招呼，尤其是在公交车上的时候。

周二和周四艾德会来接我，因为这两天我要参加数学兴趣小组，而妈妈干零活要干到很晚。现在她已经有三个手下了，她说他们是跟她"一起"工作，但她总是教他们该怎么干活儿，并且告诉他们去干哪个活儿。艾德说她对自己当老板这个事还有点不适应，他说她正在习惯。他说这话的时候做了一个鬼脸，好像妈妈是他的老板似的，不过看得出他很喜欢。

自从九月份开学以后，妈妈就把周五下午空出来，专门来学校接我，然后我们一起做饼干，就我们俩。这样很好，但我还是要告诉她,我宁可在学校多待一会儿,特别是现在,我这个春天就要参加甲级考试。

爸爸一直没有机会来看我们,但我们每周都在 Skype 上聊天,他说他肯定会来的。他把劳斯莱斯卖给了车辆管理所的一个人。他下周有两个工作面试,还有很多其他事要做。

尼基在南安普敦的高级中学上六年级,他想去艺术学校,还交了一个女朋友,叫莱拉。妈妈说她是一个各方面都让人惊讶的女孩。他还是经常画眼线,但他任头发长回了本来的颜色,就是有点暗棕色那种。他现在已经比妈妈高出了整整一头,有时在厨房的时候,他觉得很好玩,会把胳膊肘撑在妈妈肩膀上,好像她是个吧台什么的。他有时还会更新博客,但大多数时候他都说他太忙了,现在他更喜欢在推特上更新,所以如果我想接管一下的话完全没问题。

下周私人的事情会更少,数学的事情更多。我真的希望你们很多人都喜欢数学。

那些寄钱给我们帮我们救诺曼的人,我们已经还了 77%。还有 14% 的人说他们宁可我们把钱捐给慈善机构,另外 9% 的人我们一直没联系上。妈妈说没关系,因为重要的是我们努力过了,有时接受一下别人的慷慨也未尝不可,但要记得说"谢谢"。她说要跟你们说"谢谢",如果你是其中一员的话,她永远也不会忘记来自你们这些陌生人的善意。

艾德实际上已经住在这儿了。他卖掉了海滩的房子,现在他在伦敦有一个很小很小的公寓,在那儿的时候我和尼基只能睡沙发床，不过大部分时间他都是住在我们这儿。他在厨房里敲着电脑，戴着很酷的耳机跟伦敦的朋友聊天，然后开着他的迷你汽车去开会又回来。他一直想换辆新车，因为当我们要去什么地方的时候，把我们所有人都装进那辆车确实有点难。但奇怪的是，我们没有一个人真的希望他换。坐在那辆小车里，大家都挤在一块儿，那种感觉很好。在那辆车里，诺曼流口水我也没有那么愧疚。

诺曼很高兴。兽医说它能做的它全都要做一遍，妈妈说这对我们来说就足够了。概率论及大数定律认为，为了提高成功的概率，有时你必须不断持续增加某个事件的重复次数，这样才能得到自己想要的结果。你重复的次数越多，就越接近那个结果。或者说，就像我跟妈妈解释的那样，简单来说，有些时候你要一直坚持下去。

这周我已经带诺曼去花园，给它扔了八十六次球了，它还是没有把球捡回来。

不过我相信总有一天我们会成功的。